MW01536509

*Dieses Buch ist Teil 2 einer Dilogie
und schließt nahtlos an Teil 1 an.
Deshalb bitte unbedingt zuerst Teil 1 lesen:*

*Free
Die Welt gehört uns wenn du bei mir bist*

Klapptext dazu am Ende dieses Bands.

Bereits erschienen

In Magical Worlds Series:

Come into my world come into my heart
auch als e book oder Hardcover

Soulcatchers of Blackland (Neuauflage von Fire Hearts)
auch als e book

Son of Neptun
auch als e book

In Love Adventures Series:

Wenn Träume lügen Gefunden
auch als e book

Wenn Träume lügen Verloren
auch als e book

That damn Love to you
auch als e book

Free 1 Die Welt gehört uns wenn du bei mir bist
auch als e book

Free 2 Ohne dich hört die Welt auf sich zu drehen
auch als e book

E.W. BOOKS

Elke Wollinski • Jugendbücher
Made with Love and Fantasie

Impressum

Copyright
Deutsche Erstveröffentlichung 2022
Elke Wollinski
Korrektur und Lektorat: Elke Wollinski
Herstellung und Verlag:
BoD – Books on Demand, Norderstedt

ISBN: 978375688405
Autorenlogo: Acelya Soylu buchcover_design online
Covergestaltung: Constanze Kramer
www.coverboutique.de
Bildnachweise:
Valentin Valkov, ISTANBUL2009, majivecka, Loveleen,
Audrey Popov, zolotons, valerybrozhinsky-
stock.adobe.com
graficriver_icons_logo, meimei studio, Galina Timofeeva,
Piotr Krzseslak, Oxlock-
shutterstock.com

Dieses Buch ist für alle, die niemals aufgeben,
für alle, die ihre Träume leben, komme was wolle.
Für alle, die kämpfen.
Für all die Liebenden dieser Welt.
Für alle Tapferen dieser Welt.
Für alle, die die Hoffnung nie aufgeben.
Für alle Abenteurer, und die, die es gerne wären,
oder noch werden.
Für alle, die der Kraft der Liebe vertrauen.

Free

Ohne dich
hört die Welt auf sich zu drehen

Für Randy

My Love

egal wo du bist

egal was du tust

Du bist nicht allein

Mein Herz wird immer bei dir sein

Für Lauren

Liebe ist alles

Glaube versetzt Berge

Die Hoffnung stirbt zuletzt

Lebe dein Leben, vergiss mich nicht

Trage mich in deinem Herzen

Erinnere dich

Sei frei

Free

Ohne dich hört die Welt auf sich zu drehen

Randy hat sich bis nach Mexiko durchgeschlagen. Angst und Hunger bestimmen sein Leben. Oft denkt er daran, einfach aufzugeben. Als er einen kleinen Jungen vor dem Ertrinken rettet, nimmt sein Leben wieder eine positive Wendung. Für kurze Zeit findet er in Mexiko ein Zuhause. Doch seinen Traum, die USA zu durchwandern, hat er noch immer nicht aufgegeben. Auf seinem weiteren Weg gerät er mehrfach in lebensgefährliche Situationen. Er übersteht ein heftiges Erdbeben und befreit zwei Asiatinnen aus den Fängen eines Menschenhändlers. Gemeinsam mit dem Bruder eines der Opfer schaffen es die vier in Los Angeles unterzutauchen. Doch auch hier sind sie nicht sicher und schlagen sich bis nach Kanada durch, wo der raue Winter Randy fast das Leben kostet. Doch die Liebe zu Lauren ist noch immer da. Wird er es nach Hause schaffen?

Randys spektakuläre Flucht, und die Tatsache, dass sie sein Kind unter ihrem Herzen trägt, wovon er nichts weiß, reißt Laurens Herz in Stücke. Schweren Herzens kehrt sie mit ihren Eltern nach Georgetown zurück und versucht ihr Leben einigermaßen in den Griff zu bekommen. Ihre Schwangerschaft verläuft gut und Lauren kann es kaum erwarten Randys Baby endlich in den Armen zu halten. Jeden Tag hofft sie ihre große Liebe wieder zu sehen. Als sie im Fernsehen erfährt, dass man die Suche nach Randy aufgegeben hat und er für tot erklärt wurde, bricht ihre Welt endgültig zusammen. Als Lauren ihren Sohn Rylan zur Welt bringt, scheint ihr Leben plötzlich wieder einen Sinn zu haben. Und dann erreicht sie ein Brief. Von Randy...

Prolog

Eine Woche ist bereits vergangen, seit das Reporterteam bei uns war. Die junge Frau will unbedingt wissen, wie Randys und meine Geschichte endet. Wie wir beide es geschafft haben, und was in all den Jahren der Trennung, und der Hoffnung, einander wieder zu finden, passiert ist. Wir sind bereit ihr unsere Geschichte zu erzählen. Draußen ist es warm und friedlich. Wir genießen unsere Freiheit, unseren Garten, und dass wir einander haben. Dass wir das überlebt haben. Das Leben ist schön. Die Erinnerungen bekommen langsam Lücken, doch nehmen kann sie uns niemand.

Es klingelt an der Tür. Sie sind da. Randy greift nach meiner Hand. Unter dem anderen Arm klemmt seine Krücke. Ich helfe ihm zu laufen. Die wilde Natur des Nordens hat ihm sein halbes Bein genommen. Doch er gibt nicht auf. Hat er noch nie. Seine Behinderung ist schon längst normal für ihn geworden. Auch sie ist das Ergebnis seiner unglaublichen Geschichte, während unserer Trennung.
Wir werden alles erzählen.

Wir erreichen die Tür.
„Mr. und Mrs. Bolt. Ich freue mich sehr auf ihre weiteren Erzählungen. Ich habe ihre Daten bereits an einen Filmproduzenten geleitet. Bald könnte ihre Geschichte die Kinosäle dieser Welt füllen. Sie beide sind unglaublich tapfer gewesen. Ich bewundere ihren Mut. Und ihre Liebe zueinander ist nicht zu übersehen."
„Kommen sie rein. Wir sind im Garten. Das Wetter ist herrlich.

Ich liebe New Jersey. Mein Mann wurde hier in Trenton geboren. Nachdem er .... also, die Zeit ohne ihn, war die Schwerste in meinem Leben. Diese Ungewissheit, ob er noch lebt, oder nicht. Ich wollte seine Familie kennen lernen. Und deshalb...“

„Das kann ich verstehen.“

Die Reporterin, ihr Name ist Rachel, folgt uns in den Garten. Interessiert schaut sie Randy zu, mit welcher Leichtigkeit er sein neues Leben mit dieser Behinderung meistert. Er hat sein Schicksal akzeptiert. Hauptsache wir haben uns wieder gefunden. Und wir leben noch. Ich stelle uns Wasser und Snacks auf den Tisch und dann hole ich unsere Fotokiste. Eine davon, denn es sind so unglaublich viele Fotos geworden. Jedes von ihnen beschreibt ein Stück unseres unglaublichen Abenteuers. Als ich mit einem der vielen Kartons zurück komme, strahlt Rachel über das ganze Gesicht.

„Sie wollen sie mir zeigen? Das ist fantastisch.“

Sie klatscht in die Hände und öffnet den Deckel des Kartons, den ich vor sie gestellt habe.

„Na ja. Schließlich soll der Film doch so authentisch wie möglich werden“, grinst Randy. Noch immer vergehe ich in seinen blauen Augen.

„Lauren, erzähl der Lady wie es ohne mich weiterging.“

„Nur, wenn du das auch tust.“

„Das werde ich.“

Er setzt sich neben mich, greift nach meiner Hand.

„Du fängst an, Lauren“, sagt er

„Okay. Festhalten, es geht los.“

1

Lauren

„Dad. Du musst anhalten. Ich muss es ihm sagen. Dad, bitte."
Ich trommelte gegen den Fahrersitz und sah wie Randy sich der
Grenze genähert hatte. Und wie er einfach die Absperrung
durchbrochen hatte. Ich musste ihm doch sagen dass ich sein
Baby erwartete. Doch mein Vater dachte nicht einmal daran die
Fahrtrichtung zu ändern. Flughafen. Harlingen. Dahin würde er
uns bringen. Ich würde Randy nie mehr wieder sehen. Meine
große Liebe wurde mir auf eine der brutalsten Arten
genommen. Niemand schien die Wahrheit wissen zu wollen.
Für alle war klar, dass Randy ein Krimineller war. Ist es denn
so schlimm, wenn man sich verteidigt, sich wehrt und seine
Lieben beschützen will? Alles was passiert ist war so nicht
geplant. Alles ist irgendwie aus dem Ruder gelaufen. Und nun
wurde er gejagt. Gejagt wie ein wildes Tier.

Ich starrte so lange auf die Stelle, an der ich Randy zum letzten
Mal gesehen hatte, bis die Grenze aus meinem Sichtfeld
verschwunden war. Und dann schrie meine Mutter plötzlich:
„Pass auf! Die Katze!"
Mein Vater bremste und kam schlitternd neben dem Tier zu
stehen.
„Das ist Shadow", flüsterte ich. Ich öffnete die Tür und nahm
unsere kleine Katze in Empfang. Wenigstens sie würde mir
erhalten bleiben. Sie würde mir die Erinnerung an alles, was
ich mit Randy erlebt hatte, erhalten. Ich drückte das kleine Tier
an mich. Die Katze war völlig verstört, aber sie erkannte mich

und drückte sich an meinen bebenden Körper.
Mein Vater raste weiter. Immer weiter weg von Randy.
Weiter weg von Mexiko.
In der Ferne konnte ich den Rio Grande sehen. Dahinter lag die
Freiheit für Randy. Ich hoffte einfach, dass er sich irgendwie
durchschlagen konnte. Dass es ihm gut ging und sich eines
Tages alles klären würde. Es wäre nicht richtig, ihn
einzusperren. Er ist kein böser Mensch.

Noch immer konnte ich mich kaum beruhigen. Auch nicht als
ich sah, dass eine weitere Eskorte an Polizeiwagen in Richtung
Klinik fuhr. Sie machten Jagd auf Randy, oder auf den Typen
im gelben Sportwagen. Sie suchten nach den beiden Waffen,
die Randy noch immer bei sich hatte. Und vermutlich nach
dem Messer, mit dem er den Typen verletzt hatte, als er mich
vor diesem retten wollte. Randy steckte echt in
Schwierigkeiten. Und dabei war alles ganz anders. Niemand
würde ihm glauben. Er musste fliehen. Ihm blieb keine andere
Wahl als den Staaten den Rücken zu kehren. Und deshalb
musste ich ihn gehen lassen.

Mein Vater jagte den Motor erneut an dessen Grenzen. Ich
setzte die kleine Katze auf meinen Schoß und grub mein nasses
Gesicht in ihr Fell. Als hätte sie gespürt, dass es mir schlecht
ging, drückte sie sich noch fester an mich. Dieses kleine Tier
und das Baby in mir, waren die einzigen Zeugen meiner Reise
geblieben. Unser Auto entfernte sich immer weiter. Endlich
nahm mein Vater den Fuß vom Gas. Sofort begann meine
Mutter mit ihrer Tirade gegen Randy:
„Du wirst darüber hinweg kommen. Er ist kein Mann für eine
gemeinsame Zukunft. Er ist ein Verbrecher Lauren. Warum
siehst du das denn nicht?"

Meine Mutter hatte Null Mitgefühl.

„Du kennst ihn doch überhaupt nicht.", schoss ich wütend zurück.

„Randy ist der ehrlichste, bescheidenste und zufriedenste Mensch, den ich kenne. Er verabscheut Gewalt und alles was er getan hat, war zu unserem Schutz."

Meine Mutter durchbohrte mich mit ihrem Blick.

„Also gibst du zu, dass er... gewisse Dinge getan hat. Z.B. hat er auf Menschen geschossen. Schon alleine der Gedanke, dass er eine Waffe bei sich hat, die in ganz Mexiko gesucht wird... Lauren, du kannst mir doch nicht sagen, dass das nichts zu bedeuten hat. Er hätte dich töten können."

„Und warum sollte er das tun? Ich erwarte ein Kind von ihm. Es ist ein Kind der Liebe. Auch wenn er nichts davon weiß, dank euch."

Ich war so sauer, enttäuscht von meinen Eltern. Nie hätte ich gedacht, dass sie so kaltherzig sein konnten.

„Ein Ergebnis einer Vergewaltigung. Dessen bin ich mir sicher. Leider bist du schon zu weit in der Schwangerschaft. Wir können es nicht mehr ändern. Du wirst das Verbrecherbaby auf diese Welt bringen und dann werden wir angemessene Eltern dafür finden. Ende der Durchsage."

Meine Mutter wendete sich von mir ab.

„Du willst mir mein Baby nehmen? Geht es noch? Niemals werde ich dieses Baby hergeben. Es ist alles was ich von Randy noch habe. In ihm wird er weiter leben."

„Du bist erst 17 und sicherlich nicht in der Position Forderungen zu stellen. Wer soll dieses Kind ernähren? Hm? Ich denke nicht, dass dieser Randy dir jeden Monat Alimente schicken wird."

„Er weiß ja nicht einmal, dass er Vater wird. Dank Euch. Ihr seid so gemein. Nie im Leben hätte ich gedacht, dass meine Eltern so niederträchtig sein können. Randy hat ein Recht von dem Baby zu erfahren."

Ich wurde immer wütender, während mein Vater einfach weiter fuhr.

„Und dann? Was wenn das Kind erwachsen ist? Es wird einen Verbrecher zum Vater haben. Willst du das? Soll ein Kind so leben? Ausgestoßen von seiner Umwelt, nur weil es einen Vater hat, der sich im Knast vergnügt?"

„Dazu müssen sie ihn erst einmal finden. Und beweisen, dass alles, was er getan hat, geplant und böswillig war. Mom. Er hat mir so oft mein Leben gerettet. Sich um mich gekümmert."

Immer mehr Tränen rannen meine Wangen hinab. Mein Magen tat mir weh. Schützend legte ich meine freie Hand auf meinen Bauch. Auch wenn es noch nicht zu sehen war, wusste ich, dass ein Teil von Randy immer bei mir sein würde. Ich würde dieses Kind um jeden Preis behalten. Egal, welche Schwierigkeiten es mit sich bringen würde.

„Mir ist völlig egal was er hat und was nicht. Fakt ist, er wird in den gesamten Staaten gesucht. Und sicher nicht nur weil er irgendwo ein paar Früchte gestohlen hat. Du wirst diesen Kerl endgültig aus deinen Gedanken löschen. Hast du mich verstanden?"

Dann schwiegen wir bis wir Harlingen erreichten.

Das Flughafengelände tauchte vor uns auf. Jetzt würde es endgültig sein. Kein Zurück mehr. Wenn ich in den Flieger steigen würde, wäre Randy für immer aus meinem Leben verschwunden. Ich wüsste nicht was aus ihm wird.

Und aus seinem Baby. Dennoch blieb mir keine Wahl.

Wir stiegen aus und mein Vater regelte alles Weitere. Ich musste für Shadow noch den Transport organisieren, denn sie wollte ich auf keinen Fall hier lassen.

Kurze Zeit später waren wir auch schon bereit zum Abflug.
Alles was ich von oben aus sehen konnte, war der Rio Grande.
Und dahinter die Freiheit für Randy.

*„Großer Gott. Das klingt ja übel. Und ihre Eltern wollten
wirklich nichts davon wissen?"*
*„Nein. Für sie war der Fall erledigt. Ich war wieder da und
der Rest würde sich auch noch klären. Zum Glück habe ich
nicht auf sie gehört."*
*„Zum Glück. Du hast mich am Leben erhalten. Ohne die
Hoffnung, dich eines Tages wieder zu sehen, hätte ich es nicht
geschafft."*
*„Unglaublich. Ich bewundere sie beide für ihre Liebe und
ihren Mut. Mr.Bolt, bitte erzählen sie uns doch was passierte,
als sie getrennt wurden", sagt Rachel und richtet sich auf. Die
Kamera fährt zu meinem Mann herum. Er lächelt noch immer
und streichelt meinen Handrücken.*
„Sehr gerne."

2

Randy

Ich sah Lauren. Sie wartete auf mich. Ich hatte alles perfekt organisiert. All unsere Sachen waren jetzt hier bei mir. Das Bike war voll getankt, die Tiere satt. Nur Shadow war nicht aufzufinden. Der Schuss hatte sie wohl erschreckt und die Katze war in der Parkanlage des Krankenhauses verschwunden. Doch darauf konnte ich nun keine Rücksicht mehr nehmen. Ich musste nach Mexiko. Koste es was es wolle. Ich wollte frei sein. Frei bleiben. Ich lud meine Pistole und begann den nächsten Fehler meines beschissenen Lebens. Ich feuerte auf den Drogendealer. Nein, ich erwiderte seinen Schuss. Beinahe hätte er das Vorderrad meines Bikes getroffen. Das alte Motorrad war meine einzige Chance, die vereinigten Staaten schnellst möglich zu verlassen. Lauren sah mir in die Augen. Ihr Blick war so entschlossen. Er sagte mir, sie käme mit mir. Nichts und niemand würde uns trennen oder uns aufhalten. Unsere Blicke trafen sich. Mein Herz schlug so schnell. Es ging um Leben und Tod.
Und dann begann sie zu rennen.
„Lauf, Lauren. Lauf. Ich liebe dich. Egal was passiert. Ich werde es immer tun", schrie ich zu ihr herüber.
„Ich liebe dich auch. Warte auf mich Randy. Ich komme mit dir. Wenn du willst bis ans andere Ende der Welt."
Tränen überströmten ihr hübsches Gesicht. Ich machte mich bereit, sofort loszufahren, wenn sie endlich bei mir war.
Doch dann kam alles ganz anders. Eine Autotür wurde aufgerissen. Ehe ich etwas tun konnte, hatte jemand Lauren in

das Auto gezerrt. Die Tür wurde zugeschlagen. Das Auto entfernte sich mit quietschenden Reifen in die andere Richtung. Ich sah Lauren am Rückfenster. Ihren traurigen Blick. Ihren stummen Schrei. Und dann ballerte dieser Typ schon wieder auf mich los. Ich schwang mich auf mein Motorrad. Meinen Hund und Speedy, mein Frettchen, hatte ich sicher im Beiwagen des Fahrzeugs untergebracht. Der Typ schrie was von `ich will meinen Stoff.´ Selbst wenn ich gewollt hätte. Den Stoff hatte der Golf von Mexiko schon längst verschluckt. Ich fragte mich, wie der Kerl überhaupt auf mich gekommen ist. Wir hatten ihn nie zuvor persönlich getroffen. Nur von weitem gesehen, als er damals in New Orleans zum Steg gekommen war. Die Ocean Princess war im Sturm beschädigt worden. Der Stoff hätte mit ihr unter gegangen sein können. Ich denke, das alles ging auf Sams Konto. Er wusste von unserer aussichtslosen Situation und hatte uns in der Hand. Er hatte dem Typen weis gemacht, wir hätten das Heroin abgezockt. Es kam ihm gerade recht, dass wir in einer sehr beschissenen Lage steckten, und dass beinahe jeder Bürger der USA uns aus den Zeitungen und dem TV kannte. Und es konnte ja sein, dass ausgerechnet Laurens Eltern ihm die nötigen Infos zu unserem Verbleib geliefert hatten. Anders konnte ich mir seine Anwesenheit dort nicht erklären. All das war nun nicht mehr wichtig. Ich musste weg von dort. Und zwar so schnell wie möglich. Ich gab Vollgas und folgte dem Wagen, in dem Lauren saß. Mit wildem Geballer versuchte ich mir den Weg freizuschießen. Ich holte ein wenig auf. Der Wagen beschleunigte. Ich auch. Ich wollte nicht akzeptieren, dass man Lauren zwang, ein völlig anderes Leben zu leben, als das was sie sich selbst gewünscht hatte. Ein Leben an meiner Seite. Gemeinsam Abenteuer erleben. Unseren Traum zu Ende träumen. Wir hatten noch nicht einmal die Hälfte geschafft.

Dann tauchte das Hinweisschild zum Flughafen vor uns auf. Mir wurde immer klarer, dass ich sie hier und jetzt zum letzten Mal gesehen hatte. Ich würde die Liebe meines Lebens verlieren. Verdammte Spinne. Warum musste dieses Vieh ausgerechnet Lauren beißen?

Der Wagen schoss um die rechte Kurve, Richtung Flughafen. Zur Grenze nach Mexiko musste ich aber nach links abbiegen. Mir blieb keine Zeit zum überlegen. Ich riss den Lenker herum und steuerte die Grenze an. Die Polizei von San Benito war inzwischen eingetroffen. Die Beamten aus Brownsville ebenfalls. Sie versuchten mich einzukesseln. Ich sah wie man den Typen, der auf mich geschossen hatte, abführte. Eine Sorge weniger. Die Grenze kam näher. Die Schranke war geschlossen. Ich bekam Angst. Panik. Mein Handeln wurde von Verzweiflung und Angst bestimmt. Was, wenn ich tatsächlich in einem Knast gelandet wäre? Für wie lange? Und wo überhaupt? Nein, das wollte ich nicht. Ich weiß, es war falsch, aber ich bin einfach hindurch gefahren. Ich hatte einfach Angst. Ich durchbrach den Grenzmast und raste dem Flussufer entgegen. Der Rio Grande war zum Greifen nah. Der Fluss war meine letzte Rettung. Hier würde die Natur mich vor meinen Verfolgern verbergen. Die amerikanische Polizei war hier nicht mehr zuständig und zog sich zurück. Trotzdem hatte ich noch immer die Grenzpolizei hinter mir her. Sie würden mich sicher ausliefern, wenn sie mich erst gefangen hatten. Ich raste weiter, von Angst getrieben. In der Ferne sah ich endlich das Ufer des Rio Grande. Ich beschloss den Fluss zu überqueren und immer am Ufer entlang zu wandern, bis ich Laredo erreichen würde.
Ich würde zu Fuß weiter gehen müssen.
Das Bike würde mir noch Verhängnis werden. Das bedeutete,

ich musste mein geliebtes Motorrad zurück lassen.
Der Weg wurde kurviger. Ich konnte meine Verfolger
abhängen. Für kurze Zeit jedenfalls. Das Tosen des Wassers
war schon zu hören. Laut und wild schoss das Wasser durch
sein Bett. Der Rio Grande ist ziemlich lang und sehr breit. Ich
hatte keine Ahnung wie es weiter gehen würde, aber ich wollte
frei sein.
Ich ratterte die Böschung hinab. Hinter mir die Sirenen und die
Rufe der Polizei, die jetzt wieder besser zu hören waren.
Hektisch sah ich mich nach ihnen um. Ich konnte sie hören, sah
jedoch niemanden. Ich raste einfach weiter. Ohne Rücksicht
auf irgendwas. Sogar meine Tiere lagen zitternd im Beiwagen.
Am Ufer angekommen, schob ich die alte Triumph in einen
Busch. Ins Wasser schieben wollte ich sie nicht. Gerne hätte ich
das Bike behalten. Ich liebte das alte Ding. Immerhin hatte es
uns unserem Traum ein wenig näher gebracht. Doch jetzt hieß
es Abschied davon nehmen.
„Danke für deine Hilfe", flüsterte ich dem Gefährt zu und
bedeckte es mit Ästen. Dann stach ich mit meinem Jagdmesser
die Reifen platt und zog den Schlüssel ab. Wenigstens ihn
wollte ich behalten. Mein Herz wurde schwer. Schnell holte ich
das Wichtigste aus unseren Rucksäcken. Alles konnte ich
alleine nicht tragen. Da waren unsere vielen Fotos. Die
geschnitzten Holzfiguren, die Lauren so viel bedeuteten.
Unsere Landkarte und einige Kleinigkeiten, die Lauren für
wichtig gehalten hatte. Medikamente und ihre Trinkflasche.
Das Geld, die vielen Fotos, das Zelt, samt Schlafmatte, und
eines von Laurens Tops, das ich so an ihr liebte. Den Rest der
Sachen verteilte ich im Fluss. Auch meine Kleidung fand ihre
letzte Ruhestätte im Rio Grande. Ich hatte nichts mehr. Nur
noch das, was ich am Leib trug und meine Erinnerungen.
Erinnerungen an die schönste Zeit meines bisherigen Lebens.

Mein kurzes Leben mit Lauren an meiner Seite. Diese konnte mir niemand nehmen. Auch nicht falls sie mich erwischen sollten.

Ich sah zu wie meine Sachen gen Westen trieben. Sie würden glauben, ich sei ertrunken. So hoffte ich zumindest. Es dauerte einige Minuten, bis der Fluss mein ganzes Hab und Gut verschlungen hatte.

„Na komm Earl. Wir müssen von hier verschwinden."

Ich streichelte meinen treuen Freund und machte mich auf den Weg in die Freiheit. Mein Frettchen kuschelte sich in meine Kapuze. Wenigstens waren die beiden mir geblieben. Wehmütig schaute ich noch einmal mein Bike an, das hier seine letzte Ruhestätte gefunden hatte. Dann lief ich los. Das Ufer war uneben und sumpfig. Der Weg beschwerlich und einsam. Der Lärm der Stadt lag nun hinter mir. Auch von meinen Verfolgern hörte ich nichts mehr. Vielleicht suchten sie in der entgegengesetzten Richtung weiter. Darüber wollte ich mir keine Gedanken machen. Ich hatte solchen Hunger und von Durst kaum zu reden. Ich lief und lief. Immer am Ufer entlang. Mein Kompass zeigte mir den Weg gen Westen.

Und dann bot sich mir eine Möglichkeit ein wenig auszuruhen. Ich entdeckte einen kleinen Hohlraum in einer alten Mauer. Dort quetschte ich mich hindurch. Es war wie in einer winzigen Höhle. Keine Ahnung was hier früher einmal gewesen war. Es war mir egal. Meine Nerven waren noch immer zum Zerreißen gespannt. Immer wieder sah ich die letzten Stunden vor mir. Ich hatte keinen Plan wie es weiter gehen sollte. Fakt war nur, es würde nicht leicht werden. Und mir war auch klar, dass ich jetzt auf keinen Fall zurück nach Trenton konnte. Mein Leben war ein Scherbenhaufen geworden und ich würde den Rest davon auf der Flucht verbringen. Und das mit 22.

Ich breitete meinen Schlafsack in der kleinen Höhle aus. Das Zelt hätte nicht gepasst. Dort ruhte ich mich etwas aus. Earl legte sich auf meine Füße, Speedy erkundete unser kleines Gefängnis. Ich fühlte die beiden Pistolen noch immer in meinem Hosenbund stecken. Mir war klar, dass ich die Dinger so schnell wie möglich loswerden musste. Ach hätte ich sie doch gar nicht erst mitgenommen. Ich entschied, die beiden Waffen später ebenfalls in den Fluss zu werfen. Doch jetzt brauchte ich Ruhe. Diese Verfolgungsjagd hatte mich viel Energie gekostet. Und nun saß ich hier. In Mexiko. Niemals hätte ich gedacht, dass mein Traum zu einem Albtraum werden würde.

„Wir leben noch, Landstreicher", flüsterte ich und drückte meinen treuen Hund an mich. Und mein Frettchen war auch wieder da. Dieses kleine Tier war zäh wie Leder. Ich angelte noch die letzten Essensreste aus meiner kleinen Tüte und dann wollte ich nur noch schlafen.

3

Lauren

Nach einem relativ angenehmen Flug war ich zurück. Zurück in meinem alten Leben. Alles sah noch genau so aus wie ich es vor einem Jahr verlassen hatte. Unser Haus. Die Wiesen der Nachbarn. Eileens kleiner Kräutergarten und mein Zimmer. Meine Eltern hatten nichts darin verändert. Mein Bett war unberührt. Noch immer war alles so wie ich es früher geliebt habe. Dinge, die mir vorher wichtig waren, verloren an Bedeutung. Ohne Randy war alles ohne Bedeutung. Er hatte mein Leben bunter gemacht. Es verändert. Er hatte mir gezeigt was wirklich wichtig ist.

Ich hockte mich auf mein Bett, ließ meinen Blick über meine kleine Welt gleiten. Und dann kamen sie. Die Tränen. Die Sehnsucht nach Randy. Ich machte mir Sorgen um ihn. Und Vorwürfe. Wegen mir war er ja erst in all diesen Schlamassel geraten. Und jetzt? Ich wusste nicht wie ich mein Leben alleine mit einem Baby auf die Reihe bekommen sollte. Denn mir war klar, dass ich dieses Kind um keinen Preis der Welt hergeben würde. Da könnten meine Eltern das Haus anzünden. Es würde ihnen nichts nutzen. Zärtlich strich ich über meinen winzigen Bauch. Jetzt wurde mir so einiges klar. Die Übelkeit, die Gewichtszunahme und überhaupt alles was in den letzten Wochen passiert war.

„Wir schaffen das schon Kleines", flüsterte ich meinem Bauch zu. Dann war ich erledigt. Der Stress, die Verfolgung und die Heimreise forderten ihren Tribut. Ich ließ mich einfach fallen. Die Zeit heilt alle Wunden.

Meine Eltern schleppten meine paar Habseligkeiten ins Haus.
Für sie war das anscheinend keine große Sache. Für mich
schon, denn ich hatte alles verloren. Nicht nur meine Sachen
und meine gesamten Ersparnisse. Nein, auch den Mann, den
ich über alles liebte. Vielleicht war er schon gar nicht mehr am
leben. Vielleicht hatten sie ihn erschossen oder verhaftet. Der
Gedanke daran machte mich einfach fertig. Meine Eltern
interessierte Randys Schicksal herzlich wenig. Für sie zählte
nur eines:
Ich war zurück. Und zwar lebendig. Wenn auch mit einem
Bastard in mir. So bezeichneten meine Eltern das Ungeborene,
welches ja absolut nichts dafür konnte.
Irgendwann schlief ich über meine Grübeleien ein.

Den nächsten Tag versuchte ich möglichst normal zu beginnen.
Es war ungewohnt für mich, einfach an einen Kühlschrank zu
gehen und mir mein Essen zu holen. Ich starrte in den Garten.
Die Obstbäume blühten und trugen reichlich Früchte.
„Scheiß drauf", sagte ich mir und nahm einen kleinen Behälter
mit hinaus. Ich würde nur essen, was die Natur bereit war mir
zu geben. Ich weigerte mich einfach, mich dem verdammten
System wieder zu fügen. Nie wieder wollte ich etwas tun,
wovon ich nicht überzeugt war. Ich würde Randys
Lebensmotto beibehalten. Schnell hatte ich einige Äpfel und
anderes Obst gepflückt. Es war herrlich warm und ich konnte
meine Mahlzeit im Garten genießen. Und dann öffnete sich das
Tor. Eileen kam auf mich zu gerannt.
„Mensch Lauren. Endlich bist du wieder da. Was hast du dir
denn dabei gedacht? Was hast du denn mit deinen Haaren
gemacht?"
„Eileen. Ich habe dich auch vermisst. Komm rein."
Wir fielen uns in die Arme.

„Ich dich auch. Du hast dich verändert. Deine Haare, sie sind so kurz. Und dunkel."
„Das ist eine lange Geschichte. Ich erzähle dir alles. Versprochen."
„Wo ist Randy?"
Bei der Erwähnung seines Namens brachen meine Dämme. Ich berichtete was passiert war. Eileen unterbrach mich kein einziges Mal.
„ ... und gestern kamen wir zurück."
„Das ist ja eine irre Geschichte. Aber denkst du nicht, dass es besser so ist?" „Nein. Ich habe dir noch nicht alles erzählt."
„So? Was hast du denn nicht gesagt?"
„Ich erwarte ein Kind. Von Randy."
So, jetzt war es raus.
Eileen starrte mich an als sei mir ein zweiter Kopf gewachsen.
„Das meinst du nicht ernst. Wie kann das passieren? Ich meine...du bist erst 17. Er ist über 20 und ....kriminell."
Das letzte Wort flüsterte sie beinahe, während sie nervös ihre Hände knetete und auf ihre Füße sah.
„Randy ist alles was ich will. Warum denkt jeder, dass er ein Verbrecher ist?" „Ihr wart fast ständig in den Nachrichten. Ihr beide habt eine Spur der Verwüstung hinterlassen. Es gibt eine Menge verärgerter Menschen, denen Randy richtig auf die Zehen getreten ist. Er ist in Drogenhandel und Waffendiebstahl verwickelt. Diebstahl. Geprellte Krankenhausrechnungen. Einbruch in fremde Häuser. Erregung öffentlicher Ärgernisse. Verführung einer Minderjährigen. Dazu Körperverletzung. Mensch Lauren. Der Mann wäre fast drauf gegangen. Randy hat ihn abgestochen und..."
„Eileen...hör´auf damit. Ist schon mal jemandem der Gedanke gekommen, WARUM das alles passiert ist? Vermutlich nicht. Nun, dann will ich es dir erklären..."

Ich erzählte ihr alles was seit Jacksonville passiert war. Von dem Überfall auf uns, durch die Typen, die uns mitgenommen hatten. Von dem Kerl, der mich im Zelt versucht hatte zu vergewaltigen, als Randy auf der Suche nach etwas Essbarem gewesen war. Von allem, was danach passiert war.

„Randy ist nicht böse. Das musst du mir glauben", schloss ich meinen Bericht.

„Das kann ja sein. Aber alles spricht gegen ihn. Das geht nicht gut für ihn aus. Du bist besser dran ohne ihn. Du kommst darüber hinweg. Eines Tages."

„Ich werde ihn niemals vergessen. Und er ist die Liebe meines Lebens. Ich wünsche ihm dass er glücklich wird und dass er in Sicherheit ist."

Meine Freundin rückte näher an mich heran.

Ich drückte mich an sie. Ich brauchte ihren Halt. Ihre Unterstützung. Immer wieder brachen neue Sturzbäche aus mir heraus. Ich wollte einfach nicht hier sein. Immer wieder sah ich Randy vor mir. Als er mir zugerufen hatte, dass er mich liebt und dass ich rennen soll. Dann der Kugelhagel. Die halsbrecherische Flucht auf der alten Triumph. Das Durchbrechen der Grenzbarriere. Ich hoffte, dass er in Sicherheit ist. Und dass er noch am leben ist. Der Gedanke daran ließ mich aufhören zu weinen. Hoffnung ist alles was einen am Leben erhält. Langsam beruhigte ich mich wieder.

Ich erzählte Eileen wie alles begonnen hatte. Als ich ihn in Charleston gefunden hatte, und alles was ich erlebt hatte, bis es soweit war. Von Jana und Maria, von meinem Einkauf im Campingladen. Von Randys Tieren und von unserem ersten mal im Hochsitz des Försters.

„Das ist wirklich süß. Ich meine das mit den Halstuchstücken... Das ist so romantisch..."

Eileen sah mich für einen kurzen Augenblick ganz verzückt an.

Doch dann wurde ihr Blick wieder ernst.

„Trotzdem spricht alles gegen ihn. Auch wenn ICH dir glaube, heißt das nicht, dass der Rest des Landes es auch tut. Sieh mal. Alle Beweise sprechen gegen ihn. Aussage gegen Aussage. Randy seht alleine gegen all die Personen. Er kann nicht gewinnen." „Aber so war es doch nicht..."

„Doch. Irgendwie schon. Denk nach Lauren: Er HAT zugestochen. Er IST eingebrochen. Er HATTE Drogen dabei, usw. Das sind Tatsachen, egal aus welchem Grund was passiert ist."

Sie drückte meine Hand:

„Wir schaffen das schon. Du solltest dich mit dem Gedanken anfreunden, ihn nie wieder zu sehen und eine allein erziehende Mutter zu we...."

„Nein. Er wird es schaffen."

Ich war so überzeugt von meiner Meinung. Eileen kam einfach nicht dagegen an. Zum Glück beließ sie es dabei und wir fanden sogar Gesprächsstoff, der NICHTS mit Randy oder mir zu tun hatte. Erst am Abend machte meine Freundin sich auf den Heimweg. Wir hatten den ganzen Tag zusammen verbracht. Es hatte so viel zu erzählen gegeben. Immerhin war ich ein Jahr lang zu Fuß durch die Staaten gewandert. Auf meinem Weg lernte ich viele verschiedene Menschen kennen. Nicht alle waren nett. Und nicht alle sind Verbrecher. Es gibt nicht nur schwarz und weiß. Doch davon wollten meine Eltern nichts wissen. Für sie zählten nur die Fakten. Den Rest des Abends blieb ich bei meinen Eltern im Wohnzimmer. Irgendwie konnte und wollte ich nicht alleine sein. Trotz allem was sie uns angetan hatten. Mein Vater schaltete das TV an. Zeit für die Nachrichten.

„ … wurde das flüchtige Paar in Brownsville aufgespürt. Ein Arzt des Mountain Break Hospitals hatte eine junge Patientin wegen eines giftigen Spinnenbisses behandelt. Die Patientin wurde als Lauren Burke identifiziert. Sofort nahm der Arzt Kontakt zu den Eltern der jungen Frau auf. Der Gesuchte Randy Bolt hielt sich ebenfalls dort auf. Ihm werden schwer wiegende Delikte zur Last gelegt. Während seiner Reise stach Bolt einen jungen Mann nieder. Dieser überlebte den Angriff nur knapp. Weitere Zeugen bestätigen, dass Bolt im Besitz mexikanischer Waffen des Kartells um Carlos Donato Del Poro ist. Jene Waffen wurden vor einer Weile entwendet. Einen Teil der Beute fand man bereits vor drei Wochen in einem Flussbett in einer metallenen Kiste. Diese wies Aufbruchs-spuren auf. Die Fingerabdrücke sind noch relativ gut erhalten. Sie werden derzeit im ballistischen Labor der örtlichen Polizei untersucht. Des Weiteren wird Bolt Drogenschmuggel vorgeworfen. Er soll versucht haben, über ein Kilo Heroin an Bord der havarierten Ocean Princess zu schmuggeln. In diesem Zusammenhang wurde gestern der Kopf der Bande Richard Wernan verhaftet. Er war ebenfalls auf der Suche nach Bolt und schoss auf den Flüchtenden. Ein wildes Waffengefecht war die Folge. Bolt gelang die Flucht über die mexikanische Grenze. Seine Spur verliert sich am Rio Grande. Die junge Lauren ist sicher bei ihren Eltern in Georgetown angekommen. Die Suche nach Bolt ist jetzt Sache der mexikanischen Behörden. Wir bitten Sie auch weiterhin um Mithilfe für die Ergreifung Bolts. Hinweise an die Polizei von Brownsville oder jeder anderen Dienststelle an der Grenze zu Mexiko. Wir danken für Ihre Mithilfe. Und nun zum Wetter..." Ich konnte kaum glauben, welche Dimensionen unser Trip bis dahin schon angenommen hatte. Mir wurde schon wieder schlecht. Eileen hatte also recht gehabt. In den Augen der Bevölkerung war Randy ein Schwerverbrecher, egal wie die Wahrheit ausgesehen hatte.

4

Randy

Ich wachte auf. Sämtliche Knochen taten mir weh und der
Hunger war beinahe übermächtig. Ich hatte nichts mehr übrig.
Meine Wasserflasche war ebenfalls leer und Earl wimmerte vor
Hunger. Ich musste dringend etwas Essbares auftreiben,
kletterte aus dem Mauervorsprung und lauschte. Nur die
Geräusche des Flusses waren zu hören. Ich musste auf die
andere Seite. Leider gab es keinerlei Möglichkeit, den
reißenden Fluss zu überqueren.
„Na komm Landstreicher. Wir werden die Lage mal checken.
Alles wird gut."
Mein Hund rannte voran. Immer die Nase auf der Erde. Er
suchte nach Lauren. Kein Zweifel. Ich hoffte dass es ihr gut
geht und dass sie sicher bei ihren Eltern war. Ich schaute mich
um und sah nichts als Natur und Wasser. Ich hatte keine
Ahnung wie früh oder spät es war, denn meine Uhr hatte ich
mit all meinen Sachen in den Fluss geworfen. Lediglich den
Kompass hatte ich noch in meiner Jeans. Ich musste ihm
folgen. Weiter in Richtung Westen. Irgendwie wollte ich es bis
Laredo schaffen. Es würden etwa drei Tagesmärsche voller
Entbehrungen auf mich warten. Ich erreichte das Flussufer.
Boote gab es hier nicht. Und auch keine Brücke. Ich legte
meine Sachen am Ufer ab.
„Warte hier Earl. Ich will mir das mal anschauen."
Mein Hund blieb am Ufer zurück. Ich tastete mich ins Wasser.
Der Fluss war eisig, obwohl es Sommer war. Die Strömung
war ziemlich stark, aber ich hatte noch genug Kraft dagegen zu

halten. In der Mitte des Flusses konnte ich nicht mehr stehen.
Also keine Chance mit Gepäck und den Tieren zu schwimmen.
Verdammt. Ich brauchte einen Plan. Ich watete zurück ans
Ufer. Earl wimmerte als wäre ich ein halbes Jahr fort gewesen.
Ich packte meinen Kram zusammen und machte mich auf den
Weg. Mein Kompass sagte mir, dass ich mich links halten
musste. Meine Karte war kaum noch lesbar und überhaupt
musste ich die ganze Reise neu überdenken.
Ich lief einfach drauf los. Immer am Ufer entlang. Ich schaffte
es wenigstens zwei Fische zu fangen und suchte mir eine
trockene Stelle, an der ich mein Zelt aufbauen konnte. Die tief
hängenden Äste der alten Bäume würden mich vor neugierigen
Blicken verbergen. Ich hatte kaum noch Kraft weiter zu laufen.
Wir bauten unseren Steinkreis auf und suchten trockenes Holz.
Eigentlich hatte sich nichts verändert und doch war es nicht
mehr das selbe wie am Anfang meiner Reise. Ich vermisste
Lauren. Ihr Lächeln und ihre Küsse. Ihr weiches Haar und
überhaupt. Jeder Tag mit ihr war ein schöner Tag. Keine
Ahnung wie es dazu gekommen war, aber dieses Mädchen war
die Liebe meines Lebens geworden. Und das innerhalb
kürzester Zeit. Eines Tages würde ich zu ihr zurückkommen.
Das hatte ich mir geschworen. Egal wie lange es dauern würde.
Der Gedanke daran, ließ mich weiter machen.
Inzwischen war es schon wieder dunkel geworden. Weit war
ich nicht nicht gekommen. Ich fühlte mich schwach. Und
krank. Und einsam. Nie zuvor war das Alleinsein ein Problem
für mich gewesen. Doch jetzt fraß es mich auf. Wenn ich frei
sein wollte, musste ich damit klar kommen. Das letzte Jahr
rauschte an mir vorbei.
„Ich werde laufen. Laufen, so weit mich meine Füße tragen
werden. Es ist mir egal wann und wo ich dabei drauf gehe.
Ohne Lauren ist all das hier sinnlos."

Es war schon so schlimm um mich bestellt, dass ich meine
Tiere voll textete. Earl legte seinen Kopf auf meinen Schoß.
Wir beide würden gemeinsam sterben. Irgendwo in Mexiko.
Ich briet unsere beiden Fische. Am Ufer gab es einige
Obstbäume. Nicht viel, aber es würde mir ein oder zwei Tage
helfen. Gemeinsam sammelten wir einige Äpfel ein. Earl
schaffte es sogar, uns noch ein kleines Kaninchen zu fangen.
Zum Trinken hatten wir nur das Flusswasser. Nicht die beste
Lösung, aber was sollte ich machen?
Dann schlüpfte ich in mein einsames Zelt. Ich war erledigt.
Und mir war so kalt. Es gab nichts mehr, was mich hätte
wärmen können. Estelles warme Decke lag im Grande. Ein
großes Feuer wollte ich nicht machen. Es hätte die Polizei
direkt zu mir geführt. Mein treuer Hund drückte sich an mich
und wärmte mich. Auch er war nur noch Fell und Knochen. Ich
vergrub mein Gesicht in seinem Fell. Normalerweise bin ich
ziemlich gefasst und bodenständig, doch jetzt begannen meine
Augen zu brennen. Ich hatte mich noch nie so verloren und
hilflos gefühlt. So einsam und verlassen. Zum ersten mal auf
dieser Reise weinte ich hemmungslos wie ein kleiner Junge.
Mein Hund leckte meine Tränen ab und ich war froh, dass
wenigstens er noch da war. Ein Tier ist der beste Freund, den
man haben kann. Mein Frettchen spürte ebenfalls, dass sich
etwas verändert hatte. Wir drei kauerten uns zusammen.
Langsam beruhigte ich mich wieder ein wenig. Wenn ich das
hier überleben wollte, musste ich stark sein. Nicht für mich,
sondern für Lauren. Ich schloss meine Augen, rollte mich
zusammen, beide Tiere dicht an mich gedrückt.
Mein Atem wurde wieder flacher, der Herzschlag ruhiger.
Die Natur um mich herum lullte mich ein.
Schließlich sank ich in einen tiefen Schlaf und wachte erst
wieder auf als ich ein Boot hörte.

Das Boot kam näher. Ich richtete mich auf und lauschte. Da war ein Funkspruch. Leider konnte ich kein Wort verstehen, weil die Besatzung aus Mexikanern bestand. Ein Lichtstrahl glitt über das Wasser. Schnell wurde mir klar, dass es hier um mich ging. Sie suchten nach mir. Hektisch sah ich mich um. Earl begann zu knurren. Mühsam hielt ich ihn zurück. Ich schlich mich zum Zeltausgang und öffnete den Reißverschluss. Noch immer war es dunkel. Die Stimmen schienen sich zu entfernen. Mein Zelt war von der Position des Bootes aus nicht zu sehen. Ich verhielt mich still. In der Ferne glitt das Licht immer weiter über das Wasser. Ich raffte meine Sachen zusammen. Vorsichtig schob ich die Reste der Feuerstelle weg. Sobald das Boot außer Sicht war, packte ich zusammen. Hier war ich nicht sicher. Ich musste fort von dort. Auch wenn ich viel zu schwach dazu war, war mir klar, dass ich weiter ins Landesinnere musste. Zumindest für eine Weile. Der Fluss diente mir zur Orientierung weiter gen Westen.
Ich schlich mich durch das Geäst. Immer auf der Hut, falls das Boot zurück kommen würde. Dann wurde es ruhig. Das Boot war nicht mehr zu hören. Auch wenn ich kaum noch laufen konnte, zwang ich mich dazu weiter zu gehen.
Irgendwann entdeckte ich eine Brücke. Sie war nicht besonders stabil, aber sie würde mich und Earl tragen.
Vorsichtig erkundete ich die Beschaffenheit des alten Bauwerkes. Sie war zwar gesperrt, aber das hielt mich nicht auf. Ich wollte auf der mexikanischen Seite bleiben.
Es schien mir einfach sicherer.
Die Brücke ächzte und knarrte als ich darüber lief.
Unter mir der Rio Grande. Und mitten im Wasser jede Menge Steine, die einen Sturz aus dieser Höhe nicht positiv enden lassen würden. Das Rauschen des Wassers übertönte sämtliche Geräusche um mich herum. Inzwischen stand der Mond hoch

und hell am Himmel. Er spendete mir das einzige Licht, denn meine Taschenlampe hatte ich mit dem Rucksack im Fluss versenkt. Die alte Brücke erstreckte sich etwas über 15 Meter über den Fluss. Und sie hielt bis ich auf der anderen Seite war. Jene Seite des Rio Grande war der anderen ähnlich. Auch hier war der Weg ziemlich beschwerlich. Ich lief weiter. Der Fluss schlängelte sich durch die düstere Landschaft. Der Weg stieg an. In der Ferne sah ich eine weitere Brücke. Sie war wesentlich stabiler, als die, die ich eben überquert hatte. Auf der Brücke flackerte Blaulicht. Das Horn der Polizei war zu hören. Ich duckte mich ins Dickicht und beobachtete die Lage auf der Brücke. Jetzt sah ich ein grelles Licht, welches sich am Brückenpfeiler entlang nach unten zu bewegen schien. Ich duckte mich noch tiefer und wartete. Jetzt sah ich einen Kerl an einem Seil baumeln. Ein Taucher oder so. Noch einer folgte ihm auf den Weg nach unten. Und dann zog der erste von ihnen mein Holzfällerhemd aus dem Wasser.

5

Lauren

Die Nacht verbrachte ich unruhig. Meine ständige Übelkeit
machte die Sache auch nicht einfacher. Innerlich war ich so
aufgewühlt. Ich dachte an Randy. Ob er wohl in Mexiko in
Sicherheit war? Ob er überhaupt noch lebte? Der Gedanke
daran hatte mich schon die ganze Zeit beschäftigt. Immer
wieder malte ich mir Szenarien aus, in denen Randy tot
aufgefunden wurde. Dann dachte ich daran, wie sehr er an
seinem Traum gehangen hatte. Schon immer war er ein
Kämpfer gewesen. Und er wusste mit der Natur umzugehen.
Vielleicht hatte er auch Menschen gefunden, die ihm helfen
würden. Oder, oder, oder...
Ich konnte einfach nicht schlafen. Meine Gedanken schlugen in
starke Kopfschmerzen um. Der Abendstern strahlte in mein
Zimmer und machte alles nur noch schlimmer. Hoffentlich sah
Randy ihn auch. Irgendwie hatte mich der Schlaf dann doch
übermannt. Ich kann mich nicht erinnern, ob ich träumte oder
nicht. Jedenfalls wachte ich auf, weil mein Herz raste wie ein
Schnellzug. Ich schwitzte überall und meine Hände zitterten.
Ich denke, dass ich einen üblen Traum hatte, in dem es für
Randy mit Sicherheit nicht gut ausgegangen war. Ich schleppte
mich in die Küche, musste dringend etwas trinken. Im Haus
war es totenstill. Kein Wunder, es war 4 Uhr nachts und meine
Eltern schliefen tief und fest. Neben meinem Bett schlief
Shadow. Ihre Gesellschaft spendete mir Trost.
Zum Glück hatte ich die Katze gefunden.
Was mit Earl und dem Frettchen war, wusste ich nicht. Ich

hoffte einfach, dass die beiden das alles überlebt hatten. Würde Earl sterben, so würde es Randy innerlich töten.

In der Küche angekommen nahm ich mir ein Glas Wasser und schlich hinaus zur Terrasse. Noch immer schien der helle Stern auf unser Haus hinab. Immer wenn ich jenen Stern sah, erinnerte er mich an Randy. An unsere erste Begegnung. Und das sollte auch für eine sehr lange Zeit so bleiben.

Den nächsten Tag verbrachte ich bei Eileen. Ich versuchte mich, so gut es ging, abzulenken. Ich war todmüde, weil ich die halbe Nacht unter freiem Himmel auf der Terrasse verbracht hatte. Irgendwie hatten mir die Geräusche der Natur gefehlt. Draußen fühlte ich mich wohler. Seltsam, an welche Dinge man sich gewöhnen konnte.

Doch nun war ich hier.

„Hey, komm rein. Wir machen es uns gemütlich. So wie früher, okay?"

Eileen gab sich alle Mühe, mich auf andere Gedanken zu bringen. Wir waren alleine in Eileens Haus. Ihre Eltern waren auf den Markt gefahren. So konnten wir in Ruhe reden, denn ich wollte mich nicht den Fragen ihrer Eltern stellen. Noch nicht. Also steuerten wir Eileens Zimmer an. Der Fernseher lief. Auch meine Freundin verfolgte die Nachrichten um Randy. Wir hockten auf Eileens Bett. Gebannt verfolgten wir die Berichte. Die Reporter vor Ort nahmen Stellung zum derzeitigen Stand der Dinge um meinen Freund:

„Die Suche nach dem Flüchtigen Randy Bolt ist weiterhin in vollem Gange. Die mexikanische Polizei ist derzeit dabei, den Rio Grande, sowie die nähere Umgebung rund um den Fluss, zu durchsuchen. Hundertschaften durchkämmen die Gegend und einige Taucheinheiten sind derzeit dabei, das Flussbett nach Bolt abzusuchen. Es ist ihnen gelungen, verschiedene

Gegenstände, Kleidungsstücke, sowie ein altes
Militärmotorrad, das übrigens in einem sehr guten Zustand ist,
und auch schon einen gewissen Sammlerwert errungen hat,
unter einem dichten Gewächs zu bergen. Es handelt sich um
eine Maschine der Marke Triumph und stammt nach ersten
Einschätzungen aus der Zeit nach dem zweiten Weltkrieg.
Diese Maschinen sind selten geworden und es bleibt die Frage,
vorausgesetzt, es handelt sich hier um Bolts Fluchtfahrzeug,
wovon derzeit ausgegangen wird, woher der Flüchtige dieses
Motorrad hat. Derzeit wird die Maschine untersucht und es
wird überprüft, ob sie als gestohlen gemeldet wurde...“
„So ein verdammter Bullshit. Randy bekam sie geschenkt. Er
hat sie wieder aufgebaut und...“
Meine Hände begannen zu zittern und mein Herz vor Wut zu
rasen. Das alles war so was von falsch.
Eileen rückte näher an mich heran:
„Ich glaube dir. Der alte Besitzer wird das sicher bestätigen.“
„Ich hoffe du hast recht.“
Die Reportage im TV lief weiter:
„Die Maschine befand sich unweit der Grenze, nah am
Flussufer des Rio Grande. Es wird angenommen, dass Bolt
seine Flucht zu Fuß fortsetzen wird. Jedoch ist die Chance, dies
ungesehen zu schaffen, verschwindend gering. Taucher bargen
letzte Nacht diese Gegenstände aus dem Rio Grande...“
Der Mann neben dem Reporter hielt verschiedene Dinge ins
Bild. Darunter Randys Holzfällerhemd, sein Rucksack, die
Uhr, Estelles Decke und eine Taschenlampe.
„Das ist sein Hemd...“
Meine Stimme drohte zu versagen.
„Bist du sicher?“
„Ja“, flüsterte ich. Meine Augen brannten schon wieder.
Verschiedene Dinge aus meinem Besitz, wurden jetzt in die

Kamera gehalten. Da war mein kleines Radio, meine Turnschuhe und verschiedene Kleidungsstücke.

„Wer kann Hinweise liefern, wann, von wem, und wo diese Gegenstände erworben oder gar entwendet wurden..."

„Was? Ich habe alles ordnungsgemäß bezahlt. Und Randy mit Sicherheit auch."

Es wurde immer schlimmer. Sie versuchten ihm immer mehr anzuhängen. Fassungslos starrte ich auf Eileens Fernseher. Sie hielt mich ganz fest, denn ich drohte jeden Moment umzukippen. Immer mehr von unseren Sachen wurden gezeigt. Mein Herz schlug immer schneller. Tief in mir drinnen machte sich Angst breit, sie könnten jeden Moment Randys Leiche zeigen. Als hätte meine beste Freundin meine Gedanken erraten, stellte sie fest:

„Schätze... er.. hat es nicht überlebt. Ich meine... Dieser Fluss. Er ist kalt und tief. Es..."

Eileen sah mich mitfühlend an.

„Nein. Das darf nicht sein. Er ist nicht tot."

Ich konnte mich kaum beruhigen. Eileen nahm mich in den Arm. An ihrer Schulter weinte ich mich aus.

Weitere Dinge wurden gezeigt, Mutmaßungen über Randys Verbleib angestellt. Es war Fakt, dass Randy über den Fluss wollte. Und es sah tatsächlich danach aus, dass es ihn das Leben gekostet hatte. Berichten zur Folge, wollte man noch eine Zeit lang nach ihm suchen. Wäre es dann ohne Ergebnis, würde man Randy für tot erklären.

6

Randy

Ich blieb noch eine Weile im Verborgenen. Immer mehr Teile meines Lebens wurden aus dem Wasser gefischt. Ich hörte Hunde, die durch das Gebüsch streiften und glitt ins Wasser. So würden sie meine Fährte nicht aufnehmen können. Bis zur Brust umspülte mich das kühle Nass. Earl paddelte neben mir her. Speedy saß auf meiner Schulter. Ich hatte nur noch Laurens Rucksack dabei, in dem ich den letzten Rest unseres Abenteuers transportierte. Diesen hatte ich unter Ästen und Laub versteckt. Ich hoffte einfach, dass die Polizisten ihn nicht finden würden, während ich die Brücke im Auge behielt. Über mir kreisten zwei Hubschrauber und leuchteten die Umgebung ab. Auf der Brücke sammelten sich noch zwei weitere Polizeiwagen. Funkgeräte knisterten und die Hunde bellten stetig. Überall schwangen Taschenlampen hin und her. Ein Lichtstrahl waberte nur knapp über meinen Kopf. Schnell tauchte ich unter. Ich schob Earl und Speedy unter die herabhängenden Äste eines alten Baumes. Wir verhielten uns ruhig bis die Hubschrauber abdrehten. Es war viel zu dunkel hier in den Sümpfen. Die Rotoren entfernten sich immer weiter von meinem Standort. Die Polizeiwagen starteten ebenfalls und die Taucher gingen an Land. Für heute hatte ich wohl nichts mehr vor ihnen zu befürchten. So leise wie möglich glitt ich ans rettende Ufer. Heute war nicht der Tag an dem ich sterben würde. Mir war so kalt und Hunger hatte ich noch immer. Es war ruhig geworden. Der Mond wanderte weiter.

Bald würde der Tag anbrechen. Hoch oben über mir strahlte der Abendstern. Ich dachte an Lauren, daran, dass sie in Sicherheit war. Der Gedanke an sie, ließ mich wieder Mut fassen. Vielleicht würden wir uns eines Tages wieder sehen. Dafür wollte ich alles tun. Ich lief so weit mich meine müden Füße trugen. Die ganze Nacht hindurch, bis die Sonne langsam wieder aufging. Los Alacranes lag vor mir. In etwa einer Stunde würde ich dort ankommen. Ich entschied, die beiden Waffen dort in den Fluss zu werfen. Meine Munition war eh alle und die Ersatzpatronen hatte ich bereits mit meinen anderen Sachen entsorgt. Ich konnte die Dinger einfach nicht behalten, auch wenn sie bis dahin sehr nützlich gewesen waren. Es musste halt ohne sie gehen. Immerhin hatte ich ja noch mein Messer. Das würde ich auf keinen Fall entsorgen.

Los Alacranes war ein etwas kleinerer idyllischer Ort. Umgeben von unendlichen Weiten freier Felder. Der Fluss schlängelte sich träge daran vorbei. Noch immer blieb ich in Ufernähe. Niemand war hier. Ich holte die Waffen hervor und warf sie ins Wasser. Mit einem lauten Platschen versanken sie im Rio Grande. Langsam schlich ich weiter. Hier und da raschelte es im Gehölz. Eine Ente schwamm an mir vorbei und es tat mir echt leid, dass ich dieses wunderschöne gesunde Geschöpf umbringen musste. Ich griff blitzschnell zu und schnitt dem Tier mit meinem Jagdmesser die Kehle durch. Ich drückte meine Tränen fort, aber Hunger lässt einen beinahe unmenschliche Dinge tun. Ich schleppte das tote Tier mit, bis ich eine geeignete Stelle fand, es auszunehmen und zu rupfen. Noch immer heulend hockte ich mich ans Ufer. Blut tropfte auf meine Boots.

„Es tut mir leid", flüsterte ich und begann die schönen glänzenden Federn auszureißen. Mein Hund hatte schon Äste geholt. Er wusste wie es funktioniert. Schon bald brannte ein kleines Feuer und die Ente machte uns satt. Der Tag war im Flug vergangen und ich hatte Los Alacranes bereits hinter mir gelassen. Ich hatte meine Route völlig neu berechnet. Deshalb musste ich zunächst nach Reynosa. Zumindest in diese Richtung. Innerhalb Mexikos musste ich ebenfalls eine Landesgrenze durchqueren. Reynosa befindet sich noch innerhalb des Landes. Nueva Laredo, (so heißt Laredo auf der mexikanischen Seite), befindet sich schon fast in Nuevo Leon. Inzwischen war ich schon 93 km von Brownsville entfernt. Ich befand mich noch immer im mexikanischen Bundesstaat Tamaulipas. Nach Reynosa war es nun nicht mehr so weit. Von dort aus wollte ich versuchen die Reise auf dem Fluss selbst fortzusetzen. Vielleicht ergab sich ja eine Möglichkeit ein Boot zu erwerben oder eben... na ja, einfach eines zu finden. Es erschien mir am sichersten, denn beide Länder suchten nun nach mir. Wenn auch aus verschiedenen Gründen. Ich blieb zunächst in Ufernähe. Hier und da nahm ich die Geräusche der Helikopter wahr, die noch immer nach mir zu suchen schienen. Deshalb wanderte ich meistens nachts. Der Fluss ist über 3000 km lang und würde mich, wenn ich ihm weiter bis zum Ende folgen würde, nach Texas zurückbringen. Tief ins Landesinnere. Das konnte ich nicht riskieren. Deshalb wollte ich ihm nur bis nach El Paso folgen. Es würde fast zwei Wochen dauern, bis ich dort ankäme. Ein Boot war also keine so schlechte Idee.

Es waren schon einige Tage vergangen, seit ich Lauren verlassen musste. Ich dachte jede Minute an sie, an ihren verzweifelten Versuch mir doch noch zu folgen. An ihren traurigen Blick aus dem davon rasenden Wagen. Ich war mir sicher, dass ich, wenn ich das hier überleben sollte, ich sie auf jeden Fall suchen würde. Der Gedanke an sie trieb mich voran. Mein purer Wille zu überleben. In dieser Zeit ernährten wir,

meine Tiere und ich, uns überwiegend von Fischen oder
kleineren Tieren, die am Ufer umher strichen. Ich kochte das
Flusswasser ab, suchte Beeren, Früchte oder was auch immer
mir irgendwie essbar erschien.
In der Ferne sah ich die Berge des Sierra Madre Gebirges.
Diese Landschaft war so unglaublich schön. Vielfältig, von
karg bis sumpfig, rau und später wieder ganz still und idyllisch.
Es war einsam dort. Aber ich konnte meine Nächte relativ
ruhig verbringen, während ich am Tage untertauchte.

7

Lauren

„Sie wollen bald die Suche nach ihm einstellen? Was soll das?
Ist er es denn nicht wert? Seine Eltern kommen um vor Sorge
und ich kenne nicht einmal seine Adresse. Ich weiß nichts über
seine Familie. Eileen, sie müssen ihn finden. Das Kind soll
einen Vater haben."
„Vielleicht ist er längst irgendwo in Mexiko untergetaucht. Du
hast mir doch erzählt, dass er ein Überlebenskünstler ist. Gib
ihn nicht auf. Ich weiß jetzt was er dir bedeutet."
„Du glaubst mir also?"
„Klar. Ich kenne dich lange genug, um zu wissen, dass du dich
niemals mit kriminellen Menschen einlassen würdest. Auch
wenn deine Geschichte schon ziemlich weit weg von der
Normalität ist."

Wir verfolgten den Bericht, der etwas über eine Stunde lief.
Inzwischen waren Boote auf dem Rio Bravo unterwegs.
Taucher suchten den Fluss nach Randy ab. Weitere Dinge
wurden aus dem Fluss geholt. Die alte Triumph war inzwischen
zur Untersuchung in die Forensik mitgenommen worden.
Bisher blieben die Untersuchungen allerdings ergebnislos. Die
Fingerabdrücke waren andere, als die, die man auf den Waffen
gefunden hatte. Es waren zu viele übereinander, als dass man
sie einer bestimmten Person hätte zuordnen können. Hinzu
kam, dass Randy bisher ja noch nicht aktenkundig gewesen
war. Und das sollte auch bitte so bleiben. Die Abdrücke der
Wanderschuhe liefen auch bisher ins Leere. Taucher bargen

noch weitere Sachen, die aber nicht alle uns gehörten und keinerlei Verbindung zu uns erbrachten. Auch suchte man nach Earl. Das Tier blieb ebenfalls verschwunden. Die Kerle, die Earl gebissen hatte, hatten den Hund ziemlich gut beschrieben. Sie bestanden darauf, das Tier zu erschießen, falls man es fand, denn laut den Angreifern galt Earl als bestimmt tollwütig. Na klar, ausgerechnet Earl, der treueste und liebste Hund, der mir je begegnet war. Zum Glück hatte ich wenigstens Shadow mitgenommen.

Die nächsten Tage verliefen ähnlich. Immer wieder wurde von der Suche nach Randy berichtet. Noch immer ergebnislos. Man war dem Fluss in beide Richtungen gefolgt, hatte aber Randy bisher nicht gefunden. Es wurde überlegt und analysiert, inwiefern Überleben in der rauen Natur dort überhaupt möglich war. Der Fluss war breit und teilweise sehr gefährlich. Genauso wie auch die Ufer zu beiden Seiten gewisse Gefahren bargen. Das Wasser war zu kalt, um sich länger darin aufhalten zu können, die Landschaft teilweise zu sumpfig, um dort wandern zu können. Die nächste Stadt war Reynosa und lag westlich der Grenze, die Randy passiert hatte.

Inzwischen hatten sich einige Personen gemeldet, denen wir auf unserer Reise begegnet waren. Da waren z.B. Jana und ihre Mutter Maria, Aiden und Charlie mit all ihren Freunden, Estelle und Mia, Steven und Nigel, der bestätigte, dass die alte Triumph ein Geschenk von ihm an Randy gewesen war. All diese Menschen berichteten nur Gutes von Randy. Entgegen derer guten Meinung, tauchten Reese und sein Vater ebenfalls auf und sagten aus, Randy hätte auf deren Grundstück wild um sich geschossen. Zum Beweis dafür hatten sie die leeren Patronenhülsen der Mafiapistolen dabei. Und den toten

Kojoten, auf Bildern festgehalten, Fotos von den zerschossenen Reifen ihres Jeeps. Und das hatte ich getan, nicht Randy. Es wurden Fotos von Reese Verletzungen im TV, und auch in den Zeitungen gezeigt, die ich ihm beigebracht hatte, als ich ihm den Ast über den Kopf gedroschen hatte. Notwehr. Klar. Aber das würde uns auch keiner glauben. Die Lage wurde immer aussichtsloser für Randy, sollten sie ihn schnappen. Das Krankenhaus suchte ebenfalls nach uns, denn unsere lächerlichen 200 Dollar, die wir auf Randys Nachttisch zurück gelassen hatten, reichten natürlich nicht aus um die Behandlung zu bezahlen. In den Medien bekam unsere Reise immer mehr Aufmerksamkeit. Zum Glück wurden nicht nur schlechte Nachrichten über uns verbreitet. Trotzdem war klar, das Randy auf jeden Fall für eine Weile eingesperrt werden würde, sollte er jemals gefunden werden.

Inzwischen waren schon zwei Wochen vergangen seit ich wieder zurück war. Jeden Tag verfolgte ich die Berichte. Und jeden Tag hoffte ich von Randy zu hören. Aber nichts passierte. Eileen war ständig bei mir, denn ich konnte einfach nicht alleine sein. Meine Eltern hatten angeordnet, dass ich noch einmal in ein Krankenhaus gehen sollte, da meine Flucht ja den letzten Aufenthalt abrupt beendet hatte. Zunächst weigerte ich mich, fügte mich dann aber, um den Schein zu wahren. Immerhin ging es hier ja nicht nur um mich, sondern auch um mein ungeborenes Kind.

„Ich kann mir gar nicht vorstellen, was sie beide alles durchgestanden haben", sagt die Reporterin und blickt zur Tür, die sich gerade öffnet. Unser Sohn kommt dazu. Rylan. Bei ihm ist seine Freundin Megan.

„Hey Leute. Was ist denn hier los? Habt ihr Besuch?"

„Rylan. Kommt, setzt euch zu uns. Wir erzählen gerade von unserer Reise. Gerade ging es auch um dich", sagt Randy und steht etwas schwerfällig auf um unseren Jungen zu begrüßen. Groß ist er geworden. Erwachsen. Vor einigen Wochen feierte er seinen 18. Geburtstag, und ist damit etwas jünger als Randy damals war. Unser Sohn sieht seinem Vater zum Verwechseln ähnlich. Er hat seine dunkeln Haare und diese wunderschönen blauen Augen. Er ist genau so groß wie sein Dad. Einzig Rylans Nase und seine Lippen ähneln mir. Und sein Wesen ist nicht ganz so impulsiv wie Randys.

„Das ist Rylan, unser Sohn", stelle ich ihn der Reporterin vor.

„Hallo, freut mich", sagt diese und reicht den Kindern die Hand.

„Ich bin Rachel. Ich habe von der Geschichte deiner Eltern gehört. Sie sind großartige Menschen. Du kannst stolz auf die beiden sein."

„Das bin ich. Jeden Tag bin ich froh, dass mein Dad das überlebt hat. Wenn auch nur knapp. Immerhin hat es ein paar Jahre gedauert bis er endlich heimkam. Aber das sollen meine Eltern ihnen selbst erzählen."

„Ja, ich bin sehr gespannt wie es weitergeht. Was geschah dann?"

8

Lauren

Am nächsten Tag brachten mich meine Eltern in ein
Krankenhaus. Inzwischen war ich bereits im vierten Monat und
mein Bauch hatte schon eine größere Wölbung bekommen. Es
ging mir relativ gut. Mir war zwar noch immer schlecht, aber
das geht ja vielen werdenden Müttern so. Unser Kind war
gesund und entwickelte sich prächtig. Ich erfuhr, dass wir einen
Sohn erwarten würden. Meine Freundin Eileen kam fast täglich
zu Besuch. Sie leistete mir moralischen Beistand und lenkte
mich ein wenig von der Sorge um Randy ab. Sie begleitete
mich zum Krankenhaus. Ich sollte eine Woche dort bleiben. An
diesem besonderen Tag blieb meine beste Freundin die ganze
Zeit bei mir. Sogar während er Untersuchung.
Wir wurden am Klinikeingang von einer Krankenschwester in
Empfang genommen.
„Mrs. Burke, bitte folgen sie mir. Es wird nicht lange dauern.“
Die Frau sah mich komisch an. Ich spürte ihre Blicke als sie
neben mir herging. Dann schien ihre Neugierde doch Herr über
sie zu werden. Sie räusperte sich:
„Bitte entschuldigen sie Mrs: Burke. Darf ich sie etwas
fragen?“
„Natürlich.“
„Stimmen diese wilden Geschichten wirklich? Sie sind schon
eine kleine Berühmtheit hier geworden“, sagte die Schwester,
während sie uns zum Fahrstuhl begleitete, der mich zur
Gynäkologie bringen sollte.
„Glauben sie nicht alles, bitte.“

Mehr sagte ich nicht, denn ich konnte es einfach nicht mehr ertragen, was sie alle aus Randy gemacht hatten. Zum Glück schien diese Frau zu spüren, dass mir ihre Fragen ziemlich auf den Zeiger gingen, und hielt den Mund.

Wir erreichten den Behandlungsraum und dann ging alles ziemlich schnell. Schon bald befand ich mich auf einer Liege. Eileen hielt meine Hand und starrte wie gebannt auf den Bildschirm, der jetzt zu blinken anfing. Der Arzt erklärte uns was zu sehen war und ich musste meine aufsteigenden Tränen zurück halten. Das kleine Licht war Randys Baby.

Randys und meins.

„Es ist ein Junge. Es geht dem Kleinen gut. Alles in Ordnung. Machern sie sich keine Sorgen. Herzlichen Glückwunsch."

Der Arzt lächelte mich an und ich war so überwältigt. Klar wusste ich dass ich Mutter werden würde, aber das hier auf dem Bildschirm machte alles nur noch realer.

„Bleiben sie ein paar Tage bei uns. Sie haben eine Menge durchgemacht. Diese Strapazen haben sie geschwächt. Das ist verständlich. Immerhin sind sie einige tausend Kilometer gewandert. Das ist Wahnsinn. Sie müssen sich unbedingt ausruhen. Sie sollten sich gesund ernähren und wieder zu Kräften kommen. Dann können sie nächste Woche zurück nach Hause. Alles wird gut. Bis bald, Mrs. Burke."

Dann ließ der Arzt uns alleine.

„Du bekommst einen Sohn. Ich kann es nicht glauben", grinste Eileen.

„Ja. Ich muss das auch erst einmal sacken lassen."

Noch immer starrte ich den jetzt dunklen Bildschirm an. Dann legte ich eine Hand auf meinen Bauch. Ich würde gut für mein Kind sorgen, auch wenn ich es alleine großziehen müsste.

„Ich freue mich für dich. Ich wünsche dir, dass du das schaffst. Auch falls … na ja … ich meine ... Es könnte ja sein, dass ..."

„Ohne ihn komme ich nicht klar. Er MUSS am leben sein",
weinte ich und strich über meinen Bauch.
„Ich bin immer für dich da. Das weißt du, oder?", sagte meine
Freundin.
„Ja, und dafür danke ich dir, Eileen."
Wir verließen den Behandlungsraum um anschließend in mein
normales Krankenzimmer zu gehen. Dort angekommen war ich
noch immer völlig von der Rolle. Ich wollte Randy doch
unbedingt davon erzählen und ich wusste nicht einmal ob er
überhaupt noch lebte. Als ob meine Freundin meinen
aufsteigenden Kummer bemerkt hätte, nahm sie meine Hand
und schaute mich an.
„Hey, weißt du schon wie dein, nein, EUER Sohn heißen soll?"
„Nein, aber sein Name soll etwas von uns BEIDEN haben. Er
ist auch Randys Kind und jeder soll wissen, wer sein Vater war.
Ich schäme mich für nichts."
„Das musst du auch nicht. Am Ende klärt sich sicher alles auf.
Vorausgesetzt ..." „Er lebt noch. Ich weiß."
Wir saßen noch lange in meinem Krankenzimmer und
schwiegen. Ich hing meinen trüben Gedanken nach, während
Eileen mir träge über den Rücken strich. Meine Eltern waren
nicht gekommen. Für sie war das Kind ein Bastard. Es
bedeutete ihnen nicht das Geringste. Es war mir egal. Ich liebte
dieses Baby schon jetzt wie verrückt. Ich würde ihnen nichts
sagen. Egal was passieren würde. Und mein Kind wollte ich
um jeden Preis behalten. Und dann kam mir die Idee zum
Namen unseres Sohnes.
„Ich werde ihn Rylan nennen", sagte ich plötzlich in die Stille
hinein und sah Eileen an.
„Das ist ein hübscher Name. So selten. Aber wie kommst du
darauf?"
„Der Name enthält viele Buchstaben, die auch unsere beiden

Namen haben. R, N und Y von Randy. L, A und das N am Ende, so wie bei mir. Und er klingt mit beiden Nachnamen gut. Rylan Bolt, genau so wie Rylan Burke."

„Das ist eine zauberhafte Idee. Ich denke damit wird sein Dad auf jeden Fall einverstanden sein, ... wenn er heim kommt." Die letzten Worte flüsterte Eileen beinahe und senkte ihren Blick.

„Ja, bestimmt. Eines Tages ..."

„Das wünsche ich mir für dich. Doch nun werde erst einmal gesund. Und dann gehen wir beide los und kaufen Klamotten für klein Rylan, okay?"

„Okay. Du bist die beste Freundin der Welt. Weißt du das?"

„Hm. Einverstanden. Ich opfere mich."

Und dann kam die Situation, vor der ich mich am meisten gefürchtet hatte. Ich saß mit meinen Eltern im Wohnzimmer als mich die Nachricht völlig aus der Bahn warf. Es wurde auf sämtlichen Kanälen gezeigt. Randy war zu einer traurigen Berühmtheit geworden und all jene Typen, die für diesen vermeintlichen Ruf verantwortlich waren, suhlten sich in Unschuld, Sie wurden als Opfer Randys dargestellt. Sie wurden in Fernsehstudios eingeladen und davor bildeten sich Menschengruppen, die Gerechtigkeit für die vermeintlichen Opfer forderten. Es war nicht zum Aushalten.

Wir sahen Hubschrauber über dem Rio Grande kreisen. Ein Dutzend Boote fuhr den Fluss ab. Immer wieder sprangen Taucher ins Wasser. Inzwischen waren sie schon bis Laredo vorgedrungen. Auch an Land lief die Fahndung nach ihm auf Hochtouren. Im Sumpf von Los Alacranes hatte man die gesuchten Waffen gefunden. Ich war erleichtert, dass Randy sie nicht mehr hatte. Und ich wusste, dass er es zumindest bis dorthin geschafft haben musste. Und dann trat ein sehr junger Reporter ins Bild:

„Die Polizei von Brownsville und auch die Bundespolizei sind sich einig geworden, dass die Suche nach dem flüchtigen Randy Bolt ab sofort eingestellt wird. Die Wahrscheinlichkeit über mehrere Tage hier im Bereich des Rio Grande zu überleben ist verschwindend gering. Es ist klar, dass hier nichts existiert, was das Überleben eines einzelnen jungen Mannes über längeren Zeitraum sichern würde. Bolt wird sich dessen bewusst gewesen sein, dass, wenn er in der Nähe der Zivilisation aufgetaucht wäre, er sofort in Haft genommen werden würde. Wir gehen davon aus, dass Bolt entweder ertrunken ist oder verhungert. Seine Spur verliert sich in Los Alacranes, wo man vor einigen Tagen die vermissten Waffen des mexikanischen Kartells von Donato Del Poro gefunden hat. Es wird vermutet, dass Bolt sich bis dorthin durchgeschlagen haben könnte. Sein Hund wird auch weiterhin vermisst. Die Suche mit Spürhunden und auch Hubschraubern des Militärs blieben bisher ergebnislos. Die Boote der mexikanischen Polizei durchkämmen seit Tagen die Gewässer um den Rio Grande. Der Polizeichef der hiesigen Station hat nun entschieden, die Suche zu beenden. Ab sofort gilt der 22 jährige Randy Bolt als tot. Es ist ein bedauerlicher Fall und es tut uns sehr leid für seine Eltern, die bisher nicht wussten wo ihr Sohn überhaupt war. Eine Tragödie neigt sich dem Ende. Der Schmerz ..."

Ich sprang vom Sofa auf, rannte in mein Zimmer. Das konnte doch alles nicht sein. Randy konnte nicht tot sein. Ich warf mich auf mein Bett, drückte mein Kissen auf meinen Bauch, der schon wieder etwas gewachsen war und weinte bis ich keine Tränen mehr hatte. Dann klopfte es an meiner Tür und meine Mutter bat mich eintreten zu dürfen.

„Darf ich reinkommen?"

Ich schwieg. Ich wollte nicht reden. Alles drehte sich und mir wurde übel. Meine Mutter hockte sich neben mich.

„Das war abzusehen. Niemand überlebt so lange ohne Essen und Trinken. Der Fluss ..."

„Er lebt. Ich weiß es einfach."

„Du musst ihn gehen lassen. Es wäre eh nicht gut gegangen. Wie hast du dir das denn vorgestellt. Hm?"

„Wie kannst du nur reden, als wäre er niemand. Er war ein Mensch. Der Vater meines Kindes. Ist dir eigentlich klar, was das bedeutet?"

„Ja. Dass das Kind in eine vernünftige Familie kommen wird. Es wird Eltern finden, die es lieben. Ohne zu wissen, woher und unter welchen Umständen es auf diese Welt gekommen ist. Du findest einen Mann, der zu dir passt. Einen, der dich liebt und achtet. Der dich respektiert und gut behandelt. Das Leben geht weiter."

Ich schüttelte mich beinahe vor den Berührungen meiner Mutter. Es war so falsch. Und so ungerecht.

„Ich will nur Randy. Er ist all das, was du für mich willst. Er liebt mich und respektiert mich. Er hat sich hervorragend um mich gekümmert. Noch nie fühlte ich mich einem anderen Menschen so verbunden wie mit Randy. Du sagst, ich finde einen Mann, der mich liebt, Mom. Nun, ich habe bereits einen gefunden. Wir gehören zusammen. Ich gebe ihn nicht auf. Niemals. Und ich weiß, dass er noch lebt. Das spüre ich einfach."

Meine Mutter erhob sich und wendete sich zur Tür.

Dann drehte sie sich noch einmal um.

„Eines Tages wirst du es verstehen. Du wirst uns dankbar sein, dass wir dich aus dieser Lage befreit haben. Wer weiß was er

noch von dir verlangt hätte. Er ist keine Gefahr mehr für dich. Dieser Kerl hat das bekommen was er verdient hat. Du solltest nach vorne schauen, nicht zurück."
Dann ließ sie mich alleine. Immer wieder hörte ich die Stimme des Sprechers.

RANDY BOLT IST TOT. TOT. TOT.

9

Randy

Ich hatte Rcynosa fast erreicht. Meine Tiere und ich waren
völlig erschöpft. Keinen Meter hätten wir mehr laufen können.
Deshalb suchte ich bei Nacht nach einer Möglichkeit
unterzutauchen. Ich fand eine alte Fabrikruine. Hier stand kein
Stein mehr auf dem anderen. Sämtliche Scheiben waren
eingeschlagen. Ratten liefen umher und es stank fürchterlich
dort. Vermutlich hatte es sich einmal um eine Fischfabrik
gehandelt. Jedenfalls roch es dort nach Fischkadavern. Ich
entdeckte ein altes Büro, oder das, was davon noch übrig
geblieben war. Dort stand ein alter Schreibtisch und ein
Aktenschrank lag seitlich auf dem Boden. Dahinter führte eine
Treppe ins untere Stockwerk, welches auch nicht gerade
einladend ausgesehen hatte. Doch das war mir egal, denn ich
entdeckte eine alte Pritsche, die noch intakt war. Sicher diente
diese Pritsche einmal der Krankenstation oder so. Jedenfalls
war es ein Segen für mich nicht auf dem blanken Boden
schlafen zu müssen. Neben der Pritsche gab es ein
Waschbecken, welches noch intakt zu sein schien, denn es kam
kaltes klares Wasser aus dem Hahn. Sofort füllte ich meine
Feldflasche auf. Für die Tiere fand ich einen alten Napf, den
ich ebenfalls auffüllte. Ich wusch mein schmutziges Gesicht.
Mein Bart war inzwischen schon wieder sehr lang geworden.
Mein Haar sah auch zum Fürchten aus. Das konnte ich in
jenem zerbrochenen Spiegel sehen, der noch über dem Becken
hing. Erschöpft ließ ich mich auf die alte Pritsche fallen.
Mein treuer Hund drückte sich an mich. Earl war so dünn und

schwach geworden. Mich plagte das schlechte Gewissen, was ich meinen beiden Tieren angetan hatte. Ich konnte nichts dagegen tun, dass ich auf einmal heulte wie ein Kleinkind.
„Es tut mir leid, Landstreicher."
Ich klammerte mich an meinen einzigen Freund, der mir geblieben war und vergrub mein Gesicht in seinem Fell. Mein Frettchen drückte sich an uns beide. Ich wusste einfach nicht mehr weiter, aber trotzdem wollte ich kämpfen.
Ich wollte leben. Am liebsten mit Lauren an meiner Seite.
Die Nacht war kalt und dunkel. Und einsam. Das alte Gebäude zerfiel und niemand schien sich auch nur in die Nähe der alten Fabrik trauen zu wollen. Ich hatte etwa zwei Stunden geschlafen als ich durch ein Rascheln geweckt wurde. Da waren Geräusche, nicht weit von meinem Lager entfernt. Ich setzte mich auf und lauschte. Earl begann leise zu knurren. Ich nahm Speedy an mich und griff nach meinem Jagdmesser. Das Rascheln kam näher, begleitet von seltsamen Fieptönen. Das Licht war so spärlich und ich konnte kaum die Hand vor Augen erkennen. Das Dach der Fabrik hatte ein Loch, durch das der Mond hinein schien. Daneben sah ich unseren Stern blinken. Mein Herz wurde schwer, weil er mich an Lauren erinnerte. Ich bewegte mich nicht. Jetzt raschelte es auf der alten Treppe, die zu mir führte. Im Mondlicht sah ich etwas blitzen. Augenpaare, die mich anstarrten. Viele Augenpaare. Ratten. Die Bude quoll über von Ratten. Auch wenn ich sie nicht besonders mochte, wusste ich, dass ich eine von ihnen zum Überleben brauchen würde. Meine Tiere hatten Hunger. Ich auch. Also ließ ich Speedy langsam zu Boden. Sie schlich auf die Ratten zu. Ich hielt mein Messer bereit. Earl knurrte noch immer, blieb aber in meiner Nähe. Und dann ging alles ganz schnell. Speedy sprang eine der Ratten an. Die Tiere kämpften miteinander. Wildes Fauchen und Earls Gebell schallten von

den nackten Wänden der Fabrik wider. Dann knallte eine der Ratten genau vor meinen Füßen auf den Boden. Speedy hatte ihr das Genick durchgebissen. Sofort stürzten meine Tiere sich hungrig auf ihre Beute. Weitere Exemplare stoben fiepend davon. Ich warf mein Messer und traf eine weitere mitten in ihrem Rücken. Dann noch eine. Danach war es ruhig, denn die Tiergruppe war geflohen. Mein Magen knurrte, obwohl mir der Ekel bis zum Kragen stand. Wollte ich leben, so musste ich diese Viecher häuten, ausweiden und … Na ja, ich habe es getan. Ich würgte das Rattenfleisch hinunter. Das Fell behielt ich um meine Hände zu wärmen. Ich fühlte mich so elend. Aber wir waren zumindest satt.

Bald darauf ging die Sonne auf. Ich fühlte mich etwas besser und entschied dem Fluss weiter zu folgen. An einer einsamen Stelle entledigte ich mich meiner schmutzigen Klamotten und wusch mich. Die Sonne bahnte sich ihren Weg und ich konnte in der Ferne die Pharr-Reynosa International Bridge erkennen. Mein Kompass sagte mir, dass ich immer weiter gen Westen gehen musste. Ich hatte mir aufgeschrieben wo ich lang musste, um nach Laredo zu kommen. Der Fluss schlängelte sich träge durch die Einsamkeit dieser bezaubernden Landschaft. Trotz allen Übels schoss ich Fotos. Falls ich Lauren jemals wieder sehen sollte, so sollte sie wissen wo ich war. Das Gebirge bildete eine hervorragende Kulisse und wäre es nicht gewesen wie es war, so wäre ich sicher einige Tage dort geblieben.
Ich wanderte fast eine Woche lang. Immer nur nachts. Bis dahin konnte ich relativ unsichtbar bleiben. Ich kam gut voran. Und dann hörte ich Hilferufe zu mir herüber schallen. Es war die Stimme eines Kindes. Und sie kam direkt aus dem Fluss. Ich lauschte und versuchte den Ursprung der Schreie

auszumachen. Earl rannte um die nächste Flusskurve. Ich folgte ihm und fand ihn bellend am Ufer. Aus dem tosenden Wasser ragten zwei dünne Arme heraus. Immer wieder tauchte ein schwarzer Haarschopf aus den Fluten auf. Dann verschwand das Kind, es konnte höchstens zehn gewesen sein, immer wieder aus meinem Sichtfeld. Earl bellte und lief aufgeregt am Ufer auf und ab. Das Kind schien völlig alleine hier zu sein. Jedenfalls sah ich niemanden, der nach ihm suchte. Der Fluss war an dieser Stelle in einen reißenden Strom verwandelt worden und trieb das Kind immer weiter fort. So schnell ich konnte rannte ich zur nächsten Kurve, wo das Kind bald ankommen würde. Ich entledigte mich meiner Sachen und sprang in den Rio Grande. Earl blieb bei meinem restlichen Gepäck sitzen. Speedy war auf einen Baum geklettert und sah uns zu. Ich kämpfte mich in die Mitte des reißenden Flusses, krallte mich an einen dicken Stein und peilte das Kind an. Dann streckte ich meine Hand aus, versuchte bis an die Stelle zu kommen, wo der Junge jeden Moment an mir vorbei kommen musste. Er hatte mich entdeckt. Ich bekam einen dicken Ast zu fassen, den ich dem Jungen anzureichen versuchte. Mit letzter Kraft schaffte der Kleine es, den Ast zu greifen. Er klammerte sich panisch daran fest. Das Wasser war eiskalt und die Strömung so stark, dass sie beinahe uns beide mitgerissen hätte. Ich zog den Ast näher zu mir heran bis ich die Arme des Kindes fassen konnte. Er klammerte sich an meinen Rücken.

„Gracias Mr." „Festhalten, okay", brüllte ich gegen das Tosen des Wassers an.

„Si." Mit dem Jungen auf dem Rücken versuchte ich das rettende Ufer zu erreichen, was nicht so einfach war. Atemlos und völlig fertig schaffte ich es einen Ast zu erreichen, der tief über dem Fluss gehangen hatte. Ich klammerte mich daran fest

und zog uns beide mit letzter Kraft ans Ufer. Schnaufend
blieben wir liegen. „Gracias", flüsterte der Junge.
„Pietro Garossa", schnaufte er und zeigte auf sich.
„Luke", sagte ich, denn man konnte ja nie wissen.
Inzwischen waren wir etwas zu Atem gekommen. Der Junge
sah mich erleichtert an. Leider konnten wir uns nicht
verständigen. Ich fragte ihn was passiert sei. Er antwortete,
aber ich verstand ihn leider nicht. Eine Weile lagen wir am
Ufer des Rio Bravo und schwiegen. Es war schon dunkel
geworden. Und Stille um uns beide herum war irgendwie
unheimlich. Earl und Speedy waren bei uns und
beschnupperten Pietro neugierig. Als wir eine Weile dort
waren, hörten wir eine Stimme. Sie gehörte einem Mann, der
verzweifelt klang. Immer wieder rief er.
Und zwar nach Pietro. „Papa", schluchzte der Junge und
sprang auf. Auch ich lauschte der Stimme und wappnete mich,
falls der Mann irgendeine Ahnung haben sollte, wer ich war
und was mit mir los war. Dann kam der Mann in unser
Blickfeld. Erleichterung war in seinen Augen zu sehen. Pietro
rannte sofort zu seinem Vater, der mich anstarrte. Ich griff in
meine Hosentasche, nur für den Fall, dass ich mich zu
verteidigen hatte. Doch der Junge redete mit seinem Vater.
Immer wieder zeigte er in meine Richtung und zog seinen
Vater zu mir. „Gracias", sagte der Mann und reichte mir seine
Hand. In seinem Gesicht stand die pure Erleichterung und
Liebe für sein Kind. Ich war mir sicher, dass der Mann mir
nichts antun würde. Irgendwie hatte ich das Gefühl, er wollte
mir sagen, dass er in meiner Schuld stünde. Er wies mich an,
ich sollte ihm folgen. Mein Gefühl sagte mir, ich könnte ihm
trauen. Und so kam es, dass ich in einem Jeep nach Col del
Prado landete.

10

Lauren

Ich hatte die ganze Nacht nicht geschlafen. Die Worte des
Reporters über Randys Verbleib bohrten sich tief in mein Herz.
Trotzdem wollte ich nicht akzeptieren, dass unser Kind seinen
Vater niemals kennenlernen sollte. Ich klammerte mich an den
Gedanken, dass, solange man keine Leiche bergen würde,
nichts dagegen sprach, dass er überlebt hatte. Randy kannte die
Natur, wusste wo er was fand, um den Tag zu überstehen. Er
wusste wie man jagte, angelte und sich wie ein Geist bewegte,
um möglichst unsichtbar zu bleiben. Oft genug hatten wir
gestohlen oder waren in fremde Häuser eingestiegen, ohne dass
uns jemand bemerkt hätte. Er war dem Tod so oft entkommen
und er würde es auch diesmal schaffen.

Inzwischen ich hatte ich ordentlich an Gewicht zugenommen
und dem Baby ging es auch gut. Die Berichte in den Medien
nahmen ab. Randy und ich waren abgehakt. Für sie alle war er
tot und ich ein ganz normales Mädchen mit einer komplizierten
Vergangenheit. Manchmal spürte ich die Blicke meiner
Mitmenschen in meinem Rücken, wenn ich mich in der Stadt
zeigte, was nicht so oft der Fall war. Ich hasste es, wenn sie
hinter vorgehaltener Hand böse über Randy redeten und mit
Fingern auf mich zeigten. Mich zum Opfer machten, obwohl
ich ja gar keines war. Ich hasste sie alle und mied Kontakte, so
gut es ging. Auf Grund meines Zustandes sah man davon ab,
mich vor Gericht zu bitten. Meine Eltern sorgten dafür, dass ich
auch hier ein Opfer Randys war und somit unschuldig. Ich sei

in diese Sache hineingeraten. Er hätte mich gezwungen, ihm zu folgen, usw, usw,. Es nervte mich einfach, wie sehr sie alle die Wahrheit verdrehten. Sie wollten nicht akzeptieren, dass es meine Entscheidung gewesen war, ihm zu folgen. Immerhin galt ich bis dahin noch als minderjährig. Ich weigerte mich an Gesprächen teilzunehmen, die mich angeblich von meinem Trauma, das es ja überhaupt nicht gab, befreien sollte. Ständig bekam ich Besuch von Sozialarbeitern oder Psychologen, die mich wieder ins normale Leben bringen sollten. Keine Ahnung, was sie dachten, wo ich im vergangenen Jahr gewesen war. Sie benahmen sich teilweise wie in den Tarzanfilmen, wo der Wilde erst auf die Zivilisation vorbereitet werden musste. Es war einfach albern. Doch ich musste mitmachen, damit ich meine Ruhe vor ihnen hatte.

Langsam fand ich in mein normales Leben zurück. Meine Nachbarn Brian und Cam waren inzwischen fort gezogen. Sie studierten beide an verschiedenen Universitäten, weit weg von Georgetown. Es interessierte mich überhaupt nicht mehr. Auch nicht als meine Mutter meinte, die beiden hätten sich sehr zu ihrem Vorteil entwickelt und weshalb ich nun nicht mehr an Brian interessiert wäre. Immerhin besitzen die Parkers große Ländereien und es könnte ja nichts schaden, wenn man in eine reiche Familie einheiratet. Die Brüder waren auf einmal äußerst interessant für meine Eltern. Erstrecht als sie erfuhren WO die beiden studierten. Renommierte Universitäten, die auf der ganzen Welt bekannt waren. Aus den beiden würde etwas Besseres werden. Besser als Randy, DER KRIMINELLE.

Ich machte mich auf den Weg in die Küche. Inzwischen war ich wieder in der Lage normale Mahlzeiten zu mir zu nehmen, obwohl ich mich des Öfteren dabei ertappt hatte, dass ich in den Garten ging um dort einfach Obst zu pflücken oder sogar

Löwenzahnblätter aus der Wiese zu rupfen. Diesmal saß ich einfach nur da und dachte an meine Zukunft. Ich war gerade erst 18 geworden. Letzte Woche hatte ich meinen Geburtstag in Einsamkeit, zusammen mit meinen Eltern und Eileen gefeiert. Ich hatte einfach keine Lust auf eine große Feier gehabt und meine Eltern hatten auch nicht darauf bestanden. Nun war ich volljährig. Das hieß, ich konnte selbst entscheiden, was ich wollte oder nicht. Und es hieß auch, dass Rylan bei mir bleiben würde. Egal was kommen würde. Meine Eltern hatten sich trotzdem erkundigt, wo mein Kind eventuell unterkommen könnte. Ständig lagen sie mir in den Ohren, dass es so am besten wäre und ich ja noch nicht einmal einen Beruf gelernt hatte, oder auch nur eine Ahnung davon, wie man einen Haushalt führte, ein Kind ernährte und überhaupt keinerlei Lebenserfahrung hatte. Immer wieder verirrten sich auch jetzt noch Sozialarbeiter zu uns und versuchten mir zu erklären, was es hieß, ein Baby alleine, ohne Geld, zu erziehen. Meine Eltern gaben den Leuten natürlich recht und ich fühlte mich verlassen. Verlassen von den Menschen, die ich neben Randy und natürlich Eileen und das Ungeborene, am meisten liebte.
Auch heute war wieder so ein Tag. Es klingelte an der Tür und eine Dame mittleren Alters mit einem Aktenkoffer stand davor. Meine Mutter war gerade dabei, die Frau hineinzubitten. „Guten Tag, Mrs.Burke. Mein Name ist Nancy Strike. Ich habe einige Familien besucht, die sich sehr gerne um das Baby ihrer Tochter Lauren kümmern würden." „Bitte treten sie ein ..." Mein Magen bildete einen dicken Kloß. Die Frau betrat die Küche und sah mich freundlich an. Während meine Mutter Kaffee kochte, öffnete Nancy ihren Aktenkoffer. Nach und nach begann sie damit, die Akten vor mir auszubreiten. „Dies ist Familie Tumble. Sie würden sehr gerne ihren kleinen Jungen zu sich holen. Die Umstände sind ja derzeit nicht so gut

in ihrem Leben, und ich gehe davon aus, sie werden bestimmt wollen, dass es dem Kind gut geht. Mrs. Burke, sie müssen wieder in das normale Leben zurückfinden ..."

Bla Bla, ich hörte nicht mehr zu, denn alles was sie von sich gab war einfach nur totaler Bullshit. Klar taten mir die Leute leid, die seit Jahren versuchten ein Baby zu bekommen, es jedoch nicht klappen wollte. Doch daran war ich nicht schuld. Auch nicht Randy oder unser Sohn.

„Mein Kind bleibt bei mir. Bitte bemühen sie sich nicht mehr. Auf Wiedersehen."

Damit ließ ich die Dame und meine Mutter sitzen.

„Lauren, lass dir doch helfen ..."

Meine Mutter rannte mir nach. Die Frau vom Amt hinter ihr her. Ich knallte meine Zimmertür zu und sperrte hinter mir ab. Erschöpft ließ ich mich auf meinem Bett nieder. Die Stimmen der Frauen entfernten sich von meiner Tür. Es wurde ruhig im Haus. Und als ob unser Sohn auch etwas dazu zu sagen gehabt hätte, begann er sich in mir zu bewegen.

„Keine Angst. Niemand wird dich mir wegnehmen. Dein Dad wird kommen. Wir schaffen das schon."

„Also blieben sie zunächst einmal bei ihren Eltern?, fragt Rachel.

„Ja, es blieb mir ja nichts anderes übrig. Zum Glück war es so, denn sonst hätte ich Randy vermutlich nie wiedergesehen."

„Das stimmt", sagt er und gibt mir einen zärtlichen Kuss auf die Schläfe.

„Was ist passiert?", will Rachel wissen, während sie noch immer unsere Fotokiste durchwühlt.

„Das erzähle ich ihnen später."

„Ihr Leben war so aufregend. Ich wünschte mein Mann wäre wie sie, Randy.", schwärmt Rachel. Sie hat einige Fotos von meinem Mann vor sich ausgebreitet.

„Diese Lebenslust und das Wesen eines Abenteurers. Wild und trotzdem ... Entschuldigung", murmelt sie beschämt und nippt an ihrem Wasserglas.

Ja, es stimmt. Er ist noch immer sehr attraktiv, auch mit seiner Behinderung.

„Ich würde mich immer wieder in ihn verlieben", sage ich und kuschele mich in Randys Arm.

„Ist das so, ja?", schmunzelt er und küsst mich.

„Ich mich nämlich auch in dich."

Rachel lächelt uns verschmitzt an.

„Das kann ich verstehen. Was passierte dann?"

„Randy, du bist dran."

„Okay, wenn du das sagst, mein Schatz", flüstert er und dann holt er ein Bild aus unserer Kiste, welches eine riesige Ranch mitten in Mexiko zeigt. Die Garossa Ranch in Col Del Prado.

11

Randy

Ich saß nun auf dem Beifahrersitz eines uralten Jeeps, der Pietros Vater gehörte. Wir hatten versucht miteinander zu reden, aber es gelang uns nicht. Dennoch glaubte ich in Sicherheit zu sein, wenn ich mit ihm gehen würde. Pietros Vater weinte vor Dankbarkeit als er seinen Jungen gesund in den Armen halten konnte. Immer wieder hörte ich nur „Gracias".

Der alte Herr drückte mich an sich als sei auch ich sein Sohn gewesen. Er musterte mich und stellte fest, dass ich mit Sicherheit schon bessere Zeiten erlebt haben musste. Meine Klamotten waren nur noch Lumpen und mein Haar verfilzt. Ich sah wahrscheinlich aus wie ein von Piraten verschleppter Schiffbrüchiger aus vergangenen Zeiten. Der Mann sagte mir seinen Namen. Manuel. Ich blieb dabei mich ihm lieber auch als Luke vorzustellen. Allerdings glaubte ich nicht, dass er wusste was Sache war.

Der alte Wagen holperte über eine einsame Straße, entlang des Flusses. Meine Tiere quetschten sich neben mich, obwohl Speedy schon ein wenig Freundschaft mit Pietro geschlossen hatte. Ich hörte den Jungen lachen, als mein Frettchen seine Runden über dessen Beine drehte. Manuel versuchte mir zu erklären was er mit mir vorhatte. Ich hatte keine Ahnung und wartete einfach ab. Notfalls musste ich eben aus dem fahrenden Wagen springen.

Ich hatte das Gefühl Stunden wären vergangen als das Auto

plötzlich in eine sehr breite sandige Einfahrt bog. Unser Weg hatte uns weit ins Landesinnere geführt, weit weg vom Rio Grande. Vor uns ragte ein Torbogen auf, der sich über den gesamten Weg spannte.

Garossa Ranch, stand in großen verrosteten Lettern darauf. Weit hinten konnte ich ein Gebäude erkennen. Das Haus war riesengroß und komplett aus Holz, ähnlich wie in Texas. Drum herum befanden sich Zäune, hinter denen sich Rinder tummelten. Große erhabene Tiere, die in kleinen Gruppen vor sich hin dösten. Manuel hielt den Wagen an. Sofort flog die Tür auf und eine zierliche Frau, nebst vier süßen Kindern, kam uns entgegen, ihre Arme ausgebreitet, Tränen in den Augen. Pietro rannte sofort auf seine Mutter zu. Ich hatte noch immer keine Ahnung, was da passiert war. Jetzt kam die Frau zu uns herüber. Die Eltern des Jungen redeten miteinander. Natürlich verstand ich kein Wort, aber ich fühlte mich sofort wohl dort, denn diese Liebe zueinander und zu ihrem Kind war ergreifend. Und so ehrlich. Manuel stellte mich ihr vor und sie gab mir ihre Hand. Carmen war ihr Name. Pietros Geschwister kamen auch zu uns herüber. Zwei Mädchen, Fernanda und Valeria, und die Jungen, Diego und Mateo, stürmten auf ihren Bruder zu. Hinter Carmen kam ein großer Mann, bekleidet mit einem riesigen Sombrero und dem typisch mexikanischen Poncho, aus dem Haus. Er stellte sich mir als Alejandro vor und er sprach englisch. Ich erfuhr, dass Pietro nach einem Streit von zuhause ausgerissen war, und dass Manuel schon einige Tage nach ihm gesucht hatte. Ich schilderte ihm was passiert war, aber nicht wer ich wirklich war und warum ich in der Nähe des Flusses unterwegs gewesen bin. Carmen lud mich ins Haus ein, bereitete mir ein Bad. Ich bekam Kleidung von Alejandro, der Carmens jüngerer Bruder, und in meinem Alter war. Nachdem ich rasiert und gewaschen war, fühlte ich mich gleich wohler. Carmen verpasste mir wieder einen richtigen Haarschnitt, rasierte mich, und servierte mir das beste Steak, das ich seit Ewigkeiten gesehen hatte. Die ganze Familie saß um den großen hölzernen Esstisch und fragte Pietro über sein Abenteuer aus. Worum es in dem Streit gegangen war, habe ich nie erfahren. Aber es war mir auch egal. Ich war einfach froh, den Jungen gefunden zu haben. So war ich zumindest für kurze Zeit in Sicherheit. Nach dem Essen zeigte Alejandro mir die Ranch, erklärte mir was hier los war. Eine riesige Rinderzucht sicherte den Lebensunterhalt dieser mexikanischen Familie. Sie belieferten renommierte Steakhäuser mit ihrem Fleisch und exportierten sogar bis nach Europa und Asien. Manuel führte diese Ranch schon in vierter Generation und eines Tages würde sie Pietro und seinen Geschwistern gehören. Das Leben des Kleinen war schon jetzt vorherbestimmt. So wie auch meines eigentlich ganz anders hatte aussehen sollen, als es jetzt war. Auch ich hätte mich in das gemachte Nest meiner Eltern setzen können. Doch meine Abenteuerlust beherrschte mich noch immer.

Wir erreichten einen riesigen Stall, wo wertvolle Pferde untergebracht waren. Auch hier zeigte mir Carmens Bruder worum es auf der Ranch ging:

„Wir können immer gute Leute gebrauchen. Manuel zahlt gut. Und du könntest sicher eines der Dachzimmer im Arbeitergebäude bekommen. Ich denke meine Schwester hat sicher nichts dagegen wenn du eine Weile hier bleibst...."

Ich war überwältigt von so viel Gastfreundschaft, dass ich zunächst kein Wort herausbrachte. Dann wog ich ab was mich erwarten würde wenn ich das Angebot nicht annehmen würde. Nichts Gutes. Also sagte ich zu.

„Sehr gerne. Ich habe schon einige Erfahrung auf Farmen gesammelt und ich würde euch wirklich gerne helfen."

„Das ist super. Willkommen auf der Garossa Ranch", sagte Alejandro. Dann brachte er mich zum Arbeitergebäude, wo noch einige Landarbeiter wohnten. Dort bekam ich ein kleines geräumiges Dachzimmer. Für mich der pure Luxus. Niemand fragte danach wer ich war und warum ich alleine in Mexiko umher wanderte. Für sie alle war ich nur Luke - mehr nicht. „Hier kannst du bleiben, so lange du willst. Meine Schwester macht Frühstück für alle im Hauptgebäude. Immer von 7 bis 10. Wir arbeiten meistens bis Sonnenuntergang. An einem Tag in der Woche, plus Sonntag hast du frei. Wenn du etwas brauchst, sag einfach Bescheid. Manuel und ich fahren einmal in der Woche in die Stadt um Besorgungen zu machen. Manchmal auch öfter, wenn Verhandlungen über die Tierverkäufe anstehen. Das erklären wir dir alles noch. Du wirst nicht alleine hier sein. Unser Team umfasst schon einige gute Arbeiter, die schon seit Jahren hier sind. Du wirst sie demnächst alle kennenlernen. Also, fühl dich wie zuhause. Wir sehen uns morgen."

„Danke. Wir sehen uns morgen", sagte ich und Alejandro ließ mich im Dachzimmer zurück. Es war eine kleine zweckmäßige Kammer, in der auch noch für meine tierischen Begleiter Platz war. In der Mitte stand ein großes hölzernes Bett. Daneben ein einfacher Schrank und eine kleine Kommode. An den Wänden hingen Fotos der Ranch, wie sie früher ausgesehen hatte. Auch Bilder von Manuels Vorfahren waren dort aufgestellt. Im Laufe der Jahre hatte diese Familie sich ein richtiges Imperium aufgebaut. Trotzdem hätte ich nicht mit ihnen tauschen wollen. Erschöpft ließ ich mich auf das weiche Bett fallen. Earl rollte sich neben dem Bett auf dem Kuhfell, das dort lag, zusammen. Speedy kletterte zu mir ins Bett. Bald darauf schliefen wir auch schon ein. Mir war nicht klar gewesen, wie ausgebrannt ich eigentlich war.

Durch Geschirr klappern und diverse Stimmen, die aus dem Hauptgebäude zu mir herüber klangen, wachte ich auf. Zunächst brauchte ich eine Weile, um zu begreifen wo ich war. Kurz dachte ich an Lauren. So wie jeden verdammten Tag, seit wir getrennt wurden. Ich nahm eine ausgiebige Dusche und machte mich auf den Weg zum Frühstück. Der große Tisch war reichhaltig gedeckt und die Arbeiter waren schon da. Alle begrüßten mich freundlich und banden mich sofort in ihre Tagespläne ein. Meinen ersten Arbeitstag verbrachte ich damit, die Ställe auszumisten und Kühe zu melken. Noch niemals zuvor hatte ich das gemacht. Pietros Lieblingskuh Adele blieb geduldig stehen, während der Knirps mir erklärte was ich zu tun hatte um an das weiße Gold zu kommen. Schnell hatte ich verstanden wie was funktionierte und ich wurde ein fester Bestandteil der Arbeitertruppe.

Ich blieb fast fünf Monate auf der Ranch. Da ich bei Steven und auch bei Nigel und Estelle einiges über das Farmleben gelernt hatte, konnte ich den Männern bei der Rinderherde behilflich sein. Die Sache mit den Brandzeichen für die Rinder war mir auch noch gut in Erinnerung. Die anderen Mitarbeiter brachten mir bei Wildpferde zu zähmen, sie einzureiten und schließlich sogar Rodeo reiten. Unsere Gruppe umfasste sechs Männer und alle waren sehr nett zu mir. Da war Marcus, ein junger, quirliger Farbiger, der nur Unfug im Sinn hatte. Auch er war ein Abenteurer, genau wie ich. Er hatte schon viel erlebt auf seinem Weg von Kenia nach Mexiko. Und dabei war er erst gerade neunzehn Jahre alt. Zu ihm baute ich eine richtige Freundschaft auf, denn er tickte wie ich. Zum Team gehörte auch Lennart, ein junger Brite, der genau wie ich nichts von Regeln hielt, und dem System entflohen war um die Welt zu entdecken. Er war schon im dritten Jahr bei den Garossas.

Lennart war Ende zwanzig und die Welt konnte nicht groß genug für ihn sein. Ewan war der Vorarbeiter. Er war schon Mitte vierzig und hatte seine wilde Truppe im Griff. Ihm gelang alles was er anfasste. Von ihm lernte ich Ställe und kleine Unterkünfte für Feriengäste zu bauen, denn die Garossas hatten große Pläne, in den Tourismus zu investieren. Durch die Firma meines Vaters hatte ich ja schon einiges gelernt, was mir jetzt doch nützlich war. Und ich muss sagen, es machte mir sogar Spaß. Dann waren da noch Lance, der Hufschmied war, und Silvio, der sich um den Verkauf der Rinder kümmerte. Und der Schlachter Angelo, der sich um die Tötung der verkauften Tiere kümmerte. Ihn mochte ich am wenigsten, weil er seinen Beruf irgendwie zu genießen schien. Trotzdem kam ich super mit allen aus. Ich kam wieder zu Kräften, genau wie mein Hund und Speedy. Alle gemeinsam saßen wir am Lagerfeuer und tauschten Geschichten über alte Zeiten aus. Natürlich erzählte ich nur die angenehmen Dinge meiner Reise. Lauren verschwieg ich lieber. Ich wollte einfach nicht riskieren, dass man doch noch dahinter kam wer wir wirklich waren. Nicht dass ich Angst gehabt hätte, sie würden mich der Polizei ausliefern. Nein, ich wollte diese Sache einfach nicht breittreten. Es war mein Geheimnis, welches ich über all die Zeit, die ich auf der Ranch war, auch gehütet habe. Carmen brachte mir in der Zeit ein wenig spanisch bei. So konnte ich mich wenigstens auf meiner weiteren Reise verständigen, wenn ich sie irgendwann fortsetzen würde.

Und dann kam der Tag, an dem genau das passieren sollte. Ich hatte eine Gelegenheit bekommen, in einem kleinen Sportflugzeug bis nach Tijuana mitzufliegen. Und diese käme so schnell nicht wieder. Ich überlegte was ich machen soll. Schließlich konnte ich ja nicht ewig in Mexiko bleiben.

Erstrecht nicht, weil ich meinen Traum noch immer tief in mir trug. Ich wollte es zu ende bringen. Irgendwie, irgendwann. Und ich wollte zurück nach Trenton. Dann wollte ich Lauren unbedingt wieder finden. Immerhin war ich schon ein halbes Jahr bei den Garossas. Sie waren für kurze Zeit meine Ersatzfamilie geworden. Doch ich lebte noch und ich wollte, dass meine Eltern das wissen. Und ich wollte nicht akzeptieren, dass ich Lauren vielleicht nie wiedersehen würde, und sie einen anderen heiraten würde. Schon der Gedanke daran fraß mich auf. Und so sagte ich zu. Auch wenn es mir nicht leicht gefallen war, diese Ranch zu verlassen und ins Ungewisse zu rennen. Alejandros Freund Miguel, ein Hobbypilot aus reichem Hause, mit eigener Maschine, wollte mich mitnehmen, denn ich hatte mir in den Kopf gesetzt bis nach Kanada zu fliehen. Dort glaubte ich, hätte ich vielleicht eine Möglichkeit gehabt, Fuß zu fassen, bis Gras über meine Sache gewachsen wäre. Ich konnte mir nicht vorstellen, dass man auch in Kanada nach mir fahndete. Und ich brauchte nicht den langen Weg nach Laredo zu machen, so wie es eigentlich geplant war. Ich malte mir meine weitere Zukunft in Kanada aus. Von dort könnte ich der Grenze zu den Staaten immer weiter nach Osten folgen, um eines Tages wieder zurück nach Trenton zu kommen. Egal wie lange es dauern würde, und was diese Reise mir noch abverlangen würde. Ich wollte es einfach schaffen, denn ich bin niemand, der aufgibt. War ich noch nie, und werde ich auch nie sein.

Der Abschied fiel mir doch sehr schwer. Schwere als ich gedacht hatte. Auch weil ich nicht wusste wie es weitergehen würde. Würde ich Kanada überhaupt erreichen? Ich hatte keine Ahnung ob sie noch immer nach mir suchten oder nicht. Aber Tijuana war schon ein Fortschritt. Und vor allem näher an Kalifornien, wohin ich musste, wenn ich nordwärts nach

Kanada wollte. Mein Rucksack war gepackt. Meine Tiere und
ich startklar. Die ganze Truppe rund um die Ranch hatte sich
am Torbogen versammelt. Carmen und ihre Kinder, die
demnächst noch ein weiteres Geschwisterchen erwarteten,
denn Carmen war bereits im dritten Monat. Mein Herz wurde
schwer, denn auch ich wollte eines Tages Kinder haben. Am
liebsten mit meiner großen Liebe, die man mir so gewaltsam
entrissen hatte. Bald würde ich 23 Jahre werden. Und es sah
nicht so aus, als würde die Familienplanung so bald stattfinden.
Ich verdrängte die Gedanken an mein weiteres Leben und
nahm einen nach dem anderen in den Arm.
„Danke für alles. Ihr wart meine neue Familie. Pietro, pass auf
deine Mom auf. Und auf deine Geschwister, hörst du? Und bau
keinen Mist mehr. Du hast es gut hier."
Der Kleine drückte sich an meinen Bauch. Tränen kullerten an
seinen Wangen hinab. Mir kam es vor als ließe ich einen
kleinen Bruder zurück. Sanft löste ich seine kleinen Arme von
meiner Hüfte:
„Wir sehen uns wieder. Eines Tages. Ich verspreche es", sagte
ich noch zu Carmen. Dann stieg ich in Miguels Roover, der
mich zu seinem Flugzeug bringen sollte.
Tijuana erwartete mich.

„Das ist unglaublich", sagt Rachel.

„Sie haben den Mut eines Kämpfers und das Herz eines Löwen. Ich bewundere sie – wirklich."

Während ihrer Worte leuchten ihre Augen. Aufgeregt zappelt sie auf auf unserer Hollywoodschaukel herum, in der sie es sich gerade bequem gemacht hat.

„Und sie? Lauren?", fragt sie. Sie nimmt ihr Wasserglas und schaut mich wartend an. Also erzähle ich weiter.

„Während Randy Urlaub auf der Farm gemacht hat ..."

„Ey, Vorsicht", grinst er und knufft mich in die Seite.

„... habe ich mich auf die Geburt unseres Sohnes vorbereitet", lache ich und kneife ihm in die Hüfte. Eine liebevolle Rauferei beginnt, während das Filmteam in Position geht.

Rachel lächelt uns an, die Kamera ist auf uns beide gerichtet.

„Ein Kuss wäre jetzt hübsch", bettelt sie.

„Nichts lieber als das", schnurrt Randy und legt seine großen Hände an meine Wangen. Wenn wir uns küssen, vergessen wir alles um uns herum.

„Mom?, Dad ..."

Rylan räuspert sich und Megan muss kichern. Ach ja, vielleicht sollten wir besser weiter erzählen. Dann mal los.

12

Lauren

Eine Zeit später konnte ich über Anwälte erreichen, dass nur ich zu entscheiden hätte, was mit dem Kind passieren würde oder nicht. Meine Eltern waren noch immer dagegen und so entschied ich mein weiteres Leben ohne sie in die Hand zu nehmen. Sobald es mir irgendwie möglich werden sollte, wollte ich zuhause ausziehen. Was sich allerdings als nicht so einfach erwies und mir erst sehr viel später gelang. Wie auch, ohne Geld, ohne Job, mit einem Baby und keinerlei Berufserfahrung oder Ausbildung. Auf die Hilfe meiner Eltern brauchte ich nicht zu hoffen, denn sie konnten meine Entscheidung noch immer nicht verstehen. Einzig mein Onkel zeigte ein wenig Mitgefühl und schenkte mir zu meinem achtzehnten Geburtstag 500 Dollar und die Grundausstattung für mein Baby. So hatte ich wenigstens schon das Nötigste, was ich für mein Kind brauchen würde. Wir suchten eine Wiege aus, einen hübschen Kinderwagen und jede Menge Spielzeug, nebst Windeln und was man sonst noch für ein Neugeborenes brauchte. Mein Onkel bemühte sich sehr, meine Mutter zu überzeugen, dass ich es schon schaffen würde. Er bot mir sogar an zu ihm nach Myrtle Beach zu ziehen. Sein neues Haus wäre groß genug für uns alle. Auch für Randy, sollte er je zu uns zurück kommen. Ich ließ mir diese Option offen, wenn sich keine andere Möglichkeit finden würde. Mit Eileen hatte ich ausgemacht, dass sie sich um Rylan kümmern wollte, und ich einige Stunden im örtlichen Cafe´ aushelfen würde. Das würde aber nur so lange gelingen, bis meine Freundin einen

Studienplatz finden würde. Derzeit sah es eher schlecht aus, aber Eileen wollte etwas in ihrem Leben erreichen. Ein Studium in Jura. Allein mein Fall, und Randys natürlich, hatten sie dazu bewegt, für mehr Gerechtigkeit auf der Welt kämpfen zu wollen. Eines Tages hatte sie mir erzählt, dass sie anderen Menschen in schwierigen Situationen gerne helfen möchte. Eileens schulische Leistungen waren um einiges besser als meine. Na ja, immerhin hat sie die Schule ordnungsgemäß beendet, während ich mit Randy einen unerfüllten Traum versucht habe zu leben.

Die Zeit verging. Der Schmerz ließ ein wenig nach. Aber natürlich ging er nie weg. Gemeinsam mit Eileen richtete ich das Dachzimmer neben meinem eigenen in meinem Elternhaus für Rylan ein. Meine Eltern konnten sich dann doch entschließen, wenigstens die Möbel für das Baby zu kaufen. Mein Onkel hatte sie davon überzeugen können, dass es hier um ein unschuldiges Kind ging, und nicht um mich oder Randy. Meine Freundin und ich machten die Stadt unsicher um für den Kleinen Spielzeug und Klamotten zu besorgen. Der Tag, an dem Rylan das Licht der Welt erblicken sollte, rückte immer näher. Ich war für Februar ausgerechnet. Noch zwei Monate. Dann würde ich unser Baby in den Armen halten. Ich wollte so gerne dass Randy dabei sein könnte, wenn Rylan geboren wird. Der Gedanke daran brachte mich immer wieder zum weinen. Bis jetzt wurde nichts mehr über uns erwähnt. So als hätte alles nie stattgefunden. Ich hatte versucht etwas über Randys Familie in Erfahrung zu bringen. Leider hatte ich kein Glück. Es gab einige Bolts in Trenton. Auch Firmen. Ich bekam keinerlei Auskunft. Deswegen entschied ich, eines Tages dorthin zu reisen und sie zu suchen. Doch jetzt stand das heilige Fest bald vor der Tür und ich würde es ohne Randy erleben. Ich erinnerte mich an das letzte Fest auf der Farm, nachdem wir nach dem Unfall in der Scheune alles wieder aufgebaut hatten. Es war ein schönes Fest gewesen auf der Farm der Millers. Das alles kam mir gar nicht so lange vor. Ein Jahr war das nun schon her. Und nun würde mein Leben wieder eine ganz andere Richtung einschlagen. Was würde im nächsten Jahr sein? Und dem Jahr danach? Würde ich jemals einen anderen lieben können? Wird es einen Mann geben, der Randy ersetzen kann? Ein guter Vater für Rylan? Wollte ich das überhaupt? Ich hatte keine Ahnung.

Das Fest rückte schnell näher. Rylans Zimmer war fertig. Mein Bauch wurde immer runder und ich immer träger. Es war Gras über unsere Sache gewachsen. Niemand sprach mehr über Randy oder mich. Höchstens dann und wann, wenn ich mich im Ort sehen ließ und meine Kugel zur Schau trug. Die dämlichen Kommentare, ich sei ja selbst noch ein halbes Kind, oder: *das ist doch die mit dem Verbrecherbaby*, versuchte ich zu ignorieren. Hier und da schnappte ich wüste Drohungen gegen Randy auf, sollte er je gefunden werden. Die meisten der Einwohner wünschten ihm nichts Gutes. Es gab auch welche, denen es egal war. Eigentlich hätte es mir auch egal sein können, was die Leute über uns denken. War es aber nicht. Es verletzte mich, weil ich die Wahrheit kannte und mir sicher war, jeder von ihnen hätte ähnlich gehandelt, wenn es um seine Familie gegangen wäre. Noch immer stand mein Plan, dass ich Georgetown verlassen wollte, sobald es mir möglich war.

Weihnachten verbrachte ich ruhig. Nur mit meinen Eltern und meinem Onkel aus Myrtle Beach. Eileen war auch immer um mich herum und half mir wo sie konnte. Wir backten Kekse und versuchten alles so normal wie möglich zu machen.

Meine Eltern lenkten ihre Gespräche extra nicht auf das Baby. Belanglose Gespräche um Nichtigkeiten wurden geführt, nur um nicht mit der Wahrheit konfrontiert zu werden. Es sollte mir recht sein, denn jedes Gespräch hätte eh nur im Streit geendet, und den konnte ich nicht brauchen, so lange ich noch auf sie angewiesen war.

Mein Onkel blieb über den Jahreswechsel bei uns. Ihm vertraute ich Dinge über mich und Randy an. Dinge, die eigentlich nur uns gehörten. Doch mein Herz wollte reden, frei von Lasten sein. Ich hatte mir fest vorgenommen, das Positive aus unserem Abenteuer zu ziehen. Immerhin würde Randy in Rylan weiterleben.

„Du schaffst das schon. Ich werde für euch da sein", meinte mein Onkel und drückte mich an seine starke Brust. Er war so anders als seine Schwester, also meine Mutter.

Dann war auch schon der Januar vorüber und ich bereitete mich vor eine richtige Mutter zu werden.

Es war der Morgen des 7. Februars als meine Wehen einsetzten. Randys Geburtstag. Heute würde er 23 Jahre alt werden, wenn er noch lebte. Und ich hatte das Gefühl, dass Rylan noch genau heute auf diese Welt wollte. Ich wachte auf und unsagbare Schmerzen beherrschten meinen Körper. Schwerfällig wälzte ich mich aus dem Bett. Sofort rief ich Eileen an, die auch bald bei mir ankam.

„Ich denke es geht los", schnaufte ich und hielt meine Seite fest. Meine Mutter war auch da.

„Dann lass uns sofort ins Krankenhaus fahren", meinte sie. Eine halbe Stunde später waren wir schon dort.

„Ich bleibe hier. Du schaffst das schon", sagte meine Freundin. Und dann ging alles ziemlich schnell. Ich wurde in den Kreißsaal gebracht. Heftige Wehen brachten mich um den

Verstand und ich schrie die halbe Klinik zusammen. Nach sechs Stunden erfüllten Rylans erste Schreie den Saal. Überglücklich nahm ich das kleine Menschenbündel in Empfang.

„Er ist wunderschön" , jubelte Eileen.

„Und er sieht aus wie Randy", stellte ich fest, während ich meinen süßen Sohn betrachtcte. Sein Haar war schon kräftig und so schwarz wie das von Randy. Sogar die kleinen Augen hatten schon fast den selben Blauton wie die seines Vaters. All das trieb mir schon wieder die Tränen in die Augen. Diese Ungewissheit ob er wirklich tot war oder nicht, machte mich fertig. Ich wollte es einfach noch immer nicht akzeptieren. Nicht eher bis ich seine Leiche sehen würde.

Zwei Wochen später kam ich nachhause. Das Kind war kräftig und gesund. Einfach zu niedlich. Es tat mir so weh, dass Randy dieses Kind niemals sehen sollte. Er hatte es ja nicht einmal gewusst. Und genau deshalb schwor ich mir, dass ich doppelt auf Rylan achtgeben würde, damit er nicht genauso leichtsinnig wie sein Vater würde.

„Ich bin also leichtsinnig, ja?", lacht Randy und kitzelt mich,
dass ich fast vom Sofa falle.
„Allerdings. Es ist ein Wunder dass du überhaupt hier sitzt."
„Du weißt doch, dass ich sieben Leben habe, wie eine Katze."
„Eben, die sind fast aufgebraucht", sage ich und wuschele ihm
durch seinen schwarzen Haarschopf. Wir sind älter geworden.
Ich 36 und Randy 41. Aber wir holen unsere verlorenen,
verrückten Jahre nach, die uns gestohlen wurden. Randy ist
seit 15 Jahren bei uns. Rylan war drei Jahre alt als er seinen
Vater zum ersten mal sah. Alles was dazwischen passierte
werden wir erzählen. Rachel quiekt jedes mal verzückt wenn
Randy und ich uns necken wie pubertierende Schüler.
„Sie sind so ein tolles Paar. Wie ging es weiter. Ich will alles
wissen", sagt sie und schaut Randy erwartungsvoll an. Sieht
ganz so aus als wäre er jetzt wieder mit erzählen dran.
Und genau das tut er jetzt auch.

13

Randy

Der Flug nach Tijuana dauerte nicht sehr lange. Ich genoss den
Blick von oben über den Rio Grande. Die Weiten beider
Staaten waren überwältigend. Auf einer Seite die Weiten der
Wüste, auf der anderen der Pazifik. Unter uns die lebendige
Stadt, die sich auf zwei Staaten erstreckt. Tijuana und San
Diego werden auch die Zwillingsstadt genannt. Warum, das so
war konnte ich von hier oben sehen. Es war ein unglaubliches
Gefühl und fast hätte ich Miguel um sein lockeres reiches
Leben beneidet. Ich fühlte mich frei wie ein Vogel. Ein Gefühl,
das mir lange verwehrt geblieben war. Meine beiden Tiere
drückten sich ängstlich an mich. Das kleine Flugzeug war
ihnen unheimlich, aber irgendwie spürten sie, dass es mir jetzt
auch besser ging. Miguel erklärte mir das Land unter uns und
was er in Tijuana zu tun hatte. Es war schon interessant wie
verschieden unsere beiden Leben doch waren. Er, der reiche
Schnösel, der nur so zum Spaß mit seiner kleinen Cessna
umherflog um irgendwo mit Freunden feiern zu gehen, und ich,
der nichts außer sich selbst und seinen Tieren hatte, dessen
Leben in eine völlig falsche Richtung gedriftet war.
Nur weil ich mich und mein Mädchen beschützt hatte.
„Wir sind da", ließ Miguel verlauten.
Wir sanken und setzten bald auf der Landebahn des kleinen
Sportflughafens auf. Ab hier war ich wieder auf mich alleine
gestellt. Ich hatte keine Ahnung wie es weiter gehen sollte.
Ich wusste nur, dass ich irgendwie nach Kalifornien kommen
musste, um anschließend die Nordroute bis nach Kanada

wandern zu können.

Es war schon ein gutes halbes Jahr her, seit Lauren und ich getrennt wurden. Etwa acht Monate, oder so. Noch immer dachte ich jeden verdammten Tag an sie. Ob sie wohl inzwischen jemand anderen liebte? Wenn es so war, dann hoffte ich, der Mann würde es ehrlich mit ihr meinen. Ich wollte Sicherheit für Lauren. Sie sollte ein schönes freies Leben haben.

Ganz nüchtern betrachtet: Was könnte ich ihr schon bieten, falls ich eingesperrt würde? Ich hatte keine Ahnung wie lange ich weg wäre, oder ob es überhaupt eine Chance geben würde, aus der Nummer herauszukommen. Zu viele Personen waren schlecht auf mich zu sprechen gewesen. Es war besser so wie es war. Sie musste mich vergessen.

Die Cessna kam zum Stehen. Die Ausstiegsleiter wurde an das kleine Flugzeug geschoben. Wir stiegen aus und liefen zum Flughafengebäude. Der Flughafen war sehr klein und eigentlich auch nur für private Kleinflugzeuge ausgerichtet. Überall standen winzige Sportflugzeuge und Segelflieger herum. Miguels Flugzeug wurde in eine kleine Parkbucht gezogen, während wir in brütender Hitze am Tower vorbei zum Haupthaus liefen.

Wir erreichten das kleine Cafe innerhalb des Hauses.

„Was hast du jetzt vor?", fragte Miguel und hielt mir die Tür zu besagtem Cafe´auf. Er deutete mir mich hinzusetzen. Wir nahmen in einer kleinen Nische Platz. Bald stand ein kühles Getränk vor uns.

„Mal sehen. Ich denke ich werde nach San Diego gehen. Von dort aus hoch nach Kanada."

Warum und wieso behielt ich für mich.

„Ich könnte dich hinbringen. Allerdings erst übermorgen. Ich

habe noch Geschäftliches hier zu tun und außerdem wollte ich feiern. Komm doch mit."
„Lieber nicht. Ich schaffe das schon. Aber trotzdem danke."
Ich wollte so schnell wie möglich weg.
„Wie du willst."
Wir blieben etwa zwei Stunden dort.
Dann verabschiedete ich mich von Miguel.

Ich ließ den kleinen Flughafen hinter mir. San Diego war jetzt noch 32 km entfernt und bedeutete einen Marsch von etwa sechs Stunden. Zunächst versuchte ich mich zu orientieren wo die Grenze zu San Diego war. Ich breitete meine Karte am Straßenrand aus und versuchte meine Reise neu zu planen. Schnell hatte ich eine Route festgelegt. Ich wanderte weiterhin westwärts bis ich den Stadtrand erreichte. Die Zeit auf der Farm hatte mich gestärkt. Es ging mir wieder gut und deshalb kam ich zügig voran. In der Dämmerung erreichte ich das Ufer des Pazifik, wo die Grenzmauer sich bis in das Wasser hineinzog. Hohe dicke Stahlplatten ragten aus dem Wasser und ließen diese Grenze wie eine stählerne Mauer aussehen. Hier konnte ich nicht hinüber. Da es schon dunkel war, entschied ich mich mein Zelt am Strand aufzubauen. Es war seltsam ruhig hier. Nur meine Tiere waren irgendwie nervös. Sogar die Tiere in meiner näheren Umgebung waren aufgeregt. Ich konnte mir nicht erklären warum das so war. Gerade als ich mein Zelt aufgebaut hatte, hörte ich Stimmen. Alle redeten durcheinander und klangen ziemlich panisch. Die Menschen kamen näher. Es waren sechs Personen, drei Frauen und drei Männer. Sie gestikulierten wild mit ihren Händen und blieben dann vor meinem Zelt stehen.
„Sie können nicht hierbleiben", meinte einer der Männer.
Zum Glück verstand ich was er wollte. Mein Spanisch war gar

nicht so schlecht, dank Carmen.

„Etwas wird passieren. Die Erde wird beben. Das Meer kommt näher. Sie sollten nicht hier bleiben. Kommen sie mit", sagte die Frau, die neben ihm stand. Und dann ging alles ganz schnell. Unter uns spürten wir leichte Vibrationen. Die Vögel um uns herum stoben kreischend davon. Auch Earl begann zu knurren und zu kläffen. Schnell bauten wir mein Zelt gemeinsam ab. Die Leute halfen mir alles einzupacken. Einer der Männer war bereits losgelaufen um sein Auto zu holen. Ein alter Lieferwagen kam schlitternd vor uns zum Stehen.

„Los Beeilung. Seht die Wellen. Los los. Das Beben wird stärker."

Die Männer schoben mich und meine Tiere in den Lieferwagen. Als alle drinnen saßen, schoss der Wagen voran. Wir ließen den Strand hinter uns und preschten auf den Highway. Leider in die völlig falsche Richtung. Nämlich nach Osten zurück. Weg von der Küste. Die Straßen wurden immer voller und wir standen mitten in einem Stau als der Boden links von uns aufriss.

Rachel starrt uns an.

„Ja, ich habe davon gehört. Damals war ich noch ein Kind. Aber meine Eltern haben davon erzählt. Eine furchtbare Katastrophe. Es ist ein Wunder, dass sie das überlebt haben. Wohin sind sie gegangen? "

Randy schluckt. Unsere kleine Rauferei von vorhin scheint plötzlich sehr weit weg. Randys Blick wird ernst. Für einige Augenblicke schweigt er, schließt seine Augen und versucht wieder zu sich zu finden. Ich weiß, er durchlebt diesen Tag wieder und wieder. Es war einer der Schlimmsten überhaupt für ihn während unserer Trennung. Manchmal plagen ihn noch immer Albträume deswegen. Dann wacht er auf. Schreiend und zitternd. Dieser Tag, und der, an dem er beinahe mitten in Kanada erfroren wäre.

Doch dazu kommen wir später.

„Geben sie mir zwei Minuten", flüstert mein Mann und ich spüre wie er zu zittern beginnt.

Dann trinkt er einen Schluck, greift nach meiner Hand und fährt fort:

14

Randy

Wir alle sprangen aus dem Wagen. Vor uns hatte sich schon
eine lange Schlange gebildet. Alle wollten so schnell es ging
aus der Stadt verschwinden. Hinter uns hupten die Wagen.
Leute liefen einfach auf die Straße, fluchten und schimpften,
dass es nicht weiterging. Viele schrien und versuchten ihr Hab
und Gut irgendwie zu retten. Der Boden riss immer weiter auf
und verschlang einige Menschen, die sich dort befanden.
Schaufenster zersprangen und Ampeln wurden umgeknickt wie
Blumenstängel. Dachziegel fielen herab und begruben
ebenfalls Leute unter sich, die gerade dabei waren die Gebäude
zu verlassen. In der Ferne konnten wir Balkons einfach in die
Tiefe stürzen sehen. Hochhäuser schaukelten mit der
wackelnden Erdplatte. Das Meer fand den Weg in die Stadt.
Hohe Wellen prallten auf die strandnahen Gebäude und rissen
sie einfach um. Häuser stürzten ein und überall verletzte
Personen, die umherliefen wie verwirrte Hühner. Lärm
beherrschte das Treiben um uns herum. All diese Schreie.
Diese Verzweiflung. Frauen, die ihre verletzten Kinder trugen.
Tote Tiere, die von umherfliegenden Gegenständen erschlagen
worden waren. Ich sah Leute in Geschäfte rennen.
Plünderungen. Andere kamen hinaus gerannt. Noch nie zuvor
hatte ich solche Todesangst gehabt. Nicht einmal an Bord der
Ocean Prinzess damals. Ich schloss nun endgültig mit meinem
Leben ab. Nie hätte ich gedacht, dass es mit einem Erdbeben
enden würde.
Die Gruppe um mich herum schob mich mit sich. Wir rannten

dem Riss davon. Ich war ihnen so dankbar, dass sie mich am Strand gefunden hatten. Sonst wäre ich schon längst tot gewesen. Dann stürzte vor uns eine Reklametafel eines Kinos in die Tiefe. Autos krachten aufeinander. Überall erklangen Sirenen und es wurde noch schlimmer. Bäume verschwanden im Abgrund und ganze Häuser bekamen Risse. Manche stürzten kurz danach vollkommen ein. Es ...

Randy schließt die Augen erneut. Er versucht zu atmen, ruhig zu bleiben. Dieser Tag wird ihn ewig verfolgen. Ich halte seine Hand und drücke sie zärtlich. Er zittert heftig. Auch ich kann mir nach all den Jahren noch immer nicht vorstellen was er an jenem Tag erlebt hat. Und dabei fühlte er sich noch kurz vorher in Sicherheit. Ich hatte von dem Beben gehört, aber natürlich keine Ahnung, dass Randy dort beinahe umgekommen wäre. Rylan setzt sich neben seinen Dad. Er weiß was geschah und legt seinem Vater einen Arm um die bebenden Schultern. Dieses Trauma bekommen wir einfach nicht in den Griff, aber wir arbeiten daran. Randys Augen werden ganz rot. Er kämpft mit den Tränen, vergräbt sein Gesicht in seinen großen Händen. Ich fühle mit ihm und würde ihm diesen Schmerz so gerne nehmen.
„Sie müssen nicht ...", sagt Rachel. In ihren Augen zeigt sich Mitgefühl. Der Kameramann schaltet das Gerät ab. Randy lässt die Hände sinken und schüttelt leicht den Kopf:
„Doch, es ist Teil meiner Geschichte", sagt er und erzählt weiter:

Die Gruppe führte mich zu einem Keller. Er befand sich außerhalb des Zentrums. Es kam mir vor wie ein Bunker aus vergangenen Zeiten. Der Eingang war nicht mehr als ein düsteres Loch, welches sich in die Tiefe schraubte. Dicke Betonwände schotteten uns von allem ab was draußen geschah. Wir erreichten die Mitte des Raumes. Hier gab es nichts. Nur nackte Wände. Einer der Männer, er hieß Emilio, schob die schwere Tür zu. Wir alle waren nun in jenem dunklen Verlies gefangen. Mindestens fünfzig Personen hatten es bis dorthin geschafft und ich war einer von ihnen. Ich werde diesen Menschen ewig dankbar sein, dass sie mich damals vom Strand weggeholt haben. Ohne sie würde ich heute nicht hier sitzen. Über uns krachte und polterte es als weitere Gebäude einstürzten. Die Erde wackelte und rüttelte alles durcheinander. Das Ganze dauerte etwa zwanzig Minuten. Dann war es still. Niemand sagte etwas. Ich hörte die Kinder in den Armen ihrer Mütter weinen. Die Männer der Frauen, die hier waren, hatten es teilweise nicht geschafft, weil sie versucht hatten banale Dinge aus ihren Häusern zu zu retten. Ich klammerte mich an meinen treuen Hund. Zum Glück hatten meine geliebten Tiere überlebt. Wir warteten und lauschten, aber die Erde war still. Emilio fand als erster den Mut, die schwere Tür zu öffnen. Geröll lag davor und machte es ihm schwer die Tür überhaupt ganz aufzuschieben. Vier weitere Männer, einschließlich mir, halfen ihm dabei. Als wir endlich hinaustraten, sahen wir das Ausmaß der Katastrophe. Die grelle Sonne schmerzte in den Augen. Überall fiel Staub herab. Nach und nach verließen alle den Keller. Vor uns nur noch Trümmer und Tote. Es sah aus wie in einem üblen Endzeitfilm. Es war heiß und es roch nach Blut und Tod. Unter den Trümmern schauten Arme und abgetrennte Beine heraus. Ich sah tote Mütter mit ihren Babys in den Armen am Straßenrand liegen. Zerrissene Tiere. Häuser,

an denen ganze Wände fehlten und den Blick ins Innere
freigaben. Das Meer hatte sich wieder zurück gezogen. Überall
nur Schlamm und …

Randy beginnt noch heftiger zu zittern.
„Ich … Es tut mir leid. Bitte entschuldigen sie mich. Ich
brauche eine Pause", sagt mein Mann und erhebt sich
schwerfällig. Ich spüre wie jener Tag in ihm wieder aufersteht.
Rylan reicht ihm seine Krücken und begleitet ihn hinaus.
„Die Sache hat ihn nie ganz losgelassen, verstehen sie?", sage
ich. Rachel starrt mich mitfühlend an.
„Es war einer der vielen Tage, der der Letzte in seinem Leben
hätte sein können. Randy hat viel mitgemacht. Nicht einmal ich
weiß alles. Es gibt Dinge, die er mir nie erzählt hat. Auch nicht
über diesen Tag. Vielleicht will er mich einfach schützen oder
er will nicht, dass ich mir noch mehr Vorwürfe oder Sorgen
mache. Vielleicht eines Tages. Manchmal wacht er noch heute
zitternd und schreiend auf. Auch wenn das alles schon ewig her
ist, kommt Randy einfach nicht dagegen an. Träume suchen ihn
heim. All die sterbenden Menschen, die Zerstörung. Die Wucht
der Natur und die Hilflosigkeit, die man dann empfindet. Er
war schon immer ein Kämpfer, aber tief innen drin ist er sehr
weich und mitfühlend."
„Das ist mir schon aufgefallen während sie erzählt haben. Ich
denke dass sein mitfühlendes Wesen und die Hilfsbereitschaft
gegenüber anderer Menschen ihn letztendlich gerettet hat."
„Ja, das stimmt. Es gab viele Zeugenaussagen, die ihn genau
so wie er ist dargestellt haben. Deshalb… das erzähle ich ihnen
später. Bitte sehen sie ihm nach, dass …"
„Das ist okay. Nie würden wir zu private Dinge öffentlich
machen. Es ist nur einfach so, dass ihre Geschichte einzigartig
ist."

„Das ist sie. Jeden Tag bin ich dankbar, dass ich das alles erleben durfte und dass mein Mann noch lebt, dass ich einen gesunden Jungen habe und dass wir trotzdem noch Träume haben. Wissen sie, am Anfang unseres Abenteuers haben wir nie die Gefahren gesehen. Der Trip bedeutete Freiheit - mehr nicht. Wir hatten uns einfach unsterblich ineinander verliebt und wollten zusammen sein. Wir haben einfach gemacht was wir wollten und dann ist alles aus dem Ruder gelaufen. Ich mache mir ständig Vorwürfe deswegen. Ohne mich wäre das alles nie passiert. Ich habe Schuld daran, dass mein Mann heute mit einer Behinderung leben muss. Es ist meine Schuld, dass er fliehen musste. Ich habe Schuld, dass er überhaupt in diese Messerstecherei geraten ist. Wegen mir landete der Typ vom Feld damals im Krankenhaus. Genau wie Reese Vater. Es macht mich fertig, aber immerhin leben wir noch. "
„Es ist nicht ihre Schuld. Das dürfen sie nie vergessen. "
„Ich arbeite daran. "
„Würden sie uns trotzdem noch mehr erzählen? "
„Natürlich. "

15

Lauren

Als ich zuhause ankam war alles anders. Das Baby war jetzt
da. Ich hatte eine Verantwortung zu übernehmen. Ich musste
nun erwachsen sein, ob ich wollte oder nicht. Ich brachte das
Kind in sein Zimmer. Die kleine Wiege wartete bereits auf
Rylan.
„Es gefällt ihm", stellte Eileen fest, die mich begleitet hatte.
Sogar meine Eltern gaben verzückte Laute von sich als Rylan
sie angrinste. Ich hoffte dass doch noch alles gut werden
würde. Zumindest hatten meine Eltern inzwischen kapiert, dass
mein Sohn zu mir gehörte. Egal was käme, ich würde ihn nicht
hergeben. Niemand kam mehr zu uns um mein Kind
irgendjemandem zur Adoption anbieten zu wollen. Die Dame
vom Sozialamt konnte nichts mehr machen, denn ich war 18
und damit hatte sich die Sache endgültig erledigt.

Die ersten Wochen waren noch ein wenig kompliziert gewesen,
doch dann klappte es schon immer besser. Ich stillte ihn und
bald wurde er schon kräftiger. Mein Sohn entwickelte sich
prächtig. Rylan war überall dabei. Er war so ein süßes Kind.
Friedlich und freundlich. So wie sein Dad. Er ..."

„Redet ihr über mich?
Randy kommt zu uns zurück. Diesmal hat er seinen Rollstuhl
gewählt. Unser Sohn schiebt ihn.
„Ja, geht es dir jetzt besser?"
„Es tut mir leid, aber dieser Tag wird mich mein Leben lang
verfolgen."
„Das ist völlig in Ordnung. Wenn sie wollen, können wir auch
für heute Schluss machen. Dann machen wir nächste Woche
weiter."
„Nein, nein. Wir bringen es heute zu Ende. Ich werde ihnen
alles erzählen."
Rylan schiebt meinen Mann zu uns an den Gartentisch. Noch
immer ist es herrlich warm draußen. Wir haben auf dem
Grundstück meiner Schwiegereltern ein kleines Haus bauen
lassen. Mein Schwiegervater und sein bester Freund Hugh
haben es gebaut. Auf Grund von Randys Unfall konnte er es
leider nicht selbst bauen. Unser Haus ist ganz aus Holz. So wie
die Häuser in den kanadischen Bergen. Randy wollte es so,
denn während seiner Flucht, hatte er einige Zeit in einem
solchen Haus einsam und verlassen gelebt. Fern ab von der
Zivilisation und ganz auf sich gestellt. Das erzählen wir ihnen
aber noch. Megan holt Eis aus unserer Küche. Sie und Rylan
sind schon eine ganze Weile zusammen. Es scheint etwas
ernstes zu sein. Ich mag dieses Mädchen und ich hoffe dass die
beiden jede Sekunde, die sie gemeinsam erleben dürfen,
genießen.
„Sie haben es schön hier", schwärmt Rachel und lässt ihren
Blick durch unser kleines Paradies gleiten.
„Ich hätte nie gedacht, dass ich diesen Flecken Erde hier
jemals wiedersehe", meint Randy und kramt die nächsten
Fotos vor. Fotos, die den Strand von Tijuana vor, und nach
dem Erdbeben zeigen.

Randy

Wir ließen den Bunker hinter uns. Um uns herum die pure
Zerstörung. Emilio und die anderen Männer fingen damit an
nach Überlebenden zu suchen. Mein Hund Earl war uns dabei
eine große Hilfe, denn er hörte die Hilfeschreie meist als erster.
Auch ortete er Personen, die unter den Trümmern lagen. Mit
vereinten Kräften schoben wir Steine und anderes Geröll zur
Seite. Viele Menschen hatten es nicht geschafft. Andere waren
sehr schwer verletzt, lebten aber noch. Das örtliche
Krankenhaus war zum Glück nur zum Teil beschädigt worden.
Das Stromnetz funktionierte leider nicht mehr. Trotzdem hörten
wir überall Sirenen. Rettungswagen kämpften sich durch die
verschütteten Straßen. Das Beben hatte sich bis fast nach
La Mesa in Kalifornien, und nach Rosarito/Mexiko
ausgedehnt. Den kleinen Sportflughafen hatte es auch zerstört.
Später erfuhr ich, dass sich zum Glück niemand auf dem
Gelände befunden hatte. Also hatte Miguel es unbeschadet
zurück geschafft.
Wir irrten durch die Trümmer der Stadt und halfen den
Rettungskräften bei der Suche nach Vermissten. In all dem
Trubel fragte niemand nach meinem Namen. Wir fanden
Zuflucht in einer Sporthalle, etwas außerhalb des Zentrums von
Tijunana. Ich blieb etwa eine Woche dort, schlief auf einer
Sportmatte und wurde von einer Suppenküche der Kirche
versorgt. All die Menschen waren so herzlich, trotz des Elends
um uns herum. Dann wurden wir von dort fortgebracht. Ich
bekam die Chance bei einer Familie unterzukommen, die
allerdings in den Staaten lebte. Da auch San Diego ziemlich
zerstört war, brachte man mich nach Solana Beach.
Die Stadt war damals noch sehr jung und kaum erst gegründet

worden. Dementsprechend war der kleine Ort sehr dünn besiedelt, lag aber genau an der Interstate 5. Hier musste ich lang um nach Los Angeles zu kommen, welches etwa 100 km entfernt war. Familie Steel nahm mich und die Tiere bei sich auf ohne Fragen zu stellen. Eines Tages stand eine sehr elegante Frau in jener Turnhalle. Viele der dort Gestrandeten waren bereits bei Verwandten untergekommen. Nur ich und einige andere waren noch übrig. Da kam Victoria Steel zu uns herüber.

„Geht es ihnen gut? Haben sie jemanden, der sich um sie kümmert?"

Als ich ihre Frage verneinte, meinte sie nur:

„Ok, dann machen wir das. Kommen sie mit mir nach Solena Beach. Bleiben sie bei uns so lange sie wollen."

Ich konnte nicht glauben, dass eine wildfremde Frau mir helfen wollte. Sie schien aus reichem Hause zu kommen und anscheinend hatte sie eine Art Helfersyndrom. Immer wieder erkundigte sie sich beim Bürgermeister nach Menschen, die Hilfe brauchten. Victoria war eine elegante schöne Frau, gekleidet in einem edlen weißen Hosenanzug, darunter eine hübsche rote Bluse. Ihr schwarzes Haar kunstvoll zu einem Dutt aufgesteckt. Sie war scheinbar alleine unterwegs gewesen, denn ich sah keinen Mann, der zu ihr gepasst hätte. Victoria hockte sich vor mich. Seit Tagen hatte ich in dieser Halle auf einer Sportmatte gehaust. Dem entsprechend sah ich auch aus. Ich zögerte ihre Hand zu nehmen, die sie mir reichte, denn ich kam mir vor wie ein Obdachloser. Nun ja, eigentlich war ich das ja auch.

„Na kommen sie. Ein heißes Bad und gutes Essen werden ihnen gut tun."

Victoria schob mich vor sich her, hinaus ins Freie. Noch immer Trümmer um uns herum. Inzwischen waren die

Aufräumarbeiten in vollem Gange. Manche Straßen waren bereits geräumt worden. Victoria brachte mich und meine Tiere zu ihrem Wagen. Es war ein ziemlich teurer Sportwagen, knallrot und glänzend.

„Keine Angst. Ich will ihnen nur helfen", sagte sie sanft und öffnete die Tür des Wagens.

„Danke schön", flüsterte ich beinahe. Ich war überwältigt von so viel Hilfsbereitschaft. Wir schlängelten uns durch den dichten Verkehr, der sich durch die zerstörte Stadt quälte. Erst jetzt sah ich das wahre Ausmaß des Bebens. Emilio und die anderen waren zu Verwandten geflüchtet. Sie hatten die Truppe vor zwei Tagen abgeholt und in Sicherheit gebracht. Wohin wusste ich nicht. Ich habe sie nie wieder gesehen.

Wir ließen die Stadt hinter uns und fuhren der Küstenstraße folgend Richtung Westen. Mir war etwas unwohl mit meinen schmutzigen Klamotten in diesem eleganten Auto zu sitzen, doch Victoria lächelte nur. Wir redeten nicht viel. Nur darüber wohin die Fahrt gehen sollte. Eine knappe Stunde später erreichten wir das Anwesen der Steels. Eine große weiße Villa ragte vor uns auf, umzäunt von wunderschönen Palmen und bunt blühenden Blumen. Ein Gärtner war dabei die Hecke zu richten. In der Auffahrt standen drei weitere edle Karossen und ein Angestellter war dabei die Chromfelgen eines weißen Lotus auf Hochglanz zu bringen. Sofort als der Wagen anhielt, kam eine junge Frau aus dem Haus und begrüßte uns. Victoria erklärte wer ich war und was ich auf ihrem Grundstück zu suchen hatte. Ein weiterer Mitarbeiter nahm mir meinen Rucksack ab und trug ihn ins Haus.

„Na kommen sie. Es wird alles gut."

Ich sah mich um und war überwältigt von einem derartigen Reichtum. Der Eingang des Hauses war riesig. Im Inneren erstreckte sich ein gewaltiger Flur, der zu beiden Seiten mit einer leicht geschwungenen Treppe nach oben ausgestattet war. Eine Empore verband beide Treppen miteinander und gaben dahinter unzählige weiße Zimmertüren preis. Vor lauter Ehrfurcht schlüpfte ich aus meinen dreckigen Wanderschuhen und nahm Earl auf den Arm, dass er bloß nichts schmutzig machte. Ich folgte Victoria in eine Küche, die größer als die gesamte untere Etage meines Elternhauses in Trenton war. Inmitten dieses Raumes stand eine riesige Kochinsel. Der Boden des Hauses purer heller Marmor. Edle Gemälde bekannter Künstler zierten die Wände. Überall standen riesige Skulpturen herum und die bodentiefen Fenster ließen das Sonnenlicht über den fast weißen Boden schimmern.

„Nehmen sie Platz. Annette wird ihnen was zubereiten. Was möchten sie essen?"

Ich traute mich kaum mich zu bewegen und äußerte keine besonderen Wünsche, obwohl mir mein Magen bis in die Schuhe gerutscht war. Annette machte mir Rühreier mit Speck. Dazu ein Glas Cola und Eis zum Nachtisch. Für Earl und Speedy gab es Hackfleisch und frisches Wasser. Nach einer halben Stunde kam Victoria wieder zurück in die Küche und setzte sich zu mir. Ich stellte mich ihr als Luke vor. Inzwischen war mir der Name fast so vertraut wie mein richtiger. Auch wenn ich ein schlechtes Gewissen hatte, diese nette Person zu belügen, hielt ich es trotzdem für das Beste. Victoria erzählte mir, dass ihrer Familie eine Reederei gehörte. Sie gehörte zu den bekannten Ambassadors, die überall auf der Welt Kreuzfahrtschiffe besaßen.

Nach einem kurzen Smalltalk zeigte Victoria mir das restliche Haus. Es war riesig und hatte bestimmt zehn Zimmer, oder sogar mehr. In der oberen Etage hielten wir vor einer der weißen Türen an.

„Hier ist dein Reich, Luke. Willkommen bei uns. Fühl dich wie zuhause."

Ich betrat das Zimmer, welches nichts an Eleganz des restlichen Hauses einbüßte. Inmitten des Raumes ein riesiges weiches Bett mit tausend Kissen und davor ein weiches Fell, worin meine nackten Füße sofort versanken. Ein kleiner Kamin an der gegenüberliegenden Wand machte das Zimmer noch wohnlicher. Tiefe Fenster und helle Farben dominierten den Raum, der etwa 50 qm haben musste. Ein halbrunder Balkon erlaubte einen unglaublichen Ausblick aufs Meer, welches jetzt friedlich im Sonnenlicht funkelte. Ein elegantes Bad mit einer riesigen Wanne machte mein neues Zuhause perfekt. Mein Körper vibrierte regelrecht bei dem Gedanken in dieser Wanne zu liegen und alles Böse hinter mir zu lassen.

„Dann lasse ich dich mal alleine. Wenn du was brauchst, drücke einfach hier auf diesen Knopf."

„Vielen Dank, Mrs. Steel. Das ist wirklich sehr nett. Ich werde ihre Hilfsbereitschaft abarbeiten."

„Victoria, okay? Bis später Luke."

Schon war sie weg und ich alleine in diesem Luxuszimmer. Zu gerne hätte ich es Lauren gezeigt. Schon wieder wurde mein Herz schwer. Nach einem ausgiebigen Bad in besagter Wanne fühlte ich mich wie neu geboren. Annette hatte mir frische Wäsche auf das Bett gelegt. Die Klamotten saßen perfekt und waren ganz sicher nicht aus einem billigen Supermarkt. Nie zuvor hatte mein Körper in solch teuren Sachen gesteckt, aber ich stellte fest, dass mir Markensachen durchaus gut standen. Sie machten einen ganz anderen Menschen aus mir. Trotzdem würde ich nie mein bisheriges Leben für das hier tauschen wollen, denn frei war ich hier nicht wirklich. Und es gab Regeln, die ich noch immer hasste, aber tolerierte, weil ich hier nur Gast war. Beim Abendessen lernte ich auch Victorias

Freund kennen. Juan war Mexikaner und stammte aus Tijuana.
Aus diesem Grund war er auch fast täglich am Unglücksort um
dort zu helfen. Auch er war sehr nett und ich verstand mich
sofort ihm.
Sie nahmen außer mir noch drei weitere Opfer des Bebens bei
sich auf: Sarah, Marius und die kleine Sheila, die weinend und
alleine in der Turnhalle gesessen hatte. Die drei Kinder waren
alle jünger als ich: Sarah war zwölf, Marius neun und Sheila
vier. Sie hatten ihre Eltern bei dem Erdbeben verloren. Victoria
kümmerte sich um uns als wären wir ihre eigenen Kinder
gewesen. Gewissermaßen waren wir das für eine Zeit lang
auch, denn der Kinderwunsch war ihr bis dahin verwehrt
geblieben.
In dieser Zeit half ich Victoria dabei das riesige Grundstück
instand zu halten. Victoria und wir waren alleine auf diesem
großen Anwesen. Außer dem Personal, natürlich. Ich befasste
mich mit den Kleinen, während sie sich um den Haushalt
kümmerte. Trotz ihres Reichtums war Victoria eine ganz
normale Hausfrau, die sich auch nicht zu schade war, ihrem
Personal zu helfen. Meine kleinen Ersatzgeschwister hatte ich
sofort ins Herz geschlossen. Auch sie bekamen eigene Zimmer
mit allem was sie brauchten. Für Sheila beantragte Victoria
sogar eine Adoption. Ob es geklappt hat weiß ich leider nicht

Etwa drei Monate später entschied ich mich meine Reise
fortzusetzen. Mein Traum hatte noch immer Bestand und die
Sehnsucht nach Lauren war auch noch immer da. Ich vermisste
sie und je eher ich weitermachte, so eher konnte ich sie
vielleicht wiederfinden. Die Kinder weinten als ihr großer
Ersatzbruder ihnen sagte, dass er sie verlassen würde. Auch mir
fiel der Abschied schwer. Beinahe hatte ich vergessen was
eigentlich Sache war. Klar, für die Welt da draußen war ich

schon tot. Aber das wusste ich ja zu diesem Zeitpunkt nicht.
„Du wirst uns fehlen, Luke", sagte Victoria und drückte mich
so fest an sich, dass es schon schmerzte.
„Ihr mir auch. Danke dass du uns bei dir aufgenommen hast.
Das werde ich euch nie vergessen."
„Das habe ich doch gerne gemacht. Und wenn du Hilfe
brauchst, ruf mich einfach an. Wir sind immer für dich da."
Wir hielten unsere Hände, ganz fest, die Augen begannen zu
brennen. Dann ließ ich sie los. Juan drückte mich noch einmal
kurz an sich. Die Kleinen auch.
Dann schulterte ich meinen neuen Rucksack, den Victoria mir
gekauft hatte. Sie stattete mich mit neuen Klamotten aus und
gab mir 500 Dollar mit auf den Weg.
„Und wenn es Probleme gibt, ruf einfach an, okay?"
„Das werde ich. Macht's gut. Und danke nochmal. Für alles."
Ich schritt zum großen Tor des Anwesens. Das riesige Haus
hinter mir, die kleine Patchworkfamilie stand davor und
winkte. Ein riesiger Kloß hing in meinem Hals fest, doch ich
war fest entschlossen an meinem Plan festzuhalten.

16

Randy

Mein nächstes Ziel war Los Angeles. Ich hatte mir
ausgerechnet, dass ich etwa drei Tage bis dorthin brauchen
würde. Ich ließ Solena Beach hinter mir. Da der Ort sehr nah
am Strand lag, konnte ich direkt am Ufer des Pazifik entlang
wandern. Hier befand ich mich wieder in einer anderen
Zeitzone. Es war drei Stunden früher als in Trenton. Kurz hatte
ich überlegt, meinen Eltern doch ein Lebenszeichen zu geben,
entschied mich aber dann doch dagegen, sollte ich diese Reise
nicht überstehen. Und ich wollte nicht, dass man anhand eines
Telefonats herausfand wo ich war. Statt dessen wollte ich einen
Brief an Lauren schreiben. Sie sollte wissen, dass ich noch
lebe. Mehr nicht. In Encinitas baute ich mein neues Zelt direkt
am Strand auf. Auch das hatte Victoria mir geschenkt. Ich
verdankte der Frau soviel. Es war einsam dort. Und trotzdem
genoss ich meine Freiheit, die ich jetzt wieder hatte. Nicht dass
es mir bei Victoria schlecht ergangen wäre. Im Gegenteil, sie
hatte mein Leben wieder ein bisschen bunter gemacht. Earl
legte sich neben mich, Speedy wuselte im Sand herum. Es war
schon später Nachmittag als ich endlich mit allem fertig war.
Ich hockte mich auf einen dicken Stein und starrte aufs Meer
hinaus. Möwen sausten über mich hinweg. Eine leichte Brise
umschmeichelte mein Gesicht. Ich war wieder richtig kräftig
geworden und die Arbeit auf Victorias Anwesen hatte mir sogar
wieder einige Muskeln beschert. Kurz um, es ging mir gut.
Nur Lauren fehlte mir. Also schrieb ich ihr.

Liebe Lauren

Ich hoffe sehr dass es dir gut geht. Wie du siehst lebe ich
noch. Meine sieben Katzenleben sind noch nicht verbraucht.
Grins. Ich möchte dir nur sagen dass es mir gut geht. Ich
kann dir aber nicht verraten wo ich bin. Du weißt warum.
Inzwischen sind schon acht Monate vergangen seit wir uns
trennen mussten.
Das waren die einsamsten und schlimmsten Monate meines
Lebens. Ich habe meinen 23. Geburtstag mit Earl und
Speedy in der Wildnis gefeiert. Den beiden geht es auch gut.
Für eine kurze Zeit hatten wir ein Zuhause in Mexiko. Falls
wir uns jemals wiedersehen sollten erzähle ich dir alles. Ich
hoffe es, aber glaube es nicht. Allerdings habe ich eine Bitte.
Sage meinen Eltern dass ich sie liebe. Ich will sie nicht
anrufen, du weißt warum. Und ich habe Gerüchte gehört,
ich sei tot. Ich weiß nicht ob es stimmt, aber falls es so ist,
so will ich meinen Eltern nicht weh tun, wenn ich das hier
doch nicht überlebe. Die Natur ist schön, aber sie ist auch
unberechenbar und grausam. Du hast ja selbst erlebt was
alles passieren kann. Ich muss dir gestehen dass meine
Katzenleben um zwei weitere geschrumpft sind. Du kennst
mich. So bin ich. Noch immer ziehe ich die Scheiße magisch
an. Dennoch bereue ich nichts. Noch immer liebe ich das

Leben und die Freiheit. Ich hoffe du kommst zurecht. Haben deine Eltern dir verziehen? Ich hoffe sie können auch mir verzeihen. Ich hatte das alles nicht richtig durchdacht. Es war toll dass du mir gefolgt bist, aber ich hätte es nicht zulassen dürfen. Trotzdem war es das schönste Jahr meines bisherigen Lebens. Ich lebe meinen Traum weiter, so lange ich kann. Ich werde zurück nach Trenton kommen. Irgendwann. Hast du Shadow noch? Ich sah dass ihr sie mitgenommen habt. Das Bike habe ich leider nicht mehr. Aber den Schlüssel habe ich behalten. Ich wandere wieder. So wie vorher. Und ich bin schon ziemlich weit gekommen. Im Norden bin ich aber noch immer nicht. Jedenfalls noch nicht ganz. Ich weiß dass deine Eltern schlecht über mich denken. Und das kann ich sogar verstehen. Hätte ich ein Kind, und es würde einfach mit einem fremden Menschen durchbrennen, so wäre ich auch nicht begeistert. Bitte sage ihnen dass es mir leid tut. Ich entschuldige mich für alles was wir ihnen wegen mir angetan haben. Ich vermisse dich. Doch so wie es ist, ist es wohl besser für uns. Vielleicht sehen wir uns eines Tages wieder. Ich kämpfe dafür. Ich hoffe du auch. Oder du musst mich gehen lassen. Vielleicht hast du ja auch schon einen anderen getroffen? Es täte mir weh wenn es so wäre, doch auch das kann ich verstehen. Ich bitte dich nur um zwei Dinge, nein eigentlich um drei:

1. vergiss mich nicht ganz,

2. werde glücklich und

3. besuche meine Eltern und sage ihnen dass ich sie liebe.

Kannst du das für mich tun?

Hier ist meine Adresse in Trenton:

Richard und Ellen Bolt

Fury Road 118

Trenton New Jersey

So nun schließe ich mit meinem Brief. Vielleicht kann ich
dir nochmal schreiben. Falls nicht behalte mich so in
Erinnerung wie ich war als wir uns zum ersten Mal trafen.
Denke immer daran

Tu nichts was du nicht willst,

müssen musst nichts,

lebe so wie du es willst,

dann bist du frei.

Ich liebe dich, Lauren.

Dein Randy

„Den Brief gibt es noch. Ich habe ihn bis heute verwahrt.",
erkläre ich Rachel gerade, die mich verzückt anlächelt.
„Echt?", grinst Randy. Seine Laune hebt sich wieder ein
wenig.
„Natürlich, was denkst du denn? Dieser Brief war alles was
mir bewies, dass du noch da warst. Ich hatte es immer gespürt,
irgendwie."
Randy lächelt nur, während er mir zärtlich über meine Wange
streichelt. Zu Rachel sage ich:
„Ich kann ihnen nicht sagen was das für ein Gefühl war, zu
wissen, dass er noch lebte und dass er noch immer an mich
dachte."
„Das verstehe ich. Ach, das ist so romantisch", schwärmt
Rachel und greift nach ihrem Wasserglas.
„Wie war das für sie als dieser Brief ankam?"
Ich stelle mich hinter meinen Mann, lege ihm meine Hand auf
seine Schultern. Er greift sofort danach und ich erzähle ihr von
jenem Tag, der mein Leben wieder lebenswerter machte.

17

Lauren

Rylan war fast neun Monate alt. Die Zeit war so schnell
vergangen. Ich kam immer besser mit meiner Mutterrolle
zurecht und der Schmerz wurde etwas erträglicher. Ich dachte
trotzdem jeden Tag an Randy. Meinen Eltern gegenüber
erwähnte ich ihn nicht mehr. Meine Mutter ließ noch immer
kein gutes Haar an ihm. Wir hatten aus dem Fernsehen
erfahren, dass man den Waffendiebstahl inzwischen geklärt
hätte. Es war um viel Geld dabei gegangen. Genaues weiß ich
nicht mehr. Für mich zählte nur, dass Randy mit diesen Waffen
nichts mehr zu tun hatte, auch wenn er sie kurzzeitig bei sich
hatte. Mitglieder der Del Poros saßen inzwischen im
Gefängnis.
Ich fand in ein halbwegs normales Leben zurück. Eileen
bemühte sich sehr, mich auf andere Gedanken zu bringen. Sie
versuchte manchmal sogar mir andere Männer schmackhaft zu
machen. Hin und wieder sah ich Cam und Bryan, wenn sie an
den Wochenenden heimkamen. Sie beide waren zu attraktiven
jungen Männern geworden, aber dennoch hatte ich keinerlei
Interesse mehr an Bryan. Außerdem gab es schon Frauen im
Leben meiner Nachbarn. Also verbrachte ich lieber Zeit mit
meiner besten Freundin. Meistens waren wir bei ihr im
Gewächshaus oder in ihrer Küche und backten Kekse. Ich hatte
wieder gelernt wie ein normaler Mensch zu leben. Langsam
fügte ich mich in die Vorgaben der Zivilisation ein. Ich
akzeptierte, dass mein Lebensmotto eine Pause einlegen
musste, bis ich in der Lage war selbst für mich und mein Kind

zu sorgen. Schon wegen Rylan. Das Kind brauchte einen geregelten Tagesablauf. Sicherheit und Vorbereitung auf das, was eines Tages auf ihn zukommen würde. Mir war klar, dass ich mein Kind nicht ohne Regeln der Gesellschaft aufwachsen lassen konnte. Es wäre falsch gewesen und hätte irgendwann auch für ihn Ärger bedeutet. Das wollte ich nicht. Wenn er alt genug wäre, dann sollte er selbst entscheiden, wie er leben will. Vielleicht wäre er wie sein Vater, vielleicht auch nicht. Für den Moment musste ich meinem Kind Sicherheit geben. Ich bekam das alles ziemlich gut hin. Die Zeit verging und es wurde etwas erträglicher für mich. Der Herbst stand schon vor der Tür und ich hatte vor mit Rylan zum Spielplatz zu gehen als ich den Postboten näher kommen sah.

„Guten morgen", rief er mir zu und winkte mit einem Brief.

„Guten morgen. Ist der für mich?"

„Mrs. Lauren Burke. Ja, steht drauf. Bitte schön."

Ich starrte den Brief an und mein Herz schlug schneller, denn diese Handschrift kannte ich wie meine eigene.

Der Brief war von Randy. Ohne Zweifel. Ich schob den Kinderwagen zurück ins Haus und zitterte am ganzen Körper vor Aufregung. Ich schnappte mir meinen Sohn und verschwand in mein Zimmer. Meine Eltern waren an jenem Tag nicht zuhause. War auch besser so, denn ich bezweifle, dass ich den Brief überhaupt jemals zu Gesicht bekommen hätte, wenn er meiner Mutter in die Hände gefallen wäre.

Ich bin mir sicher, meine Mutter hätte ihn verschwinden lassen, denn noch immer war Randy wie ein rotes Tuch für sie.

Sie hasste ihn, ohne zu wissen warum überhaupt.

„Der Brief ist von deinem Dad", sagte ich zu Rylan. Mein Kind grinste mich an. Ich nahm meinen Sohn auf den Schoß und krabbelte in mein Bett. Ich konnte vor lauter Zittern den Brief kaum öffnen. Er war über drei Seiten lang. Ich las ihn immer wieder und wieder. Anhand des Poststempels konnte ich erkennen, dass er in der Nähe von Encinitas aufgegeben wurde. Zunächst hatte ich keine Ahnung wo das überhaupt war. Ich kramte einen meiner alten Schulatlanten hervor.

„Er hat es bis Kalifornien geschafft", flüsterte ich meinem Sohn zu. Der Kleine beobachtete mich aufmerksam. Seine kleinen Hände patschten auf die aufgeschlagene Seite des Buches. Tränen brannten in meinen Augen. Ich konnte es kaum glauben. Meine große Liebe war am leben. Es war schon fast ein Jahr vergangen. Rylan bekam schon seine ersten Zähne und er konnte schon aufrecht sitzen. Bald würde er mit Krabbeln anfangen. Und das sollten seine Großeltern in Trenton auf keinen Fall verpassen. Mir wurde immer klarer, dass ich Randys Bitten erfüllen würde. Ich entschied mich seine Eltern anzurufen. Und dann würde ich ihnen ihr Enkelkind vorstellen. Ich würde nach Trenton gehen. Und zwar für immer.

Ich begann Pläne zu machen wie ich das anstellen könnte. Inzwischen hatte ich schon wieder ein wenig Geld in meinem Sparschwein. Zu meinem Geburtstag hatte ich auch dieses mal meistens welches bekommen. Auch Sachen für meinen Sohn waren unter den Geschenken. Die meisten unserer Nachbarn hatten das Kind inzwischen akzeptiert. Es war ein unschuldiges Kind, das nicht einmal wusste warum es überhaupt auf dieser Welt wandelte. Noch nie hatte ich verstanden, warum manche Menschen Hass auf Leute wie mich oder Randy verspürten. Niemand kannte uns wirklich und keiner hatte den Hauch einer Ahnung warum, was, wie, wann geschah. Bald würde ich all dem hier den Rücken kehren. Noch immer den Atlas vor mir liegend, überlegte ich wo Randys Weg ihn hinführen könnte, um zurück zu seiner Familie gelangen zu können. Er wollte nach Norden. Vielleicht würde er es ja dieses Jahr schaffen.

Dann unterbricht mich Randy in meiner Erzählung:
„Hab ich ja auch. Allerdings erst viel später. Mein Weg war
noch lang", sagt Randy und stellt sich die Fotokiste auf den
Schoß. Er sucht nach etwas ganz Bestimmten.
„Wie war das für sie als sie diesen Brief verfasst haben?", will
Rachel wissen.
„Wie würden sie sich fühlen, wenn sie nicht wüssten was los
ist. Wenn sie nicht wüssten, ob dieser Brief je seinen Weg
finden würde. Wenn sie nicht wüssten, ob dieser Brief noch
immer erwünscht ist, falls er überhaupt ankommt? Wenn sie
nicht wüssten, ob sie ihre große Liebe überhaupt noch liebt,
oder ob sie schon längst..."
„Randy! Hör auf! Du glaubst doch nicht was du da redest",
schimpfe ich. Und doch weiß ich dass er recht hat. Wie hätte er
wissen sollen was mit mir los war oder nicht?
Ich setze mich auf seinen Schoß und stelle die Kiste auf
meinen.

Randy hat gefunden, wonach er gesucht hat.
Ein Bild vor dem Wahrzeichen von Los Angeles, wovor er
gemeinsam mit drei Asiaten posiert.
Zwei Frauen und ein Mann.
Langsam beruhige ich mich wieder. Randy legt seinen Arm um
mich.
Dann erzählt er weiter:

18

Randy

Ich las den Brief hundertmal durch. Alles war gesagt. Ich war
mir aber nicht sicher was ich mit diesem Brief in Lauren
auslösen würde. Sollten die Gerüchte über meinen
vermeintlichen Tod stimmen, so würde sie sich nur Hoffnungen
machen, und falls ich nie mehr heimkommen würde, so müsste
sie meinen Tod ein zweites mal verkraften. Ich entschied ihn
trotzdem abzuschicken.
Nachdem ich eine Nacht am Strand von Encinitas verbracht
hatte, machte ich mich wieder auf den Weg. Meine neue Route
führte mich entlang des Highway 5. Bis Dana Point lief ich
noch direkt am Strand entlang. Ich passierte die Orte Carlsbad,
Oceanside und San Clemente. Dort warf ich den Brief ein.
Am Abend kam ich in Dana Point an. Die 5 lag etwas nördlich
von dort. Vor der Kreuzung dorthin machte ich noch einmal
eine Pause, direkt am Strand.
Niemand war auf dieser Strecke unterwegs und es war ja schon
fast dunkel. Ich baute mein Zelt auf. Mitten im Sand. Das
Wasser war ruhig und es war sehr windstill. Viel zu warm um
irgendwas zu tun. Ich hatte noch ein wenig Brot und Wurst
dabei, die Victoria mir mitgegeben hatte. Unser Abendbrot fiel
eher klein aus, weil ich unsere Vorräte einteilen musste.
Schließlich hatte ich ja keine Ahnung wann und wo sich mir
die nächste Möglichkeit bot, etwas aufzutreiben. Ich war
erledigt, dämmerte weg und wachte erst auf als ich Stimmen
hörte. Inzwischen war es schon wieder hell. Früher Vormittag.
Ich hatte wohl ziemlich fest geschlafen. Anscheinend war ich

es nicht mehr gewohnt, so weit zu laufen.

Ich schnappte mir mein Messer und schlich zum Zeltausgang.
Da waren zwei Frauen. Sie mussten in etwa in meinem Alter
sein. Oder jünger. Begleitet wurden sie von einem etwas
älteren Kerl, der wie ein Irrer vor ihnen hersprang und
Bikinifotos von ihnen machte. Sie hatten mich wohl noch nicht
bemerkt. Ich schob das Messer zurück in meine Gesäßtasche
und beobachtete das Treiben am Ufer. Die beiden Frauen
kamen jetzt aus dem Wasser. Zwei hübsche Asiatinnen mit
Traumfiguren steuerten den Fotografen an. Dann kicherten sie.
Jetzt hatte eine von ihnen mich gesehen. Mich und mein Zelt.
Der Typ folgte ihrem Blick und kam auf mich zu.

„Dies ist ein Privatstrand", erklärte er mir gerade.

„Okay. Und nun?", fragte ich.

„Verschwinden sie von hier. Sie haben hier nichts zu suchen.
Kenne ich sie nicht irgendwo her?", meinte er und sah mich
skeptisch an.

„Nein, bestimmt nicht. Hören sie, ich mache nur eine Pause
hier."

Inzwischen waren die beiden Frauen auch näher gekommen.
Ich sah Angst in ihren Augen. Sie klammerten sich aneinander,
den Typen und mich im Auge. Ich spürte dass dort etwas vor
sich ging. Nur was, konnte ich nicht sagen. Die eine Frau
starrte mich an, beinahe flehend. Leicht bewegte sie ihre
Lippen. Kein Ton kam heraus. Sie schien mir irgendwie zu
vertrauen. Obwohl ich den Kerl vor mir weiterhin im Auge
behielt, konnte ich das Wort HILFE von den Lippen der Frau
ablesen. Also hatte mich mein Gefühl nicht getäuscht. Diese
Frauen waren in Schwierigkeiten. Definitiv. Noch während ich
überlegte was los war, drang die Stimme des Typen zu mir
herüber.

„Packen sie ihren Kram zusammen. Hier wird gearbeitet",

knurrte der Kerl.

„Hören sie. Ich werde hier nichts beschädigen oder stehlen oder so."

Der Typ starrte mich nur an.

„Kanita. Araya, zieht euch an. Euer Termin steht. Hopp hopp. Und du mein Freund wirst dein Zeug einpacken und von hier verschwinden."

„Schon gut. Krieg dich wieder ein. Ich hau ja schon ab", schoss ich zurück.

„Besser ist das. Sehe ich dich hier noch einmal...."

„Ist das eine Drohung?", setzte ich noch einen drauf. Ich wollte keine Angst zeigen, obwohl ich welche hatte. Und das nicht zu knapp.

„Es ist ein Versprechen. Zisch ab."

Dann drehte der Kerl sich einfach um und ließ mich stehen. Die beiden Frauen rannten davon. Der Mann hinterher. Sie liefen zur Promenadenstraße. Es musste so sein, denn in die andere Richtung ging es nicht weiter. Jedenfalls konnte ich keine Möglichkeit ausmachen. Ich schlich der Gruppe hinterher. Irgendwie hatte ich das Gefühl, dass den Frauen Schreckliches bevorstehen könnte. Und das konnte ich nicht zulassen. Bald darauf kam ein Lieferwagen um die Ecke. Er kam schlitternd vor der Gruppe zum Stehen. Ein Mann stieg aus und begann eine heftige Diskussion mit dem merkwürdigen Fotografen. Zeit für mich den Rückzug anzutreten. Ich hatte genug gesehen um zu wissen, dass mir jetzt ein weiteres Abenteuer bevor stand. Und es war mir egal, ob ich auch jetzt wieder mein Leben in Gefahr bringen würde. Ich baute mein Zelt ab und schlich mich zurück zu meinem alten Standort, verborgen hinter einigen Bäumen. Die Gruppe war noch hier. Inzwischen war sie um einen weiteren Mann gewachsen. Die beiden Frauen wurden brutal in den Frachtraum des

113

Lieferwagens geschubst. Das Auto hatte keine Fenster hinten und es war nicht zu erkennen was drinnen war. Mit einem lauten Knall schloss sich die Schiebetür des Lieferwagens. Die Frauen sahen noch immer ängstlich aus. Beide waren sehr dünn, aber wunderschön. Und jetzt wurden sie einfach verladen wie Vieh. Der Wagen setzte sich in Bewegung. Es saßen zwei Kerle im Führerhaus. Der dritte war mit in den Frachtraum geklettert. Ich hatte seine gezogene Waffe sehr wohl bemerkt. Mein Herz schlug immer schneller. Mir brach der Schweiß aus. Ich hatte keine Ahnung was ich tun sollte. Immerhin waren sie zu dritt, und ich alleine. Dennoch wollte ich mein Möglichstes tun um den Frauen zu helfen. Ich blieb stehen und versuchte zu ergründen was da los war und wohin sie mit den Frauen fuhren. Die Straße war etwas kurvig und nicht sofort einzuschätzen, wohin sie führte. Noch während ich die Optionen auswertete heulte der Motor des Autos auf. Ich duckte mich ins Dickicht, zog Earl, der schon zu knurren begonnen hatte, zu mir herüber. Der Lieferwagen wendete und schoss voran. Er raste an mir vorbei, sah mich jedoch nicht. Jetzt konnte ich ihn ziemlich gut erkennen. Ich merkte mir das Model, die Farbe und das Kennzeichen, welches ich sofort in mein Notizbuch schrieb. Das Auto war weiß, rostig und uralt. An der Seite hatte es ein sehr auffälliges Logo. Allerdings schien diese Beschriftung nicht mehr aktuell zu sein, denn man konnte nur noch schemenhaft den Namen einer Gärtnerei erkennen.
The blue Rose Laredo, stand dort, umringt mit blauen blassen Rosen. Ich prägte mir das verwaschene Logo ein. Mir wurde immer klarer, dass hier etwas im Busch war. Der Wagen entfernte sich immer weiter von meinem Standort. Ich hatte ein ganz seltsames Gefühl, was die beiden Frauen betraf. Hilfe, hatte die eine gesagt. Ich wusste, ich hatte ihre Lippenbewegung richtig gedeutet. Diese Kerle hatten etwas mit

ihnen vor. Und ich wollte wissen was es war. Also nahm ich die Verfolgung auf. Es war ziemlich warm und trocken, weshalb ich den Reifenspuren gut folgen konnte. Sie führten auf eine größere Straße und verloren sich dort. Da es noch relativ früh war, war sonst niemand hier. Die Reifenspur im Sand war das Einzige, das mir die Sache doch leichter machen würde. Blieb nur zu hoffen, dass sie in der Nähe bleiben würden.
Ich wog die Möglichkeiten ab, wohin der Wagen am ehesten gerast war. Links von mir schlängelte sich die immer dünner werdende Straße am Ufer entlang, rechts konnte ich in der Ferne eine Art Wald erkennen. Er war nicht groß und auch nicht besonders dicht, trotzdem erschien es mir wahrscheinlicher, dass der Wagen dorthin unterwegs war. Ich brauchte etwa eine Stunde bis ich den Waldrand erreicht hatte. Ein kleiner Pfad führte mitten hindurch und endete im Nichts. Ich wanderte und wanderte. Die Zeit raste nur so dahin und ich war schon kurz davor aufzugeben. Die Dämmerung schritt voran und bald konnte ich kaum mehr erkennen wohin ich überhaupt lief. Aus dem Sandweg war wieder eine asphaltierte Straße geworden. Sie war die einzige Möglichkeit von A nach B zu kommen. Wo auch immer B sein sollte. Ich lief einfach zügig weiter. Niemand kreuzte meinen Weg. Und dann sah ich wieder frische Reifenspuren, die zu denen des Transporters passten. Earl witterte etwas und ich hatte wieder Hoffnung, die Frauen zu finden. Es war ganz in der Nähe. Mein Hund lief vor, die Nase tief unten. Der Pfad wurde immer dünner und bald war er gar nicht mehr vorhanden. Das Auto musste also vorher schon irgendwo abgebogen sein. Die Straße lag nun schon ein ganzes Stück hinter mir. Es war nichts zu hören von dort. Stille. Natur, sonst nichts. Ich war schon eine Weile unterwegs und es wurde noch dunkler. Und als es richtig dunkel wurde, konnte ich kaum mehr etwas erkennen. Aber ich

lief weiter. Immer Earl hinterher. Und dann tauchte eine kleine unscheinbare Hütte zwischen einer Baumgruppe auf. Das Haus sah verlassen aus. Es war schon ziemlich alt und höchstwahrscheinlich nicht bewohnt. Dennoch schlich ich mich leise an das Gebäude heran. Earl begann zu knurren. Etwas, oder jemand musste im Haus sein. Ich umrundete das Haus und versuchte etwas durch die verdreckten Scheiben zu erkennen. Innen brannte kein Licht, und auch sonst war es hier still und unheimlich. Der Lieferwagen war nicht hier. Fenster und Tür waren verschlossen. Auf der Rückseite des Hauses waren die Fensterscheiben mit dunkler Folie ab geklebt. Ich lauschte, aber alles war ruhig. Dann hörte ich plötzlich leises Gewimmer. Die Stimme klang hell, aber gedämpft. Eine zweite Stimme gesellte sich dazu. Ich konnte nichts verstehen. Mein Herz schlug schneller. Inzwischen war die Nacht schon tiefschwarz. Nur der Mond spendetet mir ein wenig Licht. Meine neue Taschenlampe traute ich mich nicht einzuschalten. Ich fischte mein Jagdmesser heraus und versuchte das Schloss der Tür damit zu knacken. Von drinnen wurden die Stimmen lauter. Ich hörte panisches Schluchzen und Ketten rasseln. Das Adrenalin in mir ließ mich schneller arbeiten. Dann schabten plötzlich Möbel über den Holzboden der Hütte. Dann ein Knall, dann Ruhe. Endlich bekam ich das verdammte Türschloss auf. Earl wagte sich bis ins Haus vor. Drinnen war es stockdunkel. Es roch nach billigem Parfum. Ich lauschte, bewegte mich nicht. Langsam stellten sich meine Augen auf die Dunkelheit dort drinnen ein. Ich erkannte zwei Gestalten, die auf einer alten Matratze lagen. Daneben ein umgekippter Stuhl, der das Krachen von vorhin erklären würde. Ich bewegte mich auf die beiden Personen zu. Sie atmeten hektisch und krochen immer weiter in die Ecke des Raumes. Jetzt hatte ich die beiden erreicht. Es waren die beiden Frauen vom Strand.

Ihre Münder waren mit Pflastern verklebt, die Hände auf dem Rücken festgebunden. Sie sahen trotz allem noch immer wunderschön aus. Ihre schlanken Körper steckten in knappen Kleidern, die Füße in hohen Schuhen. Schnell eilte ich auf die Frauen zu. Außer ihnen schien niemand hier zu sein. Deshalb traute ich mich jetzt doch meine Lampe anzumachen. Die beiden starrten mich ängstlich an.

„Ich will euch nichts tun. Nicht schreien, okay?", flüsterte ich. „Ich mache das Pflaster jetzt ab. Ganz ruhig. Ich werde euch nichts tun."

Ich kniete mich vor die erste Frau und entfernte den Knebel. Als sie doch schreien wollte, musste ich ihr leider den Mund zuhalten.

„Bitte, nicht schreien. Ich will euch helfen. Bitte."

Vorsichtig nahm ich meine Hand wieder weg. Die Frau starrte mich an. Dann begann sie zu weinen. Inzwischen hatte ich auch der anderen Frau das Pflaster abgerissen.

„Wer bist du?", traute sich die erste jetzt zu fragen.

„Luke. Und wer seid ihr?"

„Du warst am Strand vorhin, richtig?"

„Ja. Wer waren die Kerle? Was wollen sie von euch?"

„Mein Name ist Kanita. Und das ist Araya. Wir kommen aus Thailand und suchen einen Job. Sie boten uns einen an und jetzt sind wir hier. Kannst du uns helfen?"

„Ich werde es versuchen. Wo sind die Schlüssel zu diesen Dingern?", fragte ich und zeigt auf ihre gefesselten Hände.

„Im Kamerazimmer. Nebenan. Die kommen sicher bald zurück. Die Termine stehen fest. Wir haben nicht mehr viel Zeit", erklärte Araya. Kurz erklärten die Frauen was los war. Jenes Kamerazimmer war alles andere als nur ein Zimmer. Ich hob den umgefallenen Stuhl auf und drosch damit gegen die verschlossene Tür jenes Zimmers, welches sich als

Spielzimmer für sämtliche perversen Spiele dieser Welt entpuppte. Schockiert sah ich mich um. Aber ich hatte keine Zeit für Analysen. Das würde ich mir später ansehen müssen. Jetzt zählten nur die Frauen, die wahrscheinlich schon ewig hier vor sich hin vegetiert hatten. Ich blickte mich um. Und da war sie. Die Lösung. Auf einem Tisch, worauf schon die Kamera bereit stand, fand ich einen Schlüsselbund. Zum Glück passte er auf die Fesseln der Frauen.

„Hilf uns, bitte", flüsterte Kanita, während ich die Fesseln öffnete.

„Was ist passiert?", wollte ich wissen und starrte sie an.

„Wir kommen aus Bangkok. Wir wollten unseren Familien helfen. Da war ein Inserat. Sie suchten Modelle und da haben wir uns beworben. Unsere Familien sind arm. Wir brauchen das Geld."

Ich kapierte sehr schnell was lief. Die beiden waren in einen Menschenhändlerring geraten und ihr erwähnter Termin konnte nichts Gutes bedeuten. In Anbetracht des Zimmers nebenan. Endlich bekam ich die Fesseln auf. Erleichtert fielen die Frauen mir um den Hals.

„Wir verschwinden hier. Ich sehe mir das mal an. Bleibt zusammen."

Die Frauen umklammerten sich panisch, trauten sich aber nicht das Haus zu verlassen. Ich nahm mir das Folterzimmer vor, um irgendwelche Beweise zu sammeln. Diese Schweine würden ihre Strafe bekommen. Noch nie zuvor hatte ich solche schockierenden Dinge gesehen. Auf dem Boden lagen alte vergilbte Matratzen und an den Wänden befanden sich vier stählerne Ringe, an denen lange Ketten und Halsbänder befestigt waren. Die Zwei kleinen Fenster waren vergittert und abgedunkelt. Außer der Eingangstür gab keine weitere Möglichkeit das Gebäude zu verlassen. Verschiedene Waffen und Foltergeräte lagen auf einem Tisch bereit. Genau so wie Kleidung, die irgendwie nur aus Leder, Latex und Stacheln, Riemen und anderen sonderbaren Dingen bestand. Die alte Matratze war vergilbt und wies schon beachtliche Gebrauchsspuren auf, von denen ich nicht unbedingt wissen wollte, woher sie stammten. An den Wänden hingen seltsame Geräte, deren Zweck sich mir nicht erschloss. Um uns herum nur Wildnis, sonst nichts. Ich hatte so eine leise Ahnung was hier passierte. Das Messer hatte ich in meiner Hosentasche, falls doch noch jemand hier aufkreuzen sollte. Ich durchsuchte das Zimmer nach Dingen, die ich brauchen konnte, und Beweisen, um was oder wen es sich hier handelte. Ich machte Fotos von besagtem Zimmer und nahm einige der Bänder mit, die dort in einer Schublade gelegen hatten. Dann schlichen wir zur Tür und hörten den Motor eines herankommenden Lieferwagens.

Randy stockt erneut in seiner Erzählung, das Foto noch immer in seiner Hand. Er atmet schwer, denn auch dieser Teil seiner Reise hat ihn geprägt.
„Ohne sie wären die Frauen jetzt sicher tot. Und ohne sie wären diese Schweine nie gefunden worden. Bitte vergessen sie das nicht, Mr. Bolt."
Rachel sieht Randy eindringlich an. Es fällt ihm nicht leicht über die dunkeln Teile seiner Reise zu berichten. Ja, es stimmt. Mein Mann hat den Frauen ihr Leben gerettet und den Menschenhändler - Ring geholfen zu sprengen, was ihm später sehr hoch angerechnet wurde.
„Sie haben das Richtige getan, Mr. Bolt. Sie sind mutig, haben ihr Herz auf dem rechten Fleck. Diese beiden Frauen wären tot ohne ihre Hilfe. Und diese Kerle würden noch immer ihre perversen Filmchen in aller Welt verkaufen."
Rachel bittet den Kameramann sein Gerät abzuschalten. Sie weiß dass dieser Teil der Reise lieber nicht im Film erwähnt werden sollte. Auch nach all den Jahren wäre das viel zu gefährlich. Nicht nur für Randy, sondern auch für uns. Langsam regeneriert sich Randys Herzschlag wieder.
„Wollen sie uns noch erzählen was dann geschah?"
„Natürlich. Es ist Teil des Abenteuers, aber ich wäre ihnen dankbar, wenn sie es nicht erwähnen würden."
„Das respektieren wir. Bitte fahren sie fort", flüstert Rachel beinahe ängstlich. Ich sitze noch immer auf Randys Schoß, umklammere sein Genick und lasse ihm Zeit die richtigen Worte zu finden. Nach einer kurzen Pause räuspert er sich und spricht weiter:

19

Randy

„Sie kommen", flüsterte Kanita.
Earl begann zu knurren. Autotüren schlugen zu.
„Versteckt euch. Ganz ruhig. Es wird euch nichts passieren."
Mir brach der Schweiß aus, denn ich war mir absolut nicht
sicher, ob ich dieses Versprechen halten konnte. Hektisch
blickte ich mich um, löschte die Lampe und starrte die Tür an.
Schritte kamen näher. Earl baute sich vor den verängstigten
Frauen auf. Araya hatte Speedy bei sich und versuchte das
kleine Tier zu beschützen. Dann polterte auch schon die Tür
gegen die Wand und zwei finstere Typen betraten das Haus.
Den einen erkannte ich wieder. Er war der Fotograf vom
Strand. Der andere sah wie ein gepflegter Geschäftsmann aus.
Stumm folgte er dem ersten hinein. Dann wurde ein spärliches
Licht angemacht und eiskalte Augen starrten mich an.
„Hab ich dir nicht gesagt, dass du verschwinden sollst?",
meinte der Fotograf.
„Und habe ich nicht gesagt, dass mich das nicht interessiert?",
erwiderte ich selbstbewusst. Die Frauen kauerten bereits
wieder auf der Matratze und wimmerten. Noch ehe ich etwas
machen konnte, stürmte der Fotograf schon auf mich zu und
schubste mich auf einen Stuhl, der an der Wand stand. Der
zweite Mann beobachtete alles genau, tat aber nichts. Da ich
durch meine Arbeit auf den Farmen, und auch bei Victoria
relativ gut trainiert war, gelang es mir wieder aufzuspringen
und nach dem Kerl zu treten. Ich drehte mich schwungvoll
einmal um die eigene Achse und knallte meinen Fuß direkt

unter sein Kinn. Ganz wie Van Damme zu seinen besten Zeiten. Kurz war der Kerl abgelenkt. Vermutlich hatte er nicht mit einer derart heftigen Gegenwehr meinerseits gerechnet. Der andere Mann kam näher. Ich beobachtete beide genau. Und das wurde mir zum Verhängnis. Sekunden später hatte der Typ mich doch noch überwältigt und mir meine Hände auf den Rücken gebunden. Erneut drückte er mich auf den Stuhl.

„So, mein Freund. Und jetzt reden wir mal Klartext", zischte der Mann und sah mich bedrohlich an. Nur keine Angst zeigen, dachte ich und rotzte ihm vor die Füße.

„So, tun wir das", meinte ich kühl. Mein Hund machte sich bereit, die Typen anzuspringen.

„Nicht, Earl. Dieser Abschaum ist es nicht wert.", schrie ich meinen treuen Hund an. Sofort duckte er sich ergeben und legte sich neben die Frauen auf die Matratze. Ich wollte einfach keinen weiteren Ärger, wenn Earl auch einen dieser Männer gebissen hätte. Auch wenn sie es mehr als verdient gehabt hätten. Herausfordernd und frech starrte ich den Fotografen an.

„Du hast eine ziemlich große Klappe, findest du nicht, Junge?"

„Ist das so, ja?", konterte ich, das Kinn trotzig vorgestreckt. Schon donnerte seine Faust auf mein Gesicht und traf mein rechtes Auge, welches sofort anschwoll. Schmerz schoss durch sämtliche Zellen meines Körpers, doch ich zeigte es ihm nicht. Ich rotzte ihm erneut vor die Füße. Noch immer wirkte ich selbstsicher.

„Halt dich einfach aus unseren Angelegenheiten raus", meinte der Kerl. Sein Blick war eiskalt, beinahe todbringend.

„Einen Scheiß werde ich. Lasst die Frauen zufrieden, ihr perversen Schweine."

Schon bekam ich die nächste Ohrfeige. Meine Lippen platzten auf und bluteten wie verrückt. Ich trat nach ihm und traf ihn an einer sehr schmerzhaften Stelle, was ihn nur noch wütender machte. Die Frauen schrien auf.

„Schnauze, scheiß Weiber", grollte der Verletzte und die Frauen schwiegen sofort. Ich vernahm Schritte vor dem Haus. Sie kamen näher. Die Tür flog erneut auf. Ein dritter Kerl kam ins Haus und hockte sich mir gegenüber auf die Tischkante.

„Was ist hier los? Wer sind sie? Was haben sie auf meinem Grundstück zu suchen?", wollte er wissen.

„Wüsste nicht was sie das angeht", giftete ich zurück. Gerade als ich aufspringen wollte, drückte der Kerl mich zurück auf den Stuhl. Und dieses mal hatte ich keine Chance mehr zu treten. Der Griff dieses Kerls war fest wie ein Schraubstock. Er quetschte meinen Oberarm, dass dieser schon blau anlief. Dennoch verzog ich keine Miene.

„Nicht so hastig mein Freund. Ich kenne dich. Weiß nur noch nicht woher. Aber das fällt mir schon noch ein. Du wirst unser Gast sein, bis ich weiß was wir mit neugierigen Kerlen wie dir anfangen."

„Fick dich, mieses Schwein", brüllte ich ihn an, was ihn aber überhaupt nicht zu beeindrucken schien.

Dann wies er seine Freunde an mich an den Stuhl zu fesseln und zu knebeln. Ehe ich reagieren konnte, waren meine Hände auf der Rückseite des Stuhls angebunden. Meine Beine wurden an die Stuhlbeine gefesselt, und auch ich bekam Paketband auf den Mund geklebt.

„Passt auf ihn auf. Und auf die Weiber. Gouverneur Barvette kommt erst morgen. Also genug Zeit den Kerl verschwinden zu lassen und meine Weiber vorzubereiten. Und räumt diese Sauerei auf."

Dann rauschte der Typ hinaus.

20

Randy

Die Kerle ließen uns alleine. Das Haus wurde abgesperrt. Wir
hörten den Lieferwagen davon fahren. Die Frauen starrten
mich an, flehend, ängstlich. Beide weinten und zerrten an ihren
Fesseln, die der Fotograf ihnen wieder angelegt hatte. Auch ich
versuchte irgendwie an mein Messer zu kommen, was sich als
äußerst schwierig erwies, da es sich in meiner Gesäßtasche
befand. Ich zerrte an meinen Fesseln herum. Mein Hund bellte
und lief aufgeregt durch die Hütte. Speedy kam zu mir und
beschnupperte mich. Sie konnte mir auch nicht helfen. Die
Sonne ging auf und noch immer war ich kein Stück weiter. Es
musste doch eine Möglichkeit geben von dort zu entkommen.
Der Tag verging, aber niemand betrat die Hütte. Mein Magen
knurrte und auch andere Bedürfnisse kündigten sich an. Ich
überlegte fieberhaft welche Möglichkeiten wir hätten, sollten
wir uns befreien können. Draußen wurde es langsam schon
wieder dunkel. Noch immer war kein Laut zu hören. Ich
verbog meinen Rücken, dass es schon schmerzte, nur um
irgendwie an mein Messer zu kommen. Aber es gelang mir
nicht. Mir brach der Schweiß aus und die beiden jungen Frauen
versuchten ebenfalls sich zu befreien. Auch erfolglos.
Die zweite Nacht brach an, aber wir hatten noch nichts erreicht.
Irgendwie war ich vor Erschöpfung eingeschlafen. Als ich vor
dem Haus Geräusche wahrnahm, wachte ich auf. Auch die
Frauen hatten es gehört und drückten sich ängstlich an die
Wand. Keine Ahnung was die beiden bis dahin schon erlebt
hatten. Dann machte sich jemand an der Tür zu schaffen.

Es konnten nicht die Verbrecher gewesen sein, denn diese hatten ja den Schlüssel. Earls Kopf hob sich leicht. Wachsam richtete er sich auf, begann zu knurren. Dann krachte die alte Holztür plötzlich gegen die Wand und ein junger Kerl war zu erkennen. Ebenfalls ein Asiat. In einer Hand hielt er eine Taschenlampe, in der anderen einen Baseballschläger. Araya blinzelte und kam mir irgendwie erleichtert vor.

Sie schien den Mann zu kennen.

„Araya. Gott sei Dank. Ich habe dich gefunden ", sagte der Mann und stürmte auf die junge Frau zu. Er befreite sie von ihrem Knebel.

„Niran", weinte die Frau. Der Mann schwieg und drückte die Frau einfach nur erleichtert an sich. Auch er kämpfte mit den Tränen. Sie mussten in einer sehr engen Beziehung zueinander stehen. Dann machte er sich an den Handschellen zu schaffen, die schmerzhaft über die Handgelenke der Frauen rieben. Er versuchte alles, die Fesseln bekam er jedoch nicht auf. Schnell war geklärt wer er war und was er wollte. Sein Name war Niran und er war Arayas Bruder. Nachdem er auch Kanitas Knebel entfernt hatte stürmte er auf mich los.

Er riss auch meinen Knebel ab.

„Wer bist du? Wo sind diese Schweine?", brüllte Niran.

„Zu Frage eins: Mein Name ist Luke. Zu Frage zwei: Ich weiß es nicht. Aber ... Findet du nicht, du solltest uns erst einmal hier raus holen?", bemerkte ich.

„Sie werden bald zurück kommen. Ich will nicht in dieses Zimmer", brüllte Kanita.

„Ich hol euch hier raus. Seit Wochen suche ich nach euch. Ich habe die gesamte Westküste abgeklappert. Ich war überall. Sogar in San Francisco. Benny ist noch dort."

„Zum Glück hast du uns gefunden. Luke wollte uns helfen. Da sind wir überwältigt worden. Und nun sitzen wir schon zwei

Tage hier fest, obwohl bereits gestern ein Termin angekündigt war. Schätze wegen Lukes Auftauchen ändert sich etwas. Trotzdem weiß ich, dass sie zurück kommen werden. Das tun sie immer", jammerte Araya.

Niran rannte hektisch im Haus herum. Er trat die Tür zu dem geheimnisvollen Zimmer auf. Schockiert sah er hinein. Unfähig sich zu bewegen. Es hatte ihm, genau wie mir, die Sprache verschlagen. Doch wir mussten hier weg. Und zwar schnell. Niran durchsuchte das ganze Haus und fand einen alten Schrank, in dem unzählige Videos aufbewahrt wurden. Diese nahm er an sich. Einige hatte ich ja bereits in der Schublade gefunden und sicher in meinem Rucksack versteckt. Wir würden diese Schweine hochgehen lassen.

Das hatte ich mir geschworen.

Noch immer versuchten die Frauen sich zu befreien. Keine Chance. Auch ich konnte mich kaum bewegen. Diese Typen hatten ganze Arbeit geleistet. Ich kam einfach nicht an mein verfluchtes Messer heran. Die Zeit eilte. Wer wusste schon, wann diese Typen wieder zurück kommen würden und was sie dann mit uns vorhatten. Nach einer Weile kam Niran mit noch einer Tüte voller perverser Filme aus dem Raum. Dass es sich um eben solche Filme handelte, hatte er herausgefunden, als er eines der Bänder in den alten Videorecorder geschoben hatte. Die Tonspur der Filme ließ mir das Blut in den Adern gefrieren. Die Schreie der Frauen, die Hiebe der Männer, diese Laute des ekelhaften Sex, der sich dort abspielte. Einfach widerlich. Wir mussten hier weg. Und zwar sofort. Niran stand einige Meter von mir entfernt und suchte nach etwas, das uns helfen könnte. Noch immer stand ihm das blanke Entsetzen ins Gesicht geschrieben. Dieser junge, unschuldige Mann war etwa in meinem Alter, aber dennoch sah er nicht wie der große Held aus. Niran war ein schmächtiger, dünner Kerl, der höchstwahrscheinlich die meiste Zeit seines jungen Lebens in einer Bibliothek oder einer Kirchengemeinde verbrachte. Trotzdem bewunderte ich ihn für seinen Mut.

„Greif in meine Hosentasche. Da ist ein Messer drin", brüllte ich ihn an. Niran kam zu mir zurück. Ich versuchte ihm zu helfen, damit er das Messer erreichen konnte. Irgendwie gelang es mir mich ein wenig anzuheben, so dass er das Messer an sich nehmen konnte. Schnell schnitt er meine Fesseln durch. Gemeinsam versuchten wir die Handschellen der Frauen aufzubekommen. Die Schlüssel hatten diese Schweine mitgenommen. Zum Glück gelang es mir die Schlösser mit dem Jagdmesser zu öffnen.

„Beeilung. Mein Auto ist in der Nähe. Schnell", brüllte Niran und schob die beiden Frauen aus dem Haus. Gemeinsam brachten wir unser Beweismaterial aus der Hütte und machten uns auf den Weg.

Bald darauf erreichten wir Los Angeles.

„Das sind Niran, Araya und Kanita. ", sagt Randy und zeigt Rachel das besagte Foto. Auf dem Bild sind alle vor dem Wahrzeichen der Filmstadt zu sehen. Earl und Speedy sind auch drauf.
„Ohne Niran wären wir wahrscheinlich dort verhungert. Er war so tapfer. Und er hätte alles alles für seine Schwester und ihre Freundin getan. Und außer ihnen hatte ich nur noch Earl und Speedy", flüstert Randy und streicht zärtlich über das Bild. Sein Hund war in jener Zeit sein einziger Freund gewesen.
„Was ist dann passiert? Wie haben sie es dorthin geschafft?, fragt Rachel.
Randy trinkt einen Schluck Wasser und wirkt plötzlich sehr nachdenklich.
Dann erzählt er weiter:

21

Randy

Wir luden Earl auf den Rücksitz des alten Combis. Die Frauen quetschten sich daneben, ich nahm auf dem Beifahrersitz Platz. Mein Gepäck passte auch noch hinein. Ich hatte keine Ahnung was mein verdrehtes Schicksal nun mit mir vorhatte. Manchmal bereute ich es Victoria, oder auch Manuels Ranch, verlassen zu haben. Bei beiden lebte ich sicher. Mein Drang nach Freiheit hatte sich nie gelegt. Tut es noch immer nicht. Wenn ich eines Tages wieder unbeschwert umher wandern kann, werde ich das tun.
Nirans Auto wurde nur noch von Rost zusammengehalten. Wir hofften einfach, dass wir es damit schaffen würden den Typen zu entkommen. Es war stockdunkel und wir konnten den Weg kaum erkennen. Der Wagen rumpelte durch die Dunkelheit rund um die Hütte. Der kleine Wald war doch nicht so klein, wie ich angenommen hatte und machte unsere Flucht noch komplizierter. Irgendwie erreichten wir die Küstenstraße nach Laguna Beach. Los Angeles war also nicht mehr weit entfernt. Unterwegs erzählten mir die Frauen was passiert war. Die beiden waren Opfer eines Menschenhändlerrings geworden und für perverse Spiele missbraucht, welche dann auf Filmen festgehalten, und verkauft wurden. Mein Verdacht hatte sich also bestätigt. Ich war fassungslos was auf dieser Welt los war, und mich verfolgten sie wie einen Schwerverbrecher, während solche Typen weiterhin ihr Unwesen trieben.
Niran ratterte die verlassene Küstenstraße entlang. Neben uns spiegelte sich der Mond im stillen Wasser. In der Ferne konnten

wir die Filmstadt schon erahnen. Die bunten Lichter der Stadt sahen wie ein riesiger Planet aus. Eine eigene kleine Welt, in der alles möglich war. Es dauerte etwa eine Stunde bis wir Los Angeles erreichten. Niran schien sich hier gut auszukennen, denn er steuerte gezielt durch die vollgestopften Straßen und hielt vor einem weißen einfachen Haus im Süden der Stadt an. „Frank wird uns helfen", erklärte er. Besagter Frank war ein älterer Herr, der sofort öffnete als Niran Sturm klingelte.

In kurzen Sätzen erklärten wir was passiert war. Frank ließ uns ein. Ich erfuhr dass er früher Detektiv gewesen war und nun seine Pension genoss. Nebenbei arbeitete er jetzt als Sozialarbeiter und half der Polizei diese Menschenhändler zu erwischen. Natürlich rief Frank sofort dort an. Der Sheriff war Franks Freund und versprach sofort zu uns zu kommen, was mich verunsicherte. Was, wenn ich erneut Probleme bekommen würde und ich in einem Knast in Los Angeles landen würde? Das konnte ich einfach nicht riskieren. Und da waren ja noch die Filme, die sich in meinem Rucksack befanden.

Während wir auf den Sheriff warteten, bereitete Frank uns ein Abendbrot. Ich überlegte fieberhaft, wie ich verschwinden könnte, bevor der Gesetzeshüter eintraf. Doch mir fiel einfach nichts ein und ich war viel zu müde um auch nur einen Fuß vor den anderen zu setzen.

„Wo hast du sie gefunden?", wollte Frank von Niran wissen. „Und wer sind sie junger Mann?"

Niran erzählte uns, dass er schon einige Wochen nach seiner Schwester und ihrer Freundin gesucht hatte. Ich verschwieg meine wahre Identität und blieb dabei dass mein Name Luke sei. Niemand schien von meinen Angelegenheiten zu wissen. Und dabei sollte es bleiben.

Eine Stunde später stand William vor der Tür.

Zum Glück erweckte er nicht den Eindruck als würde er mich

kennen. Viel mehr interessierte ihn unser Fund aus der Hütte.
Schon lange waren sie hinter dieser Bande her gewesen. Die
Polizei, und auch Frank hatten Niran ja erst auf die Idee
gebracht, dass die Freundinnen sich evtl. in diesen Kreisen
aufhalten könnten.
Die Vermisstenanzeigen junger Frauen aus asiatischen Ländern
stapelten sich bereits und jeder kleinste Hinweis war wichtig.
Der Sheriff schien uns zu glauben, dass wir mit der Sache
nichts zu tun hatten und nahm das Material an sich. Ich war
einfach froh, diese Filme los zu sein.
Diese Sache sollte mich noch lange verfolgen.
Aber dazu später mehr.

Rachel schaut meinen Mann mit großen Augen an.
„Sie sagen, dass diese Sache bis dahin noch nicht ausgestanden war?"
„Nein. Das Glück war noch nie auf meiner Seite. Na ja, außer als ich mich entschieden hatte auf Parkers Grundstück zu zelten", grinst er und drückt mich an sich.
„Ich bin sehr gespannt auf ihre weitere Geschichte. Schade, dass das unter uns bleiben muss. Ich finde, die Welt sollte ruhig erfahren wer sie wirklich sind. Die Herzen dieser Welt würden ihnen nur so zufliegen. Sie sind ein Held, Mr. Bolt."
„Ja, vielleicht. Aber inzwischen hänge ich doch sehr an meinem Leben. Solche Typen geben niemals auf. Ihre Rache ist mir sicher. Ein Wunder, dass sie mich bisher noch nicht gefunden haben."
„Aber all das liegt doch schon ewig zurück", sage ich.
„Ich möchte nicht, dass dir, oder Rylan, etwas passiert. Also werden wir uns still verhalten. Dieser Teil meiner Reise geht nur mich etwas an."
Randy klingt sauer. Wir alle akzeptieren seine Meinung dazu und schweigen.
Schließlich räuspert er sich.
„Okay. Dann will ich ihnen erzählen was dann geschah.
„Sehr gerne", sagt Rachel. Noch immer bleibt die Kamera aus und noch immer macht Rachel keine Anstalten Randys Bericht mitzuschreiben. Ich gehe in die Küche und bereite uns allen einen Eisbecher. Als ich wieder da bin lächelt Rachel freundlich und nimmt den Eisbecher entgegen. Die leicht getrübte Stimmung schlägt wieder um. In unserem Garten sind wir die Könige. Hier fühlen wir uns wohl und sicher.
„Also, was passierte dann?", fragt Rachel und Randys Blick wird leer, traurig. Seine Erinnerungen holen ihn wieder ein.

22

Randy

Wir blieben drei Wochen bei Frank. In dieser Zeit achteten wir sorgsam darauf nicht ins Fadenkreuz jener Verbrecher zu gelangen, denn sie waren noch immer nicht gefasst worden. Und wir waren Mitwisser, weshalb die Kerle uns mit Sicherheit ausknipsen wollten.

Araya und Kanita waren zunächst in Sicherheit, bis sie den Fehler machten, Frank beim Einkauf zu begleiten.

Die Frauen und Frank waren zum Supermarkt gefahren, während Niran und ich im Haus blieben. Als sie wieder aus dem Laden herauskamen, fuhr der alte Lieferwagen direkt an ihnen vorbei. Natürlich hatte der Fahrer sie längst gesehen. Sofort wendete dieser und der Beifahrer stieg aus. Dank Franks Reaktion gelang es den dreien ins Auto zu springen, bevor der Typ bei ihnen war. Nach einer wilden Verfolgungsjagd durch die Stadt schaffte Frank es die Kerle abzuhängen. Er sah gehetzt und panisch aus als er sein Haus betrat. Earl und ich hatten es uns auf dem alten Sofa gemütlich gemacht. Ich war gerade dabei meine weitere Route auszuarbeiten.

Niran telefonierte.

„Ihr müsst von hier verschwinden", wies Frank uns atemlos an. Schnell packte ich meine Sachen zusammen. Araya, Niran und Kanita ebenfalls.

„Was ist passiert?", wollte ich wissen,

Araya klärte mich auf, was während es Einkaufs geschehen war. Es hatte sogar Schüsse gegeben. Natürlich hatten diese die

Polizei auf den Plan gerufen. Und nur deshalb konnte Frank die Bande abhängen. Ich erfuhr erst viel später, dass die Typen nach Norden geflohen waren. Wohin war nicht klar. Das sollte ich erst viel später heraus finden.

Wir flohen durch die Hintertür von Franks Haus. Hinter dem Haus gab es eine schmale Gasse, die für Autos nicht passierbar war. Einige Fußgänger kreuzten unseren Weg, interessierten sich aber zum Glück nicht für uns. Wir folgten der Gasse bis zum Ende. Von dort aus führte eine Unterführung direkt unter einer befahrenen Straße hindurch. Nirans Wagen stand auf einem Parkplatz etwas weiter von Franks Haus entfernt, und war derzeit nicht für uns zu erreichen, da wir uns in die entgegengesetzte Richtung bewegten.
„Was machen wir jetzt?"
Araya klang gehetzt und klammerte sich an ihren Bruder. Ich sah mich um und wägte unsere Möglichkeiten ab. Die Straße war sehr belebt und bot uns somit ein wenig Sicherheit.
„Ich werde versuchen das Auto zu holen. Ihr bleibt hier. Sollte ich in einer Stunde nicht wieder hier sein, geht ohne mich. Ihr kennt den Treffpunkt?", fragte Niran an die Frauen gerichtet.
„Nein. Wo sollen wir hin?"
„Versucht euch bis zum Hollywood Schriftzug durchzuschlagen. Wir treffen uns dort. Von dort aus werden wir nach San Francisco aufbrechen. Dort wartet ein Freund von mir auf uns. Wir sollten sehen dass wir in einer Woche an der Fisherman´s Wharf sind. Da gibt es ein kleines Hotel. Es heißt Kimpton Alton Hotel. Mein Freund Benny wartet dort auf uns. Er bringt uns nach Vancouver. In Kanada sind wir sicherer als hier. Von dort aus fliegen wir zurück nach Thailand. Passt auf euch auf. Ich lasse euch nicht im Stich. Luke, kümmere dich um sie. Ich vertraue dir", sagte Niran und rannte los. Wir auch.

Die Frauen und ich versteckten uns im Inneren einer alten Fabrik. Das Gebäude schien schon lange außer Betrieb zu sein. Aber zumindest gab es dort noch einige Möbel und ein intaktes Dach. Earl erkundete das alte Haus, während Araya weinte. Niran war ihr älterer Bruder und er bedeutete ihr alles. Gerade erst hatten die Geschwister sich gefunden, schon wurden sie wieder getrennt. Leider schaffte Arayas Bruder es nicht, pünktlich zurück zu sein. Die ganze Zeit hatte ich mich an einem der zerstörten Fenster postiert und auf Nirans Wagen gehofft. Es muss etwas dazwischen gekommen sein, dachte ich. Also würde ich mein Versprechen ihm gegenüber einhalten und die Frauen von hier fort bringen müssen.

„Wir sollten verschwinden. Es hat sicher einen Grund, weshalb er aufgehalten wurde. Es ist einfach zu gefährlich", versuchte ich Araya zu beruhigen.

Nach einer weiteren Stunde wurde auch ihr klar, dass wir uns zunächst alleine durchschlagen mussten. Also machten wir uns auf den Weg nach Hollywood. Franks Haus befand sich am anderen Ende der Metropole. Wo, verrate ich Ihnen nicht, denn ich möchte nicht, dass es zu einer Pilgerstädte für Neugierige mutiert. Frank starb vor etwa acht Jahren. Leider habe ich ihn nie wieder gesehen. Von seinem Tod erfuhr ich aus der Zeitung. Wie und warum es passierte, tut nichts zur Sache. Ich möchte nicht darüber reden.

Wir verließen die alte Fabrik. Inzwischen machte sich die Dämmerung schon bereit. Ich hatte keine Ahnung wohin wir mussten um das Wahrzeichen der Stadt zu finden. Niran hätte es sicher gewusst, aber ich nicht. Also schlichen wir durch die dunkelsten Gassen der Stadt, meistens entlang der U-Bahnschienen, tief unter der Erde von L.A., bis ich an einem Kiosk einen Stadtplan mitgehen ließ. Wir befanden uns an der komplett entgegengesetzten Seite des Treffpunkts.

Genau genommen in der Metro 1st Station, entlang der Blue Line, die in Long Beach begann. Araya hatte uns einen Plan der Metro besorgt. Also schlugen wir uns irgendwie durch den Dschungel der Stadt, Die Tunnel der Metro waren stockfinster und die herankommenden Züge machten die Sache richtig gefährlich.

Wir folgten der Linie neun Stationen lang, bis die Green Line, Richtung Long Beach, unseren Weg kreuzte. Drei verschiedene Linien kamen zehn Stationen später zusammen. Es war zu gefährlich weiter den Schienen zu folgen. Wir mussten also wieder an die Oberfläche. Ich fand eine Station, die sehr abgelegen war und wo nicht so viel Verkehr wie im Zentrum der Stadt war. Sie befand sich auf der Route der Red Line, die bis Hollywood, und sogar noch weiter gen Nord West, verlief. Bis dort wollten wir laufen. Einige Umsteigebahnhöfe verwirrten uns und wir hatten keine Ahnung, welcher Schienenweg der Richtige ist. Schon deshalb mussten wir raus aus den Tunneln. Die Stadt war zu jeder Zeit gut besucht. Deshalb gelang es uns in der Menschenmenge zu verschwinden. Wir folgten der Red Line oberhalb. Etwa acht Stationen. Wir hatten Hunger, von Durst reden wir erst gar nicht. Meine Tiere waren müde und doch mussten wir weiter. Es war schon dunkel, als wir die Station Hollywood Highland, und anschließend ein verlassenes Haus, in der Nähe der Hügel Hollywoods, fanden. Es war eine alte Villa, die schon bessere Zeiten gesehen hatte. Einsam stand sie da, umzäunt von einer riesigen Mauer, wohinter eine Hecke hervorragte. Ein gewaltiges, aber rostiges Tor, mit gebogenen, stacheligen Spitzen, verschloss das Grundstück, welches ziemlich verwildert aussah.

„Wir werden hier bleiben. Wartet hier. Ich schau mir das mal an", sagte ich zu den Frauen.

„Denkst du, die wissen wo wir sind?"
Kanita klang ängstlich.
„Nein. Wir sind hier sicher."
Ob es stimmte, wusste ich natürlich nicht. Doch das konnte ich den Frauen ja nicht sagen. Ich ließ meinen Hund bei ihnen, während ich das alte Tor zur Villa öffnete. Das Schloss war schon so alt, dass ich es bequem mit meinem Jagdmesser auf bekam. Ich betrat das Grundstück und staunte nicht schlecht. Das Haus war riesengroß, und hatte sicher einmal einer Berühmtheit gehört. So erhaben wohnte kein Normalsterblicher. Das Grundstück war sehr groß und total verwildert. Ich zückte mein Messer und schaute mich dort um. An den Wänden hingen Kameras, in denen aber keine Linse mehr zu sein schien. Sie bewegten sich auch nicht, was mir sagte, dass sie außer Betrieb sein mussten. Leise schlich ich weiter. Es war ruhig dort. Nach etwa zehn Minuten hatte ich das Gebäude umrundet. Tatsächlich war niemand hier und ich deutete den Frauen mir zur Rückseite des Hauses zu folgen, da sie von der Straße aus nicht einsehbar war, und wir dort nicht erwischt werden würden, wenn wir einbrachen.
Vor uns lag ein leerer, riesiger Pool, worum noch einige Liegestühle aufgebaut waren. Die Wiese darum stand schon einen halben Meter hoch und die Fliesen des Pools waren gesprungen. Das Grundstück rund um den Pool war durch einen riesigen Zaun vor der Außenwelt verborgen. Davor die Hecke. Dahinter nur der Lärm des Highways. Eine überdachte Terrasse führte uns zur Hintertür des Hauses.
„Sei vorsichtig", mahnte Araya und hielt Earl zurück.
Die Tür war verschlossen. Mit meinem Messer bekam ich das Schloss aber nicht auf. Ich würde die Scheibe einschlagen müssen. Ich wickelte mir meinen Pulli um den Arm und drosch auf das Glas ein. Mit lautem Klirren zerbrach die untere

Scheibe der gläsernen Terrassentür. Das Schoss war trotzdem nicht zu erreichen. Wir mussten also durch das Loch ins Innere klettern. Die zierlichen Frauen und meine Tiere passten hindurch. Mein Gepäck auch. Ich allerdings zog mir üble Schnitte dabei zu. Meine Arme und mein Gesicht bluteten heftig. Mein Auge war eh noch immer ein wenig geschwollen, von den Prügeln des Typen in der Hütte. Noch immer habe ich Narben von diesen Schnitten an meinen Unterarmen.

Als wir drinnen waren durchsuchten die Frauen sämtliche Schränke nach Verbandsmaterial und Essbarem. Leider war hier schon seit Ewigkeiten keiner mehr gewesen. Wir fanden einige alte Handtücher in einem Bad, welches genauso riesige Ausmaße wie der Rest der Villa hatte. Das Wasser funktionierte noch, der Strom leider nicht. Araya schob mich ins Bad und schaffte es meine Blutungen zu reinigen und zu stoppen. Kanita und Earl durchsuchten das Haus nach Brauchbarem für uns. Hier gab es nichts, außer purer Verwüstung und zerschlagenen Möbeln, herausgerissenen Schubladen und mit Graffiti beschmierten Wänden. Das einst luxuriöse Haus war nur noch eine riesige verlassene Ruine. Wir fanden einen Kellerraum, in dem noch alte Sofas und eine Bar standen. Einige Flaschen Whiskey standen dort noch herum. Wahrscheinlich war dieser Keller eine Art Partyraum aus alten Zeiten. An der Decke hing eine verstaubte Discokugel und verschieden Lampen waren auf eine kleine Tanzfläche gerichtet. Rings herum lagen alte Sitzsäcke, deren Füllmaterial auf dem Boden verteilt war. Die Musikanlage lag zerbrochen neben der Theke. Kabel hingen aus den Wänden und an manchen Stellen war der Putz von den Wänden gefallen. Hier war mit Sicherheit seit Ewigkeiten keiner mehr. Wir entschieden uns in diesem Keller zu bleiben, bis uns etwas einfallen würde. Das Wahrzeichen der Stadt war schon von

weitem zu sehen. Der Weg dorthin wäre allerdings nicht in einem Stück zu schaffen gewesen. Wir waren völlig erschöpft und mal wieder machte sich Hunger breit. Unser plötzlicher Aufbruch hatte uns keine Möglichkeit gelassen uns irgendwie vorzubereiten. Aber zumindest waren wir dort zunächst sicher. Wir sammelten die alten Sitzsäcke zusammen und bauten uns daraus ein Nachtlager. Schon bald würde die Sonne wieder aufgehen, was es unseren weiteren Weg noch schwerer machte. „Ich werde uns was zu essen besorgen", meinte ich schließlich. Was mir skeptische Blicke der Frauen einbrachte.
Nachdem ich ihnen hundertmal versichert hatte, dass ich zu ihnen zurück käme, ließ ich die beiden in dem fremden Haus zurück. Earl begleitete mich diesmal nicht. Das Frettchen nahm ich mit. Es würde mir helfen die Menschen abzulenken, während ich unser Essen zusammen stahl.

„Wem gehörte das Haus?", will Rachel wissen.

„Ich weiß es nicht. Ich denke einem Schauspieler, oder einem Politiker, Sänger ... Das habe ich nie in Erfahrung bringen können. Es wurde später abgerissen. Ich habe noch Fotos davon."

„Ich hätte es gerne gesehen", sage ich und verspüre einen Stich, wenn ich daran denke, dass Randy dort mit zwei wunderschönen Frauen alleine war. Ich schweige lieber, denn ich weiß, er hätte nie etwas mit ihnen angefangen.

„Darf ich die Bilder sehen?", fragt Rachel.

„Natürlich. Immerhin war dieses Haus für zwei Tage mein Zuhause."

Ich klettere von Randys Schoß und hole die nächste Fotokiste vom Regal im Esszimmer. All diese Bilder zeigen Kalifornien. Inzwischen hat jeder Bundesstaat, den Randy durchwandert hat, seine eigene Box. Während Randy nach den Fotos sucht, schaut Rachel mich an.

„Lassen sie uns in der Zwischenzeit über sie reden, Mrs. Bolt. Wie ging es bei ihnen weiter, nachdem der Brief sie erreicht hatte?"

„Klar, gern."

23

Lauren

Kurze Zeit später hatte ich die Telefonnummer der Bolts in Erfahrung gebracht. Es war nicht einfach, die richtige Nummer zu finden. Randy hatte mir nur ihre Adresse gegeben, aber nicht die Telefonnummer. Dafür wird er seine Gründe gehabt haben. Oder er hatte es einfach vergessen.
Ich rief dort an als meine Eltern zur Arbeit gefahren waren.
„Schreinerei Bolt. Was kann ich für sie tun?"
Mein Magen krampfte sich auf ein Minimum zusammen, als ich Randys Mutter hörte. Wie würde sie reagieren? Würde sie mir glauben? Ich überlegte fieberhaft was ich sagen sollte.
„Hallo, wer ist da?", holte sie mich aus meiner Starre.
„Mrs. Bolt? Mein Name ist Lauren. Lauren Burke..."
Stille. Mein Herz schlug mir bis zum Hals. Krampfhaft hielt ich den Telefonhörer fest. Ich wollte niemandem wehtun. Am allerwenigsten Randys Mutter.
Dann sprach sie doch noch weiter:
„Lauren Burke? Etwa DIE Lauren Burke? Die, weswegen ich meinen einzigen Sohn verloren habe? Schämen sie sich nicht, einfach hier anzurufen, so als wäre nichts passiert? Was fällt ihnen ein?"
„Mrs. Bolt, bitte hören sie mir zu. Randy lebt ..."
Stille.
„Wie skrupellos sind sie eigentlich. Mein Sohn ist tot. Und das schon seit fast einem Jahr. Und alles wegen ihnen. Ist ihnen eigentlich klar was sie angerichtet haben?
Sie sollten sich wirklich schämen ..."

141

„Bitte, legen sie nicht auf. Ich weiß wie schwer das alles ist. Bis vor kurzem wusste ich auch nicht, dass er noch am leben ist. Aber er hat mir geschrieben. Und er hat mich darum gebeten, sie zu informieren. Ich weiß nicht wo er ist, auch nicht wann er heim kommt. Aber ich weiß dass er kämpft. Alles was passiert ist, ist ein riesiges Missverständnis. Ja, sie haben recht. Ohne mich ...“

„...würde er noch leben. Ich glaube ihnen kein Wort. Bitte rufen sie uns nie wieder an.“

Ich hörte Randys Mutter schluchzen. Sie tat mir so unendlich leid. Ich konnte sie ja verstehen. Welchen Grund gab es mir zu glauben?

„Mrs. Bolt. Ich würde ihnen gerne den Brief vorlesen. Es würde mir sehr viel bedeuten. Und da ist noch etwas, das ich ihnen sagen möchte.“

„Es gibt nichts, was wir nicht schon wissen. SIE haben meinen Sohn auf dem Gewissen. Niemand kann mir meinen Jungen zurückbringen.“

„Würden sie mir trotzdem erlauben, den Brief vorzulesen? Es ist Randy sehr wichtig, verstehen sie?“

„Warum meldet er sich nicht bei uns, hm? Wir sind seine Eltern.“

„Weil er nicht weiß, ob er es schafft. Er will sie nur schützen.“

„Das passt zu meinem Sohn. Also gut. Bitte ... lesen sie.“

Ich nahm all meinen Mut zusammen und las ihr den Brief vor. Ich hatte Rylan auf dem Schoß, der fröhlich vor sich hin brabbelte. Nachdem ich zu ende gelesen hatte, trat zunächst wieder Stille ein.

„Das klingt ganz nach Randy“, meinte seine Mutter schließlich. Ihre Stimme klang viel freundlicher als noch Minuten zuvor.

„Wann haben sie diesen Brief bekommen?“

„Vor ein paar Wochen. Ich hatte Mühe, sie ausfindig zu

machen. Ich habe nur die Adresse, nicht ihre Nummer. Bitte entschuldigen sie, dass ich mich erst jetzt melde. Mrs. Bolt. Da ist noch etwas, das sie wissen sollten."

Wieder Stille.

„Haben sie ihn erwischt?"

„Nein, ich hoffe nicht. Er ist schlau. Er kommt zurecht. Die Natur ist sein Freund. Und manchmal auch sein Feind. Aber er hat niemals Angst. Vor nichts. Und er ist unschuldig. Alles was im Fernsehen erzählt wurde, ist nur die halbe Wahrheit. Bitte glauben sie nicht alles was sie hören. Randy hat aus Notwehr gehandelt. Ich weiß, es war falsch, aber er hat einen Traum, wissen sie?"

„Ja. Diese Hirngespinste. Schon immer hatte er davon gesprochen, zu Fuß das ganze Land zu bereisen. Wir haben alles versucht, ihm das auszureden. Er ist ein Dickkopf. Eines Tages war er dann einfach weg. Seine Tiere auch. Er liebt seinen Hund und würde alles für das Tier tun. Mein Sohn tut was er will. Schon immer. Wir kamen nie zu ihm durch. Er liebt die Freiheit und hasst Gesetze. Irgendwann wird es ihn seinen Kopf kosten. Vorausgesetzt, das ist nicht schon längst passiert. Er ist doch noch so jung. Er hätte eine eigene Firma. Eine gesicherte Zukunft. Was haben wir falsch gemacht?", flüsterte Randys Mutter. Ihre Stimme wurde immer dünner. Gerade als ich weiterreden wollte, begann Rylan zu weinen.

„Sie ... haben ein Kind?", fragte sie.

„Ja, IHR Enkelkind. Das ist es, was ich ihnen noch sagen wollte. Sein Name ist Rylan, und er ist Randys Sohn. Er wurde an Randys 23. Geburtstag geboren. Leider weiß er davon nichts, denn wir wurden getrennt, bevor ich es ihm sagen konnte. Ich habe es selbst erst erfahren, als Randy schon die Grenze zu Mexiko durchbrochen hatte."

„Das … ich kann das nicht glauben. Sind sie sicher?

Ich meine ..."
„Ja. Es gab niemanden in meinem Leben, außer ihrem Sohn, dem ich so nahe war. Er ist die Liebe meines Lebens. Mrs. Bolt, möchten sie Rylan nicht kennenlernen? Es würde mir viel bedeuten, sie und ihren Mann persönlich zu treffen. Es gibt so vieles, was ich ihnen sagen möchte."
Lautes Schluchzen drang an mein Ohr. Dann fand Randys Mom ihre Stimme wieder.
„Wenn es die Wahrheit ist, gerne."

Meine Mutter wollte immer das Beste für mich. So wie alle Mütter. Ich verstehe ihre Skepsis Lauren gegenüber. Inzwischen sind sie ein Herz und eine Seele", lacht Randy. Auch Rylan muss grinsen. Unsere Runde wird noch größer, als es an der Tür klingelt.

„Ich geh schon", sagt Rylan und macht sich auf den Weg zu öffnen.

„Es ist Grandma", ruft er.

„Das ist ja fantastisch", jauchzt Rachel und bringt sich in Position, Randys Mutter zu begrüßen.

Schon steht Ellen in der Tür. Ihre Augen werden immer größer als sie das Reporterteam sieht.

„Was ist denn hier los?", fragt sie.

Schnell ist geklärt was hier gerade passiert.

„Bitte bleib ein wenig. Wir haben gerade über dich gesprochen", sagt Rylan.

„Über mich? Oh, wie nett. Ich hoffe doch nur Gutes", lacht Ellen und setzt sich zu uns.

„Ja. Die Geschichte ihres Sohnes und seiner Familie ist beeindruckend. Da ist so viel passiert, dass es Movie Enterprises einen Film wert ist. Bald können alle Menschen dieser Welt ihren Sohn bewundern. Seine Tapferkeit, seine Gutherzigkeit, und sie werden erfahren, was es heißt, an seine Träume zu glauben und sie zu leben. Nichts ist unmöglich." Rachels Augen leuchten als sähe sie den fertigen Film schon vor sich.

„Na schön. Auch wenn das nicht so mein Ding ist, leiste ich euch ein wenig Gesellschaft", sagt Ellen und setzt sich neben ihren Sohn.

„Wann sind sie nach Trenton aufgebrochen", will der Kameramann jetzt wissen.

„Das erzähle ich ihnen jetzt."

24

Lauren

Nachdem wir das Gespräch beendet hatten, überlegte ich mir
wann der beste Zeitpunkt für unser erstes Treffen sein könnte.
Schon wieder war fast Weihnachten und Rylan würde bald ein
Jahr alt werden. Ich überlegte mir an den Feiertagen nach
Trenton zu reisen. Durch meinen Job hatte ich schon einen
kleinen Betrag gespart. Noch immer wartete Eileen auf einen
Studienplatz und hatte somit Zeit auf Rylan aufzupassen, wenn
auch meine Eltern arbeiten mussten.
Ende November rief ich Ellen erneut an und erzählte ihr was
ich plante. Inzwischen hatte ich sogar einen Führerschein
gemacht und konnte somit auch ohne teuren Flug nach New
Jersey reisen. Von Randy hatte ich bis dahin nichts mehr gehört
und ich bekam erneut Angst, dass er seine weitere Reise doch
nicht geschafft hatte.
Trotzdem wollte ich seine Eltern endlich kennenlernen.
Am 15. Dezember wollte ich los. Ich kaufte ein kleines
Wohnmobil. Besser gesagt, einen Bus, in dem ich auch
schlafen und Essen bereiten konnte. Es war so ein Model, wie
wir es auf jenem Schrottplatz, kurz nach der Messerstecherei,
entdeckt hatten. Erinnerungen an diesen verhängnisvollen Tag
kamen in mir hoch als ich das Fahrzeug auswählte. Meine
Onkel war noch immer auf meiner Seite und half mir dabei
dieses Auto kaufen zu können, indem er mir einen sehr großen
Geldbetrag dazu gab. Gemeinsam mit ihm und Rylan machte
ich mich auf dem Weg zum Händler, wo ich den Wagen Tage
zuvor entdeckt hatte. Natürlich hatte ich viel zu wenig Geld

dafür. Zu jener Zeit hatte mein Onkel geschäftlich in der Gegend zu tun. Er verdiente sein Geld als Immobilienmakler und zählte damit nicht zu den ärmeren Menschen. Wir holten das Auto ab und brachten es in einer alten Scheune unter. Dort bauten mein Onkel und sein bester Freund Marlon es wieder auf. Nach zwei Wochen sah der Bus wieder aus wie neu und war genau auf meine, und Rylans, Bedürfnisse zugeschnitten. Stolz präsentierten wir das Gefährt, was meinen Eltern überhaupt nicht gefiel und meine Mutter sogar veranlasste, sich mit ihrem großen Bruder zu streiten.

„Du kannst doch nicht alleine mit einem Kleinkind in einem Bus hausen. Hast du denn noch immer nicht genug? Dieser Kerl hat dich so verdorben. Was wenn ...“
„Mom. Ich werde diese Reise machen. Ob es dir nun passt oder nicht. Und ich werde Rylan mitnehmen. Randys Eltern haben ein Recht auf ihr Enkelkind. Sie sind Großeltern. Genau wie ihr....“
Ich redete mich um Kopf und Kragen. Aber es war mir egal. Inzwischen hatte ich ein relativ gutes Verhältnis zu den Bolts aufgebaut. Ich würde bis zu Rylans und auch Randys Geburtstag im Februar in Trenton bleiben. So war es mit Ellen ausgemacht.
Ich begann meine Route zu planen. Ganz so wie früher. Nur dass ich nicht wandern musste, weshalb ich diesmal ausschließlich die Highways markierte. Klar war es gefährlich, doch davon wollte ich nichts wissen. Randys Brief hatte mir wieder Mut gemacht. Ich würde ihn nicht enttäuschen. Und seine Eltern auch nicht. Ich besorgte Dinge, von denen ich glaubte, dass ich sie brauchen könnte. Unter anderem auch einige Flaschen Tränengas und sogar ein riesiges Jagdmesser, wovon ich meinen Eltern natürlich nichts sagte. Man konnte ja

nicht wissen, wer mir so alles auf meiner Reise begegnen würde. Zu oft hatte ich der Gefahr ins Gesicht sehen müssen. Nie wieder würde ich so blauäugig und leichtsinnig sein. Ich hatte Verantwortung für meinen Sohn. Und auch für mich. Niemand würde mir oder meinem Kind zu nahe kommen. Ich stattete den alten Bus so gut ich konnte wohnlich aus. Für Rylan richtete ich sogar eine kleine Spielecke dort ein. Mir war klar, dass es nicht einfach werden würde, denn immerhin würde meine Reise entlang der Ostküste verlaufen. Und das im Winter, der im Nord-Osten teilweise heftig werden konnte. Bald hatte ich alle Vorkehrungen getroffen. Der Tag meiner Abreise rückte näher. Ich würde etwa drei Tage bis Trenton brauchen.

„Ich hoffe sehr für dich, dass die Familie dieses ...Verbrechers es wert ist", sagte meine Mutter. „Sag so was nie wieder", brüllte ich sie an. Mein Puls begann zu rasen, denn in all der Zeit hatte sich die Situation nicht wirklich geändert. Seit Randys Brief meinen Eltern in die Finger gefallen war, wurde es nur noch schlimmer.

„Ich kann dich ja doch nicht zur Vernunft bringen. Dieser Junge hat dich zerstört. Aber das wirst du schon noch merken.", stellte mein Vater fest, während beide mir zusahen, wie ich mein Gepäck in den Camper lud. Mein Onkel war inzwischen wieder zurück in Myrtle Beach und konnte mir jetzt nicht helfen. Der Streit mit meiner Mutter hatte sich zugespitzt, und alles wegen mir. Doch das war mir egal. Zwei Stunden später, es war früher Vormittag, machte ich mich auf den Weg nach Trenton.

„Wahnsinn. Sie beide würden wirklich ihre Leben füreinander geben. Das ist wahre Liebe", jauchzt Rachel.

„Ja, das würde ich", flüstert Randy, der jetzt die Fotos gefunden hat.

Inzwischen habe ich es mir wieder auf seinem Schoß bequem gemacht. Jede Sekunde mit ihm ist so wertvoll. So schön und einzigartig.

„Ich auch", sage ich und küsse ihn. Einfach so, denn ich kann gerade nicht anders. Randys Umarmung ist so intensiv, heiß, und wäre das Filmteam nicht hier, so könnte ich mich in ihm verlieren.

Sanft löst sich Randy von mir und seine Wangen sind rosig. Sein Blick leicht verklärt und seine Lippen geschwollen. Noch immer tobt der Sturm in mir wenn ich ihn nur sehe.

„Später, Schatz", grinst er und richtet seinen Blick auf die Bilder in seiner Hand.

„Bitte schön. Das ist die weiße Villa in den Bergen Hollywoods", sagt er und schiebt der Reporterin die Fotos hinüber.

„Beeindruckend. Ein wundervolles Haus. Und sie wissen nichts darüber?"

„Nein, es war mir auch egal. Es bot uns Sicherheit."

„Das verstehe ich. Ich bin sehr gespannt, was dann geschah."

„Das erzähle ich ihnen jetzt."

25

Randy

Ich ließ die Villa hinter mir und begab mich in die Stadt. Da es schon Nacht war, konnte ich mich gut in der Dunkelheit verstecken. Mein Frettchen begleitete mich durch die dunklen Gassen L.A.s. Hinter mir erstreckten sich die Hügel Hollywoods, vor mir ein ein Meer aus Lichtern. Noch immer waren zahlreiche Menschen unterwegs, interessierten sich aber nicht für mich. Ich lief zum Ende der Straße und entdeckte einen Hinterhof, wo Müllcontainer eines Supermarktes standen.

„Perfekt", flüsterte ich meinem Tier zu und schlich mich auf den Hof. Das Geschäft hatte schon längst geschlossen. Die Container waren zum Glück nicht abgesperrt und ich fand allerhand Zeug, das erst heute abgelaufen war. Während ich meinen Rucksack mit allem Möglichen füllte, sauste Speedy über das Gelände und erwischte tatsächlich eine Maus, über die sie sich auch sofort her machte. Eine halbe Stunde später hatte ich für mich und die Frauen genügend Lebensmittel gefunden, so dass wir die nächsten zwei Tage in der alten Villa überleben konnten. Sogar für meinen Hund fand ich Futterdosen. Ich trat den Rückzug an und kam erst kurz vor dem Morgengrauen zurück zur Villa. Als ich dort ankam schliefen die Frauen. Ich ließ beide zufrieden und versuchte uns aus meiner Beute ein Frühstück zu bereiten.

„Du hast dein Wort gehalten", hörte ich Arayas müde Stimme.

„Natürlich. Ich habe es deinem Bruder versprochen. Ich bringe auch zum Treffpunkt. Dann sehen wir weiter. Hier, ich habe uns Essen besorgt."

„Du bist ein guter Mensch, Luke", meinte sie und betrachtete meine Ausbeute.

Nachdem auch Kanita aufgewacht war, überlegten wir uns unser weiteres Vorgehen. Zunächst würden wir zum Wahrzeichen wandern und dort auf Niran warten. Gemeinsam müssten wir uns bis San Francisco durchschlagen, dann nach Seattle. Blieb nur zu überlegen wie wir die Grenze zu Kanada überqueren konnten, ohne Ärger mit dem Zoll zu bekommen. Wir würden heimlich einreisen. Jedenfalls ich, denn meine Identität ... Na ja, immerhin war ich offiziell schon ein Jahr zuvor gestorben, was ich inzwischen herausgefunden hatte. Wie ich es dann tatsächlich schaffte, ungesehen einzureisen, erzähle ich ihnen später.

Nach zwei Tagen brachen wir auf in die Berge. Das Wahrzeichen der Stadt ragte bald vor uns auf. Der Weg hinauf war beschwerlich und es dauerte fast drei Stunden, bis wir den Zaun rund um die Buchstaben erreicht hatten. Die Sonne ging schon fast wieder unter, als wir ein Motorengeräusch hörten.

„Ihr bleibt hier. Versteckt euch", wies ich die Frauen an. Als beide sich durch den Zaun des Wahrzeichens gearbeitet, und sich flach auf dem Bauch liegend hinter den Buchstaben versteckt hatten, verstummte der Motor. Es war mir egal, dass ich mich auch hier wieder zu einer Straftat habe verführen lassen, denn man darf sich den Buchstaben des Schriftzuges nicht nähern. Doch das war mir egal, denn nur die Sicherheit der Frauen war wichtig. Earl war mit den beiden gegangen, Speedy war bei mir. Ich schlich näher heran, von dürren Büschen ein wenig verborgen, und wartete. Dann konnte ich Nirans alten Wagen sehen. Er stand am Ende einer asphaltierten Straße. Dort wo sonst immer die Touristenbusse anhalten, wenn sie das Wahrzeichen besichtigen wollen.

Noch immer war es irre heiß hier und die Sonne hatte uns schon den ganzen Tag zu schaffen gemacht. Die Hügel boten keinerlei Schutz davor. Meine Arme waren schon völlig verbrannt, die Klamotten voller Staub. Unser Weg nach oben war sehr beschwerlich gewesen und ich hoffte, dass unsere weitere Reise einfacher ablaufen würde.
Niran stand neben seinem Wagen und sah sich um. Inzwischen war außer uns und ihm niemand mehr hier. Bald hatten wir uns gefunden. Erleichtert fielen wir uns um den Hals. Niran erklärte mir weshalb er es nicht geschafft hatte, rechtzeitig zurück zu sein. Die Typen hatten ihn gesehen und verfolgt. Dann sei er einfach untergetaucht bis die Kerle die Stadt verlassen hatten. Nachdem ich ihm versichert hatte, dass es seiner Schwester und ihrer besten Freundin gut ging, dass sie in Sicherheit waren, machten wir uns auf den Weg zu den Buchstaben, wohinter die beiden noch immer auf dem Boden kauerten. Nach einer stürmischen Begrüßung klärte Niran uns auf wie wir am besten nach San Francisco kommen würden. Die Woche war fast vorüber, in der sein Freund auf uns gewartet hatte. Die Sonne trat ihren Heimweg an und tauchte das Wahrzeichen in einen wunderschönen Orangeton. Hier entstanden diese Fotos.

Randy breitet einige der Aufnahmen vor Rachel auf dem Tisch aus. Sie alle entstanden vor dem Wahrzeichen. Die Bilder sehen so unbeschwert aus und niemand ahnt was wirklich passiert war, wenn man sie betrachtet. Sogar seine Mutter greift danach. „Du kannst wirklich froh sein, diese Leute getroffen zu haben. Deine Abenteuerlust hätte dich das Leben kosten können", sagt sie und blinzelt ihre ankommenden Tränen fort. „Ja, ich verdanke ihnen viel. Nicht nur ihnen."

Wir versteckten das Auto, machten diese Bilder und verbrachten die Nacht in den Hügeln im schützenden Wagen. Bei Tagesanbruch wollten wir uns auf den Weg machen. Bis San Francisco würden wir etwa sieben Stunden brauchen. Schon sofort nach Sonnenaufgang erwachten wir. Niran hatte sich sogar um einige Lebensmittel gekümmert, die uns ein schmales Frühstück ermöglichten. Es war etwa sechs Uhr morgens als wir aufbrachen. Ich nahm vorne neben Niran Platz, die Frauen hinten. Meine Tiere waren bei ihnen. Noch immer war es sehr heiß und das alte Auto schnaufte die Hügel hinab bis wir den Highway erreichten. Wir fuhren den ganzen Tag hindurch bis wir von weitem schon die berühmte Brücke sehen konnten. Jetzt mussten wir nur noch Benny finden. Dieser wartete wie besprochen im Hotel auf uns. Völlig erledigt kamen wir dort an.

„Das ist wirklich beeindruckend", sagt Rachel.
„Ich wollte einfach zurück nach Hause. Zurück zu ihr."
Während seiner Worte streicht Randy träge meine Hüfte entlang. Noch immer sitze ich auf seinem Schoß. Verliebt wie am ersten Tag. Rachel und das Team hängen an seinen Lippen. Rylan, Megan und Ellen auch.
„Was passierte in dieser Zeit bei Ihnen, Lauren?", will Rachel wissen.
„Ich machte mich auf den Weg nach Trenton. Mit meinem Sohn in einem alten Campingbus."
„Zu dieser Zeit war ich aber schon in Kanada", sagt mein Mann.
„Das erzählen wir ihnen später."
„Ich will alles wissen." Rachels Augen werden immer größer.
„Ja, es war eine Erfahrung, die ich nie mehr missen will. Also..."

26

Lauren

Ich hatte meinen kleinen Bus fertig beladen. Es war Winter
geworden und das würde die lange Reise nicht einfacher
machen. Meine Eltern hatten inzwischen verstanden, dass sie
mich nicht von meinem Plan abbringen konnten. Mein Sohn
war gesund und irgendwie schien er zu verstehen, dass etwas
Großes auf ihn wartete.

„Wann wirst du zurück kommen?", wollte meine Mutter
wissen.
„Nach Rylans, und Randys Geburtstag. Ich melde mich, sobald
ich in Trenton angekommen bin."
„Na gut, Kind. Passt auf euch auf. Ich kann es einfach nicht
verstehen, aber du bist erwachsen. Dieser Junge ..."
„Wann wirst du ihn endlich bei seinem Namen nennen, Mom?
Er heißt Randy, und er ist der Vater meines Sohnes. Daran
kannst du nun mal nichts ändern."
„Nein, leider nicht. Nun macht euch auf den Weg."
Ich umarmte meine Eltern noch kurz. Dann machte ich mich
für mein nächstes großes Abenteuer bereit. Mein Sohn und ich.
Und ... Eileen.

„Ihre Freundin?", fragt Jacob, der der Kameramann ist.
„Ja. Sie kam kurz bevor ich losfahren wollte an. Sie hatte
einen großen Koffer dabei und meinte nur, dass sie mich das
nicht alleine machen lassen würde und dass es endlich auch
Zeit für sie wäre, unseren Heimatort einmal zu verlassen. Und
außerdem war sie neugierig auf Randys Familie.
„Und sie hat sie dann auf ihrer Reise begleitet?", will Rachel
wissen.
„Ja. Zum Glück hat sie das getan, denn alleine hätte ich es nie
geschafft. Das erzähle ich ihnen alles noch."
„Fabelhaft. Sie scheint ein wunderbarer Mensch zu sein."
„Die beste Freundin, die man sich wünschen kann."
„Werden wir ihre Freundin eines Tages noch kennen lernen?"
„Ich glaube nicht, denn inzwischen lebt sie mit ihrem Mann an
der Westküste in San Diego. Buck ist Kinderarzt, wissen sie.
Sie ist glücklich dort. Ab und zu telefonieren wir."
„Das ist sehr schade, denn in ihrer Geschichte spielt Eileen
eine maßgebliche Rolle. Nun gut. Wie ging es weiter?"

Lauren

Nach einer stürmischen Begrüßung nahm Eileen neben mir im Bus Platz.
„Du bist verrückt", meinte ich noch, bevor ich den Motor startete.
„Nicht mehr als du. Die Welt ist schön, hast du gesagt. Und ich habe noch nichts davon gesehen. Zeig mir ein kleines Stück davon."
„ Na klar. Danke Eileen."

Wir ließen mein Elternhaus hinter uns. Im Rückspiegel sah ich meine Mutter in meines Vaters Armen zusammenbrechen. Natürlich war mir nicht ganz wohl bei der Sache, aber ich würde ja nicht ewig fort sein. Ich lenkte den Bus auf den Highway gen Norden. Zunächst mussten wir laut Karte, die ich natürlich auch jetzt wieder dabei hatte, nach Wilmington. Danach nach Jacksonville. Ich wusste von Randy, dass auch er dort entlang gegangen war.
„Weißt du wohin wir müssen?", wollte meine Freundin wissen.
„Nicht so genau. Aber ich denke wir sollten immer an der Küste entlang fahren. Trenton liegt etwas weiter im Landesinneren. Randy meinte, er hätte etwa zwei Wochen gebraucht um bis nach Jacksonville zu kommen. Aber wir sind schneller, denn wir müssen ja nicht laufen."
„Kaum zu glauben, dass ihr wirklich so weit gewandert seid."
Ich erzählte Eileen wie es so war als wir unterwegs waren. Sie hörte mir zu und so langsam begann sie zu verstehen was mir wirklich wichtig im Leben war. Mein Sohn war inzwischen eingeschlafen und ich war voller Zuversicht, uns alle nach Trenton zu bringen.

Es dauerte den ganzen Tag bis wir unser erstes Ziel Wilmington erreichten. Draußen war es schon ziemlich kalt und dunkel. Im Zentrum der Stadt hielten wir auf einem Parkplatz an. Mein kleiner Bus war purer Luxus zu dem was ich während meiner Reise mit Randy zur Verfügung hatte. Ich baute die kleine Schlafecke um. Eileen kümmerte sich um Rylan. In der Nacht begann es zu regnen und es wurde richtig ungemütlich. Trotzdem wollte ich nicht schon am Anfang aufgeben. Auch das heftige Gewitter änderte meine Meinung nicht. Noch immer hatte ich panische Angst davor. Nicht nur einmal wünschte ich mir, ich könnte mich in Randys Armen vergraben und einfach warten bis es vorüber wäre. Der Wind war zu einem heftigen Sturm geworden und rüttelte an unserem Bus. Eileen klammerte sich ängstlich an mich. Meinen Sohn fest an mich gedrückt schlief ich irgendwann ein. Am nächsten Morgen war die Welt um uns herum in tiefen dunklen Grau versunken. Immerhin war Dezember und ich dachte an Randy, sollte er derzeit im Norden unterwegs sein.

„Zu diesem Zeitpunkt waren sie also schon dort?", fragt Rachel.
„Ja. Aber zuvor hielten wir uns in San Francisco auf. Bis zur kanadischen Grenze war noch ein weiter Weg."
„Möchten sie uns erzählen wie es weiter ging?"
„Natürlich", sagt Randy und greift in die Fotokiste.
„Das hier ist Benny", sagt er und zeigt auf einen jungen Asiaten, der vor einem kleinen Hotel steht.
„Hier haben wir uns getroffen, nachdem wir San Francisco erreicht hatten."
„Wunderbar. Ich bin gespannt."

27

Randy

Niran lenkte den alten Wagen kreuz und quer durch die
Metropole. San Francisco hatte eigentlich auf meiner Liste
gestanden. Doch mir war klar, dass ich nicht dort bleiben
konnte. Zumal wir in Erfahrung gebracht hatten, dass diese
Typen noch immer auf der Flucht waren, und
höchstwahrscheinlich die selbe Route wie wir nach Norden
genommen hatten, um der Polizei zu entkommen.
Vor einem kleinen Hotel hielt Niran an. Kurze Zeit später
lernten wir seinen Freund Benny kennen, der auch gleichzeitig
Kanitas Verlobter war.
Nach einer tränenreichen Begrüßung brachte Benny uns in die
Zimmer. Für mich und meine Tiere hatten die Freunde
ebenfalls eine Bleibe gefunden. In diesem Hotel blieben wir
nur eine Nacht.
Am nächsten Tag brachen wir nach Eureka auf. Benny hatte
einen schicken Van gemietet, der an Luxus kaum zu überbieten
war. Wir ließen Nirans alten Wagen einfach dort stehen und
begaben uns auf den Weg nach Norden. Bis Kanada würden
wir weitere Tage brauchen. Unser Weg führte uns an der Küste
entlang. Der Winter stand vor der Tür und das würde ein echtes
Problem werden, wenn ich dann tatsächlich in den Bergen
festhängen würde, nur mit einem Zelt.
Als wir Eureka erreichten war es schon Ende November. Meine
Freunde würden mich nicht durch Kanada begleiten, denn ihr
Rückflug nach Thailand war bereits gebucht.
Sie alle wollten ab Vancouver die Heimreise antreten.

In einigen Tagen wäre ich wieder alleine auf mich gestellt. In Eureka suchen wir nach einem Motel. Dieses fanden wir außerhalb der Stadt. Dort wollten wir zwei Nächte bleiben. So der Plan, den uns aber unsere Verbrecherfreunde zunichte machten. Ich hatte gerade mein Zimmer bezogen, nach Ewigkeiten mal wieder geduscht und die Reste meiner Lebensmittel mit meinen Tieren geteilt, als ich ein vertrautes Motorengeräusch hörte. Es klang wie der alte Lieferwagen der Menschenhändlerbande. Ich stellte mich ans Fenster und spähte in die Dunkelheit hinaus. Tatsächlich konnte ich den Wagen unter einer Laterne geparkt erkennen. Das verblasste Logo machte mich noch sicherer dass es sich tatsächlich um diese Kerle handelte. Uns war nicht aufgefallen, dass sie uns verfolgt hatten. Vielleicht hatten sie das ja auch gar nicht getan. Ich hatte keine Ahnung.

„Verdammt", fluchte ich und schlüpfte in meine Jeans. Earl baute sich schon knurrend vor der Tür auf. Er spürte immer, wenn etwas nicht in Ordnung war. Ich raffte meine Sachen zusammen. Speedy kletterte an meinem Bein hoch. Auch sie spürte, dass Gefahr im Verzug war. Schnell hatte ich mein Frettchen in meiner Kapuze untergebracht. Ich schulterte meinen Rucksack und sah noch einmal zum Wagen hinüber. Noch immer stand er da, niemand war dort. Ich musste meine Freunde warnen. Mir war klar, dass wir nicht hier bleiben konnten. Die anderen vier bewohnten die Zimmer neben mir. Ich löschte das Licht und lauschte an der Tür, ob diese Typen in der Nähe waren. Ich hatte keine Ahnung um wie viele von denen es sich handelte. Der Flur war ruhig und ich schlich mich leise zum Zimmer, in dem Kanita und Benny wohnten. „Benny, mach auf. Ich bin´s Randy"
Es dauerte ewig bis Benny endlich öffnete.
„Was ist los?", fragte er verschlafen.

„Wir müssen verschwinden. Sie sind hier", erklärte ich nur und deutete mich einzulassen.

„Was? Scheiße. Verdammt."

Und dann ging alles ganz schnell. Kanita war inzwischen aufgewacht und starrte uns ängstlich an. Während beide ihre Sachen packten, klopfte ich bei Niran und seiner Schwester an. Gerade als wir das Gebäude verlassen wollten, sahen wir einen der Kerle neben dem Wagen hin und her laufen. Er schien auf etwas zu warten. Oder auf jemanden. Dumm war nur, dass unser Van dem Lieferwagen genau gegenüber stand und somit für uns nicht erreichbar war. Keine Chance, das Auto zu holen, ohne von diesem Kerl gesehen zu werden. Wir hatten genau zwei Optionen: Entweder wir ließen den Van hier zurück und wanderten, was aber zur Folge gehabt hätte, dass meine Freunde nicht rechtzeitig am Flughafen sein würden, oder wir mussten den Kerl von seinem Wagen fort locken. Option zwei war also die Bessere. Mein Hund übernahm diesen Part, indem er auf den Kerl zu jagte und ihn einfach umwarf. Ich sah dass es sich um den Fotografen vom Strand gehandelt hatte. Der Kerl war kaum in der Lage zu reagieren als Earl Zähne fletschend über ihm stand.

„Los, steigt ein", trieb ich meine Freunde an. Noch immer versuchte der Mann meinem Hund zu entkommen, doch dieser verbiss sich in der Kehle des Typen. Als ich ihn zurück pfiff, ließ er sofort von dem Kerl ab und raste auf unseren Van zu, der schon aus der Parklücke geschossen war. Kanita öffnete die Schiebetüre und nahm mein Tier in Empfang, während Benny rasant die Richtung wechselte. Der Typ war jetzt aufgestanden. Blut rann an seinem Hals hinab. Ich sah ihn in seine Gesäßtasche greifen. Und schon hielt er eine Waffe in der Hand. Er feuerte seine Schüsse auf die Reifen des Van, traf aber zum Glück nicht. Die Schüsse hatten das ganze Motel aufgeweckt und die Gäste sammelten sich auf der Straße. Wir rasten an den Menschen vorbei. Inzwischen hatten sich zwei weitere Typen um den Schießenden versammelt. Im Rückspiegel konnte ich noch erkennen, dass der Kerl im Anzug, es war der aus der Hütte, dabei war, dem Fotografen seine Faust aufs Auge zu donnern. Beide rangen miteinander, während die Menschen drum herum schrien. Wir schossen um die Kurve und ließen das Motel und den wütenden Mob hinter uns.

„Das war knapp", meinte Niran. Die Frauen drückten sich ängstlich an Niran und mich, während Benny den Wagen die Küstenstraße entlang jagte.

„Zum Glück hast du sie gesehen", flüsterte Kanita.

„Ich hatte keine Ahnung, dass sie uns gefolgt sind. Wir müssen den Wagen los werden und einen anderen nehmen. Es ist zu gefährlich, diesen hier zu behalten", stellte ich fest.

Und so machten wir uns auf den Weg nach Portland. Damit hätten wir den nächsten Bundesstaat Oregon erreicht und wären vielleicht in Sicherheit.

„Hat es funktioniert?", frage ich, denn bisher hat Randy auch mit mir selten bis gar nicht über diesen Teil seiner Reise gesprochen.

„Was denkst du denn?" „Vermutlich nicht, oder?", fragt Rylan. „Nein. Das wäre ja zu einfach gewesen."

„Sind sie ihnen gefolgt?", will Jacob wissen.

„Nein, aber wir sind uns später noch einmal begegnet."

Randy schließt seine Augen, seine Hände werden ganz feucht an meiner Hüfte. Er zittert schon wieder und ich denke wir lassen ihm einige Minuten um sich zu sammeln.

Deshalb erzähle ich jetzt weiter:

28

Lauren

Der Winter kroch voran und ab und zu bekam ich doch Zweifel, ob es wirklich eine gute Idee gewesen war, mit einem Kleinkind in einem Minibus eine Tagelange Reise zu machen. Dazu an einen Ort, den ich nicht kannte, Menschen, denen ich noch nie begegnet war und nicht wusste, was mich dort erwarten würde. Dennoch machte ich weiter. Noch immer hielt ich mich an mein neues Lebensmotto, welches Randy zu verantworten hatte. Ich machte nur noch das, wovon ich überzeugt war. Keine Verbote, keine Gesetze und keiner, der mir mein Leben diktieren würde.

Wir hatten die stürmische Nacht überstanden. Der alte Bus war die halbe Nacht durch gerüttelt worden. So heftig war der Sturm gewesen. Die Temperatur war um einige Grade gesunken und der Himmel war so trüb, dass wir kaum etwas erkennen konnten, ob es Tag oder Nacht war. Die Uhr sagte uns, dass es bereits nach Zehn war und mein Magen meldete sich ebenfalls. Rylan begann zu weinen. Mir wurde immer klarer, dass es für ihn auch nicht so einfach war. Immerhin war er damals noch ein Kleinkind. Weit weg von seiner Heimat. Er rief nach seiner Großmutter und wollte sich einfach nicht beruhigen.
„Willst du das wirklich durchziehen?", bemerkte meine Freundin und versuchte dabei meinen Sohn zu trösten.
„Natürlich. Ich habe es Randy versprochen. Und wenn es das Letzte wäre, was ich in meinem Leben mache."

„Okay. Dann hoffen wir mal, dass wir alle lebend in Trenton ankommen. Vielleicht hättest du diese Reise lieber im Sommer machen sollen."

„Vielleicht. Aber es ist mir wichtig, dass mein Sohn seine Großeltern so früh wir möglich kennen lernt."

„Das verstehe ich ja, aber trotzdem..."

„Wir werden das schaffen. Ich habe schon Schlimmeres geschafft und ich lebe noch."

Dann machte ich mich auf den Weg zum naheliegenden Supermarkt, auf dessen Parkplatz wir die Nacht verbracht hatten. Meine Freundin blieb bei Rylan. Bald hatte ich einige haltbare, nahrhafte Lebensmittel besorgt und kam zum Bus zurück. Wir mussten bald weiterfahren, auch wenn es das Wetter noch immer nicht zulassen wollte. Schon wieder regnete es wie aus Badewannen. Noch immer war es so dunkel, als wäre es mitten in der Nacht gewesen.

Eileen zauberte uns in der winzigen Küche des Campers ein Frühstück, während ich die Karte studierte. Ich rechnete mit drei bis vier Tagen, ehe wir in Trenton eintreffen würden. Immerhin konnte ich mit einem Kleinkind und den Wetterverhältnissen nicht stundenlang durchfahren. Und wir wollten uns anschauen, wo Randy bereits vor langer Zeit gewandert war.

Der Wind stob eisig über das Land und ich hatte das Gefühl, es würde nie wieder Tag werden. Erst gegen Mittag beruhigte sich der Wind ein wenig. Es hatte aufgehört zu regnen und der Himmel sah nicht mehr ganz so trostlos aus. Ich rappelte mich auf, die nächste Etappe zu fahren. Leider konnte Eileen mich nicht ablösen, da sie noch keinen Führerschein besaß. Rylan war eingeschlafen. Zum Glück hatte mein Sohn sich wieder beruhigt.Während der Fahrt nach Jacksonville redeten wir nicht viel. Ich dachte an Randy und überlegte wohin ihn seine weitere Reise wohl geführt haben könnte.

Inzwischen musste er ja schon im Norden angekommen sein. Was wäre wenn er es doch nicht überlebt hatte? Darüber wollte ich einfach nicht nachdenken. Es gab keinerlei Möglichkeit das in Erfahrung zu bringen. Und falls er mir wieder geschrieben hatte, so würde ich nie davon erfahren. Ich war mich sicher, dass meine Eltern seine Briefe verschwinden lassen würden, denn sie waren noch immer gegen ihn.

Jacksonville erreichten wir am Abend. Leider war es viel zu kalt und zu dunkel um sich die Stadt anzusehen. Deshalb machten wir nur einen kurzen Zwischenstopp um zu tanken. Auf der Fahrt durch die Stadt entdeckte ich die eine, oder andere Sehenswürdigkeit, die ich auf Randys Fotos bereits gesehen hatte. Ein wohliges Gefühl breitete sich in mir aus. Ich wusste, Randy war hier gewesen und ich glaubte fest daran dass ich ihn eines Tages wieder sehen würde.

Dieses Jacksonville war völlig anders als die gleichnamige Stadt in Florida. Erinnerungen an diesen verhängnisvollen Tag dort kamen in mir hoch. Der Tag, der unser Leben völlig durcheinander gebracht hatte. Der Tag, der Schuld an allem hatte. Wären wir nur nicht zu diesen Typen ins Auto gestiegen. Unser Übermut hatte uns fast das Leben gekostet. Es war nicht mehr zu ändern. Uns blieb nur die Hoffnung.

Wir ließen Jacksonville hinter uns. Auch wenn ich ziemlich erledigt war, hielt ich durch. Der Glaube an ein besseres Leben, irgendwann, irgendwo, MIT Randy, trieb mich immer weiter an. Meile um Meile jagte ich den alten Bus weiter gen Norden.

„Was machen wir wenn wir dort sind?", fragte Eileen.
„Ich denke ich werde einiges erklären müssen. Immerhin

komme ich als eine wildfremde Person, noch dazu mit einem Kind im Gepäck, wovon ich behaupte, es sei das Enkelkind der Bolts, dort an. Es wird nicht leicht. Aber wir schaffen das." Ich war wild entschlossen alles wieder gerade zu biegen. Rylan konnte nichts dafür und auch ich hatte es nicht verdient, dass das Leben mich so hart strafte, nur weil ich mich in Randy verliebt hatte. Ich hoffte einfach, dass Randys Eltern mir vertrauten, und dass mein Sohn ihre Herzen erobern würde.

Wir fuhren die ganze Nacht durch. Der Regen hatte endlich aufgehört, dafür war es aber noch kälter geworden. Mir fiel ein, dass Randy eigentlich im Sommer im Norden sein wollte. Und nun war es mitten im Winter, und ich hatte keine Ahnung wo er war. Würde er alleine durch den eisigen Norden wandern, so glaubte ich, dass er das niemals überleben könnte, wenn er keine vernünftige Bleibe fände. Ich hing meinen Gedanken nach und bekam kaum mit wie weit wir schon gekommen waren. Eileen spielte mit Rylan, das Radio dudelte vor sich hin, und die Ostküste sauste nur so an uns vorbei.

Dann kamen wir in New Bern an. Die Grenze zu Virginia war nun nicht mehr so weit. Bis dorthin würden wir es bis zum nächsten Tag schaffen. Da war ich mir ziemlich sicher.

In New Bern füllten wir unsere Vorräte erneut auf. Die Stadt war relativ klein und überschaubar. Schnell hatten wir alles erledigt.

„Ich kann nicht glauben, dass ihr das alles zu Fuß und ohne jeglichen Komfort geschafft habt. Das würde ich nie hinbekommen", jammerte Eileen, als wir die schweren Einkaufstüten zum Camper trugen.

„Wenn man etwas wirklich will, so schafft man alles. Das hat mir Randy erklärt. Und er hat recht. Kämpfe für das was du willst."

„Er scheint wirklich ein toller Kerl zu sein."
„Ja, das ist er. Ich wünschte ich wüsste wo er ist."
„Er wird es schaffen. Eines Tages seht ihr euch wieder. Es wird sich alles klären."
„Das hoffe ich."
Nach einer ausgiebigen Mahlzeit, und einem kleinen Ausflug zum örtlichen Spielplatz, setzten wir unsere Reise fort.

Es war der 18. Dezember als wir die Grenze zu Virginia passierten. Am frühen Abend kamen wir in Norfolk an. Auch hier sah ich Häuser und Gegebenheiten, die Randy mir auf seinen Bildern gezeigt hatte. Alles sah genau so aus wie ich es in Erinnerung hatte. Wir entschieden einen Spaziergang durch die kleine Stadt zu machen. Ich wollte auf Randys Spuren wandeln. So fühlte ich mich ihm näher.
Noch immer war es kalt und etwas windig. Trotzdem wanderten wir weiter durch die kleine Stadt.
Überall war zu sehen, dass das heilige Fest bereits in den Startlöchern stand. Alles war schon weihnachtlich geschmückt und überall waren die kleinen Vorgärten der Häuser hell erleuchtet. Die strahlenden Augen meines Sohnes entschädigten mich für alles. Es gab sogar einen kleinen Weihnachtsmarkt, den wir ebenfalls besuchten. Rylan probierte seine erste Zuckerwatte, und Eileen ließ es sich nicht nehmen, einen riesengroßen Teddybären für ihn beim Handarbeitsstand zu kaufen. An jenem Tag fühlte ich wieder die Freiheit, die ich so liebte. Rylans glückliche Augen, als er zum ersten Mal auf einem Karusselpferd saß. Wir liefen von Bude zu Bude, vergaßen die Realität und ich genoss diese Freiheit, die ich ohne Randy niemals kennengelernt hätte. Er hatte mein Leben verändert, und tat es sogar noch immer, obwohl wir so weit voneinander getrennt waren.

Mitten in der Nacht erst, kamen wir zum Bus zurück. Es war noch kälter geworden und unsere weitere Reise würde nicht leichter werden. Wir machten unsere Nachtlager im Camper fertig, während sich draußen leichter Schnee ankündigte. Eigentlich schneite es hier nie, doch in diesem Jahr war alles anders. Denn diese Nacht würden wir so schnell nicht mehr vergessen.

Es war schon nach Mitternacht als ich aufwachte. Seltsame Geräusche hatten mich geweckt. Da waren Schritte. Und Stimmen. Mehrere.

„Eileen, wach auf. Da ist jemand", flüsterte ich und rüttelte sanft an Eileens Schultern

„Was?"

Sie schaute mich verwirrt an, vernahm aber dann ebenfalls die Geräusche. Ich kletterte aus dem provisorischen Bett und wappnete mich mit meinem Baseballschläger, den ich umsichtigerweise mitgenommen hatte. Denn man konnte ja nie wissen. Auf Anraten meines Onkels hatte ich mir einen besorgt.

„Lass mal sehen was drinnen ist", sprach eine männliche Person.

„Da ist keiner. Die Karre ist doch schon uralt."

Eileen starrte mich an, zitterte wie Espenlaub. Schnell griff sie nach Rylan, der tief und fest schlief. Es rüttelte an der Tür zum Bus. Ich umklammerte den Schläger noch fester. Die Schritte umrundeten den Wagen. Ich deutete Eileen leise zu sein und sich zu verstecken. Mit meinem Sohn auf dem Arm verkroch sie sich in den Bettkasten. Leise legte ich unsere Decken über die beiden. Dann stellte ich mich wieder in Position vor die Tür. Rylan wimmerte leise. Meine Freundin versuchte ihn zu beruhigen, während die Schritte nun auf der anderen Seite der Tür anhielten. Plötzlich begann der Wagen zu wackeln, weil die Personen sich heftig gegen ihn warfen. Wir schafften es trotzdem ruhig zu bleiben. Mein Herz schlug mir bis zum Hals. Der Schläger in meiner Hand wurde immer schwerer, aber ich umklammerte das Ding, als hinge mein Leben davon ab. Eigentlich tat es das ja auch, denn jetzt drosch jemand gegen das Türschloss. Ein weiterer Hieb ließ das Auto erzittern. Rylan begann zu weinen und mir brach der Schweiß aus.

„Kommen sie ja nicht näher", schrie ich, bemüht so selbstsicher wie möglich zu klingen. Ich griff nach dem Zündschlüssel, der auf dem Bett gelegen hatte. Ich musste schnell sein, falls jemand eindringen würde.

„Das sind Weiber drin. Der Abend ist gerettet", lachte eine der Stimmen. Ein Klimpern erklang, dann ein Schnappen. Ich sah wie sich das Türschloss bewegte. Eileen war inzwischen noch tiefer in ihr Versteck gekrochen. Rylan weinte immer lauter. Und dann schob die Tür auf. Schnell griff ich nach dem Deo, welches sich neben meinem Rucksack befand, und sprühte dem Eindringling in die Augen.

„Verdammte Scheiße. Das brennt. Walace tu doch was", brüllte er seinen Freund an. Dieser betrat jetzt ebenfalls den Bus. Sofort zog ich ihm eins mit dem Schläger über.

„Eileen. Schnell. Du musst mir helfen..."

Ich blieb wo ich war, die beiden Kerle im Auge, bis meine Freundin aus ihrem Versteck kam. Rylan hatte sie darin gelassen. Zum Glück hatte er aufgehört zu weinen.

„Wer zum Teufel seid ihr? Verschwindet. Sofort, oder ich läute die nächste Runde ein"

„Verdammte Scheiße", brüllte der erste Typ und rieb sich seine Augen. Sein Freund lag genau vor uns auf dem Boden. Eileens Atem ging stoßweise, aber sie schaffte es das Deo an sich zu nehmen und dem Kerl zu zeigen.

„Zieh Leine", schrie sie. Da der Kerl sich nicht regte, drückte sie auf den Sprühknopf. Während er taumelte trat ich ihn aus dem Fahrzeug.

„Wirf den anderen auch raus. Ich starte den Wagen. Beeil dich. Los!", wies ich Eileen an, die mich völlig verstört ansah. Ich schob mich an beiden Kerlen vorbei nach draußen. Der erste Typ starrte noch immer wild um sich, erkannte aber offensichtlich nichts. Ich drosch ihm den Schläger ins Rückgrat und raste zur Fahrerkabine.

„Raus hier", brüllte Eileen und zog den bewusstlosen zweiten Kerl an den Füßen aus dem Wagen. Sofort schob sie die Tür wieder zu. Dann verließen wir Norfolk und machten uns auf den Weg nach Dover.

„Um Himmels Willen", schreit Rachel und starrt mich an.
„Das hätte übel ausgehen können.
„Davon hast du mir nie erzählt", knurrt Randy.
„Ich wollte nicht, dass du es weißt. Es ist ja nichts passiert.
Dank dir, weiß ich mich zu verteidigen."
„Trotzdem. Und du sagst, ich sei leichtsinnig? Darüber reden
wir später noch."
Randy ist sauer. Richtig sauer. Dieses Gespräch werden wir
später allein führen müssen.
„Sie beide sind hier. Nur das zählt", versucht Rachel die
Situation zu retten.

Randy hat sich wieder etwas beruhigt. Aufmerksam hat er
meinen Bericht verfolgt. Nur diese eine Sache macht ihm zu
schaffen. Seine Mutter kennt ihn genau, und weiß, dass er bald
explodiert, wenn wir nichts dagegen machen.
Deshalb ergreift sie das Wort.
Ihr Blick bringt Randy zum Schweigen.
„Ich bin froh, dass du nie aufgegeben hast", sagt Ellen dann.
„Ich auch. Sonst hättest du deinen Enkelsohn nie kennen
gelernt."
„Es war eine schwere Zeit damals, als ich nicht wusste wo
mein Junge überhaupt steckt. Ich wusste nicht, ob meine
Schwiegertochter die Wahrheit gesagt hatte, oder nicht.
Richard, mein Mann, meinte, wir sollten ihr wenigstens eine
Chance geben sich zu erklären. Die Vaterschaft würde sich
sicher irgendwie beweisen lassen. Auch wenn Randy nicht
heimkommen würde. Und so fieberten wir der Ankunft der
Familie unseres Sohnes entgegen."
Nervös starrt sie Randy an, der noch immer mit meiner
Erzählung von vorhin Probleme hat.
Ellen seufzt und dreht nervös an ihrem Ring herum.

„Was war das für ein Gefühl, als sie Lauren zum ersten Mal trafen?", will Rachel wissen.

„Wir mochten sie sofort. Unser Sohn hatte Glück, ihr begegnet zu sein. Keiner weiß, was sonst noch hätte passieren können, wenn er diese Reise alleine gemacht hätte."

„Mom …"

„Sie hat recht. Du wärst umgekommen. Und das nicht nur einmal."

„Und du fährst mit einem Kleinkind bis nach New Jersey, und denkst alles wäre ganz einfach. Lauren …"

„Wir reden später darüber. Lass gut sein."

Die Stimmung ist leicht angespannt. Deshalb ergreift jetzt der Kameramann das Wort:

„Wie ist es ihnen denn ergangen, während ihre Frau auf dem Weg zu ihren Eltern war?", will Jacob wissen.

Noch immer ist Randys Laune nicht die Beste.

Er räuspert sich.

„Das erzähle ich ihnen jetzt", sagt Randy. Er hat sich ein wenig gefangen. Schon sucht er nach Fotos, die auf dem Weg nach Oregon entstanden sind. Dann greift er wieder nach meiner Hand, atmet er tief ein, und erzählt weiter:

29

Randy

Wir hatten San Francisco hinter uns gelassen. Noch immer hatten wir Angst, die Kerle würden uns folgen. Deshalb tauschten wir den Van gegen einen Kleinwagen aus. Dieser war zwar nicht ganz so luxuriös, aber wir fühlten uns wohler damit. Niran und Benny wechselten sich ab mit fahren. Die Frauen wurden langsam ruhiger. Niemand war uns gefolgt. Der Highway war einsam und endlos. Wir durchquerten New Port und kamen mitten in der Nacht in Portland an. Dort schliefen wir in einem Motel. Eine wunderschöne Stadt, von der ich gerne mehr gesehen hätte. Der Winter stand bevor, was man immer mehr spürte, je näher wir dem Norden kamen. Wir hatten noch einen Tag um Seattle zu erreichen. Die Zeit drängte. Wir waren eh schon in Verzug geraten. Weil wir die zwei Tage in der Villa verbracht hatten. Der Rückflug meiner Freunde war bereits gebucht. Deshalb blieben wir nur eine Nacht in jenem Motel. Im TV wurde über die Schießerei in Los Angeles gesprochen. Die Kerle standen zur Fahndung aus. Mir liefen eiskalte Schauer den Rücken hinab, als ich die Fotos der Typen sah. Bisher hatte sich ihre Spur verloren.

„Wir werden weg sein, ehe sie uns finden, und werden bald in Sicherheit sein", sagte Niran. Er drückte seine verängstigte Schwester an sich. Die Frauen hatten so viel Leid erfahren müssen, und ich wünschte mir für nichts mehr, als dass sie wieder heil nach Hause kämen. Ich überlegte ob das auch für mich gelten würde, wenn ich meine Reise alleine weiter fortsetzen würde. Vermutlich nicht, denn ich war ein Zeuge und ich hatte Beweismaterial an die Polizei weiter gegeben. Auch wenn jetzt Frank und William dafür zuständig waren, hatten diese Typen mit Sicherheit nicht vor, einen Zeugen am Leben zu lassen. Polizeischutz für eine Leiche gab es schließlich nicht. Frank hatte nicht gewusst wer ich wirklich war. Und ich hatte auch nicht vor es jemandem zu verraten. Ich war jetzt Luke. Meine neuen Freunde nahmen mich wie ich war. Die beiden Frauen verdankten mir ihr Leben. Teilweise. Und umgekehrt, verdankte ich ihnen meines.

Benny kontaktierte die Familien in Thailand, verschwieg aber, was sich zugetragen hatte. Mich erwähnte er auch nicht. Die vier würden in Bangkok in Empfang genommen werden, während ich versuchen musste, Kanada zu durchwandern, ohne zu erfrieren. Oder zu verhungern. Vor allem auch mein Hund musste diesen Winter überstehen. Genau wie Speedy. Meine beiden Tiere bedeuteten mir alles.

Wir tauchten in der Nähe des Motels unter, schliefen sogar unter freiem Himmel, ohne Zelt, um schnell fliehen zu können. Und um sicher zu gehen, dass uns niemand erkannte. Vor allem mich nicht. Ich hatte jetzt schon drei feindliche Gruppen hinter mir her, wenn man die Schleuser mitzählte. Die Typen aus Florida, die Drogentypen, usw. Mein Leben wurde immer komplizierter, je weiter meine Reise mich führte. Ich dachte oft darüber nach, einfach aufzugeben. Aber welche Optionen hatte ich denn? Keine. Ich musste da durch. Und eines Tages würde ich zu meinen Eltern heimkehren. Und vielleicht auch Lauren wiedersehen. Der Gedanke daran erhielt mich am Leben.

Und deshalb entschied ich mich, Lauren einen weiteren Brief zu schreiben:

Liebe Lauren

Dies ist mein zweiter Brief, und ich hoffe, dass du ihn auch bekommst. Wie du siehst, sind meine Katzenleben noch immer nicht aufgebraucht. Ich kann dir sagen, dass ich den Norden fast erreicht habe. Wo genau ich bin, verrate ich lieber nicht. Es ist besser, wenn du es nicht weißt. Ich kenne dich. Du würdest mich suchen wollen. Und das ist viel zu gefährlich. Mache dir aber keine Sorgen. Earl passt immer auf mich auf. Es geht uns halbwegs gut. Ich habe ein neues Zelt. Wie es dazu kam, erzähle ich dir dann. Irgendwann. Falls wir uns je wiedersehen. Ich habe viele Fotos gemacht, und viele tolle Menschen getroffen. Es ist viel passiert, und jeden Tag wird mein Leben komplizierter. Ich hoffe, es geht dir gut. Und deiner Familie natürlich auch. Gerne würde ich ihnen erklären was wirklich passiert ist. Ich weiß, dass du bei ihnen sicher bist. Sicherer als bei mir. Natürlich hoffe ich, dass wir uns eines Tages richtig kennenlernen werden. Ich denke jeden Tag an dich und an unsere kurze gemeinsame Zeit. Es war die schönste Zeit meines bisherigen Lebens. Es tut mir leid wie es gekommen ist. Das war ganz sicher nicht mein Plan. Ich wollte nie etwas Böses, nur dich beschützen. Und wenn ich dafür bestraft werden soll, dann muss ich das ertragen. Ich hoffe du hast meine Eltern schon kennengelernt. Es ist mir wichtig, dass

du sie kennst. Und sie dich. Sie sollen wissen, dass du die Liebe meines Lebens bist. Wenn du sie triffst, sag ihnen dass ich sie liebe. Und bitte meine Mutter, dass sie dir mein Zimmer zeigen soll. Such dir was von meinen Sachen aus, was du behalten möchtest. Egal was. Behalte es als Erinnerung an mich, falls ich nicht mehr heimkehre.
Ich liebe dich

Randy

„Und? Haben sie den Brief erhalten?", will Rachel wissen.
„Leider nein. Jedenfalls nicht sofort. Meine Eltern haben ihn vor mir versteckt. Sie wollten über einen Detektiv Randy suchen lassen. Und deshalb wollten sie den Poststempel."
„Ich kann sie verstehen", sagt Randy und drückt meine Hand.
„Trotzdem halte ich ihnen das noch immer nach."
„Und ist es ihnen gelungen, einen zu engagieren?"
„Ja, aber da war ich schon wieder woanders", grinst Randy. Zum Glück ist wieder alles gut zwischen uns, denn eigentlich streiten wir nie. Er drückt mich an sich. Seine Lippen streifen meine Schläfen und mein Herz rast noch immer, wenn er das tut.
„Was passierte dann?", will Rachel wissen.
„Das erzähle ich ihnen jetzt."
Randy schließt kurz die Augen, dann fährt er fort:

30

Randy

Zunächst waren wir in Sicherheit. Niemand verfolgte uns bis
Seattle. Dort machten wir die letzte Pause. Da mein Traum
noch immer in mir wucherte, wollte ich unbedingt die Stadt
sehen. Einige andere hatte ich ja schon auslassen müssen.
Seattle wollte ich aber unbedingt sehen. Ich überredete meine
Freunde zu einer Städtetour. Wir gönnten uns sogar ein Essen
im berühmten Restaurant der weltbekannten Spaceneedle. Der
Flug nach Bangkok war schon am nächsten Abend geplant und
er würde unsere gemeinsame Zeit beenden. Nach einem
üppigen, guten Essen, wollten wir uns auf dem Weg zum Auto
machen, als ein bekanntes Fahrzeug am Straßenrand stand. Es
war der Lieferwagen der Bande. Niemand saß darin, aber mir
war klar, dass diese Typen in der Nähe waren.
„Ich hol den Wagen. Bin gleich wieder da. Ihr versteckt euch in
der Tiefgarage des Hotels gegenüber", sagte Benny und rannte
los. Niran und die Frauen steuerten besagte Garage an.
„Hier steckt ihr also", hörte ich eine mir allzu bekannte
Stimme, als ich mich ebenfalls vom Wagen entfernen wollte.
Der Fotograf baute sich neben mir auf. Earl begann zu knurren,
sprang ihn aber nicht an.
„Renn, Earl", schrie ich meinen Hund an. Wir rannten so
schnell wir konnten zwischen den Touristen hindurch. Direkt in
die Tiefgarage, aus der auch schon Benny gefahren kam.
Innerhalb von Sekunden saß ich im Auto. Benny jagte das alte
Auto durch die vollgestopfte Stadt. Der Fotograf startete den
alten Lieferwagen und heftete sich an unsere Fersen. Eine rote

Ampel für ihn brachte uns einen guten Vorsprung ein. Wir erreichten den Stadtrand, wo Benny mich am Bahnhof aussteigen ließ.

„Sieh zu dass du über die Grenze kommst. Nimm einen Zug. Viel Glück."

„Danke für alles. Vielleicht sehen wir uns ja wieder."

Und dann rannte ich so schnell ich konnte durch die Unterführung, die mich zum richtigen Gleis bringen sollte. Earl raste hinter mir her. Speedy klemmte sich an mich. Ich hörte Benny mit quietschenden Reifen davon fahren. Am Gleis angekommen, war jedoch kein Zug zu sehen. Die Typen allerdings auch nicht. Ich denke, sie hatten sich hinter Benny geklemmt. Nervös sah ich mich um. Die Grenze war so nah, und doch so weit weg. Ich schlich durch den Bahnhof, konnte aber keinen Zug finden, der mir nützlich gewesen wäre. Da ich es mir nicht leisten konnte, einen weiteren Tag festzusitzen, beschloss ich auf einen LKW aufzuspringen. Auf den wartete ich in der Nähe einer Truckerkneipe, die unweit des Bahnhofs lag. Meine Muskeln schmerzten. Hunger hatte ich auch, aber es gab nichts mehr für uns. Ich wartete etwa drei weitere Stunden, bis ich eine geeignete Mitfahrgelegenheit gefunden hatte. Der Fahrer aß zu Abend und das war für mich und meine Tiere die Gelegenheit in den Frachtraum zu schlüpfen. Schnell lud ich meinen Rucksack hinein. Ich fand einen Hohlraum zwischen den Packstücken und quetschte mich dazwischen. Earl drückte sich an mich. Der Mann kam zurück und eine Stunde später hielt er am Zoll an. Niemand kontrollierte den Wagen. Ich hatte Kanada erreicht. Niran, Benny, Araya und Kanita waren auf dem Weg nach Vancouver, von wo aus sie ihre Heimreise nach Thailand antreten wollten. Hoffentlich waren sie außer Gefahr. Ich wollte mich weiter nach Osten durchschlagen. Immer an der Grenze zu den Staaten entlang. Ich studierte meine Landkarte. Die Grenze erstreckt sich auf über 6400 km. Ich musste ihr entlang der Bundesstaaten der USA folgen. Washington, Idaho, Montana, North Dakota und Minnesota. Dort würde ich auf den Lake Superior treffen. Ich plante per Schiff bis nach Michigan zu reisen, und von dort aus bis nach Toronto, und anschließend in den Bundesstaat New York. Diesen müsste ich einmal von West nach Ost durchqueren, bis ich New York City erreichte. Sollte mir dies gelingen, so wäre ich fast wieder in New Jersey. Ich rechnete mir ein weiteres halbes Jahr dafür aus.

Dann machte ich mich auf den Weg in die Berge. Zunächst verließ ich die Hauptstraße. Mein Weg führte mich durch mehrere Ortschaften, die nicht sehr groß besiedelt waren. Der Winter stand bevor und war damit genau das Gegenteil von dem, was ich eigentlich gewollt hatte. Die Bäume waren schon kahl und rauer Wind peitschte mir ins Gesicht. Ich hatte keine Ahnung wohin ich gehen sollte. Bald stand das heilige Fest vor der Tür und ich würde es einsam in den Bergen Kanadas verbringen. Wenn ich überhaupt so lange in der Wildnis überleben würde. Ich entschied zunächst in den Bundesstaat Alberta nach Calgary zu wechseln.

Ich hielt in einem kleinen Ort an. Es war schon dunkel und der Wind zerrte an meiner Kleidung. Der Himmel schien eine Menge Schnee in sich zu tragen und würde sich sicher bald davon befreien wollen. Vor mir lag eine einzige Straße, auf der nur sechs Häuser standen. Rechts und links zweigten kleinere Gassen in den Ortskern ab, der ebenfalls sehr überschaubar war. Aus dem Wind war inzwischen ein heftiger Sturm geworden und mir wurde immer klarer, dass ich nicht weitergehen konnte. Der Weg nach Calgary würde etwa zehn Tage dauern, wenn ich zügig voran kommen würde, was ich aber auf Grund des Wetters bezweifelte. Ich wickelte Speedy in meinen Pulli, band meine Jacke fester um mich und hüllte sogar Earl in einen meiner Pullis, die mir Victoria besorgt hatte. Ich entschied, in einer kleinen Kneipe am Ende der Straße Rast zu machen. Vancouver lag längst hinter mir. Je weiter gen Norden ich lief, desto kälter kam es mir vor. Meine Freunde saßen schon bald im Flieger nach Thailand. Dort war es immer warm und weit genug von hier entfernt. Kurz kam mir der Gedanke, was wäre, wenn ich mit ihnen gegangen wäre. Ich hätte dort in Sicherheit sein können. Allerdings hätte ich eine neue Identität gebraucht und alles was danach folgen würde, wäre endgültig gewesen. Doch dann sah ich Lauren vor mir. Niemals würde ich aufgeben. Ich wollte unbedingt zurück zu ihr. Und zurück nach Hause.

Ich erreichte die kleine Kneipe, die nur mäßig besucht war. Außer dem Barmann und zwei weiteren Gästen, die wohl ihr Feierabendbier genossen, war niemand dort. Ich sah mich um und der Wirt kam auf mich zu.
„Hey, kann ich ihnen helfen?"
„Ja. Wir möchten uns nur etwas aufwärmen."
Ich machte nicht viele Worte und stellte wahrscheinlich ein erbärmliches Bündel Mensch dar.
„Na klar ..."
Er geleitete mich zu einem kleinen Tisch, rechts neben dem Eingang. Der Mann machte nicht den Eindruck als würde er meine Geschichte kennen. Immerhin lag das Ganze schon ein Jahr zurück und Kanada hatte ja auch damit nichts zu tun. Nachdem ich halbwegs aufgetaut war, machte ich mich über den heißen Tee her, den der Mann mir gebracht hatte. Ich breitete meine Karte aus. Meine Tiere waren bei mir und das war das Wichtigste. Wir hatten es schon so weit geschafft. Ich sah mich in der Kneipe um und entschied einige Tage hier

zu bleiben, bis ich wusste, wie es weitergehen sollte. Die geplante Tour würde mir einiges abverlangen. Und ich hatte Angst vor dem Winter, vor den Tieren, die in den Wäldern Kanadas hausten. Ich hing meinen Gedanken nach, ließ mein bisheriges Abenteuer noch einmal an mir vorüberziehen. War es das alles wert gewesen? Definitiv JA! Ich würde es immer wieder so machen.

Ein Kamin beheizte das alte Holzhaus und machte es richtig gemütlich. Im Gastraum war Platz zum Essen und ich fand heraus, dass der Wirt auch drei kleinere Zimmer vermietete. Die Kerle, die an der Theke gesessen hatten, bekamen das Gespräch zwischen mir und dem Wirt mit. Sie bewohnten die anderen beiden Zimmer. Ich erfuhr, dass sie beide als Holzfäller hier arbeiteten und dass sie für einige Monate dort bleiben wollten. Cole kam aus Virginia und liebte so wie ich seine Freiheit. Ein Job als Tagelöhner hielt ihn für kurze Zeit am leben. Irgendwann würde auch er weiterziehen wollen. Das hatte er mir erzählt. Sein Freund Lance kam aus Texas und auch er liebte das Abenteuer. Die beiden boten mir an ihrer Truppe, bestehend aus fünf Holzfällern, beizutreten. Das kleine Unternehmen würde mich über den Winter bringen. Ich sagte zu und lebte für zwei Monate in jenem winzigen Ort, ging einem richtigen Job nach, der mich finanziell über Wasser halten würde, bis der Sommer käme. So der Plan.
Aber natürlich kam mal wieder alles ganz anders.
Es war ein Mittwoch, als das kleine Unternehmen Besuch von der Ausländerbehörde bekam. Ich war illegal in Kanada. Und das hieß für mich, dass meine Zeit dort abgelaufen war. Meine Kollegen halfen mir zu verschwinden, bevor die Kontrolleure in den Baracken ankamen.
„Laufe immer weiter in den Wald hinein. Dort findest du eine

Hütte. Bleib dort bis die Nacht kommt. Halte dich Nord -
östlich der Grenze zu den USA. Die Gegend ist einsam und
gefährlich. Aber dort wirst du sicher sein. Viel Glück. Pass auf
dich auf", sagte Cole und schob mich durch die Hintertür.
„Danke für alles."
„Schon gut. Bist ein guter Kerl."
Cole gab mir noch einen Beutel mit Lebensmitteln mit. So
würde ich zwei Tage überleben können. Ich rannte so schnell
ich konnte Richtung Wald. Bald hatte ich den kleinen Ort
hinter mir gelassen. Der Wald war dicht und dunkel. Und kalt.
Es schneite schon wieder und von der Hütte war noch nichts zu
sehen. Mein Kompass verriet mir, wo ich hin musste.
„Na komm Landstreicher. Wir schaffen das schon."
Mein treuer Hund wich nicht von meiner Seite. Wir kämpften
uns durch den Schnee. Aus den kleinen Flocken wurde ein
richtiger Schneesturm. Eine Stunde später sah ich die alte Hütte
zwischen den dichten Bäumen hervorschauen.
„Das muss sie sein. Na komm."
Earl lief vor und erkundete das Grundstück rund um die Hütte.
Sie sah schon ziemlich zerfallen aus. Die Tür hing schief in
ihren Angeln. Das Dach war löchrig und die Scheiben waren
nur noch teilweise intakt. Im Inneren des Hauses gab einen
Tisch und einen Stuhl. Sonst nichts. Der alte Kamin war völlig
zerstört und nutzte mir nichts. Ein Bett gab es leider auch nicht.
Auch keine Kochmöglichkeit. Es war schon dunkel als ich
meine Matte und den Schlafsack ausbreitete. Draußen tobte der
Schneesturm weiter und ließ es nicht zu, nur einen Schritt
weiterzugehen. Ich saß zunächst einmal dort fest. Mein Hund
und ich drückten uns aneinander. Speedy krabbelte zwischen
uns, und schon wieder fühlte ich mich hilflos. Ich presste
meine Lippen fest aufeinander, versuchte die ansteigenden
Tränen zu unterdrücken. Ich konnte mir selbst nicht

eingestehen, dass diese Reise meine Grenzen schon längst gesprengt hatte. Wir verbrachten die eisige Nacht in jener Hütte. Es schneite immer weiter. Am Morgen reichte der Schnee bis an die Fensterbank. Die Tür der Hütte ließ sich nicht mehr öffnen und ich saß in der Falle. Ich breitete meinen Proviant vor uns aus. Jetzt brachen sich doch noch Tränen der Verzweiflung bahn. Ich schloss mit meinem Leben ab. Ich würde in Kanada sterben. Einsam, verhungert, erfroren. Earl leckte meine Tränen ab. Wenigstens er war noch da. Und mein Frettchen, welches sich ebenfalls dicht an mich quetschte. Nach dem Essen versuchte ich die Tür des Hauses aufzuschieben. Jedoch erfolglos. Es schneite immer wieder und der Schnee türmte sich immer weiter vor den Fenstern auf. Meine Lebensmittel reichten für zwei bis drei weitere Tage. Dann musste ich jagen gehen. Oder versuchen zu fischen, denn ich hörte in der Ferne Wasser rauschen. Es musste also ein See in der Nähe sein.

Nach drei Tagen hörte es auf zu schneien. Die Sonne schob sich durch die dichte Wolkendecke und taute einen kleinen Teil des dicken Schnees wieder auf. Ich spähte hinaus und suchte nach einem Weg gen Nord - Ost. Dann machten wir uns auf den Weg. Tatsächlich entdeckte ich einen kleinen See, der allerdings zugefroren war, und mir so keine Möglichkeit zum Fischen bot. Ich ließ den See hinter mir, folgte meinem Kompass weiter gen Norden. Meine nächste Station war der Westen des Bundesstaates Alberta. Bis dorthin brauchte ich weitere drei Tage, an denen wir unter freiem Himmel übernachteten. Es schneite nicht mehr, aber die Temperaturen sanken stetig. Selbst am Tag wurde es nicht wärmer als -12° C. In der Nacht sogar -24. Ich hatte keine Ahnung, welcher Tag war, und wie es weitergehen sollte. Ich entdeckte eine Höhle,

tief in den Bergen. Dort verbrachte ich einige Tage. In den Wäldern versuchte ich zu jagen. Ich hatte nur noch mein Messer, sonst nichts mehr. Manchmal erwischte ich einen Schneehasen, oder einen Dachs, der uns eine Weile satt machte. Ich sammelte Schnee in meiner Feldflasche und schafft es sogar, ein kleines Feuer in jener Höhle zu entfachen.
Und dann fing Earl auf einmal an zu wimmern.

„Oh nein. Was war passiert?"
Rachel wirkt geschockt. Randy schließt kurz die Augen. Seine Hände beginnen zu zittern, denn dieser Tag war der Schlimmste seiner Reise. Ich halte seine Hand und drücke sie sanft. Seine Augen werden feucht und glänzen verdächtig.
„Mr. Bolt. Sie müssen es nicht erzählen, wenn es sie zu sehr..."
„Nein, schon gut. Es ist nur..."
Er klammert sich an mich. Unser Sohn sitzt direkt neben ihm und legt seinen Arm um seines Vaters Schulter.
Dann sammelt Randy sich und erzählt uns vom schlimmsten Tag seines Lebens:

31

Randy

„Hey Landstreicher, was ist los?", flüsterte ich und beugte mich zu meinem treuen Hund hinunter. Sofort legte er sich auf die Seite. Seine Augen waren ganz matt. Er hechelte wie verrückt und egal was ich sagte, er reagierte nicht. Meine Augen brannten. Mit meinem treuen Freund stimmte etwas nicht. Speedy krabbelte zwischen die Pfoten ihres großen Freundes, doch Earl reagierte auch nicht darauf.

„Du darfst mich nicht alleine lassen, Landstreicher. Hörst du", weinte ich. Während meiner Worte legte ich seinen Kopf auf meinen Schoß. Immer wieder strich ich über seinen Rücken. Sein Fell war stumpf geworden. Er hechelte immer schneller, sein Körper war richtig warm. Das Frettchen stupste Earl mit seiner kleinen Nase an. Träge öffnete er ein Auge. Nur kurz, dann schlief er wieder ein. Ich hatte wohl zu viel von meinem Hund erwartet. Immerhin war er jetzt schon acht Jahre alt. Obwohl ich todmüde war, schlief ich nicht eine verdammte Minute. Ich wachte über meinen Hund. Ich klammerte mich an das Tier und betete. In der Höhle war es kalt, obwohl mein kleines Feuer noch immer brannte. Earl wimmerte leise. Seine Pfoten zitterten.

„Lass mich nicht alleine. Bitte Landstreicher."

Meine heißen Tränen trafen auf Earls stumpfes Fell. Seine Zunge hing schlaff aus seinem offenen Maul heraus. Er war so dünn geworden. Langsam verstand ich, was ich von meinen Tieren verlangt hatte. Würde Earl sterben, so wäre es allein meine Schuld.

Ich hatte noch einen Rest des letzten Fangs übrig. Ein wenig Fleisch eines Hasen, den ich erlegt hatte. Ich versuchte Earl etwas davon zu geben, doch er reagierte nicht. Er trank nicht und er hechelte immer mehr. Ich starrte die Höhlendecke an und suchte nach Worten, die den Schöpfer dazu bewegen könnten, mir zu helfen. Doch das tat er nicht. Nach einem kurzen Seufzer schloss Earl für immer die Augen.

„Neeeiiin, bitte nein. Earl, komm zurück. Du darfst mich nicht hier zurücklassen. Du bist alles was ich noch habe. Earl, bitte ...“

Ich drückte das tote Tier an mich und weinte wie noch nie zuvor in meinem Leben. Ich hatte meinen besten Freund getötet. Dieser Wahnsinn hatte meinen Hund umgebracht.

Randy kann nicht mehr weiter reden. Wir sehen, dass er diesen Tag gerade noch einmal erlebt. Er zittert noch immer, seine Augen werden feucht. Randys Blick gleitet zum Regal, auf dem ein Foto von Earl steht.

„Das tut mir so leid“, sagt Rachel und tupft sich ihre Augen trocken.

„Er war alles was ich noch hatte. Ich hatte keine Ahnung wie ich ohne meinen Hund, und ohne Lauren weitermachen sollte. Nur Speedy war mir geblieben.“

„Würden sie uns trotzdem erzählen, was danach geschah?“

„Natürlich“, sagt er und fährt fort:

Speedy stupste ihren großen Freund immer wieder an, doch wir
waren jetzt allein. Ohne ihn. Ich blieb die ganze Nacht wach,
meinen Hund fest umklammert. Es wollte mir einfach nicht in
den Kopf, dass er nicht mehr da war. Als der Tag anbrach
suchte ich nach einem geeigneten Ort, wo ich ihn begraben
konnte. Ich fand eine Stelle, direkt neben einem großen Baum,
in der Nähe der Höhle. Hier lag nicht so viel Schnee, da der
Wald hier sehr dicht war. Mit bloßen Händen hob ich eine
Grube aus, an der ich fast den ganzen Tag gearbeitet hatte.
Mein einziger Freund sollte eine schöne letzte Ruhestädte
bekommen. Die Sonne ging schon wieder unter, als ich damit
fertig war. Ich wickelte Earl in einen meiner Pullis ein und ließ
in ab.
„Mach' s gut mein Freund. Ich werde dich nie vergessen."
Speedy saß auf meiner Schulter, während ich das Loch wieder
zuschaufelte. Mit meinem Messer schnitzte ich ein kleines
Kreuz, welches ich auf das Grab setzte. Ich fand einen Stein,
der sich aus dem Berg gelöst hatte. Dort schrieb ich Earl drauf
und legt ihn vor das Kreuz. Der Mond stand schon hoch oben,
als ich zurück zur Höhle kam. Das war der Zeitpunkt, an dem
mir klar wurde, welch eine verrückte Idee diese Reise
eigentlich war. Wäre ich noch in Trenton gewesen, so hätte
mein Hund noch gelebt. Diese Nacht war die Letzte in jener
Höhle.

Randy verstummt. Auch wenn das alles schon ewig zurückliegt, so denkt er täglich an seinen treuen Hund. Bisher haben wir es nicht geschafft, uns einen anderen zu holen, denn keiner wäre wie Earl. Dieser Hund war einzigartig, klug, treu und zuverlässig. Und Randy will Earl nicht einfach so austauschen. Rachel sieht Randy abwartend an, doch er schweigt und starrt vor sich hin.

„Sie sind also direkt am nächsten Tag aufgebrochen?",
durchbricht sie die Stille.

„Ja."

„Wohin?"

„Weiter nach Westen. Auf der kanadischen Seite der Grenze immer weiter."

„Was passierte dann?"

„Eine maßgebliche Veränderung in meinem Leben, das ich fast verloren hätte ..."

Dann erzählt er weiter:

Ich ließ die Höhle und Earls Grab hinter mir. Speedy klammerte sich an mich. Noch immer war es so kalt, dass ich nur langsam vorankam. Es schneite nicht und diese Landschaft war einfach überwältigend. Unter anderen Umständen wäre ich gerne dort geblieben. Doch jetzt wollte ich nur noch überleben und Trenton erreichen. Ihretwegen. Wegen Lauren. Ich lief so lange ich konnte. Meine Gedanken waren nur bei Earl und bei Lauren. Ich fragte mich zum tausendsten Mal wie es ihr wohl ergangen ist, ob sie an mich denkt, und ob sie mich noch immer liebt. In meinen Gedanken gefangen, bemerkte ich den Grizzlybären nicht, der sich hinter einem Baum befand und sich anschlich. Dann brüllte er so laut, dass ich erschrak. Das riesige Tier näherte sich mir. Mein Herz schlug mir bis zum Hals. Panisch sah ich mich um, doch meine Fluchtmöglichkeiten waren eher begrenzt. Gegen ihn antreten konnte ich mit meinem Messer natürlich nicht. Ich drückte Speedy weiter in meine Jacke und schlich rückwärts, den Bären im Auge. Aufmerksam beobachtete dieser meine Bewegungen genau. Dann sah ich einen kleinen Weg, der weiter in den Wald führte. Ohne zu überlegen bog ich dorthin ab. Sofort nahm der Bär die Verfolgung auf und raste brüllend hinter mir her. Ich rannte um mein Leben und sah die große Baumwurzel nicht, die sich quer über den Weg streckte. Rechts neben mir ragten die bewaldeten Berge auf, links ein Abgrund, dessen Tiefe ich nicht ausmachen konnte. Ich stolperte über diese Wurzel und stürzte hinab. Unsanft landete ich in einem Felsspalt und blieb zunächst liegen. Ich war nicht fähig mich zu bewegen, denn mein Körper fühlte sich an, als wären sämtliche Knochen gebrochen. Der Bär blieb oben stehen und brüllte so laut, dass mir das Blut in den Adern gefror. Minuten später drehte er ab und verschwand. Atemlos blickte ich dem Tier nach. Ich hatte Schmerzen am ganzen Körper. Mein Rucksack war während des Sturzes abgerissen worden, und hing ein Stück höher an einem Ast. Ich stellte fest, dass mein rechtes Bein zwischen zwei Felsen eingeklemmt war. Ich starrte nach oben. Ein Wunder, dass ich überhaupt noch lebte. Speedy hatte es allerdings nicht geschafft, da sie sich während des Sturzes in meiner Jacke befunden hatte. Ich sah das kleine Tier blutend und zerrissen neben mir auf einem Felsvorsprung liegen. „Was habe ich nur getan?", schrie ich und versuchte das Tier an mich zu nehmen. Ich erreichte es aber nicht, weil mein Bein festklemmte. Bis zum Knie steckte es zwischen dem Gestein. Ich versuchte es frei zu bekommen, machte es aber durch mein Gezerre nur noch schlimmer. Ich hörte es knacken und der Schmerz schoss mir bis unter die Schädeldecke. Ich schrie vor Panik und zerrte weiter an meinem Bein herum. Mein Blick jagte umher. Überall nichts als Wald und Felsen. Das war´s, dachte ich und schloss die Augen. Meine Reise würde hier enden. Mein Tod stand bevor, denn die Chance gefunden zu werden, war verschwindend gering. Mein kurzes Leben raste vor meinem geistigen Auge vorbei. Ich dachte an alles, was ich bisher erleben durfte, sah die Menschen vor mir, die mir etwas bedeuteten. Meine Eltern, Lauren und meine Freunde in Trenton. Es durfte noch nicht vorbei sein. Ich würde kämpfen. Für sie alle. Denn ich war mir sicher, dass ich auch ihnen etwas bedeutete. Ich sah an meinen Beinen herab. Völlig verdreht klemmte ich hier. Mein linkes Bein war allerdings unversehrt. Ich konnte es leicht bewegen, was mir jedoch Schmerzen in der Hüfte bereitete. Es wurde schon wieder dunkel und außer mir war niemand dort. Ich zerrte erneut an meinem Bein herum, was es nur noch schlimmer machte. Da war eine Menge Blut, das am Stein entlang in die Tiefe floss. Mein Wadenknochen war gebrochen und ragte in einem seltsamen Winkel zur Seite. Diese Schmerzen waren kaum zu ertragen und schossen mir bis in die Schädeldecke. Ich schrie so laut ich konnte, doch niemand war dort. Die Kälte zog mir bis ins Hirn und schon wieder schloss ich mit meinem Leben ab. Es musste schon mehr als nur Glück sein, dass mich jemand fand. Dann wurde ich bewusstlos. Und so verbrachte ich zwei Tage und zwei Nächte in jenem Felsspalt. Ich war halb erfroren. Mein Bein war schon ganz schwarz geworden. Die Schwärze dehnte sich immer weiter nach oben aus und hatte mein rechtes Knie schon fast erreicht. Plötzlich waren da Stimmen. Oberhalb des Felsspalts. Ganz tief in mir drin, konnte ich sie hören. Wanderer. Oder Wilderer. Ich wusste es nicht. Doch es war mir egal. Hauptsache man würde mich finden. Ich mobilisierte meine letzten Kräfte und schrie so laut ich konnte um Hilfe. Es dauerte ewig, bis ich oberhalb des Felsens eine Gestalt sehen konnte. Ein Mann. Ein zweiter gesellte sich zu ihm. Und ein weiterer.

„Was ist passiert?", schrie er hinunter.

Ich schaffte es, ihm meine Situation zu erklären.

„Wir kommen. Halten sie durch."

Dann verschwand einer von ihnen, während der andere mir ein Seil zuwarf. Dann begann er sich wie ein Bergsteiger abzuseilen. Kurze Zeit später war er schon bei mir.

„Wir holen sie hier raus. Wie lange sind sie schon hier?"

Ich konnte ihm nicht antworten. Meine Kräfte waren am Ende. Der Mann hielt mir seine Trinkflasche entgegen. Gierig trank ich sie sofort leer. Dann kam der andere Mann zurück und seilte sich ebenfalls zu uns herunter.

„Das sieht übel aus", stellte dieser fest.

„Wie ist ihr Name?", fragte der dritte Mann, der jetzt auch bei uns angekommen war.

„Luke."

Ich hielt es für besser, auch jetzt meinen richtigen Namen zu verschweigen.

„Okay, Luke. Hören sie mir gut zu. Sie müssen jetzt sehr stark sein. Ihr Bein. Es ist nicht mehr zu retten. Wenn wir sie da raus bekommen wollen ..."

Er sah in Richtung meines Beins, das tatsächlich kaum noch zu erkennen war. Der schwarze, blutverkrustete Unterschenkel sah schon jetzt aus als gehöre er nicht mehr zu mir. Und die Schwärze breitete sich immer weiter aus. Meine ganzer Körper war schon starr vor Kälte. Meine Finger ganz krumm, und meine Zehen spürte ich gar nicht mehr. Meine Augen brannten, als ich verstand, was er mir sagen wollte. Ich würde mein Bein hier und jetzt verlieren. Oder den Erfrierungstod sterben. Es lag an mir, was ich wollte.

„Nein", schrie ich und versuchte erneut frei zu kommen. Mein Herz raste vor Angst. Ich war fast 25 und hatte eigentlich noch nicht vor abzutreten. Es musste eine andere Lösung geben. Irgendwas.

„Es tut mir leid, wirklich. Sie müssen sich beruhigen. Es ist die einzige Möglichkeit für sie zu überleben.", hörte ich die Stimme des Fremden.

„Ich bin Greg. Und das sind Jake und Duke", meinte ein anderer.

„Wir bringen sie hier raus. Für ihr Bein ist es zu spät. Wir müssen es abnehmen. Hier. Jetzt. Sofort. Es tut mir wirklich sehr leid. Sie haben großes Glück, dass wir hier vorbeigekommen sind. Versuchen sie sich zu beruhigen."

Er legte seine Hand auf meine Schulter und drückte sie leicht. Ich starrte den Mann an.

„Nein, bitte", jammerte ich.

„Es geht nicht anders, wenn sie lebend hier rauskommen wollen ..."

In meinem Kopf drehte sich alles. Die Gesichter der Männer verschwammen vor meinen Augen. Ich hörte etwas rascheln. Dann ein Klirren. Dann ein Zurren.

„Greg, binde das Bein ab ...“

Schon hatte ich seinen Gürtel um meinen Oberschenkel gewickelt. Panisch sah ich mich um. Die meinten das ernst. Jake klemmte mir einen dicken Ast zwischen die Zähne, während Greg mich festhielt. Ich sah wie Duke eine Säge aus seinem Rucksack zog und sie in Richtung meines Beins bewegte. Dann schloss ich die Augen. Mein Herz raste. Ich rief mir sämtliche Gebete, die ich kannte, ins Gedächtnis und biss so fest auf den Ast, dass es mich beinahe einige meiner Zähne gekostet hätte. Die Verzahnung der Säge setzte auf meiner Haut auf. Und dann schrie ich dass die Tiere des Waldes die Flucht ergriffen. Ich hechelte und schwitze, schrie und wand mich, während Duke meinen Knochen erreichte. Jake und Greg hielten mich fest. Dann erklang ein schmatzendes Geräusch und ein Knacken.

„Sie haben es geschafft“, sagte Duke und legte die blutige Säge zur Seite. Ich traute mich meine Augen zu öffnen. Dort wo einmal mein Bein gewesen war, befand sich nun ein blutender Stumpf. Langsam realisierte ich was Sache war. Duke hatte das Bein bis zum Knie abgetrennt. Meine Augen begannen zu brennen. Jake und Greg zogen mich aus dem Spalt und legten mich neben meinem toten Frettchen ab. Duke verband den Stumpf. Stumm beobachtete ich sein Tun. Noch immer war es nicht bei mir angekommen. Ich griff nach dem, was von Speedy noch übrig war, und presste das tote Tier an meine Brust. Dann begann ich zu schreien und zu weinen bis ich keine Tränen mehr hatte. Greg breitete eine Decke aus Aluminium über mich und drückte mir seine Jacke unter den Kopf. Duke hatte inzwischen meinen Rucksack geholt.

Mein Bein hörte nicht auf zu bluten. Ich sah wie Jake ein Funkgerät aus seiner Tasche holte. Duke und Greg versuchten noch immer die Blutung zu stoppen. Mir war schlecht. Noch immer umklammerte ich Speedys Überreste. Ich wollte nicht auch noch sie verlieren. Ich hatte nichts mehr, war ganz alleine auf der Welt.

„Wir werden das Tier hier beisetzen. Bitte lassen sie los, Luke."

Duke nahm mir das tote Tier ab und trug es zum Felsspalt zurück, wo noch immer der Rest meines Beins klemmte. Dann nahm er sein Halstuch ab und wickelte Speedy darin ein.

„Speedy, nein nein. Nicht auch noch du ..."

Ich schrie und schrie, weinte und weinte. Duke legte das Tier neben mein Bein und deckte es mit Zweigen zu. Ich war so fertig und wollte nur noch sterben.

Plötzlich ertönten über uns Rotoren. Ich erkannte einen Hubschrauber, der über dem Felsen schwebte.

„Sie werden das schaffen", sagte Jake.

Einige Minuten später wurde ein Korb an einem Seil abgelassen.

„Oh mein Gott", sagt Rachel.
„So ist das also passiert. Sie hatten verdammtes Glück,
Mr.Bolt. Nicht auszudenken, wenn sie dort ... "
Sie traut sich nicht weiterzureden.
„Es war einer der schlimmsten Tage meines Lebens. Zuerst die
Sache mit Lauren, dann verlor ich Earl und Speedy. Und dann
mein rechtes Bein. Sie können sich denken, dass ich meines
Lebens überdrüssig war. So sehr ich auch zurück nach Hause
wollte, verließ mich der Mut. Wie sollte ich so weitermachen? "
„Ich bin froh, dass du nicht aufgegeben hast, Dad. Sonst hätte
ich dich nie kennengelernt", sagt Rylan.
„Ich bin auch froh. Ich wusste ja nicht einmal, dass es dich
gibt. Ich liebe dich, mein Junge. "
Meine beiden Männer rücken dicht zusammen. Sie sehen sich
so ähnlich, dass es schon unheimlich ist.
„Und wie war es bei ihnen in der Zeit, Mrs. Bolt? ", fragt
Rachel jetzt.
„Magst du weiter erzählen, Lauren? Ich brauche eine Pause",
sagt Randy.
„Ja gerne. "
„Ich bin gespannt. "
Ellen kommt gerade mit Knabbereien aus unserer Küche
zurück. Es ist schon spät geworden und die Sonne wird bald
untergehen. Trotzdem werden wir unseren Bericht heute
beenden. Wir wissen noch nicht, ob wir den fertigen Film
überhaupt ansehen oder nicht.
Dennoch erzähle ich weiter.

32

Lauren

Wir rasten so schnell es ging davon. Das Wetter machte es nicht besser.

„Großer Gott. Was war das denn? Woher wusstest du, dass die uns nicht gut gesinnt waren?", fragte Eileen.

„Ich war lange unterwegs. Schon vergessen? Randy hat mir viel beigebracht. Er hat mir beigebracht, allem gegenüber skeptisch zu sein. Und wie ich mich im Notfall verteidigen kann. Und das habe ich getan. Ich möchte nicht, dass dir oder Rylan etwas passiert. So wie Randy auch auf mich aufgepasst hat. Und genau deshalb ist alles so passiert. Ohne ihn hätte ich diese Reise nicht überlebt. Vielleicht verstehst du mich jetzt besser, warum wir getan haben, was wir getan haben. "

„Natürlich. Du meine Güte. Ich bin völlig fertig."

Meine Freundin setzte sich meinen Sohn auf ihren Schoß. Alles gutgegangen. Dann schwiegen wir.

Wir erreichten den Highway und bald würden wir in Dover ankommen. So der Plan, aber wie immer, kam alles ganz anders. Je weiter wir gen Norden kamen, desto kälter wurde es dort. Die Temperaturen im Dezember bewegten sich um den Gefrierpunkt. Die Natur war rau und wild, aber wunderschön. Zu gerne wäre ich mit Randy bis dorthin gewandert.

Randy. Wo mochte er wohl sein? Zum tausendsten Mal hoffte ich, dass er noch lebte.

Wir waren noch 180 km von Trenton entfernt. Die Grenze zum Bundesstaat New Jersey war nicht mehr weit. Ich entschied

mich, dem Delaware River zu folgen, denn er würde uns direkt
nach Trenton führen. Wir passierten die Grenze zu Delaware
der Nähe von Selbyville. Unsere weiterer Weg führte uns an
der Küste entlang bis Millsboro. Dort blieben wir einige
weitere Nächte, da das Wetter unsere Weiterreise erschwerte.
Und Rylan wurde krank. Meine Sohn bekam Fieber und wir
waren gezwungen in Millsboro zu einem Kinderarzt zu gehen.
Auf einem Campingplatz stellten wir den Bus ab. Meinem
Sohn ging es immer schlechter. Er weinte und sein ganzer
Körper war so heiß wie ein kleiner Ofen.
„Was sollen wir denn jetzt bloß machen?"
Eileen klang verzweifelt und versuchte Rylan zu beruhigen.
Doch das Kind weinte Herz zerreißend. Auf dem Campingplatz
war kaum etwas los. Klar, denn das heilige Fest stand vor der
Tür. Neben uns jedoch hatte eine Familie ihr Wohnmobil
abgestellt. Edward, der das Familienoberhaupt war, stand
plötzlich vor unserem Bus. Er verstand sofort worum es ging,
denn er war Pfleger in einer Klinik in New York.
„Der Kleine hat eine sehr starke Bronchitis. Sie sollten ihn zu
einem Arzt bringen..."
Edward war sehr nett zu uns und brachte uns mit seinem Mobil
zu einem Arzt, der nicht gerade begeistert darüber war, was wir
hier machten.
„Sie sollten nicht mit einem Baby eine solche Reise machen.
Noch dazu zu dieser Jahreszeit. Aber sagen sie, sie kommen
mir bekannt vor ..."
Ich antwortet nicht darauf. Hörte das denn nie auf? Ich wollte
dass er meinem Kind hilft, mehr nicht.
Nach einer guten halben Stunde kamen wir wieder beim Bus
an.
Edward half uns diese Schwere Zeit zu überstehen. Seine Frau
Thea umsorgte uns gut. Wir durften sogar im warmen

Wohnmobil übernachten, da es riesig war. Ich erinnerte mich an die Zeit, als wir mit Ayden und seinen Freunden unterwegs waren. Da war alles noch schön.

Nach drei Tagen ging es Rylan wieder etwas besser. Das Fieber sank und der Husten ging zurück. Der Junge hatte wieder Appetit und kam langsam wieder zu Kräften. Ich hatte Ellen angerufen, um ihr zu sagen, dass sich unsere Ankunft noch ein- bis zwei Tage verzögern würde. Wir waren schon längst überfällig mit unserer Ankunft in Trenton. Deshalb hielt uns nichts mehr. Wir verließen Millsboro und folgten dem Delaware River nach Norden. Unser Weg führte uns zunächst an der Küste entlang bis zur Flussmündung. In Dover konnten wir nicht lange bleiben, weil wir schon im Verzug waren. Trotzdem ließ ich es mir nicht nehmen dort Fotos zu machen. Die Delaware Bay war wunderschön, und Eileen war begeistert. Ihr wurde immer klarer, dass sie bisher genauso in einer Schachtel gelebt hatte wie ich. Das Leben war schön. Die Welt war schön. Und sollte ich Randy jemals wieder sehen, so würde ich zusammen mit ihm so viel wie möglich davon sehen wollen.

Pünktlich zu Weihnachten kamen wir in Trenton an.

„Wie war das für sie, als diese jungen Frauen, mitsamt Baby
vor ihrer Tür standen? ", fragt Rachel und schaut Ellen
abwartend an.
„Zunächst war ich misstrauisch. Schließlich wusste ich ja
nicht, ob sie die Wahrheit sagte.
„Das verstehe ich", sagt Rachel.
„Aber als ich das Baby sah, wusste ich, es ist Randys Sohn. Er
hatte seine Augen. Und das schwarze Haar. Genauso sah mein
Sohn auch in diesem Alter aus. "
Rylan grinst uns an. Ja, tatsächlich ist er die jüngere Version
seines Vaters.
Ich erzähle weiter:

„Das muss es sein", stellte ich fest, als wir in Randys Straße
ankamen, und am Ende der Straße das Haus erkennen konnten,
welches ich ja schon auf seinen Fotos gesehen hatte.
Ich war so aufgeregt.
„Du schaffst das schon", meinte Eileen.
Ich nahm all meinen Mut zusammen und öffnete das Gartentor.
Randys Elternhaus war relativ einfach gehalten. Hinter dem
Gebäude lagen die Werkstatt und das Büro des
Dachdeckerbetriebs. Natürlich war geschlossen, weil es der
heilige Abend war. Im Vorgarten stand eine Tanne,
weihnachtlich geschmückt. Das ganze Haus erstrahlte in
besinnlicher Beleuchtung. Ein leichter Schneeteppich zog sich
über das Grundstück. Im ganzen Haus brannte Licht. Es
dauerte einen Moment, bis uns jemand öffnete.
„Mrs. Bolt?"
„Ja. Die bin ich. Und wer sind sie?"
In kurzen Sätzen erklärte ich wer wir waren.
Randys Mutter bekam feuchte Augen als sie Rylan auf meinem
Arm sah.

„Er sieht aus wie Randy. Mein Gott. Sie sagen die Wahrheit. Bitte kommen sie doch herein."

Sie führte uns ins Wohnzimmer, wo Randys Vater in einem Sessel saß. Auch hier war alles zum Fest vorbereitet. Ellen kämpfte mit den Tränen, als Rylan sie angrinste.

Wir sprachen lange über das, was passiert war.

„ … und dann durchbrach er die Grenze zu Mexiko. Jeden Tag hoffte ich von ihm zu hören, doch Randy blieb verschollen. Als ich erfuhr, dass die Suche nach ihm eingestellt wird, und er für tot erklärt wurde, brach meine Welt vollends zusammen. Bis ich diesen Brief hier von ihm bekam", schloss ich meinen Bericht und reichte Ellen den Brief.

„Wir haben nach ihm suchen lassen, jedoch ergebnislos. Unser Sohn war schon immer anders. Regeln gab es für ihn nicht. Und dabei hätte er eine gesicherte Zukunft vor sich gehabt. Mein Betrieb sollte von ihm weitergeführt werden, aber Randy liebt die Freiheit. Diese Idee mit dem Trip durch das ganze Land, schwirrte schon ewig in seinem Kopf herum. Und eines Tages brach er einfach auf. Wir hofften jeden Tag, dass er heimkommt. Dass sich alles klärt. Er ist doch noch so jung. Und jetzt ist er sogar selbst Vater..."

Rylans Vater klang so verzweifelt, dass es uns allen die Tränen in die Augen trieb.

„Eines Tages kommt er zurück. Ich werde auf ihn warten. Egal wie lange es dauert. Er ist die Liebe meines Lebens."

„Das hoffen wir."

Wir blieben bis Ende Februar in Trenton. Eileen flog an Neujahr zurück nach Georgetown.

33

Randy

Duke und Jake verfrachteten mich in jenen Korb, der am Hubschrauber hing. Ich wurde an Bord des Helis gehoben. Die drei Männer blieben am Berg zurück. Ihnen verdankte ich mein Leben. Wenn es auch mit dieser Behinderung nicht mehr dasselbe sein würde. Wer sie waren, und was aus ihnen geworden war, habe ich nie erfahren.
Mein Bein schmerzte und nur schwer ließ ich mich beruhigen. Tausend Gedanken jagten durch meinen Kopf. Immerhin war ich illegal in Kanada und hatte kein Geld, um die Behandlung bezahlen zu können. Mir war alles genommen worden, was mir jemals etwas bedeutet hatte.
Der Hubschrauber überflog die kanadischen Wälder, die so dicht waren, dass es ein Wunder war, dass ich überhaupt dort gefunden worden war.

Wir erreichten Sakatoon, im Bundesstaat Saskatchewan. Der Flug dauerte drei Stunden. Dort kam ich in eine Klinik, die sich außerhalb der Stadt befand. Wie die Männer an Bord mir gesagt hatten, musste ich in eine Spezialklinik, die auf Amputationen ausgelegt war. Daher der lange Flug.
Die Blutung war inzwischen gestoppt worden.
Meine Wunde wurde versorgt und ich fand mich bald darauf in einem Einzelzimmer wieder.

Nach zwei Wochen ging es mir etwas besser. Noch immer hatte ich Probleme, meine jetzige Situation zu akzeptieren. Meine

Heimat war noch so weit weg und ich war nicht mehr ich. In der Klinik arbeitete Schwester Sarah, die mich versuchte ein wenig aufzubauen. Mit ihr verbrachte ich meine Zeit, bis ich endlich mit einem Rollstuhl in den Klinikgarten konnte. Sarah versuchte mich mental wieder aufzubauen. Sie machte Übungen mit mir, trainierte meine Beine. Ich nahm mir fest vor, dass ich verschwinden würde, sobald es mir möglich war. Sarah bemühte sich sehr um mich. Nicht nur wegen meiner Verletzung. Sie flirtete mit mir, wann immer sich eine Gelegenheit ergab, sich mir zu nähern. Zufällige Berührungen, wenn sie bei mir vorbeischaute. Ich konnte sie echt gut leiden, doch zu mehr war ich nie bereit. Noch nimmer war es Lauren, der mein Herz gehörte.

Nach weiteren vier Wochen konnte ich schon ein wenig an Krücken gehen. Wenn auch nur wenige Meter. Bis dahin hatte ich meine wahre Identität noch geheim halten können. Auch jetzt gab ich mich als Luke aus, was man mir auch glaubte, denn Papiere hatte ich keine mehr. Sie waren bei dem Sturz aus dem Rucksack gefallen. Ich suggerierte, dass ich mich an nichts erinnern könnte. Eine Zeit lang funktionierte das auch. Doch dann kam der Tag, an dem die Rechnung fällig wurde. Noch in der Nacht, bevor man mir auf die Schliche kommen würde, verschwand ich aus dem Krankenhaus. Inzwischen hatte ich gelernt an Krücken zu laufen. Mein Bein war relativ gut verheilt. Besser gesagt, das was davon noch übrig war. Die Wunde war noch nicht ganz geschlossen, aber ich fühlte mich stark, gesund. Ich war jetzt 25 und musste mit dieser Behinderung leben. Mein Wille, zurück nach Trenton zu kommen, wurde jeden Tag stärker. Es war mitten in der Nacht, als ich mich aus der Klinik schlich. Meinen Rucksack hatten sie mir auf das Zimmer gebracht. Ich hing ihn mir um und verließ das Gebäude. Die Umgebung war ziemlich einsam. Es war schon Mitte Februar und ich hatte keine Ahnung, wohin ich gehen sollte. Mein Kompass war noch da. Und er sagte mir, dass ich weiter gen Süd-Westen gehen musste. Meine Karte hatte ich auch noch. Unsicher sah ich mich auf der einsamen Straße um. Ich hatte nichts zum Essen oder Trinken dabei. Mit nur einem Bein würde ich nicht mehr so gut jagen, oder fischen können. Mir musste dringend etwas einfallen, wenn ich das hier überleben wollte. Ich ging einfach los. Ohne zu überlegen. Es war dunkel und sehr einsam dort. Niemand kreuzte meinen Weg. Ich verschwand im dichten Wald, der nicht weit von der Klinik war. Bis in die Stadt brauchte ich eine Stunde. Das Krankenhaus lag zum Glück etwas außerhalb, so dass ich nicht Gefahr lief, doch noch entdeckt zu werden. Der Weg war ziemlich beschwerlich und für mich kaum zu bewältigen. Noch immer war es sehr kalt, aber es lag kein Schnee mehr. Die Dunkelheit machte es auch nicht leichter auf dem Pfad zu bleiben. Ich versuchte auf den markierten Wanderwegen zu bleiben, zumindest so lange es Nacht war. Am Tage würde ich weiter in den Wäldern bleiben. Ich lief und lief, so lange ich konnte. Ohne Earl und Speedy war es nicht mehr dasselbe. Ich hatte niemanden zum Reden. Niemanden zum Kuscheln und überhaupt ging mein Leben gerade den Bach runter. Meine Karte sagte mir, dass ich bis nach Regina musste, um wieder parallel zur Grenze zu wandern. Bis dorthin waren es über 260 km., die ich zu Fuß unter normalen Umständen in zwei bis drei Tagen geschafft hätte. Doch jetzt war nichts mehr normal. Meine Muskeln waren schwach. Ich war dünn geworden und mein krankes Bein machte die Sache auch nicht einfacher. Es war anstrengend, mich mit den Krücken fortzubewegen. Noch immer auf der Kanadischen Seite, gegenüber lag Montana. Der Tag brach an und ich war so unsagbar müde. Ich war ungefähr 25 km gelaufen. Mehr war einfach nicht drin. Meine Hände waren wund vom Halten der Krücken. Mein Rücken schmerzte unter dem schweren Rucksack, den ich seit Wochen nicht mehr getragen hatte. Und mein krankes Bein pochte wie verrückt. Phantomschmerzen, nennt man es, glaube ich. Bis Regina musste ich noch weit laufen, und zum ersten Mal zweifelte ich daran, es auch wirklich zu schaffen. Ich kam an einem kleinen Bach vorbei und versuchte zu fischen. Das war alles andere als einfach, denn die Strömung dort war ziemlich stark. Trotzdem gelang es mir zwei Lachse zu fangen. Ich zog mich hinter einigen kleineren Felsen zurück, die nicht von der Hauptstraße aus zu sehen waren, um dort ein kleines Feuer zu machen. Diesmal war Earl nicht da um mir zu helfen. Mein Hund fehlte mir so und schon wieder brachen Tränen sich bahn. Mein Zelt konnte ich hier nicht aufstellen, da der Boden viel zu hart dafür war. Also legte ich meine Folie und die Matte aus, meinen Schlafsack darüber. Ich nahm die Lachse aus und briet sie. Dann wurde es schon wieder dunkel und die eisige Kälte schob sich immer weiter in meinen Körper. Die Tiere der Nacht hielten mich wach. Noch immer sah ich diesen riesigen Bären vor mir. Ich erlebte diesen Tag wieder und wieder. Irgendwie fand ich trotzdem in den Schlaf und wachte auf als ich eine Berührung an meiner Wange spürte. Mein Körper war steif gefroren, denn das Feuer war längst erloschen. Ich schreckte zusammen und blickte einer jungen Frau in ihre fast schwarzen Augen. Sie wich zurück und starrte mich ängstlich an. Um ihren Körper hatte sie ein Tuch geschlungen, in dem ein Baby schlummerte. Die Frau konnte höchstens achtzehn oder neunzehn sein. Ihre Kleidung war bunt, aus dicker Wolle und Wildleder gemacht, ihr Haar lang und pechschwarz, zu zwei dicken Zöpfen geflochten. Sie hatte eine dunklere, gesunde Hautfarbe, schien aber ziemlich abgemagert zu sein. Ich versuchte mich zu erheben und fingerte nach meinem Jagdmesser. Man konnte ja nie wissen. Die Frau näherte sich mir wieder. Sie drückte ihr Baby fest an sich. „Wer bist du?", wollte ich wissen. Sie sah mich an. Danach starrte sie mein verletztes Bein an. Dann zeigte auf sich: „Chaska. Chaska. Jaci. Jaci." Während ihrer Worte sah sie in den Himmel. Der Mond verblasste und die Sonne kam hervor. Noch immer war es kalt und ich spürte meine Knochen kaum noch. „Chaska", sagte sie wieder und zeigte auf sich. „Dein Name ist Chaska?" Sie nickte: „Chaska" „Randy", sagte ich und zeigte auf mich selbst. Irgendwie hatte ich das Gefühl, dass ich ihr trauen konnte. Ich weiß nicht warum, aber es war so. Sie wiederholte meinen Namen und lächelte. Dann zeigte sie auf ihr Kind und sagte: „Jaci." Dabei starrte sie wieder in den Himmel und zeigte auf den Mond, der langsam verschwand. Dann stand sie auf und bat mich ihr zu folgen. Ich rappelte mich auf, sie reichte mir meine Krücken und lächelte mich schüchtern an. Der Mond war jetzt ganz weg und machte der Sonne Platz. Ich folgte Chaska bis wir tief im Wald eine alte Hütte erreichten.

„Wer war sie?", fragt Rachel.
„Sie gehörte zum Stamm der Sioux."
„Oh. Und weiter?"
Randy greift nach meiner Hand. Er schaut mich an. Ich weiß was er mir sagen will. Für ihn gab es immer nur mich. Obwohl ich die Geschichte kenne, knotet sich mein Magen zusammen.
„Das erzähle ich ihnen jetzt."

34

Randy

Die Hütte lag tief im Wald verborgen. Dahinter das Gebirge.
In der Ferne hörten wir einen Wasserfall rauschen. Es war
niemand dort. Nur Chaska, das Baby und ich. Sie bat mich in
die einsame Hütte zu kommen. Drinnen war es ziemlich klein,
aber gemütlich. Es gab eine Feuerstelle, einen kleinen Tisch,
einen Stuhl, eine Decke auf dem Boden, und eine kleine Kiste,
in der wohl das Kind schlief. Überall lagen Decken und Felle
herum. Getrocknete Blumensträuße an den kahlen Holzwänden
der Hütte aufgehangen. Chaska legte ihr Kind in die kleine
Kiste, die direkt neben der Feuerstelle stand. Das Kind schaute
mich wachsam an. Dann lächelte sie wieder und stellte einen
kleinen Topf auf ihre Feuerstelle. Sie gab einige der
getrockneten Kräuter hinein, die auf der Kommode, neben ihrer
Schlafstelle, lagen. Fasziniert sah ich zu was sie tat. Die
Kräuter verströmten einen minzigen Duft in der Hütte. Chaska
kam auf mich zu und streckte mir ihre Hand entgegen.
„Randy", sagte sie und sah verlegen zu Boden.
„Ich soll dir meinen Rucksack geben?", versuchte ich zu
erklären.
„Rucksack", wiederholte sie und nahm ihn mir ab. Dann wollte
sie meine Jacke und deutete mir mich hinzusetzen. Die
Kräuterbrühe entpuppte sich als Tee, den sie mir dann in einer
alten Tasse servierte. Wir sahen uns an, schweigend. Chaskas
Wangen färbten sich leicht rosa, als ich sie ebenfalls anlächelte.
Dann weinte das Baby und Chaska nahm es sofort auf, legte es
an ihre zierliche Brust.

Ich trank den Tee und spürte wie das Leben in mich zurückkam.

„Jaci", sagte sie wieder und zeigte auf ihr Kind.

Nachdem das Kind versorgt war, kümmerte sie sich um mich. Sie bat mich meine Hose auszuziehen, damit sie sich mein verletztes Bein ansehen konnte. Die Wunde war zwar gut verheilt, aber dennoch war es noch immer nicht optimal. Zärtlich strich sie über meinen Oberschenkel, was mir leise Schauer über die Haut jagte. Dann tupfte sie den Beinstumpf mit dem Kräutertee ab. Ihre kleinen Hände wanderten weiter an meinem Körper entlang, während sie mir in die Augen sah. Dann verband sie mein Bein mit weichen Stoffresten, die sie in der Hütte in einem kleinen Korb aufbewahrte. Dann nahm sie meine Hand und zog mich zu ihrer Schlafstelle.

„Lakota", sagte sie. Ich hatte keine Ahnung was sie meinte, ließ mich aber von ihr führen. Sie nahm ein dickes Fell aus ihrem Korb und drückte es unter meinen Kopf. Dann löste sie ihr Tragetuch, in dem das Baby gelegen hatte, von ihrem Körper und breitete es über meinen nackten Beinen aus. Sie legte Holz auf die Feuerstelle und brach ein Brot in zwei Teile. Eines reichte sie mir an und sagte wieder: „Lakota."

Das Brot war knusprig und köstlich.

„Danke", sagte ich nur und sie lächelte. Sie war verdammt schön. Wirklich. Nach dem Essen holte sie ein weiteres Fell aus ihrer Kammer und legte es über mich. In der Hütte war es schon ziemlich warm geworden. Chaska entledigte sich ihrer Wäsche und kletterte zu mir ins provisorische Bett. Und als Chaska sich schließlich ganz dicht an mich drückte, wurde mir noch wärmer. Ich spürte ihren Busen an meinem Rücken. Mein Herz schlug mir bis zum Hals, als ich ihre Hand an meinem Bauch auf und abgleiten spürte. Ihr zierlicher Körper drückte sich immer fester an meinen Rücken, und ihr Atem kitzelte meinen Nacken.

„Nicht", flüsterte ich, und hielt ihr Handgelenk fest, obwohl mein Körper etwas anderes wollte. Viel zu lange war es her, seit Lauren und ich zusammen gewesen waren.

Jedenfalls auf diese Weise.

„Lakota", flüsterte sie wieder und drückte mir ihre vollen Lippen auf mein Genick. Ich drehte mich zu ihr um, sah in diese unglaublichen schwarzen Augen und mein Körper war in allerhöchster Alarmbereitschaft. Ich dachte an Lauren, an alles was mir widerfahren war. Ich wollte das hier eigentlich nicht. Ich SOLLTE es nicht, aber das war sehr schwer, denn diese junge Indianerin war atemberaubend. Mein Verstand kämpfte gegen meinen Körper, der jetzt alles von diesem Mädchen wollte. Chaskas Lippen kamen näher. Ich griff in ihr Haar und löste die Haarbänder aus ihren dicken Zöpfen. Ihr Haar war leicht gelockt und ergoss sich über ihrem Busen.

„Lakota", hauchte sie wieder. Und dann war es zu spät. Ich drehte sie um, so dass sie auf dem Rücken lag. Das Feuer knackte und ich spürte keine Kälte mehr. Ich ignorierte den Schmerz in meinem Bein und hatte nur noch Augen für Chaska. Sie reckte sich mir entgegen. Ich neigte mich zu ihr herunter. Und dann fanden sich unsere Lippen. Sie schmeckte nach Minze und ihre Lippen waren so unglaublich weich. Kurz dachte ich an Lauren, aber ich konnte mein Verlangen einfach nicht zügeln. Ich wusste nicht was mit mir los war. Ich war ausgehungert, was diese eine Sache betraf. Und bestimmt war es nicht fair. Beiden Frauen gegenüber. Dennoch genoss ich jede Berührung. Chaskas Hände erkundeten meinen Körper und ich küsste sie noch einmal. Für diesen Moment konnte ich vergessen, dass mein Körper nicht mehr so war wie vor dem Unfall. Chaska akzeptierte mich so wie ich war. Es kam mir vor, als wollte sie jeden Zentimeter davon erforschen.

Sie kratzte über meinen Rücken und sagte meinen Namen auf eine solch erotische Weise, die mich erzittern ließ. Ich erkundete ihre Kurven und vergaß wer ich war, und überhaupt blendete ich alles um mich herum völlig aus. Ich hatte genug Mist durchgemacht und wollte einfach mal wieder etwas Schönes erleben. Sie richtete sich auf und drehte mich blitzschnell um, setzte sich rittlings auf mich. Ich hatte schon fast vergessen, wie schön es sein konnte, eine Frau zu lieben. Körperlich zu lieben. Mein Herz schlug nach wie vor für Lauren. Aber auch Chaska ließ mich nicht völlig kalt. Sie drückte ihren schlanken Rücken durch, als ich sie ausfüllte. Sie wimmerte leise und ihre Bewegungen waren Erotik pur. Ich drückte sie immer fester auf mich. Sie schloss ihre dunklen Augen und ließ sich treiben. Völlig gehen. Auch ich genoss es in ihr zu sein. Ich brauchte das einfach. Immer wieder sagte sie dieses eine Wort Lakota, von dem ich später wusste, was es bedeutete: Freund.

Chaska und ich blieben eine Weile zusammen. Sie pflegte mich. Ich beschützte sie so gut ich konnte. Sie und ihren unehelichen Sohn, den sie vor den Feinden der Indianerstämme zu verstecken versuchte. Sie war geflohen. Weg aus Montana, wo noch immer die Sioux ansässig waren. Der Kleine war knapp 8 Monate alt. Der Vater des Kleinen war der Sohn des Häuptlings Faol/ Wolf, welcher sehr streng war. Während der Zeit, die ich mit Chaska verbracht hatte, lernte ich viel über die Sioux und auch die anderen Stämme, die noch immer verfolgt wurden. Mit Hand und Fuß versuchten wir uns zu verständigen. Irgendwie gelang es uns immer den jeweils anderen zu verstehen. Ich hatte sie gefragt, was sie alleine in der Wildnis tat, und dann erzählte sie es mir. Kurz nach der Geburt des Kindes hatte sich Chaska auf den Weg gemacht.

Sie war geflohen. Vor dem Zorn des Häuptlings, und den Männern der eigens ernannten Volkswache, die die Indianerstämme hassten und verfolgten. Diese Volkswache bestand aus ganz normalen Zivilisten, die es sich zu Aufgabe gemacht hatten, die indianische Bevölkerung gnadenlos zu jagen, ja sogar zu töten. Sie nannten sich die Montana Hunters und hatten bereits sehr viele Stammesmitglieder auf dem Gewissen. Sogar innerhalb Kanadas waren diese Hunters aktiv. Chaska erzählte mir, dass sie in den Westen wolle, und von dort zurück in die USA, wenn das Kind etwas älter wäre. Bis dahin wollte sie in ihrer kleinen Hütte bleiben und eines Tages zum Stamm zurückkehren, wenn Gras über die Sache gewachsen wäre, und der Häuptlingssohn endlich zu ihr stehen würde. Sie lebte illegal hier. Genau wie ich. Das alles hatte sie versucht mir zu erklären. Ich lernte von ihr die Sprache der Sioux. Ich erfuhr, dass der Name ihres kleinen Sohnes Jaci „Mond" bedeutete. Das Gegenteil des Namens seines Vaters, der Kiran/Sonne, hieß. Ich brachte ihr unsere Sprache bei und sie mir ihre. Sie war meine Aimee´, was Geliebte bedeutete. Und ich war immer nur Lakota für sie.

Gemeinsam lebten wir eine ganze Weile in jener Hütte, bis der Sommer kam.
Es war ein warmer Morgen, als wir Schüsse im Wald hörten. Und Stimmen. Viele. Männliche, wütende Stimmen, die nach etwas suchten. Wir hörten Pferde, weil Autos dort nicht fahren konnten. Der Wald war dicht und einsam. Und weit weg von der normalen Zivilisation. Umso mehr hatten wir uns gewundert, dass diese Stimmen offenbar genau wussten was Sache war. Sie näherten sich der kleinen Hütte, die so was wie unser Zuhause war. Die Hütte war eigentlich sehr gut versteckt gewesen. Trotzdem hatten sie sie entdeckt. Und mit Sicherheit

hatten diese Leute auch eine Ahnung was lief.
Chaska begann ihren kleinen Proviantbeutel zu packen. Es war
nicht viel, was wir hatten. Sie wirkte ängstlich und nervös.
Sicher hatte sie schon allerhand üble Dinge erleben müssen,
und war es gewohnt, ständig auf der Flucht zu sein.
„Randy, Tahona, Tahona, komm ..."
Sie nahm ihren Sohn in das Tragetuch, drückte ihn fest an sich
und drängte mich, mir meinen Rucksack aufzusetzen und zu
verschwinden. Sie half mir dabei.
„Tahona, schnell ..."
Wir schlichen uns aus der Hütte, tief in den Wald hinein. Die
Stimmen kamen näher. Laut bellende Hunde folgten den
Pferden, auf denen die Verbrecher saßen. Mir war klar um wen
es sich handelte: Die Montana Hunters.
Chaska hielt sich ihren Finger vor den Mund und schlich
weiter. In der Ferne hörten wir den Wasserfall tosen.
„Tahona", sagte sie wieder und zeigte auf den kleinen Fluss,
worin der Wasserfall sich ergoss. Wir mussten auf die andere
Seite, dorthin wo der weiße Berg war, dessen dunkle Höhlen
uns verstecken würden. Chaska hatte mir vom weißen Berg
erzählt. Sie hatte dort gelebt, bevor sie die Hütte fand. Sie
deutete mir, dass wir über den Fluss/Tahona mussten, um zum
Berg zu gelangen. Der Fluss war nicht breit, aber die Strömung
ziemlich stark. Für mich würde es eine echte Herausforderung
werden, ihn zu überqueren. Gerade als wir das Flussufer
erreichten, donnerten die Pferde heran, dicht gefolgt von einer
Hundemeute, die laut bellte. Ich warf meinen Rucksack auf
einen flachen Stein, der wie eine Insel mitten im Fluss lag.
Chaska weinte bitterlich als sie mir ihren Sohn anreichen
wollte.
„Bleib stehen, elende Rothaut", brüllte der erste Reiter, der uns
fast erreicht hatte. Einige andere folgten ihm. Ein Schuss in die

Luft sollte uns einschüchtern, doch Chaskas Willen zu überleben war grenzenlos. Sie kämpfte sich weiter zu mir herüber. Ich hatte das Wasser erreicht und versuchte mich irgendwie auf den Beinen zu halten, was natürlich nicht so leicht war mit nur einem Bein. Sie sah mich flehend an, sagte mir, dass ich mich um Jaci kümmern sollte. Und dann ging alles ganz schnell. Ein Schuss traf sie in den Rücken. Ein weiterer traf das Baby, welches ich fast in meinen rettenden Armen gehabt hätte.

„Chaska! Nein. Chaska, um Gottes Willen. Ihr Schweine …", brüllte ich nur noch und konnte mich gerade noch in den Fluss stürzen, als eine weitere Kugel in meine Richtung unterwegs war. Ich tauchte so tief ich konnte, sah Chaskas leblosen Körper mit dem Gesicht nach unten Flussabwärts treiben. Daneben der Leichnam des Babys.

Randy kann nicht mehr weiter erzählen. Er atmet schwer, seine Augen werden feucht. Auch wenn es mir nicht passt, weiß ich dass er auch Chaska geliebt hat. Irgendwie. Sie hat ihn ein ganzes Stück durch sein Leben in Kanada begleitet, Ein halbes Jahr lang war sie die Frau an seiner Seite.
„Es tut mir leid", flüstert Randy.
„Ich weiß, sie hat dir viel bedeutet."
„Ich habe nur immer dich geliebt, aber Chaska war ein so guter Mensch. So liebevoll und anmutig. Ehrlich und …"
Randys Gedanken sind gerade ganz bei ihr. Diese geheimnisvolle Schönheit, vor der es nicht einmal ein Foto gibt. Doch wir haben sie nach Randys Erinnerungen malen lassen. Ich wollte es so, denn auch Chaska ist Teil seines Lebens. Er versucht sich zu sammeln, doch es gelingt ihm nicht. Deshalb erzähle ich jetzt weiter:

35

Lauren

Ich blieb bis Februar bei Randys Familie in Trenton. In dieser
Zeit lernten wir uns besser kennen. Ellen und Richard waren
ganz vernarrt in ihren Enkelsohn. Sie richteten mir sogar
Randys altes Zimmer ein. Nur für mich und Rylan. Ich
erinnerte mich an Dinge, die Randy mir über sein Elternhaus
erzählt hatte. Und über die Dinge, die er liebte. Neben seinem
Bett stand der Hundekorb. An der Wand ein kleines
eingezäuntes Gehege, das wohl Speedy gehörte. Randys
Zimmer war einfach, ohne Luxus. Aber gemütlich. Ich
kuschelte mich in seine Bettwäschen und wünschte mir, dass er
da wäre. Für Rylan besorgten seine Eltern eine kleine Wiege,
die wir neben Randys Bett stellten. Ellen und Richard
kümmerten sich gut um mich und meinen Sohn.
Ich erzählte ihnen alles, so wie es passiert war und sie
verstanden, warum Randy tat was er tat. Jeden Tag hofften wir,
er käme zurück.
Doch das passierte nicht.
Im März machte ich mich auf den Rückweg nach Georgetown.
Da es Frühling war, machte es die Sache etwas leichter. Mein
Sohn war inzwischen ein Jahr alt. Ich kam gut voran, ohne
Zwischenfälle sogar. Ohne Eileen war die Reise sehr einsam.
Trotzdem versuchte ich das Beste daraus zu machen. Ich
genoss meine Freiheit und saugte die vorüberziehende
Landschaft quasi auf, schoss hier und da sogar Fotos davon,
denn ich wusste ja nicht, ob ich jemals wiederkommen würde.
Mitte März kam ich bei meinem Elternhaus an.

Meine Eltern brachen in Tränen aus, als ich meinen Bus vor dem Haus anhielt.
„Lauren. Gott sei Dank ...“
Meine Mutter weinte als wäre jemand gestorben.
Ich trug meine Sachen ins Haus, während mein Vater sich um Rylan kümmerte. Mein altes Zimmer war noch so wie ich es verlassen hatte. Trotzdem fühlte ich mich dort überhaupt nicht mehr wohl. Für mich war Trenton mehr ein Zuhause als dieses Zimmer.

Für etwa ein halbes Jahr blieb ich in Georgetown.
Es war ein Dienstag, als ich aus dem Fenster blickte und den Postboten näher kommen sah. Meine Eltern waren beide zur Arbeit gegangen. Ich war allein. Sogar Eileen war nicht mehr in der Gegend, da sie endlich einen Studienplatz in Atlanta gefunden hatte. Meine Freundin war dabei, sich ein Leben aufzubauen. Sie studierte Naturwissenschaften und hatte vor, später Lehrerin zu werden. So hatten es meine Eltern mir zumindest erzählt. Ich freute mich für Eileen, obwohl ich sie gerne bei mir gehabt hätte. Mit ihr hatte ich immer über alles reden können. Sie war der einzige Mensch, dem ich vertraute. Außer Randy natürlich. Meinen Eltern hingegen traute ich nicht. Was sich später auch als absolut richtig herausstellte. Unsere Geschichte wurde nicht mehr erwähnt. Meine Eltern bemühten sich sehr, dass das auch so blieb. Inzwischen war ich schon neunzehn, fast zwanzig, und konnte selbst über mein Leben bestimmen. Noch immer plante ich, Georgetown zu verlassen und nach Trenton zu gehen. Ich wurde mir immer sicherer, nachdem ich erfahren hatte, was meine Eltern mir verheimlicht hatten.

Der Postbote legte etwas in unserem Briefkasten ab. Rylan
schlief tief und fest und deshalb machte ich mich auf den Weg
nach unten. Ich fischte die Post heraus und meine Hände
begannen zu zittern, denn diese Handschrift war mir nur allzu
vertraut.
Der Brief war von RANDY:

„Das ist so romantisch", jauchzt Rachel.
„Es war mein dritter Brief an Lauren", sagt Randy.
„Ich habe ihn geschrieben als ich Regina erreichte. Das
erzähle ich später."
„Sehr gerne", sagt Rachel. Dann starrt sie mich an.
„Sie wussten also nicht, dass es zuvor noch einen Brief gab?"
„Nein. Das hatte ich an jenem Dienstag auch erst erfahren,
denn den zweiten Brief hatten meine Eltern vor mir
geheimgehalten. Das verzeihe ich ihnen nie. Und deshalb habe
ich mit ihnen gebrochen."
„Was stand drin?", will Rachel wissen.
„Lies vor, Dad. Immerhin sind es deine Worte", grinst Rylan
seinen Dad an.
„Sie haben ihn noch?", fragt der Kameramann.
„Natürlich. Ich habe immer an unser Wiedersehen geglaubt.
Diese Briefe bedeuteten, das Randy noch lebt."
Ich hole den Brief hervor und gebe ihn Randy:
„Du bist dran", sage ich und lehne mich zurück.
Randy liest:

Liebe Lauren

Ich schicke dir den dritten Brief und hoffe, dass er dich auch erreicht. Ich sage dir nur so viel:
Es geht mir gut. Das musst du mir glauben. Ich bin nicht mehr in den USA. Und ich denke, dass ich in Sicherheit bin. Zumindest für eine Zeit lang. Es ist nicht immer einfach hier, denn der Norden ist rau und brutal. Der Winter in Jersey ist ein Witz gegen diesen hier. Jetzt ist schon fast Sommer, und noch immer ist es kälter als bei uns. Du kannst dir vielleicht denken wo ich bin. Suche nicht nach mir, denn da gibt es etwas, worüber ich mit dir reden müsste, es aber nicht könnte. Verzeih wenn ich hier und jetzt nichts darüber erzähle. Du würdest es nicht verkraften. Dennoch will ich dir sagen, dass ich dich liebe, so lange ich lebe. Und das ist bestimmt nicht mehr lange, denn jeder Tag ist gefährlicher als der davor. Inzwischen bedeutet meine Reise nur noch irgendwie zu überleben. Der Reiz des eigentlichen Abenteuers ist längst verglüht. Noch immer mache ich Fotos. Aber sie alle sind nicht mehr so voller Leben, wie sie einst waren. Ich habe sehr viel erlebt im letzten Jahr, bin weit gekommen. Und ich versuche den Weg zurück nach Trenton zu finden. Ich will es schaffen, wirklich. Doch ich bin nicht mehr der Selbe. Wie gesagt,

wenn du eines Tages erfährst warum, wirst du mich eh nicht mehr wollen. Behalte mich so in Erinnerung wie ich war, als wir uns zum ersten Mal getroffen haben, denn ich weiß nicht ob ich es zurück nach Hause schaffe. Warst du schon bei meinen Eltern? Haben sie dir etwas von meinen Sachen gegeben? Falls nicht, zeige ihnen diesen Brief, damit sie wissen, dass es okay ist, wenn sie mich gehenlassen. Ich werde immer ihr Sohn bleiben. Egal was passiert. Ich möchte, dass du mich nicht vergisst. Ich tue das auch nicht, wenn es auch Dinge gab, die ich dir erklären muss, falls ich heimkomme. Ich weiß nicht, ob du damit klarkommen könntest, oder nicht. Verraten werde ich nichts, denn ich möchte nicht, dass du dir Sorgen machst, oder dass du mich hasst. Auch wenn du vielleicht eine Idee hast, wo ich bin, so werde ich fort sein, falls du dir in den Kopf setzen solltest, mich zu suchen. Du kennst mich. Ich bin ein Dickkopf. Noch immer. Und wenn ich einmal einen Plan habe... Du weißt was ich meine. Es ist noch ein Katzenleben übrig. Und darauf passe ich auf. Versprochen. Ich hoffe, dass es dir gut geht. Dass du ein geregeltes Leben führst und dass du einen tollen Typen triffst, der nicht so irre ist wie ich. Ich weiß, was du jetzt sagst. Du willst keinen anderen. Das will ich auch nicht. Trotzdem sollten wir realistisch sein. Wie stehen unsere Chancen, falls ich es schaffe? Und wenn du erst mein Geheimnis kennst, nein,

eigentlich sind es zwei Geheimnisse, hat es sich eh erledigt.
Glaub mir.
Ich bin jetzt ein Anderer. Ein Kaputter.
Liebe Lauren.
Ich mache jetzt Schluss mit diesem Brief. Vielleicht schaffe
ich es ja, dir noch mehr zu schreiben.
Vielleicht auch nicht. Lebe dein Leben, werde glücklich.
Du musst nicht auf mich warten.
Das Leben ist schön.
Genieße es.
Ich liebe dich.
Für immer.

Dein Randy

Randy faltet den schon gelb gewordenen Brief zusammen.
„Du wolltest uns aufgeben, richtig?", frage ich.
„Nein, aber ich wollte dir nicht wehtun. Ich wollte nicht, dass
du dich ... hiermit ..." Er zeigt auf seine Behinderung.
„ ... auseinandersetzen musst. Und die Sache mit Chaska. Ich
dachte, wenn du es erfährst ... Es ..."
„Es ändert nichts daran, wer du bist."
„Ich wollte dir dein Leben nicht versauen. Ich dachte... ich
dachte, wenn ich dir schreibe, dass ... Ach scheiße."
„Dad ..."
„Schon gut, mein Junge. Es ist ja zum Glück anders
gekommen."

217

*Rachel rutscht nervös auf ihrem Stuhl herum. Die Sache
scheint ihr ein wenig unangenehm zu sein, obwohl sie ja für all
das nichts kann. Ellen steht auf und verabschiedet sich. Der
Tag ist nur so verflogen. Mein Schwiegervater wartet auf sie.
Die beiden bereiten sich auf ihren Ruhestand vor. Die
Schreinerei könnte an Rylan weitergehen, wenn er es will. Es
gibt noch viel zu bereden.
Der fertige Film könnte uns reich machen. Doch dazu müssen
wir Rachel alles erzählen. Und deshalb fahre ich mit meinem
Bericht fort, während ich alle ins Haus bitte. Die Sonne ist jetzt
weg und wir machen es uns im Wohnzimmer bequem. Randy
und ich flätzen uns auf das weiße Sofa, direkt gegenüber des
Kamins, über dessen Sims das gemalte Portrait von Chaska
hängt. Ich klettere auf Randys Schoß. So wie immer.
Dann erzähle ich weiter:*

36

Lauren

Ich las diesen Brief wieder und wieder. Und da fiel mir auf,
dass er von einem dritten Brief geschrieben hatte. Wo also war
der Zweite? Und warum wusste ich nichts davon?
Ich wartete bis meine Eltern zurück waren und stellte sie zur
Rede. Beim Abendessen platzte mir der Kragen und ich schrie
meine Mutter an:
„Wo ist Randys Brief?"
„Welcher Brief?"
„Der, der vor diesem hier ankam."
Ich warf meinen Eltern den Brief auf den Tisch. Meine Mutter
wurde nervös, ja sogar etwas blass.
„Wir wollten ihn finden", sagte mein Vater kleinlaut.
„Die Suche blieb ergebnislos. Deshalb haben wir diesen Brief
vor dir geheimgehalten. Er kommt nicht wieder, Lauren."
„Woher willst du das wissen?"
„Wir wissen, dass er in der Nähe von San Francisco gesehen
wurde. Und wir wissen, dass er wahrscheinlich nach Kanada
abgehauen ist. Seine Spur verliert sich dort. Es gab Berichte, er
sei in eine weitere üble Sache verwickelt gewesen.
Menschenhändler. Lauren, dieser Mann ist alles andere als ein
Vater für dein Kind. Denk nur, was er alles auf dem Kerbholz
hat. Du solltest froh sein, dass diese Reise für dich vorbei ist.
Du bist hier in Sicherheit. Wir denken, dass er dich nur noch
tiefer in seine Abgründe ziehen würde, wenn er noch da wäre.
Du solltest ihn endlich vergessen. Du bist eine Mutter. Dein
Junge braucht dich. Such dir einen Mann, der es ehrlich mit dir

meint. Dieser Kerl..."

„Er heißt Randy. Wann kapiert ihr das endlich?"

„Es spielt doch keine Rolle, Kind. Er ist fort. Wahrscheinlich tot ..."

Ich wollte meinen Eltern nicht mehr zuhören. Irgendwie hatte ich das Gefühl, dass sie nach jedem Grashalm griffen, der Randy noch schlechter dastehen ließ als eh schon. Für sie war er ein Verbrecher, und sie glaubten wirklich jeden Mist, der über ihn berichtet wurde. Menschenhandel. Hatte man für so etwas Worte? Ich kannte Randy gut genug, um zu wissen, dass er jedem Menschen in Not helfen würde.

So schnell ich konnte, raste ich in mein Zimmer. Ich riss zwei Koffer aus dem Regal und schmiss sie auf mein Bett. Meine Zeit in Georgetown war ab sofort vorbei. Mir wurde immer klarer, dass ich zurück nach Trenton musste. Und dass es für immer sein würde. Ellen und Richard hatten uns aufgenommen, ohne zu fragen. Sie liebten ihren kleinen Enkel als wäre er Randy selbst. Meine Mutter war hinter mir her geeilt und stand jetzt im Türrahmen.

„Was soll das werden, Lauren?"

„Es reicht. Ich werde von hier verschwinden. Und meinen Sohn nehme ich mit. Ich hätte nie gedacht, dass meine Eltern so niederträchtig sind. Randy ist der Vater meines Kindes. Und dieser Brief hier, sagt mir, dass er noch lebt. Warum glaubt ihr ihn zu kennen? Warum will keiner die Wahrheit akzeptieren? Ich werde nicht zulassen, dass Rylan mit diesen Lügen über seinen Vater aufwachsen muss. Und jetzt lass mich bitte gehen. Mein Entschluss steht fest. Ich werde zu Ellen und Richard ziehen. Die sind nicht so verbohrt wie ihr."

„Lauren, sei doch vernünftig ..."

Meine Mutter redete sich um Kopf und Kragen, doch ich blieb hart. Ich warf wahllos Sachen in die beiden Koffer. Dann

schnappte ich mir meinen Sohn und stürmte aus dem Haus.
Rylan weinte, doch ich war so entschlossen wie nie zuvor in
meinem Leben. Für Randy wäre ich durchs Feuer gegangen.
Und ich würde es noch immer tun.

Eine Stunde später saß ich schon in meinem Bus. Zunächst
steuerte ich Myrtle Beach an, um mit meinem Onkel zu
sprechen. Er verstand mich und er würde mir helfen.
Kaum dort angekommen weinte ich wie noch nie. Meine Eltern
hatten mich so enttäuscht.
„Wir bekommen das hin. Wir werden sehen wo Randy steckt.
Bleib erst einmal hier. Nur für ein paar Tage. Dann sehen wir
weiter", meinte mein Onkel.
Und so blieb ich eine Woche bei ihm. In dieser Zeit versuchte
er in Erfahrung zu bringen, was genau passiert war. Auch er
bekam Infos über jene Sache, die meine Eltern bereits erwähnt
hatten. Menschenhandel. Da war von vier Kerlen die Rede, die
angaben, Randy hätte zwei junge Asiatinnen genötigt
zweifelhafte Filme zu produzieren, um damit im Milieu einen
Haufen Geld zu machen. Man hatte jene Bande an der
Westküste Amerikas aufgegriffen. In Kalifornien. Unbekannte
hatten diese Filme an die örtliche Polizei geschickt. Mit einem
Poststempel aus Los Angeles. Ein gewisser Frank ermittelte
bereits in jener Sache. Er bestritt, dass Randy ihm begegnet sei.
Es wäre noch ein junger Typ, namens Luke dabei gewesen, von
dem er gewisse Filme zugespielt bekommen hatte. Nichts
deutete darauf hin, dass Luke und Randy ein und die Selbe
Person gewesen wären. Allerdings erwähnte er die jungen
Frauen und zwei Männer, die diese Frauen befreit hatten. Und
er sagte auch, dass diese sich nicht mehr in den USA befanden.
Mein Onkel investierte sehr viel Zeit und auch Geld in diese
Sache, doch Randy blieb verschollen. Mir war klar, dass er

irgendwo in Kanada sein musste. Die USA waren nicht mehr sicher für ihn. Und der Poststempel des letzten Briefes belegte das auch. Er hatte recht, wenn er dachte, ich würde ihn suchen. Hätte ich auch getan, wenn die Angaben etwas präziser gewesen wären. Leider verliefen die Recherchen meines Onkels ergebnislos und so machte ich mich wieder auf den Weg nach Norden.

Es war ein gutes halbes Jahr vergangen, seit ich zum letzten Mal in Trenton gewesen war. Mit meinen Eltern hatte ich den Kontakt völlig abgebrochen. Sogar mein Onkel verurteilte seine Schwester für ihr Verhalten mir gegenüber. Sie redeten eine ganze Weile nicht mehr miteinander.
Ich zog wieder in Randys Zimmer ein. Und diesmal suchte ich mir wirklich etwas von seinen Sachen aus.
Ein blaues Holzfällerhemd, das mich über die Trennung hinwegtröstete.

„Du hast es noch immer", grinst Randy und knufft mich in die Seite.
„Oh ja. Wage es nicht, es wegzuwerfen."
„Sie beide sind so zauberhaft", lächelt Rachel verzückt.
„Wie ging es weiter?"
„Ich denke, du solltest jetzt weiter erzählen, denn bei mir ist nicht viel passiert, bis ..."
„Schon gut. Ich ..."
„Es ist in Ordnung, wenn sie lieber ...", sagt Rachel.
„Nein, nein. Es ist nur diese Sache mit Chaska."
Randy greift nach seinem Wasserglas.
Dann erzählt er weiter:

37

Randy

Ich blieb so lange unter Wasser wie ich konnte, lauschte den Geräuschen oberhalb des Wassers. Die Stimmen und die Pferde schienen sich zu entfernen. Vorsichtig glitt ich an die Oberfläche. Alles war still. Mein Rucksack lag noch auf dem Stein, mitten im Fluss. Chaskas Leiche, und die ihres Babys, waren schon längst Flussabwärts getrieben worden. Von beiden war nichts mehr zu sehen. Nur das Wickeltuch, in dem Jaci transportiert worden war, hing an einem Ast fest, der ins Wasser ragte. Ich nahm es an mich und schrie so laut ich konnte. Das Echo meines Schreies schallte von den Bergen zurück. Es war mir egal ob sie zurückkamen oder nicht. Mein Leben war nichts mehr wert. Ich kletterte ans gegenüberliegende Ufer, fischte meinen Rucksack vom Felsen und versuchte anhand des Kompasses zu erkennen, wo ich war. Noch immer war mein Ziel Regina gewesen. Um dorthin zu gelangen, musste ich dem Fluss folgen. Ich fror, da meine Kleidung nur langsam trocknete. Es war zwar Sommer, aber dennoch war er nicht mit dem Sommer im Süden der USA zu vergleichen. Ich wanderte weiter in den tiefen Wald, immer in der Nähe des Flusses. Es kreuzte niemand meinen Weg, und das war mir nur recht. Ich dachte nach, über alles was passiert war. Ich war nunmehr schon über zwei, fast drei Jahre, von Zuhause fort. Mein Leben hatte sich geändert und war nichts anderes mehr als nur noch der reine Überlebenskampf. Als die Nacht kam, war ich etwa 35 km gelaufen. Meine Arme schmerzten und meinen Hände waren wund von den Griffen der Krücken. Ich hatte Hunger und keine Ahnung wie es weitergehen sollte. Der Mond ging auf und im Wald erklangen die Stimmen der Tiere bei Nacht. Ein Kauz war zu hören. Geraschel im Gras. Flattern über mir, und dann das Geheul der Wölfe in den Bergen, welches mir das Blut in den Adern gefrieren ließ. Ich hörte eine erste Stimme, weitere kamen dazu. Es schien sich um ein Rudel zu handeln, welches sich ganz in meiner Nähe befinden musste. Ich sah mich um, suchte nach einer Möglichkeit, mich vor ihnen in Sicherheit zu bringen. Normalerweise wäre ich ja auf einen Baum geklettert, doch das konnte ich mir ja nun abschminken. Die Stimmen kamen näher. Ich hörte das Rudel durch das Gehölz kommen. Mein Atem ging hektisch. Panisch sah ich mich im dunklen Wald um. Ganz in der Nähe war ein See. Ich konnte den Wasserfall rauschen hören. Mit letzter Kraft versuchte ich den See zu erreichen. Und dann sah ich ein Wolfsjunges mitten auf dem Weg liegen. Es wimmerte und leckte seine blutende Pfote. Als ich näher heran trat, sah ich die Falle, die den Welpen gefangen hatte. Die Pfote klemmte in der Falle. Es zerriss mir das Herz, das kleine Tier so zu sehen. Es erinnerte mich an meinen Hund. Ich setzte meinen Rucksack ab und kroch auf den kleinen Wolf zu. Die Meute schien nach dem Tier zu suchen und kam noch näher. Der kleine Wolf heulte nun noch lauter. Ich versuchte mich ihm zu nähern, doch er knurrte mich an. Seine Pfote blutete wie verrückt. Es war ein Wunder, dass sie überhaupt noch dran war, denn diese Fallen hatten normalerweise Kraft.

„Sch ... , mein Kleiner. Ich werde dir nichts tun", flüsterte ich dem Welpen zu. Der Kleine spitzte die Ohren und sah mich ängstlich an. Vorsichtig holte ich mein Jagdmesser hervor und näherte mich ihm wieder. Oben am Hügel konnte ich den

Leitwolf im Mondlicht erkennen. Wachsam sah er sich um, spitzte die Ohren. Neben ihm tauchte der Rest des Rudels auf. Es mussten an die zwölf Tiere gewesen sein. Der kleine Wolf hatte sie gewittert und begann sein Klagelied erneut. Mir lief die Zeit davon. Sie würden mich zerfleischen, wenn ich das Junge nicht rechtzeitig befreien konnte. Ich warf Chaskas Tragetuch über das Tier und brachte es zum Schweigen. Vorsichtig näherte ich mich der Pfote des Tieres, während das Rudel den Hügel hinab stürmte. Mit lautem Geheul kamen sie näher. Ich schaffte es, die Falle zu öffnen und den Wolf zu befreien. Vorsichtig legte ich den Welpen ins Gras, und schaffte es gerade noch rechtzeitig, mich auf einen Ast zu hangeln und in die Baumkrone zu ziehen. Der kleine Wolf lag hechelnd und wimmert am Fuß des Baumes. Die Meute hatte uns jetzt erreicht. Das Leittier knurrte und bellte, sprang in die Höhe, um mich zu erreichen. Die restlichen Wölfe umzingelten den Baum. Dann nahm eines der Tiere den kleinen Wolf in sein Maul und trug ihn fort. Die anderen folgten ihm. Atemlos sah ich zu wie die Meute im Wald verschwand. Bis zum Morgen blieb ich im Baum sitzen. Meine Knochen schmerzten und der Hunger war übermächtig. Ich blickte in die Ferne und sah den See, dessen Südseite ich als nächstes erreichen wollte. Es würde einen weiteren Tag dauern, bis ich dort ankäme. Gerade als ich wieder festen Boden unter den Füssen hatte, vernahm ich Geräusche im Gebüsch. Ich hielt den Atem an und suchte die Gegend ab. Vor mir tauchte eine Wölfin auf, die ihr Junges im Maul trug. Ich erkannte den kleinen Welpen, der regungslos im Maul des Tieres hing. Die Wölfin starrte mich an, ich sie auch. Ich wagte kaum zu atmen. Dann legte sie das Junge vor mir ab und verschwand. Sie drehte sich noch einmal zu mir um, sah mich an. Ganz so als wollte sie mir sagen, dass ich mich um den Kleinen kümmern soll. Dann jagte sie davon.

38

Randy

Ich schlich zu dem Tier und stellte fest, dass es noch lebte. Da
das Rudel nicht mehr in der Nähe war, traute ich mich, das
Junge aufzunehmen. Ich trug es zum See und ließ es trinken,
säuberte die Wunde und hielt das zitternde Tier warm. Der
kleine Wolf öffnete die Augen.
„Du schaffst das, Kleiner", flüsterte ich und drückte das Tier in
meine Jacke. Ich hatte keine Ahnung was ich machen sollte.
Aber dieser kleine Wolf gab meinem Leben wieder einen Sinn.
Ich erinnerte mich an Chaska. Und an ihre Sprache, an Namen,
die etwas bedeuteten. Dies hier war ein kleiner Wolf. Und so
nannte ich ihn auch: Phelan.

Ich schaffte es Phelan wieder aufzupäppeln.
Der kleine Wolf begleitete mich eine ganze Weile.
Ich erreichte Regina drei Tage später. Dort blieb ich einige
Monate und lebte in einer Holzhütte, die ich entdeckt hatte.
Es war mehr ein Haus als eine Hütte. Verlassen stand es am
Waldrand. Das Haus war intakt und schien niemandem zu
gehören. Im Inneren befanden sich Dinge, die man zum Leben
brauchte. Sogar einige Konserven und Kleidung, Spielzeug und
Hygieneartikel. Ich vermutete, dass die Besitzer das Haus
überhastet verlassen hatten. Vielleicht gehörte es auch
Verfolgten, wie Chaska eine war. Alles sah so aus als kämen
die Bewohner bald zurück. Doch es kam niemand.
Und so zog ich in das verlassene Haus.

Ich klettere von Randys Schoß und hole die nächste Fotokiste aus dem Regal. Bald hat er ein Foto von jenem Haus gefunden. Davor hockt er, neben ihm Phelan, der zu dieser Zeit schon ein ausgewachsener Wolf war.

„Dieses Haus ist die Vorlage zu jenem, in dem wir jetzt leben. Mein Vater hat es für uns gebaut", erklärt Randy.

„Ja, ich sehe die Ähnlichkeit. Es ist wirklich ein sehr schönes Haus."

Rachel greift nach den Fotos. Ihre Augen strahlen und ihr Lächeln ist beinahe ansteckend.

„Ich wollte ein Stück meiner Reise nie vergessen. Dieses bisschen Freiheit, das ich in Kanada hatte."

„Wie lange lebten sie dort, Mr. Bolt?"

„Einige Monate, vielleicht ein halbes Jahr, denke ich. Ich weiß es nicht mehr so genau, denn Zeit hatte für mich keinerlei Bedeutung mehr. Aber das erzähle ich ihnen jetzt."

Randy schlingt seine muskulösen Arme um mich und redet weiter.

Ich zog also in das Haus, richtete es sogar ein wenig her. Ich versuchte, so gut es ging, dort sauber zu machen, wusch die kleinen Vorhänge in einer Wassertonne aus. Ich schaffte Brennholz für den nächsten Winter heran, sollte ich dann noch immer dort sein. Am See fing ich Fische. Phelan blieb bei mir. Ich weiß nicht warum, aber ich denke, dass das Muttertier ihn nicht mehr wollte, da er nach mir roch. Immerhin hatte ich den kleinen Kerl angefasst. Vielleicht war es auch ein Art Dankbarkeit, die das Tier mir erweisen wollte. Er begann sogar auf seinen Namen zu hören, wurde beinahe zahm. Er war nicht Earl, aber er tröstete mich über meine Einsamkeit hinweg. Phelan und ich waren irgendwie unzertrennlich geworden. Im Laufe der Zeit, die er bei mir war, half er mir sogar beim Jagen.

Ich schnitzte Speere, mit denen ich auf Hasen oder Enten zielen konnte. Phelan holte unsere Beute und wir beide lebten in friedlicher Symbiose miteinander, bis ...

Randy kneift seine Augen zusammen und stoppt mitten im Satz. Ich weiß, dass auch dieser Teil seiner Reise ihn ewig verfolgen wird. Mein Mann ist noch immer traumatisiert. Es wird noch ewig dauern, bis er vollkommen gesund ist. Mental, meine ich. Er drückt seine Arme noch fester um mich. Für einen Moment steht die Zeit still. Ich greife nach seiner Hand, drücke sie fest. Er weiß, dass ich immer für ihn da sein werde. Sein Blick wandert zu einem Foto von Phelan, das vor dem Bild von Chaska auf dem Kaminsims steht.
„Was ist passiert?", fragt der Kameramann und schaltet das Gerät ab.
Randy schiebt die ankommenden Tränen zur Seite, holt Luft und erzählt weiter:

Es war schon fast wieder Winter, als unsere Konserven aufgebraucht waren. Durch die Jagd und das Angeln, hatte ich alles länger halten können. Doch nun neigten sich die Vorräte der alten Hausbesitzer dem Ende. Phelan und ich machten uns auf den Weg in die Stadt. Regina war nicht so weit entfernt von jener Hütte. Ich schaffte den Weg in einer guten Stunde. Inzwischen kam ich ganz gut mit meiner Behinderung klar und hatte akzeptiert, dass mein Leben nun anders war.
In der Stadt angekommen fühlte ich mich wie ein Außenseiter. Schon ewig war mir kein menschliches Wesen mehr begegnet. Chaska und ihre Mörder waren die Letzten gewesen.
Mein Haar war bis zu den Schultern gewachsen. Einen

ziemlich langen, wilden Bart hatte ich auch. Meine Kleidung war alles andere als hübsch, obwohl ich mich sogar daran versucht hatte, sie zu flicken. Ich bot eine erbärmliche Erscheinung. Die Menschen wechselten sogar die Straßenseite, wenn sie mir begegneten. Die Zivilisation war mir auf einmal fremd. Alles war laut und bunt. Autos rasten an mir vorbei. Ich war es einfach nicht mehr gewöhnt, solchen Dingen gegenüberzustehen.

Phelan blieb dicht bei mir, tat niemandem etwas. Dennoch hatten die Menschen Angst vor ihm. Na ja, immerhin war er ein ausgewachsener Wolf. Aber er war zu einem Haustier geworden. Beinahe. Für die Menschen war ich seit dem nur noch der Wolfsmann. Niemand kannte meinen Namen. Niemand wagte sich in meine Nähe. Und wenn doch, so passte Phelan auf mich auf. Ich hatte noch etwas Geld übrig, denn bisher war ich wunderbar ohne ausgekommen. Mit diesem Geld konnte ich mir zumindest neue Sachen leisten. Und für Phelan sogar ein Halsband. Ich kaufte mir eine Schere und Rasierzeug. Einen Friseur wollte ich nicht besuchen, aus Angst, er könnte mich doch noch erkennen. Ich erfuhr, dass die Bande um den seltsamen Fotografen inzwischen gefasst worden war. Diese Typen konnten mir also nichts mehr anhaben. Ich hoffte, dass meine asiatischen Freunde nun endlich in Sicherheit waren. Es war schon ein Jahr her, seit ich kanadischen Boden betreten hatte. Vielleicht sogar länger. Zeit spielte für mich keine Rolle mehr. Ich hatte keine Ahnung welcher, Tag, Monat usw. es war. Ich lebte einfach. Versuchte irgendwie zu **überleben**. Die Not trieb mich später immer öfter in die Stadt. Vielleicht einmal pro Woche, oder so. Ich weiß es nicht mehr so genau. Mein Geld ging bald zu Ende. Alles, was Lauren und ich gespart hatten, war fast aufgebraucht. Trotzdem traute ich mich nicht, irgendwo eine Arbeit anzunehmen, denn noch immer war ich illegal dort. Also musste ich wieder mit dem Stehlen anfangen, was mir gar nicht passte. Die Liste meiner Vergehen wurde wieder länger, je öfter ich in Regina war. Ich stahl vorwiegend Lebensmittel für mich und Phelan, der es sich aber auch nicht nehmen ließ, in einen Stall zu klettern und Hühner zu reißen. Zunächst hatte ich es nicht bemerkt, bis die Tiere in jenem Stall wild umherflogen und schrien. Ich hörte Phelan knurren und fauchen. Da wurde mir wieder klar, dass er noch immer ein Wolf war. Ich rief nach ihm, aber Phelan war wie im Blutrausch. Er riss Huhn um Huhn, bis er blutbesudelt zu mir zurückkam. Natürlich hatte diese Aktion den Besitzer jenes Stalls auf uns aufmerksam gemacht.

„Elender Wolfsmann. Ruf deinen Köter zurück, oder ich zeige dir wer hier das Sagen hat ...“

Der Typ holte seine Flinte hervor und streckte sie in unsere Richtung. Er lud durch.

„Verschwinde von hier, Hurensohn! Oder ich perforiere dir deine Nüsse.Und nimm diese Höllenbrut mit.“

Phelans Fell erhob sich. Er neigte sich zum Sprung auf den Typen. Noch immer triefte ihm das Hühnerblut aus dem Maul. Und dann ging alles ganz schnell. Phelan sprang den Mann an. Ich versuchte den Wolf zu zähmen, doch ich hatte keine Chance gegen seine natürliche Wildheit. Phelan verbiss sich im Hals des Kerls. Ein Schuss löste sich in meine Richtung, verfehlte mich aber. Der Wolf schüttelte den Kerl hin und her, ließ ihn aber nicht los. Ich begriff, dass Phelan kein Hund war, der mich als Rudelführer akzeptiert hatte. Mit Tränen in den Augen musste ich verschwinden. Immer wieder rief ich nach dem Wolf, doch sein Blutrausch war unstillbar. Er riss den Kerl in Stücke. So lange, bis ein weiterer Schuss, aus der Knarre eines Polizisten, ihn niederstreckte.

Randys Stimme wird immer dünner. Der Wolf hatte ihm sehr viel bedeutet. Für einen Moment ist es ruhig hier. Rachel sucht nach den passenden Worten, doch scheinbar weiß sie nicht, was sie sagen könnte. Randy schließt die Augen, atmet tief ein, und wieder aus. Ich weiß, wie sehr ihn dieser Termin heute fordert. Als wir zusagten, einem Filmteam unsere Geschichte zu erzählen, war uns nicht klar, wie sehr uns unsere Erlebnisse geprägt haben. Bisher hatten wir alles erfolgreich verdrängt, uns gefreut, dass wir einander wiedergefunden haben. Aber diese Zeit hat unser beider Leben für immer verändert. Oft denke ich, was gewesen wäre, wenn ich damals nicht auf das Feld der Nachbarn gelaufen wäre. Wenn Randy nicht diese Reise angetreten hätte. Oder einfach nur, was wäre, wenn ich ihm nicht gefolgt wäre. Er hätte sein Bein noch. Seine beiden Tiere hätten mit Sicherheit länger gelebt. Und dann denke ich wieder, dass es auch Rylan nicht gäbe. Unser Sohn bedeutet mir alles. Als könnte er meine Gedanken erraten, rückt unser Junge näher an uns heran. Randy legt ihm einen Arm um die Schultern und drückt ihn an sich. Endlich scheint er sich ein wenig gefasst zu haben.
Es sind zehn Minuten vergangen, seit Randy vom Tod des Wolfs berichtet hat. Rachel spürt, dass es jetzt weitergehen kann.
„Geht es ihnen gut, Mr. Bolt?"
„Ja, schon okay. Manchmal bin ich einfach nicht stark genug."
„Würden sie uns trotzdem den Rest auch noch erzählen?"
„Natürlich", sagt er.
Er erzählt weiter:

39

Randy

Ich floh, so schnell ich konnte, aus der Stadt. Immer wieder sah ich Phelan sich in den Mann verbeißen. Und immer wieder sah ich das tote Tier am Wegesrand liegen. Ich verschwand im Wald, der sich nicht allzu weit weg befand. Mir war klar, dass ich nicht mehr in Regina bleiben konnte. Als ich die Hütte erreichte, war alles noch so, wie ich es verlassen hatte. Wehmütig raffte ich meine Sachen zusammen und machte mich auf den Weg nach Süden. Die Grenze zu Montana war etwa 170 km entfernt und befand sich in Raymond. Für diese Strecke rechnete ich mir sechs Tage aus. Vielleicht auch länger, da ich nun nicht mehr so zügig laufen konnte wie vorher. Ich ließ das Holzhaus hinter mir. Und mit ihm meine neue Heimat in Kanada. Es fiel mir schwer von dort zu verschwinden. Immerhin war ich eine ganze Weile dort zuhause gewesen.

Mein Weg führte mich am See entlang. Erinnerungen an die Zeit mit Phelan kamen hoch. Ich dachte auch viel an Chaska und ihren sinnlosen Tod. Und ich schwor Rache, sollte mir einer dieser Kerle jemals noch einmal über den Weg laufen.

Inzwischen war es etwas wärmer geworden und ich konnte so wie am Anfang meiner Reise im Zelt übernachten.
Was ich auch tat.
Nach einer Woche erreichte ich die Grenze, überschritt sie aber nicht. In dieser Woche ereignete sich nichts, das von

Bedeutung gewesen wäre. Die Straßen und Wege waren unendlich einsam. Kein Haus, kaum Autos, und auch keine Menschenseele, dir mir hätte gefährlich werden können. Obwohl alles schon so lange her war, fühlte ich mich noch immer nicht sicher. Und jetzt noch der Tod des Bauern durch Phelan. Ich entschied, zunächst an der Grenze weiter entlang zu wandern, bis ich irgendwann gegenüber auf North Dakota treffen würde. Dort wollte ich sehen, ob ich wieder in die Staaten wechseln konnte. Ich hatte mich entschieden, mir mein Haar dann doch nicht abzuschneiden und trug es zu einem Zopf gebunden, der schon fast meine Schultern erreicht hatte. Es war unwahrscheinlich, dass mich so jemand erkennen könnte, der nicht ausgerechnet Zeuge jenes Vorfalls in Regina gewesen war. So hoffte ich jedenfalls.

In meiner alten Karte markierte ich mir den weiteren Weg. Ich nahm mir vor bis nach Pierson, welches im Staat Manitoba liegt, zu kommen. Irgendwie. Ich konnte dem Fluss bis Estevan folgen. Dann musste ich weiter gen Osten nach Bienfait. Der Fluss war nicht sehr groß, hatte aber eine beachtliche Strömung. Und scheinbar war er sehr tief. Es erschien mir am sichersten, wenn ich auf dem Wasserweg weiter reisen würde. Und so kam es, dass ich mal wieder auf einem Boot landete, welches Holz nach Oxbow bringen sollte. Ich wartete die Nacht ab, wenn niemand mehr in der Nähe des Transportschiffes sein würde. Dieser Kahn war riesig und lag ziemlich tief im Wasser. Es war so verlassen wie auf dem Mond an jenem kleinen Hafen, als ich dort ankam. Es roch nach frisch geschlagenen Baumstämmen, die sich an Bord des Dampfers befanden. Der Fluss spiegelte sich im matten Mondlicht wider, als ich mich dem Schiff näherte. Das Problem war die Entfernung zum Boot, denn der Steg war eingefahren.

„Verdammt", knurrte ich vor mich hin und suchte nach einer Möglichkeit an Bord zu kommen. Schwimmen konnte ich ja jetzt vergessen, dank meines Unfalls. Und das Gepäck wollte ich nicht auch noch verlieren. Ich irrte am Hafen umher und blieb schließlich vor einem Schild stehen, worauf nach Hilfsarbeitern für die Frachtschiffe gesucht wurde. Mir wurde immer klarer, dass ich keine andere Möglichkeit hatte, als mich zu bewerben. In der Hoffnung, sie würden nicht lange nachfragen. Ich wusste, dass schwer Leute zu finden waren, die bereit waren, tagelang auf einem Frachtschiff zu verweilen. Und so hatte ich die Hoffnung, dass ich trotz meines Handicaps eine Chance hatte, dort anzuheuern. Ich übernachtete auf einer Parkbank in der Nähe des Schildes.

Am Morgen weckte mich ein Typ, der aussah, als gehöre er zur Crew. Ein großer Mann, Mitte fünfzig, in warmer Arbeitskleidung, Pfeife rauchend. Sein Name war Harry und er sagte mir, dass der Holzfrachter bald auslaufen würde, und dass diese Bank gewiss nicht als Schlafplatz gedacht wäre. Wir kamen ins Gespräch und ich fragte nach einem Job. Ich hatte Glück, dass der Schiffsjunge nicht zur Arbeit erschienen war. Deshalb bot Harry mir an, mich mitzunehmen, wenn ich mich dafür an Bord irgendwie nützlich machte. Und so bekam ich eine Pritsche unter Deck, wo ich zunächst hausen konnte. So gut ich konnte, half ich Harry auf dem Boot. Von ihm lernte ich ein Boot von solcher Größe zu steuern, und vieles mehr, was mir später noch nutzen sollte.
Als wir Oxbow erreichten, dachte ich, dass sich unsere Wege nun wieder trennen würden. Doch Harry war zufrieden mit mir gewesen, so dass er mich auch weiterhin beschäftigen wollte. Er fragte nicht nach, wer ich war, oder woher ich kam. Ihm war nur wichtig, dass seine Geschäfte liefen. Harrys Geschäfte

brachten ihn entlang des Gouris River, der nach North Dakota führte. Dort kam ich einige später Tage an. Sogar ohne Probleme. Denn davon hatte ich wahrlich genug.
Wir hatten Minot erreicht.

„Sie waren also wieder zurück in den USA. "
„Ja. Mich trennten aber noch fünf weitere Staaten von Zuhause. "
„Das ist unglaublich. Mr. Bolt, ich bin so berührt von ihrer Geschichte. Vielen Dank, dass wir die Diejenigen sein dürfen, denen sie alles erzählen. Es ist uns eine Ehre. Wirklich. "
„Sehr gerne. Jedoch bitte ich sie, mich kurz zu entschuldigen. Ich sollte meine Medikamente nehmen. So ganz ohne sie komme ich noch immer nicht aus. Wie meine Frau ihnen ja bereits erklärt hat, bin ich noch immer sehr stark traumatisiert. Aber es wird immer besser. Ich bin noch immer in therapeutischer Behandlung. Der Verlust meines Beins hat mich damals sehr tief hinabgezogen. Ich komme klar, aber manchmal ... Dieses Gespräch hat mich innerlich sehr aufgewühlt. Die Erinnerungen sind nicht immer schön, verstehen sie? "
„Natürlich, Mr. Bolt. Dafür haben wir vollstes Verständnis. Vielleicht erzählen Sie uns inzwischen, was bei Ihnen zur gleichen Zeit passierte, Mrs. Bolt? "
„Natürlich. Gern. "
Ich steige von Randys Schoß und bringe ihn in sein Zimmer. Bis er wieder zu uns stößt, erzähle ich weiter:

40

Lauren

Ich lebte nun schon ein halbes Jahr in Trenton. Inzwischen fühlte ich mich richtig wohl dort. Ellen hatte mich mit ihren Freundinnen bekannt gemacht. Rylan war ihr ganzer Stolz geworden, den sie gerne zum Treffen mit ihren Freundinnen mitnahm. So hatte ich ein wenig Freizeit, in der ich von Richard lernte, wie man in einem Büro arbeitete. Rylan war schon über zwei Jahre alt. Ich fand einen Platz in einer Kindertagesstätte für ihn, denn es war mir wichtig, dass er Kontakte zu anderen Kindern bekam. In dieser Zeit erledigte ich die Büroarbeiten für die Schreinerei. So konnte ich Randys Eltern wenigstens etwas zurückgeben, dafür, dass wir bei ihnen leben durften. Von Randy hatten wir nichts mehr gehört. Kein Brief, kein Anruf, keine Berichte der Detektive, die Ellen beauftragt hatte, ihn zu finden. Mit meinen Eltern hatte ich den Kontakt abgebrochen. Eileen studierte und ich verlor sie für sehr lange Zeit aus den Augen. Ich lernte aber durch Rylan einige Mütter kennen, denen meine Geschichte zum Glück nicht bekannt war. Immerhin waren ja auch schon drei Jahre vergangen, seit Randy nach Mexiko geflohen war. Hin und wieder trafen wir uns in den kleinen Cafes, oder in den Eisdielen. Manchmal auch in Handarbeitskursen, die Eileen sicher gefallen hätten. Ich machte nur mit, damit ich unter Menschen kam. Um noch ein wenig Geld zu verdienen, arbeitete ich abends an einer Kinokasse. Manchmal bot sich mir auch die Gelegenheit irgendwo Kellnerjobs zu ergattern, wenn große Events oder Konzerte in Trenton, oder in der näheren Umgebung, stattfanden. Und so kam es, dass ich Nathan kennenlernte. Er war damals mit seinen Freunden Doyle und Geofrey in der Spätvorstellung gewesen. Ich hatte bis nachts an der Kinokasse gesessen und war dabei abzurechnen, weil das Kino nach dem Film schloss. Die Kinogäste waren dabei das Gebäude zu verlassen, als einer von ihnen sich dem Kassenhäuschen näherte. Zunächst bemerkte ich den Mann nicht. Erst als er mir einen Zettel zuschob, auf dem stand, dass ich ihm die Einnahmen des Tages in die beigelegte Plastiktüte füllen sollte. Ich war starr vor Schreck und nicht fähig, mich überhaupt zu bewegen. Das Kino war jetzt leer. Nur dieser Kerl und ich waren noch da. Als ich seiner Forderung nicht nachkam, wurde er ziemlich ungehalten. Er fuchtelte mit einer kleinen Pistole vor der Scheibe herum, schob sie unten durchs Glas und entsicherte sie. Plötzlich kippte der Kerl einfach um. Hinter ihm tauchten drei Männer auf, die den Vorgang wohl beobachtet hatten. Nathan, Doyle und Geofrey.

„Lass die Frau zufrieden", hatte Nathan gerufen und den Kerl sofort zu Fall gebracht, indem er ihm einfach die Beine wegtrat. Seine beiden Freunde waren sofort zur Stelle und hielten den Mann am Boden. Alle blieben bei mir bis die Polizei eintraf.

Einige Tage später tauchte Nathan alleine wieder vor dem Kino auf.

„Ist es anmaßend, wenn ich frage ..., ob ..."
Rachel scheint etwas enttäuscht zu sein. Ich weiß nicht ob es
wegen Randy ist, der sich noch immer ein wenig ausruht, und
nichts zur Sache sagen kann. Er weiß von Nathan. Oder ob sie
erwartet, dass ich ihr sage, dass ich Randy abgehakt hatte. So
war es nicht.
„Sie wollen wissen, ob wir zusammengekommen sind?"
„Na ja ..."
„Ich erzähle es ihnen. Mein Mann weiß alles. Also ..."
„Ich verstehe ..."

Nathan erkundigte sich nach meinem Befinden. Er war nett zu
mir und lud mich zu einem Kaffee ein. Hin und wieder trafen
wir uns. Ja, ich fing an etwas für ihn empfinden. Dennoch
wollte ich Randy noch immer nicht aufgeben. Jedenfalls nicht,
bevor ich Gewissheit hatte. Die Suche nach ihm blieb weiterhin
erfolglos.

Es war schon fast wieder ein halbes Jahr vergangen seit dem
Überfall, aber noch immer kein Lebenszeichen von Randy.
Nathan bemühte sich sehr um mich. Und um Rylan.
Es war ein Samstag, als ich Randys Eltern von Nathan erzählte.
Bis dahin war zwischen uns noch nichts vorgefallen. Hier und
da mal ein Kuss, sonst nichts.
„Du bist eine zauberhafte junge Frau, Lauren. Auch wenn
Randy mein Sohn ist, den ich wie nichts auf dieser Welt liebe,
so muss ich ihn gehenlassen. WIR müssen das. Er kommt nicht
zurück. Er hat es in seinem Brief geschrieben. Er will es so.
Du sollst glücklich sein. Und wenn dieser Nathan ein Vater für
Rylan werden kann, dann ..."

Ellens Augen wurden feucht. Ich fühlte mich mies, aber ich wollte, dass sie es wussten.

Am nächsten Tag traf ich mich mit Nathan. Er war so ganz anders als Randy. Blond, groß und sportlich. Jurastudent und bodenständig. In seiner Freizeit ging er zum asiatischen Kampfsport, was seine Showeinlage gegen den Räuber erklärte. Nathan liebte es Motorrad zu fahren und mit seinen Kumpels zu feiern. Er hatte Ziele, hasste es spontan zu sein. Er liebte einen gewissen Luxus, den er von seinen Eltern aus kannte, und den er nicht missen wollte. Nathan gehörte nicht zu den ärmeren Menschen, und das wusste er auch genau. Nie hätte er in einem Zelt übernachtet, oder hätte draußen Beeren gesammelt, gejagt, geangelt, etc. Das komplette Gegenteil von Randy. Meinen Eltern hätte er sehr gefallen, wenn sie ihn denn je getroffen hätten. Doch dazu kam es nicht.

An besagtem Sonntag hielt er mit seinem roten Cabrio vor der Schreinerei an. Ich hatte ein furchtbar schlechtes Gewissen, als Ellen mir trotzdem einen schönen Tag wünschte. Ihre Augen glänzten schon wieder. Sie sah so traurig aus.
„Er kommt nicht wieder. Lebe dein Leben", hatte sie noch gesagt, bevor ich zu Nathan ins Auto stieg.
Während der Fahrt spürte ich Nathans Blicke immer wieder auf mir.
„Lauren. Ich verstehe dich. Und ich dränge dich zu nichts. Aber... ich denke auch, dass er nicht wiederkommt. Dein Leben liegt noch vor dir. Gib uns beiden eine Chance. Ich mag dich wirklich. Sehr sogar ..."
„Nathan ... ich ... ich weiß. Ich mag dich auch. Sehr gerne sogar. Ich weiß nicht ob ich schon dazu bereit bin. Er ist Rylans Vater. Er ist … Ich werde ihn immer lieben."

„Du sollst ja auch nicht damit aufhören. Nur nach vorne blicken, nicht zurück. Ich werde für euch beide da sein. Wenn du es willst ..."

Dann schwiegen wir beide.

Wir fuhren zum Essen. Danach in Nathans Haus. Seine Eltern hatten eine riesige Villa am Stadtrand von Trenton, mit allem Komfort, den man sich vorstellen konnte. An jenem Sonntag war Nathan alleine dort, denn seine Eltern waren mit ihrer Jacht unterwegs. Und das für ganze zwei Wochen. Wir machten es uns im Billardzimmer seines Vaters gemütlich. Von Randy hatte ich gelernt wie man spielt. Und ich schlug mich gar nicht schlecht. Nach langer Zeit hatte ich wieder etwas Spaß am Leben. Nathan brachte mich zum Lachen. Auf andere Gedanken. Hin und wieder gelang es mir, nicht an Randy zu denken, was mir aber, wenn ich es dann doch wieder tat, ein schlechtes Gewissen bereitete. Dann reichte Nathan mir Wein.

„Na komm, wir können zum Poolhaus gehen. Das Leben ist schön."

Er reichte mir die Hand und streichelte zärtlich darüber.

Wir erreichten das Poolhaus, das riesengroß war. Er schaffte es sogar, mich zu überreden ins Wasser zu gleiten. So, wie Gott mich erschaffen hatte. Das Wasser war warm, und es wurde noch wärmer, als Nathan auf mich zu glitt.

„Lauren. Du bedeutest mir etwas", hatte er gesagt. Ich drückte mich an den Beckenrand, er stellte sich vor mich und umfasste meine Hüfte. Schon ewig hatte ich keine körperliche Nähe mehr gespürt. Es fühlte sich schön an.

„Nathan..."

Seine Lippen kamen näher. Mein Herz raste. Es war so lange her, seit ich mit Randy geschlafen hatte. Ich hatte schon fast vergessen, wie schön es sein konnte, berührt und begehrt zu werden. Seine Lippen trafen meine. Ich griff in sein Genick

und zog ihn näher. Nathan war ein sehr attraktiver Mann.
Damals war er 27 und fast mit seinem Studium fertig.
„Das fühlt sich so gut an", flüsterte er und drückte sich weiter
an mich. Ich schlang meine Beine um seine Hüfte. Irgendwie
wollte mein Körper das gerade. Dann trug Nathan mich zum
Ruheraum der Sauna, die sich gleich neben dem Pool befand.
Dort standen riesige Sofas mit weichen Kissen herum. Auf
einem davon legte er mich ab. Er sah mir in die Augen.
„Du bist schön, Lauren", hauchte er und strich mir mein nasses
Haar aus dem Gesicht.
„Du auch, Nathan."
Und das war die Wahrheit. Er war wirklich eine Augenweide.
Wir tauschten intensive Blicke, die mir süße Schauer über die
Haut jagten. Er schob sich über mich, drückte seine weichen
Lippen auf meine. Nathan schmeckte nach Wein. Ich spürte
seine Härte und plötzlich regierte mein ausgehungerter Körper
mich völlig. Ich krallte mich an ihn, schloss meine Augen,
genoss jede seiner Berührungen. Dann drang er in mich ein und
ein süßer Schmerz erfüllte mich. Nathan war zärtlich, liebevoll.
Dennoch war es nicht Randy, dessen Körper ich in -, und
auswendig kannte.
„Du hast mir ganz schön den Kopf verdreht", grinste Nathan
als er meinen Hals liebkoste.
Ich versuchte Randy aus meinen Gedanken zu verdrängen. Es
gelang mir nur schwer, das zuzulassen, denn auch Nathan löste
etwas in mir aus. Dann begann er sich schneller zu bewegen.
Seine Haut war ganz heiß, und er schwitzte. Mein Herz raste
und mein Körper sehnte sich nach Zärtlichkeit. Wir fanden
einen Takt, der uns beide glücklich machte.
„Ich liebe dich, Lauren", stöhnte Nathan als er sich ergoss.
Ich begann auch Gefühle für ihn zu entwickeln, aber ich war
nicht richtig frei für ihn. Ich hätte es sein können, wenn ich mit

Sicherheit gewusst hätte, dass Randy nicht mehr lebte. Doch das weigerte ich mich zu akzeptieren.

Ich verbrachte die Nacht bei Nathan. Ellen und Richard kümmerten sich um Rylan. Es war eine schöne Nacht gewesen, aber ich fühlte mich trotzdem mies, weil Randys Eltern mein Kind beaufsichtigten, während ich mich mit einem anderen Mann vergnügte.

Nathan und ich blieben etwa ein halbes Jahr zusammen. Ich war so weit, ihn meinen Eltern vorzustellen, und wollte mit ihm und Rylan dorthin fahren. Heute bin ich froh, dass Nathan damals nicht mitkonnte, denn mein Leben geriet wieder total durcheinander, als ich im Schreibtisch meines Vaters einen weiteren Brief von Randy fand.

„Was Stand drin? Wann hatte er diesen Brief geschrieben? Wo war er zu dieser Zeit? Und seit wann hatten ihre Eltern diesen Brief schon?"

Rachel bombardiert mich mit Fragen, die ich gerade beantworten will. Da öffnet sich die Tür und Randy kommt in seinem Rollstuhl sitzend zu uns zurück. Er hat fast zwei Stunden geschlafen, was ihm gut getan hat. Er wirkt jetzt ruhiger, gefasster.

„Sie sind noch hier", sagt er an das Filmteam gewandt.

„Wir sprachen gerade über ..."

„Nathan. Ich habe von Nathan erzählt. Und von deinem Brief."

„Oh."

Randy kommt näher, unser Sohn schiebt ihn zu uns an den Tisch.

„Möchten sie darüber reden, Mr. Bolt?"

„Ja. Wir bringen es heute zu Ende."

41

Randy

Ich schrieb diesen Brief, als ich in North Dakota angekommen war. Es war noch an Bord des Frachtschiffes.
Ich schrieb:

Liebe Lauren

Ich weiß nicht wo du bist, ob du diesen Brief jemals lesen wirst. Trotzdem möchte ich dir sagen, dass mein letztes Katzenleben noch nicht aufgebraucht ist. Ich bin zurück in den Staaten. Im Norden. Noch immer wandere ich, so gut ich kann. Es hat sich einiges verändert. ICH habe mich verändert. Nicht nur äußerlich, sondern auch tief in mir drin. Es ist so viel passiert. Gerne würde ich dir mehr erzählen, doch das möchte ich dir nicht antun. Wir beide hatten eine schöne Zeit, die ich nie vergessen werde. Inzwischen sind schon fast drei Jahre vergangen, seit wir uns trennen mussten. Drei verdammte Jahre, in denen mein Leben keines mehr war, ohne dich. Ich hoffe, du bist besser dran als ich. Hast du dich schon neu verliebt? Falls es so ist, mach dir keine Sorgen deswegen. Ich verstehe das. Auch mir ist eine Frau begegnet, die mir sehr viel bedeutet hat. Aber das Leben hatte etwas anderes mit mir vor. Falls wir uns jemals wiedersehen, erzähle ich dir von ihr. Sie war nicht du. Das solltest du wissen. Niemand ist wie du. Trotzdem hat sie mich ein Stück durch mein Leben begleitet. Was passiert ist, möchte ich hier nicht sagen. Es ist besser, wenn du es nicht weißt. Noch immer ist jeder Tag eine Herausforderung. Ich habe die USA fast umrundet. Fast. In der Mitte des Landes war ich noch immer nicht. Dafür kenne ich jetzt Teile unserer Nachbarländer. Mehr musst du nicht wissen. Derzeit lebe ich auf einem Schiff. Und ich arbeite sogar, GRINS. Es geht mir den Umständen entsprechend gut. Leider muss ich dir sagen, dass ich all unser Geld aufgebraucht habe. Es ging nicht anders, denn sonst wäre ich sicher schon längst tot. Ich werde es dir zurückgeben, wenn ich es schaffe, Trenton zu erreichen. Vielleicht kann ich dir ja auch etwas schicken, wenn ich etwas verdient habe. Ich bin schon eine ganze Weile auf dem Schiff. Wir transportieren Holz. Es ist nicht einfach, und ich kann leider nicht mehr so arbeiten wie zuvor. Den Grund dafür sage ich dir nicht. Harry, mein Chef ist trotzdem zufrieden mit mir. Hast du meine Eltern inzwischen kennengelernt? Ich hoffe dass es ihnen gut geht. Vielleicht schreibe ich ihnen ja auch mal. Ich denke drüber nach. Bald wird der Herbst kommen und ich muss sehen, dass ich in wärmeren Gegenden bleibe, denn noch einen harten Winter im Norden schaffe ich nicht. Ich sage dir nur so viel, dass ich noch fünf Staaten durchwandern muss, bis ich den Staat New York erreiche. Ich denke, dass ich etwa ein halbes Jahr, oder länger, dafür brauchen werde. Ich weiß nicht, wie lange mein Körper das alles noch mitmacht. Ich habe viel von ihm verlangt. Und... Ich erzähle dir alles, wenn ich kann. Lauren, bitte trauere nicht um mich. Ich weiß, dass du mich liebst. Und ich weiß, dass dein Leben ohne mich leichter sein wird. Dein Herz gehört mir, und meins gehört dir. Trotzdem hatte das Leben etwas anderes mit uns beiden vor. Schau nach vorne, nicht zurück. Eines Tages wirst du viele süße Kinder haben, denen du gerne von uns erzählen darfst. Sage ihnen, dass sie sich an die Regeln halten sollen. Sage ihnen, dass du jemanden kanntest, dem es zum Verhängnis wurde, weil er es nicht getan hat. Sage ihnen, dass sie ihre Träume trotzdem nie aufgeben sollen. Du wirst das schon schaffen. Ich bin sicher, du findest einen Mann, mit dem all das möglich ist, was dir wegen mir verwehrt geblieben ist. Ein hübsches Haus, einen tollen Job und vieles mehr. Lebe, Lauren.

Für immer

Dein Randy

In Minot warf ich den Brief ein. Zunächst hatte ich überlegt, ihn an meine Eltern zu schicken, entschied mich dann aber doch dagegen. Es war noch ein weiter Weg bis Trenton. Und mir war klar, dass überhaupt nicht feststand, dass ich jemals dort ankommen würde. Und ich wusste ja auch nicht, ob sie und Lauren sich überhaupt schon getroffen hatten. Warum auch sollte Lauren nach drei Jahren überhaupt noch etwas mit meiner Familie zu tun haben? Für sie war ich tot. Und das schon so lange.

Ich stand im Zentrum von Minot und sah mich um. Von Harry hatte ich ein wenig Geld bekommen, womit ich zunächst meine Vorräte wieder auffüllte. An Bord hatte Harry sich um mich gekümmert. Jetzt musste ich wieder selbst für mich sorgen. Ich betrat eine kleine Bäckerei und besorgte mir etwas zum Frühstück. Das Wetter war schön. Nicht zu heiß, nicht zu kalt und trocken war es auch. Ich stellte meinen Rucksack ab und setzte mich nach draußen, wo die Bäckerei einige kleine Tische aufgestellt hatte. Die Stadt war ziemlich groß. Der Souris River hatte uns hierher gebracht. Hier befand sich auch die Air Force Base. Auf dem Tisch breitete ich meine alte Karte aus. Schon wieder musste ich die Route etwas ändern. Da mein Körper, vor allem mein krankes Bein, in den Streik getreten war, entschied ich, drei Tage in Minot zu bleiben. Mein Bargeld war nicht gerade als Reichtum zu bewerten, weshalb ich dringend einen neuen Job brauchte. Die Air Force Base war einen halben Tagesmarsch entfernt. Etwa 20 km nördlich von Minot. Ich wollte versuchen, dort einen Hilfsjob anzunehmen. Vielleicht konnte ich in der Küche helfen, oder mein handwerkliches Talent einsetzen. Ich hatte einen Plan, und somit wieder so etwas wie Hoffnung. Nachdem ich etwa zwei Stunden draußen gesessen hatte, machte ich mich auf den Weg zur Base.

Ich trampte, weil mein Bein einfach nicht mehr weiter wollte. Die Wunde hatte wieder zu bluten angefangen. Meine Hose war schon mit Blut durchtränkt. Ich spürte den Schmerz bis ins Hirn. Alles pochte und ich konnte mich kaum noch bewegen. Meine Hose klebte in der Wunde, meine Schultern schmerzten vom Tragen des Rucksacks und mein gesundes Bein fühlte sich an wie Blei. Schließlich brach ich am Straßenrand zusammen. Dort blieb ich liegen, bis ein Jeep anhielt. Drinnen saßen vier Soldaten, die ohne Zweifel zur Base gehörten. Mein Herz schlug mir bis zum Hals, aber kneifen konnte ich nun nicht mehr. Einer der Männer stieg aus:

„Sir, brauchen sie Hilfe?". wollte der Fahrer des Jeeps wissen. Auf seinen Schultern prangten mehrere Abzeichen, die ihn als einen hochrangigen Offizier kennzeichneten. Er schritt auf mich zu. Die anderen drei Männer stiegen auch aus.

„Alles in Ordnung.Ich suche nur eine Mitfahrgelegenheit. Mein Bein ..."

Ich deutete auf meine Verletzung.

„Das sollte sich ein Arzt ansehen. Wie ist das passiert? Und wann?", wollte der Offizier wissen, der wohl Jonas Barnes hieß. Ich erzählte ihm vom schlimmsten Tag meines Lebens in den Bergen Kanadas, verriet ihm aber nicht meinen richtigen Namen. Inzwischen glaubte ich schon selbst, dass ich Luke wäre.

„Sie sollten mit uns kommen. Ins Militärkrankenhaus. Dort wird man sich um sie kümmern. Wohin wollen sie denn?"

„Nach Osten. Ich mache eine Reise."

Mehr sagte ich ihm nicht. Einer der Männer trat an mich heran und hockte sich vor mich. Er schob mein Hosenbein hoch und erst da sah ich was wirklich mit meinem Bein los war. Die Wunde hatte sich nie ganz geschlossen. Schon weil ich viel zu früh aus der Klinik abgehauen war und die ganze Zeit in der

Wildnis gelebt hatte. Chaska hatte mich versorgt. Gut sogar.
Harry auch. Trotzdem hatten die Strapazen die Naht wieder
aufgerissen, was zur Folge hatte, dass mein ganzes Bein in
Eiter stand. Meine Hose klebte in der Wunde fest. Ich schrie als
Murphy, so hieß der Soldat, das Bein bewegte, um es
anzuschauen. Die Arbeit auf dem Schiff hatte dem Ganzen den
Rest gegeben. Es sah echt übel aus. Mir wurde immer klarer,
dass ich zunächst in Minot festhing. Ich schloss die Augen und
versuchte ruhig zu bleiben.
„Sie sollten wirklich mit uns kommen. Haben sie jemanden,
den wir kontaktieren können?", sagte der Offizier.
„Nein. Niemanden. Ich bin allein."
„Wir werden sie zur Base bringen. Dann sehen wir weiter..."
Mit vereinten Kräften halfen die vier mir in den Wagen zu
steigen. Ich fühlte mich nicht wohl, so unter Beobachtung der
Soldaten zu stehen. Dennoch war ich froh, dass sie mich
mitnahmen. Die Männer erzählten mir von den Anfängen der
Base und um den Zustand jetzt. Im Stützpunkt waren seit 1994
keine Flugzeuge mehr. Trotzdem war er noch immer in Betrieb.
Leider ergab es sich nicht, dass ich dort Arbeit finden konnte.
Stattdessen erreichten wir das Militärkrankenhaus, wo ich eine
Weile bleiben musste.
Jonas begleitete mich dorthin. Mein Bein sah echt übel aus.
Und so kam es, dass ich erneut operiert wurde.
„Sie hatten echt Glück, Luke. Sie sind so gerade noch an einer
Blutvergiftung vorbei geschrammt. Was zur Hölle ist ihnen
zugestoßen? Sie hätten noch gar nicht entlassen werden
dürfen ..."
Der Arzt, Dr.Miller, klärte mich auf, wie es wirklich um mich
gestanden hatte. Mein letztes Katzenleben wäre beinahe auch
verbraucht gewesen. Meine überstürzte Flucht hatte mich mal
wieder in Schwierigkeiten gebracht. Die Angst gefasst zu

werden, obwohl das alles schon so lange zurücklag. Und
außerdem hatte ich ja auch niemanden umgebracht, lediglich
verletzt. Zwar schwer, aber nicht tödlich. Alle anderen
Vergehen auf meiner langer Liste, der Verstöße gegen
amerikanische Gesetze, waren nicht der Rede wert.
„Sie werden wieder gehen können. Eines Tages ...", riss der
Arzt mich aus meinen Gedanken. Ich befand mich in einem
kleinen Krankenzimmer auf der Base. Es waren schon zwei
Tage vergangen, als ich endlich aufwachte und schon wieder
über eine Flucht nachdachte. Ich befand mich außerhalb von
Minot, und somit weit weg von der Grenze zu Kanada und
auch von Minnesota. Für mich zunächst unerreichbar. Klar war,
dass ich zunächst auf der Base festsaß. Ich starrte den Arzt an,
dann mein Bein, welches schon wieder unter einem dicken
Verband verschwunden war.
„Ihr Kniegelenk konnten wir leider nicht erhalten. Es gibt
Möglichkeiten, später eine Prothese ..."
„Ich bin ein Krüppel", unterbrach ich den Arzt bei seiner
Ausführung. Meine Augen brannten. Mir war ja zuvor schon
klar gewesen, dass mein Leben nicht mehr dasselbe sein
würde. Doch jetzt kam mir alles noch viel realer vor. Mein
Bein endete eine Hand breit über dem eigentlichen Kniegelenk,
und war somit noch etwas kürzer geworden als zuvor schon.
Ich begann zu zittern, als ich begriff, dass das hier noch nicht
das Ende war. Eines Tages, falls ich es zurück nach Trenton
schaffen sollte, müsste ich erneut in ein Krankenhaus und
anschließend mit einer Beinprothese leben müssen. Oder ewig
an Krücken, Rollstuhl, oder Ähnlichem, gebunden sein. Ich
dachte an Lauren, und daran, ob sie wohl mit so etwas
zurechtkäme, falls ich sie jemals wiederfinden sollte. Meine
Gedanken rasten in alle Richtungen. Schließlich war ich fast so
weit, Lauren aufzugeben. Ich wollte ihr das nicht antun.

„Bleiben sie erst einmal hier. Das wird schon", meinte der Arzt dann und ließ mich allein. Meinen Rucksack hatte ich ja zum Glück wiederbekommen. Er stand direkt neben meinem Bett, so dass ich ihn problemlos erreichen konnte. Mein Bein schmerzte noch immer, aber das war mir egal. Ich fischte meine Landkarte hervor und überlegt wohin ich als nächstes musste, um nach Minnesota zu gelangen. Ich entschied, mich bis zum Lake Superior durchzuschlagen, und dann den Seeweg bis zur Whitefish Bay zu nehmen. Zunächst musste ich der Bundesstraße 2 bis Rugby folgen. Der Weg dorthin betrug ca. 65 Kilometer. In Grand Forks musste ich die Grenze zu Minnesota überqueren. Der Lake Superior war noch 700 km entfernt. Mit gesunden Beinen hätte ich diesen Weg in dreizehn Tagen schaffen können. Doch jetzt war alles anders. Ich rechnete mit drei bis vier Wochen. Mein Plan stand, und ich musste nur noch warten, wann ich endlich in der Lage sein würde, zu verschwinden.

Nach einer Woche sah mein Bein schon viel besser aus. Ich wurde gut versorgt in der Base und niemand fragte mich aus. Ich bekam einen Rollstuhl gestellt, mit dem ich mich frei auf dem Gelände bewegen konnte. Ich erkundete die Base und es wurde mir immer mehr bewusst, was aus mir hätte werden können, wenn ich diesen verrückten Traum verdrängt hätte.

Oberst Clifford war für die Hubschrauberstaffel zuständig, die noch immer auf der Base aktiv war. Er schob mich zu den Hallen, in denen die Fluggeräte aufgereiht standen. Ich war beeindruckt wie riesig und modern diese Helikopter waren. „Wenn sie wollen, können sie gerne an einem Übungsflug teilnehmen", sagte Clifford und schob mich auf den Übungsplatz, wo gerade einer der riesigen Kampfhubschrauber starten wollte.

„Das wäre toll. Ich danke ihnen, dass sie sich um mich kümmern."

„Sie wären dort oben gestorben. Wissen sie, wir haben viel Elend auf dieser Welt gesehen. Und wir haben Menschen töten müssen. Aber wir retten auch Leben. Sie hatten verdammtes Glück, Luke."

Wir blieben denn ganzen Nachmittag auf dem Übungsfeld der Base. Clifford ließ mich sogar ins Cockpit des Hubschraubers bringen. Beinahe vergaß ich was mit mir los war. Und dann überflogen wir Minot, die Wälder North Dakotas, die kanadische Grenze und den Fluss, der mir Chaska und ihr Baby genommen hatte. Erst jetzt wurde mir klar, wo ich die letzten Monate gelebt hatte. Mitten in der Wildnis. Ich konnte nichts gegen die aufsteigenden Tränen machen, als ich den Fluss sah. Die letzten drei Jahre waren so unglaublich und es grenzte tatsächlich an ein Wunder, dass ich noch lebte.

„Das stimmt", sagt Rachel.
„Sie sind ein Glückspilz, manchmal jedenfalls", grinst sie und legt die Fotos von der Hütte zurück in die Kiste.
„Wie war das bei ihnen? Was wurde aus ihnen und Nathan?",
will der Kameramann wissen.
„Der Brief ... ich wollte Randy einfach nicht gehen lassen."
Ich erzähle weiter:

42

Lauren

Ich hatte also diesen Brief gefunden. Ich hatte wieder
Hoffnung, denn das Datum des Poststempels war relativ neu.
Vielleicht einen oder zwei Monate alt. Ich war noch einmal
alleine zu meinen Eltern gefahren. Nach langer Zeit spürte ich
das Bedürfnis, mit ihnen reden zu wollen. Nathan war aus
dieses mal nicht dabei. Ich fand jenen Brief im Schreibtisch
meines Vaters und fragte mich, warum meine Eltern Randys
Briefe aufbewahrten, wenn sie doch wollten, dass ich ihn
vergessen sollte? Ich fragte nicht danach, sondern steckte den
Brief einfach ein. Ich blieb nur einige Tage in Gerorgetown.
Es war einfach nicht mehr mein Zuhause. Diesmal hatte ich das
Flugzeug genommen und Rylan bei Ellen und Richard
gelassen. Am Tag meiner Rückkehr nach Trenton, erwartete
Nathan mich bereits am Flughafen.
„Schön dass du wieder da bist", raunte er und zog mich an sich.
Ich freute mich auch, ehrlich. Aber Randys Brief hatte wieder
alles infrage gestellt. Er lebte noch. Und ich hatte eine leise
Ahnung, wo er stecken könnte. Halbherzig umarmte ich
Nathan. Natürlich hatte er auch seinen Platz in meinem Herzen.
Gleich hinter Randy und Rylan.
„Was ist passiert?", fragte er, als wir uns auf dem Highway
befanden.
Nathan kannte mich inzwischen ziemlich gut, um zu merken,
dass mich etwas beschäftigte. Ich antwortete nicht und
versuchte mich zu beherrschen. Meine Gedanken waren nur bei
diesem Brief und Randy.

Wir erreichten Randys Elternhaus, wo ich noch immer wohnte.
„Wir sehen uns morgen?", wollte ´Nathan wissen.
„Na klar. Danke, dass du für mich da bist."
„Ich liebe dich, Lauren. Ich weiß, dass du mit mir reden wirst,
wenn du es willst."
Dann fuhr er davon. Ich fühlte mich mies. Nathan hatte etwas
Besseres als mich verdient. Schon kamen mein Sohn und
Randys Eltern aus dem Haus. Sie alle hatten mir so gefehlt.
Ellen und Richard waren meine Ersatzeltern geworden. Ich
zeigte ihnen den Brief.
„Er scheint in North Dakota zu sein", stellte Richard fest.
„Sollen wir nach ihm suchen?", fragte ich.
„Wo? Ich denke, er ist schon wieder woanders. Uns bleibt nur
die Hoffnung", meinte Ellen. Und damit hatte sie sicher recht.
Es wäre wahrscheinlich aussichtslos, ihn zu finden.
Am nächsten Tag traf ich mich mit Nathan bei ihm Zuhause.
Ich versuchte mich voll auf ihn zu konzentrieren, was mir nur
mäßig gelang. Ich blieb über Nacht, welche der Anfang vom
Ende zwischen mir und Nathan war. Ich lag in seinen Armen.
Er begann Zukunftspläne zu schmieden. Natürlich hatte ich
ihm nichts von jenem Brief erzählt. Wir näherten uns an,
tauschten Zärtlichkeiten aus, die von meiner Seite aus eher
halbherzig waren. Ich schloss die Augen und stellte mir vor, es
wäre es wäre Randy, der mich liebte. Erschöpft, aber glücklich,
schlief ich in Nathans Armen ein. Und dann suchte mich ein
Traum heim, in dem Randy eine zentrale Rolle spielte. Er
tauchte vor mir auf, lächelte mich an und dann sah ich ihn tot
am Wegesrand liegen. Schreiend und zitternd wachte ich auf.
Immer wieder schrie ich nach Randy. Und dann hatte Nathan
einfach keine Kraft mehr. Ich verließ sein Haus noch in jener
Nacht und sah ihn nie wieder. Jedenfalls für eine sehr lange
Zeit. Doch das erzähle ich ihnen später.

„Das heißt, sie sind ihm noch einmal begegnet?"
„Er gehört noch immer zu unserem engsten Freundeskreis."
„Wieso das?"
„Das ist eine andere Geschichte", sagt Randy.
Er klingt wieder ruhiger, gefasster. Der Abend ist schon fast zur Nacht geworden. Das Filmteam ist schon den ganzen Tag hier. Trotzdem ist es heute das letzte Mal, dass wir uns sehen. Vielleicht sehen wir uns wieder, wenn der Film fertig ist. Oder vorher, um zu besprechen, wer uns spielen soll. Ich hätte da so meine Vorstellung, wer meinen Mann verkörpern könnte.
Bis dahin gibt es aber noch einiges zu erzählen. Ich verschwinde in die Küche und richte uns ein paar Snacks. Währenddessen erzählt Randy von seiner weiteren Reise, nachdem er die Air Base verlassen hatte.

43

Randy

Ich blieb etwa zwei Monate in der Base. In dieser Zeit lernte ich einiges über Mechanik und Technik, was die Helikopter betraf. Wäre ich jemand anderes gewesen, und hätte ich mein Leben noch einmal neu beginnen können, so hätte ich mit Sicherheit bei der Armee angeheuert, um dort vielleicht doch eine Ausbildung, oder gar ein Studium in Maschinenbau, oder Flugtechnik zu machen. Doch mein echtes Leben sah nun mal anders aus. Meine Zeit in North Dakota ging zu Ende. Jonas hatte noch in Minot zu tun und nahm mich bis ins Zentrum mit. Die Pflegerinnen der Base hatten aus mir wieder einen Menschen gemacht. Mein langer Zopf war nun doch noch der Schere zum Opfer gefallen, und mein Bart war nur noch als leichter schwarzer Schatten zu sehen. Meine Wunde war nun endlich richtig verheilt und zu meinem Erstaunen, übernahm das Militär sogar die Kosten für die Behandlung, wofür ich Jonas und seinen Kollegen sehr dankbar war.
Er ließ mich am Bahnhof von Minot zurück.
Von der Arbeit auf dem Schiff hatte ich noch ein wenig Geld dabei, das so gerade für eine Zugfahrt nach Rugby reichte. Dorthin fuhr ich noch am gleichen Tag. Immerhin waren es nun fast 70 km, die ich weniger zu Laufen hatte. Es gelang mir, möglichst unauffällig in den letzten Wagon zu steigen, obwohl ich ja eine gültige Fahrkarte hatte. Es war ein sonniger, heller Tag, den ich jetzt doch froh war, erleben zu dürfen. Ohne die Soldaten wäre ich elend verreckt. Und nun war ich hier. Ich entschied mich, doch einen Brief an meine Eltern zu schreiben.

Liebe Mom, lieber Dad

Ich weiß, ich hätte mich schon früher bei euch melden sollen. Ich weiß auch, dass ihr denkt, ich wäre tot. Jedenfalls habe ich so etwas in den Nachrichten gehört. Na ja, ich lebe zwar noch, aber irgendwie bin ich doch tot. Sicher wisst ihr schon längst, was passiert ist. Nun, ich will euch sagen, dass ich all das getan habe. Ich kann euch nicht sagen, wie leid mir das alles tut. Ihr habt sicher von Lauren gehört. Ich habe sie während meiner Reise getroffen und mich in sie verliebt. Leider ist etwas passiert, was alles, was ich tun musste, mit sich gezogen hat. Ihr müsst mir glauben, dass ich nur das Beste für Lauren wollte. Auch ihr habe ich geschrieben. Ich weiß nicht wo sie ist, ob sie noch immer an mich denkt, und ob meine Briefe sie überhaupt erreicht haben. Ihr sollt wissen, dass sie die Liebe meines Lebens geworden ist und dass ich alles dafür tun würde, wenn ich sie noch einmal in meinen Armen halten könnte. Mein Weg führte mich quer durch das Land. Vielleicht kann ich es euch eines Tages erzählen. Ich versuche zurück zu euch zu kommen. Mein Leben hat sich verändert. Bitte sucht nicht nach mir. Und bitte hört Lauren zu, sollte sie sich bei euch melden. Ich habe euch sehr wehgetan, aber ich liebe euch beide.

In Liebe, Randy

Ich las den Brief hundertmal durch, bevor ich ihn endlich
zusammenfaltete. Alsbald wollte ich ihn abschicken, was ich
aber dennoch nicht tat. Es tat mir gut, mir alles einmal von der
Seele geschrieben zu haben. Trotzdem brachte ich es nicht
fertig, den Brief selbst abzuschicken. Dazu später mehr.
Ich hatte gerade meine Lebensmittel ausgepackt, als sich ein
relativ junger Kerl zu mir setzte.
„Hey, ist hier noch frei?", meinte dieser und sah mich
erwartungsvoll an. Nichts an ihm war besorgniserregend.
„Klar", sagte ich nur und sah zu wie der Typ mir gegenüber
Platz nahm. Er sah gepflegt aus, aber wirkte auch etwas
gehetzt.
„Wohin geht´s denn?", wollte er wissen.
„Rugby", sagte ich nur und bis in mein Brot.
„Und du?"
„Grand Forks. Will rüber nach Minnesota. Da lebt mein Onkel.
Er ist Ranger im Nationalpark. Ich will raus aus der Großstadt,
verstehst du?"
„Aussteiger?"
„Ja, so ähnlich. Und du? Ich bin übrigens Liam. Liam French,
aus Minot."
„Luke, auch aus Minot", log ich.
„Was ist dir passiert?, Luke", fragte er und starrte mein nicht
mehr vorhandenes Bein an.
„Bin abgestürzt. Beim Wandern in den Bergen Kanadas ..."
Wir kamen ins Gespräch und Liam war mir sehr sympatisch. Er
wirkte ehrlich und aufrichtig. Ich erzählte ihm nicht alles, nur
das Offensichtliche. Liam hörte zu. Er erzählte mir dann,
warum er aussteigen, und auf dem Land leben wollte. Bis auf
eine Kleinigkeit, die er mir erst viel später verriet. Das alles
konnte ich verstehen. Er tickte wie ich und wir beide
beschlossen, zusammen nach Grand Forks zu fahren. Liam

hatte Geld dabei. Geld, dass seinem reichem Vater, einem Industriellen, gehörte. In Form von sämtlichen Kreditkarten, die man sich vorstellen konnte. Liam hatte, genau wie ich, keine Lust, ein Unternehmen zu leiten. Und schon gar nicht wollte er eine Frau heiraten, für die er nichts empfand. Warum das so war, erfuhr ich auch erst später. Deshalb war er einfach abgehauen, ohne nachzudenken, was da alles auf ihn zukommen würde, falls er es nicht bis zu seinem Onkel schaffen sollte. Ich wünschte ihm, dass sein Weg leichter werden würde als meiner.

In Rugby war die Reise für mich zu Ende. Meine Fahrkarte reichte nur bis dort. Gerade als ich aussteigen wollte, kam Liam mir hinterher.
„Wo willst du hin?"
„Zu Fuß weiter."
„Ich komme mit. Die Karte nach Grand Forks spendier ich dir."
„Was? Warum?"
„Das Leben ist ein Abenteuer und ich bin bereit dazu", grinste er und eigentlich war es mir recht, denn ich wollte nicht mehr allein sein.
Dann stiegen wir in den nächsten Zug um.

Liam und ich wurden echt dicke Freunde. Er akzeptierte mich so wie ich war. Meine Behinderung war für ihn okay. Er behandelte mich ganz normal, übertrieb nicht damit, mir bei jeder Kleinigkeit helfen zu wollen, was ich sehr an ihm schätzte.
Tatsächlich erreichten wir einen Tag später die Rangerhütte seines Onkels, die sich direkt in Fargo, am Red River befand, der gleichzeitig auch die Grenze zu Minnesota war. Liams Onkel Murphy war Mitte vierzig und lebte allein in jener

Hütte, die das gesamte Flussufer auf North Dakotas Seite überwachte. Und auch die gegenüberliegende. Der Fluss durchschnitt Fargo. Der Red River war ein ruhiger Fluss, der im Gegensatz zu anderen, die ich im Laufe meiner Reise überqueren musste, eher harmlos wirkte. In Murphys Hütte gab es Platz für uns alle. Er fragte nicht wer ich war. Auch nicht, woher ich meine Verletzung hatte. Und das kam mir sehr gelegen.

„Kommt erst einmal rein, ihr beiden. Liam, mein Junge, hat mein Bruder dich wieder überreden wollen, French Industries zu übernehmen?..."

Liam und sein Onkel hatten sich viel zu erzählen, so dass ich mir ein wenig überflüssig vorkam. Die lange Zugfahrt hatte mich müde gemacht, und so war es mir nur recht, dass ich nicht viel reden musste. Nachdem wir am Lagerfeuer draußen gesessen und gequatscht hatten, wies uns Murphy ein Zimmer im Dachgeschoss der Hütte zu. Liam half mir die Leiter nach oben zu erklimmen. Ich war froh, endlich wieder in einem normalen Bett liegen zu können. In der Nacht suchte mich ein Alptraum heim. Es war mein erster von vielen, die mich bis heute noch immer begleiten.

„Hey, hey, Luke. Aufwachen ..."

Ich hörte eine Stimme, weit weg und ganz leise. Mein Herz schlug mir bis zum Hals und ich schwitzte. Ich schlug um mich als ich Liams Hand an meiner Wange spürte.

„Hey, ich bin´s. Liam. Was zum Teufel ist los mit dir? Wer ist Chaska? Und Lauren?"

Ich brauchte ewig, bis ich aufwachte. Dieser Traum war so lebendig gewesen. Alles, was mir bisher widerfahren war, schien in diesen Traum zu passen. Das Erdbeben, der Überfall, der Tod meiner Tiere. Meine Eltern. Ich sah Chaska erneut sterben. Phelan. Lauren, wie sie in das Auto gezerrt wurde, und den Bären, dem ich es zu verdanken hatte, dass ich mein Bein verloren hatte. Mein Atem rasselte. Ich starrte Liam an, der ziemlich geschockt aussah.

„Willst du darüber reden?", fragte er.

„Es ... ist kompliziert."

Mehr konnte ich ihm nicht sagen. Dazu kannten wir uns noch nicht lange genug.

„Okay. Wenn doch - du weißt wo du mich findest."

Erschöpft ließ ich mich zurück in die Kissen sinken. Es war schon Mitternacht vorbei, als ich endlich wieder einschlief.

44

Randy

Die Zeit bei Liams Onkel verging schnell. Ich wollte nicht dort
bleiben, obwohl ich es gekonnt hätte. Nach etwa vier Wochen
entschied ich mich, meine Reise fortzusetzen. Liam wollte mit
mir kommen. Wir machten uns auf den Weg nach Marcoux, in
Minnesota. Die Grenzüberquerung war einfach gewesen, weil
Murphy uns einfach auf der gegenüberliegenden Flussseite
abgesetzt hatte. Niemand stellte infrage was er tat, da er beide
Seiten des Red River beaufsichtigte.
„Passt auf euch auf. Wenn es Probleme gibt ...“
„Ich weiß, Onkel Murphy. Aber ich kann Luke nicht allein
gehen lassen.“
„So bist du, mein Junge. Also ...“
Wir winkten Murphy noch einmal zu. Dann wanderten wir am
Ufer des Red River entlang bis wir auf die 2 stießen. Liam
hatte sich inzwischen einen ähnlichen Rucksack besorgt wie
ich ihn hatte. Er meinte das ernst, mich zu begleiten, da er sich
doch Sorgen gemacht hatte. Und auch noch aus anderen
Gründen, von denen ich zu diesem Zeitpunkt noch nichts
geahnt hatte. Ich war froh, nicht mehr allein wandern zu
müssen. Inzwischen vertraute ich Liam so weit, dass ich ihm
meinen richtigen Namen verriet. Den Rest meiner Geheimnisse
erfuhr er als bei einer Rast mein Rucksack umkippte. Wir
hatten Marcoux erreicht und waren den ganzen Tag gelaufen.
Leider schwächte mich das Laufen immer noch sehr und ich
ließ mich einfach auf eine Wiese fallen. Mein Rucksack war

nicht richtig verschlossen und sämtlicher Inhalt purzelte auf die Wiese. Unter anderem meine Fotos und ... der Brief an meine Eltern. Mein Jagdmesser ebenfalls, bei dessen Anblick Liam zusammenzuckte.

„Was zur Hölle ist das, Randy? Ich denke, es ist an der Zeit, dass du mir alles erzählst, findest du nicht?"

Er faltete den Brief auseinander und las.

„Warum schickst du ihn nicht ab?"

„Ich ... sie sollen sich keine falschen Hoffnungen machen ..."

„Bullshit. Ich bin auf deiner Seite, Mann."

Da erzählte ich Liam alles. Er hörte mir zu. Fast wie ein Bruder, den ich leider nicht hatte.

„Es wird sich alles klären. Du wirst sie wiedersehen. Und das Mädchen auch. Hübsch ist sie", grinste er und betrachtete ein Bild von Lauren, das ich in Disney Land gemacht hatte. Auch jetzt noch kam mir alles normal vor. Ich hatte einen Freund gefunden. Einen sehr Guten sogar, mit dem ich mein Abenteuer weiter erleben konnte.

Inzwischen war es Nacht geworden und wir entschieden uns die Zelte aufzubauen. Liam hatte leider gar keine Ahnung, worauf er sich da eingelassen hatte. Er war Luxus gewohnt und hatte Mühe die Behausung überhaupt zusammenzubauen. Das Feuermachen hingegen klappte ganz gut, da Liam Raucher war und natürlich genug Feuerzeuge dabei hatte. Ich brachte ihm bei wie man angelt und Speere schnitzt. Mein Gefühl der Freiheit kam zurück. Endlich hatte ich wieder jemanden um mich, dem ich vertraute, den ich mochte. Damals hatte ich noch nicht kapiert was da begann zu wachsen. Erst viel später. Dazu kommen wir noch.

Wir wanderten weiter gen Osten. Nach Fosston. Dort warf Liam meinen Brief ein. Ich hatte es nicht verhindern können, doch später war ich froh darüber. In Fosston blieben wir nur zwei Tage. Inzwischen hatte Liam kapiert, wie man in der Natur überleben konnte. Wir ergänzten uns prima, und ich denke, dass genau das dazu beitrug, dass er scheinbar begann, etwas für mich zu empfinden. Vielleicht hatte er ja auch schon vorher Gefühle für mich, die ich einfach nicht bemerkt hatte. Für mich war er ein guter Freund geworden. Eigentlich mein Bester, wenn ich meine Freunde zuhause und Lauren nicht mitzählte. Wir hatten Spaß am Leben und ich vergaß alles um mich herum, wenn Liam wieder eine seiner verrückten Ideen hatte, und mich damit zum Lachen brachte. Er war fröhlich, einfach und unkompliziert.

Nachdem wir Fosston verlassen hatten, ging es weiter nach Bemion, Cass Lake, bis zum Leeck See, der nicht mehr weit von Grand Rapids war. Bald hätten wir die Grenze zu Wisconsin erreicht. Dazu mussten wir nach Duluth, was noch drei weitere Tagesmärsche bedeutete. Liam lernte zu jagen, Fische auszunehmen und genießbare Pilze zu sammeln. Auch wenn er auf Grund seiner finanziellen Lage alles hätte kaufen können, was er wollte, tat er es nicht. Meine Lebensweise hatte ihn fasziniert und er war bereit mit mir diesen Weg zu gehen, mich zu begleiten, bis ich New Jersey erreichen würde. Und sogar noch danach, wenn ich es wollte. Liam wollte bei mir in Trenton bleiben und dort ganz von vorne anfangen. Dazu kam es leider nicht. Was geschah, erzähle ich später.

In den Nächten teilten wir ein Zelt. Das andere benutzten wir dazu, unsere Habseligkeiten unterzubringen. Noch immer hatte ich keine Ahnung, was wirklich in Liam vorging. Ja, er suchte meine Nähe, was ich nicht schlimm fand, denn diese Kälte, es war schon wieder Herbst, fast Winter geworden, war kaum zum Aushalten. Wir waren dünn geworden und mein altes Leben, vor dem Unfall, hatte mich wieder. Jeder Tag war ein Überlebenskampf. Er strengte mich an, zu tun, was ich vorher getan hatte. Und es war jetzt schwieriger zu fischen und zu jagen. Noch immer schnitzte ich Figuren aus Holz und Liam versuchte sie zu Geld zu machen, denn ich hatte absolut nichts mehr. Wir versuchten im Ort kleinere Jobs zu erledigen. Liam mistete Ställe aus und lernte Kühe zu melken, ich half in irgendwelchen Spülküchen aus und versuchte irgendwie zu Geld zu kommen. Mein fehlendes Bein machte die Sache natürlich nicht leichter und die meiste Arbeit blieb an Liam hängen, der sich aber Mühe gab, uns beide zu versorgen. Es störte mich nicht, dass Liam sich nachts an mich drückte. Die Nächte waren bis auf 4° abgekühlt. Der kalte See und der eisige Nordwind machten es auch nicht besser. Und dann passierte etwas, das mir so langsam klarmachte, was eigentlich lief.

„Stört es dich wenn ich näher an dich heranrücke?", flüsterte Liam.

„Nein, natürlich nicht."

Ich ließ es zu, dass Liam hinter mich rückte und seine Arme um mich schlang. Langsam begann ich zu begreifen. Ich verstand nicht, warum es mir nichts ausmachte. Im Gegenteil, seine Nähe löste etwas in mir aus. Mein Herz schlug schneller. Ich fühlte seinen Körper, seine Berührung und seinen Atem in meinem Genick. Ich schloss meine Augen und fühlte nur. Alles in mir hatte etwas vermisst, ohne dass ich wusste. Ich konnte es nicht verstehen, denn mit Sicherheit war ich nicht schwul. Damals auf der Prinzess hatte ich völlig anders reagiert, als Dan mich versucht hatte zu küssen. Da war Lauren ja auch noch da.

Doch jetzt gab es nur mich und Liam, der seine Lippen in

meinen Nacken drückte. Mir wurde klar, dass mein Körper nach menschlicher Berührung, Zärtlichkeit, verlangte. Auch wenn sie in diesem Fall von einem Mann kam. Liam war zwei Jahre älter als ich. Er war blond, sonnenverwöhnt und sehr gut gebaut. Nicht, dass ich je auf Männer geachtet hätte, aber Liam löste etwas in mir aus, was ich selbst nicht verstand. Ich griff nach seiner Hand, die sich entlang meiner Seite sanft auf und ab bewegte.

„Liam ... ich ...“

„Randy ... ich ... da ist etwas an dir ...“

Mir wurde ganz warm als ich seinen heißen Atem in meinem Genick spürte. Ich drehte mich zu ihm um. Der Mond erhellte unser Zelt und ich sah zum ersten mal in meinem Leben einem Mann so tief in die Augen, dass es mir heiß-kalte Schauer über die Haut jagte. Minutenlang sahen wir uns an, seine Hände noch immer an meinem Bauch. Sein Gesicht kam näher. Noch näher, und ich ließ es geschehen. Liam küsste mich, dass mir alle Sinne schwanden. Ich kannte mich selbst nicht mehr, aber mir war klar, wohin das hier führen würde. Ich würde mit einem Mann schlafen. Liam begann mein Shirt zu verschieben, und ich seines. Immer hektischer versuchten wir uns von unseren Klamotten zu befreien. Das Verlangen wuchs immer mehr. Ich vergaß für kurze Zeit, wem mein Herz gehörte. Die Zeit mit Chaska lag schon so lange zurück. Die mit Lauren noch viel länger.

„Du hast mich schon fasziniert, als ich dich in den Zug steigen sah. Ich habe dich gesehen, dich um deine offensichtliche Freiheit beneidet und ich wollte dich einfach kennenlernen. Ich bewundere dich. Dein Leben ist so anders als meines. Du bist anders als meine Freunde daheim, anders als meine Familie. Es macht mir nichts, dass... Du ...du faszinierst mich. Ich denke dass ich dabei bin, mich in dich zu verlieben. Ich mag dich,

Randy. Und ich... ", hauchte Liam.

„Liam ..."

„Ich weiß, du stehst auf Frauen. Du hast es mir oft genug gesagt. Ich verstehe, wenn du mich jetzt davon jagst, aber bitte, nur diese eine Nacht. Ich werde vorsichtig sein, denn ich weiß, dass ich der erste Mann bin, mit dem du schläfst."

Er schob meine Shorts zur Seite, griff darunter und legte seine Hand auf meine Erektion. Ich reagierte auf ihn, was mir fremd war. Dennoch machte ich mit, denn Liam verstand es mich zu reizen. Dann lagen wir nackt im Zelt. Er küsste mich. Überall. So zärtlich, fast wie Lauren es getan hatte. Oder Chaska. Ich erwiderte seinen Kuss. Heftiger als ich eigentlich gewollt hatte. Mein Körper machte was er wollte. Liam drehte mich vor sich, er drückte sich hinter mich, umfasste meine Hüfte. Ich spürte seine Härte näher kommen und hatte keine Ahnung worauf ich mich einließ.

„Willst du es denn?", fragte er.

„Ja", flüsterte ich. Ich wusste ja selbst nicht, warum ich dazu bereit war. Mein Herz raste. Noch nie zuvor war ich mit einem Mann intim gewesen, doch jetzt wollte ich es. Liam schob sich enger an mich. Seine Erektion näherte sich, glitt langsam in mich. Er war so zärtlich, dass es mir fast die Tränen in die Augen trieb. Dieser Mann war einfach unglaublich. Ich spürte leichten Schmerz als er in mich eindrang. Ich verspannte mich weil ich Angst bekam, doch Liams zärtliche Worte nahmen mir die Angst vor dem Rest. Er drang immer tiefer in mich ein und begann sich zu bewegen. Das Gefühl war ... anders, aber schön. Ich wimmerte leise, denn noch immer war ich unsicher. Dann wurde er etwas schneller und mir entglitten lustvolle Laute, die mir selbst Angst machten.

„Randy ... oh mein Gott. Du ..."

Er verstummte, ergoss sich und sackte auf mir zusammen.

Auch ich kam, weil er es mir mit seiner Hand besorgt hatte.
„Das war ... unglaublich. Es ... tut mir leid, aber ...“
Liam rückte näher an mich heran und bettete seinen Kopf auf
meine Brust. Ich konnte nicht anders, als ihm einen zärtlichen
Kuss auf den Kopf zu drücken.
„Für mich war es auch schön, aber du musst wissen ...“
„Ich weiß, du stehst eigentlich auf Frauen“, lächelte er.
„Ja, aber ... es hat mir trotzdem sehr gefallen. Komm her ...“
Wir schliefen eng aneinander gepresst ein und wachten
genauso ineinander verschlungen wieder auf. Wir begrüßten
den neuen Tag mit einem innigen Kuss und alles, was danach
kam, glich schon fast einer Beziehung.

Eine Woche später machten wir uns auf den Weg nach
Flootwood, dann nach Duluth. Hier mussten wir über die
Grenze nach Wisconsin. Meine Karte sagte mir, dass der
Seeweg die schnellste Möglichkeit war, nach Whitefish Bay zu
gelangen. Der Lake Superior befand sich zwischen mehreren
Staaten und würde uns vielleicht nach Detroit bringen, wenn
wir eine Möglichkeit fanden, auf einem Schiff anzuheuern, was
aufgrund meiner Behinderung mit Sicherheit nicht leichter
werden würde. Nicht alle Schiffskapitäne waren wie Harry.
Trotzdem hatten wir so etwas wie einen Plan, den Liam
unbedingt umsetzen wollte. Liam und ich gehörten ab sofort
zusammen, irgendwie.

„Es ... ist eine sehr persönliche Sache, von der ich Lauren
lange nichts erzählt hatte", höre ich Randy sagen, als ich mit
den Snacks zurück komme.
„Worum geht es denn?", will ich wissen, denn ich habe nicht
alles von seiner Erzählung mitbekommen.
„Liam."
„Oh, ja. Das..."
Ich stelle die Snacks auf den Tisch und beschwöre Liams Fotos
vor meinem geistigen Auge herauf, die die beiden während
ihrer gemeinsamen Zeit gemacht hatten.
Ja, die Sache mit Liam hatte er mir lange verschwiegen.
Dennoch verstehe ich, warum dieser Mann Randy so viel
bedeutet hatte. In vier Jahren kann viel passieren. Ich setze
mich wieder auf Randys Schoß und lasse ihn erzählen, wie es
mit ihm und Liam weiterging.

45

Randy

Als wir Duluth erreichten, waren schon fast zwei Monate
vergangen, seit ich Liam getroffen hatte. Er war der einzige
Mensch, der mir noch geblieben war, und dem ich absolut
vertraute. Er war bereit, mir zu folgen, mich zu meiner Familie
zu bringen, denn er war auch der Einzige, der meine
Geschichte kannte. Nie hat er schlecht über mich gedacht. Er
liebte mich, so wie ich war.

Wir hatten die Küste des Lake Superior erreicht und nahmen
uns vor, wenigstens bis Chicago den Seeweg zu nehmen. Liam
vertraute mir total und ich ihm auch. Tatsächlich waren wir fast
so was wie ein Paar, während diesem Teil meiner Reise. Wir
verbrachten noch viele weitere Nächte miteinander und ich
begann ebenfalls etwas für ihn zu fühlen. Mein altes Leben
rückte immer weiter weg. Natürlich war es noch immer
Lauren, der mein Herz gehörte. Trotzdem glaubte ich nicht
mehr daran, dass ich sie jemals wiedersehen würde. Liam half
mir wo er konnte. Er umsorgte mich und es gab nichts, was er
nicht für mich getan hätte. Er war mir fast schon verfallen,
irgendwie. In den Nächten lagen wir dicht zusammen, wärmten
uns und erzählten uns unser bisheriges Leben. Ich erfuhr so
viel über Liam, und verstand weshalb er ausgestiegen war.
Noch immer gab es Menschen, die ihn wegen seiner
Homosexualität verurteilten. Auch die Mitarbeiter seines
Vaters. Nie hätten sie einen schwulen Chef akzeptiert, wenn

Liams Vater einmal abdankte. Und nun begriff ich auch, warum er nicht einfach eine Frau heiraten konnte, nur um das Gesicht der Firma zu wahren. Liam legte seinen Kopf auf mein Herz. So, wie es einst Lauren getan hatte. Ich küsste seinen Kopf, strich ihm über seine starken Oberarme und akzeptierte, dass sich mein Leben geändert hatte, seit ich Liam kannte. Ich erinnerte mich an die kurze Zeit mit Lauren, daran wie es hätte werden können, wenn ich den Kerl nicht niedergestochen hätte. Ich musste sie gehen lassen. Ich wünschte mir, dass sie glücklich ist und dass es ihr gutging. Nie hätte ich gedacht, dass ich mit einem Mann etwas anfangen würde, aber dennoch hatte ich mich darauf eingelassen.

„Ich liebe dich, Randy", flüsterte Liam mir zu. Ich küsste ihn auf seinen Kopf, erwiderte die Worte aber nicht, weil ich ihn nicht anlügen wollte. Klar bedeutete er mir etwas, aber er war nun mal nicht Lauren. Und diese Worte wären nicht ganz ehrlich gewesen, ihm gegenüber. Stattdessen drückte ich ihn fest an mich und das schien ihm zu genügen.

In Duluth warteten wir am Hafen, bis sich eine Gelegenheit ergab, auf einem Boot mitzureisen.

„Denkst du, du schaffst es, auf einem Boot zu arbeiten?", meinte Liam, als wir am Hafen von Duluth eintrafen.

„Ja. Ich möchte so schnell es geht zurück nach Trenton. Und ich will alles dafür tun, dass ich das auch schaffe."

„Okay. Ich bin für dich da", meinte er und griff nach meiner Hand. Inzwischen war es schon fast normal für mich geworden. Und es störte mich nicht, dass die Passanten uns missbilligend anstarrten. Damals war es noch nicht so normal wie heute, wenn homosexuelle Paare ihre Liebe öffentlich zeigten. Wir taten es trotzdem.

Wir hockten uns auf eine Bank am Hafen und warteten. Viele große Frachtschiffe machten dort Halt und warben um Hilfsarbeiter, die ihnen beim Be-, und Entladen der Schiffe zur Hand gingen. Dann stand plötzlich der Kapitän der Old Mary, Andrew Pattinson, vor uns. Ein alter Seebär, gezeichnet von seiner Arbeit auf dem Schiff, welches Stahl nach Detroit brachte. Die Sonne ging schon fast wieder unter, als Andrew uns schließlich doch noch auf sein Boot brachte.
„Könnt ihr zupacken?", wollte er wissen und starrte mich skeptisch an. Klar, fragte er sich, wie ich ihm helfen sollte. Dennoch war er bereit uns mitzunehmen. Eine Woche dauerte die Reise nach Detroit. Wir durch fuhren den Lake Superior, am St. Marys River entlang, bis Bay City, was schon am Lake Huron liegt. Danach weiter entlang des St.Claire Rivers, bis wir Detroit erreichten. Ich half Andrew bei seinen Büroarbeiten, was die Frachtpapiere betraf, während Liam beim Verladen der Stahlteile half, die für den Bau der Hochhäuser in Detroit gebraucht wurden. Andrew teilte uns eine Pritsche zu, die wir während unseres Jobs zum Schlafen nutzen konnten. Gemeinsam mit 25 Männern hausten wir in einem riesigen Schlafsaal, so wie auch auf der Princess. Da es nicht mein erstes Boot war, auf dem ich angeheuert hatte, wusste ich wie der Hase lief. Für die Mannschaft waren wir nur die Schwuchteln, was uns unser Leben an Bord noch zusätzlich erschwerte. Trotz meiner Behinderung, wusste ich mir zu helfen und verschaffte mir den nötigen Respekt, während unseres Aufenthalts dort. Liam jedoch kam an seine Grenzen. Er war es nicht gewohnt, körperlich zu arbeiten. Aber er blieb an meiner Seite bis …

Randy stockt in seiner Erzählung, denn das nächste schlimme Ereignis stand unmittelbar bevor.

„Mr. Bolt? Geht es Ihnen gut?", fragt Rachel und deutet dem Kameramann, sein Gerät abzuschalten.

Mein Mann kneift die Augen zu, reibt sich die Nasenwurzel und ich sehe, dass auch dieser Teil seiner Reise nun wieder an die Oberfläche kommt.

„Bitte geben sie mir ein paar Minuten. Er war mein Freund, wissen sie?"

„Natürlich", sagt Rachel und lächelt ihn verständnisvoll an.

Lange hatten wir es verdrängt, doch jetzt kommt Randy erneut an seine Grenzen. Wir werden warten bis er bereit ist.

Deshalb erzähle ich jetzt weiter:

46

Lauren

Die Trennung von Nathan nahm mich trotz allem sehr mit. Wir
waren nicht lange ein Paar, aber er hatte es einfach nicht
verdient, meine zweite Wahl zu sein. Wir sahen uns sehr lange
nicht. Dazu später mehr. Ich konzentrierte mich auf meinen Job
und auf meinen Sohn, der bald drei Jahre alt werden würde.
Von Randy hatte ich nichts mehr gehört. Der letzte Brief lag
schon einige Wochen zurück. Genau wie auch die Trennung
von Nathan. Ich hatte nur erfahren, dass er inzwischen ein
richtiger Jurist geworden war, und dass er nach mir noch keine
neue Frau an seiner Seite hatte. Noch immer zog er mit seinen
Freunden umher. Ab und zu waren sie auch mal im Kino, wo
ich noch immer arbeitete. Rylan begann zu sprechen. Und nach
seinem Vater zu fragen, denn alle Kinder in seiner Gruppe,
hatten Väter, die sie abholten. Es machte mich traurig, dass ich
meinem Sohn nichts über den Verbleib seines Vaters sagen
konnte. Und dass er inzwischen vielleicht doch tot wäre,
konnte ich einfach nicht akzeptieren.
Noch immer wohnte ich bei Ellen und Richard in Randys
Zimmer. Rylan hatte sein eigenes Reich direkt neben meinem
bekommen. Richard hatte meinem Kind ein tolles Spielzimmer
gebaut, ganz so, wie Rylan es sich gewünscht hatte. Der
Kleine liebte es mit Autos zu spielen und bunte Türme aus
Bauklötzen zu bauen. Er war ein fröhliches, gesundes und
neugieriges Kind. Aus der Beziehung zu Nathan gibt es keine
Kinder. Dazu wäre er niemals bereit gewesen, denn er wollte
leben und die Welt sehen, so lange er konnte. Wären wir

zusammen geblieben, hätten sich da unsere Ansichten stark unterschieden. Wir trennten uns friedlich. Mehr oder weniger, denn ein Brief an Randys Eltern erreichte uns. Er war in Fosston abgestempelt. Mein Herz sprang mir fast aus der Fassung, als ich sah, dass er von Randy war. Ich raste ins Büro, wo Richard über den Rechnungen brütete.

„Er lebt. Und er kommt zurück", rief ich und stürmte auf Richard zu. Dieser riss mir den Brief aus der Hand und ich sah seine Augen feucht werden. Wir hatten wieder Hoffnung.

Und dann ergab es sich, dass Richard ein Grundstück kaufte, welches direkt an den Garten der Bolts grenzte. Das Grundstück umfasste 600 qm und war groß genug, eines Tages darauf ein Haus zu errichten. Dann, wenn Randy endlich heimkommen würde. Dieser Brief hatte uns Hoffnung gemacht. Zunächst war es einfach nur Land, mehr nicht. Noch immer machte ich die Büroarbeiten für Randys Vater. Ich war dabei, mir einiges an Geld zu sparen, um eines Tages auf eigenen Füßen stehen zu können. Schließlich konnte ich ja nicht ewig auf Kosten von Randys Eltern leben. Und falls Randy zurück kam, so wollte ich mir mit ihm ein neues Leben aufbauen. Mit ihm und unserem Sohn. Mit meinen Eltern hatte ich gebrochen und ich war einfach zu sauer und auch zu stolz, sie um Hilfe zu bitten. Richard und Ellen behandelten mich, als sei ich ihre Tochter gewesen. Die beiden liebten ihr Enkelkind wie nichts auf der Welt. Je älter mein Sohn wurde, je ähnlicher sah er Randy und erinnerte die beiden jeden Tag an ihren Sohn. Noch immer hofften wir, dass er noch lebte. Schon ewig hatten wir nichts mehr von ihm gehört, außer diesem Brief. Der schon vor Wochen verfasst worden war, aber erst viel später bei uns angekommen war. Dazwischen lagen fast drei Monate, in denen eine Menge passieren konnte. Wir verfolgten die

Nachrichten und der Detektiv hatte Randys Spur verloren. In Fosston war er nicht mehr, und auch sonst schien niemand Randy gesehen zu haben. Dann entschied Richard, die Sache abzubrechen. Die Suche hatte schon tausende Dollar verschlungen und noch immer zu keinem Ergebnis geführt. Ellen begann sich damit abzufinden, dass sie ihren Sohn verloren hatte. Jetzt waren Rylan und ich ihre Kinder.

Schon wieder stand das Weihnachtsfest an. Das dritte. Es wurde kalt in New Jersey. Und bald fiel der erste Schnee. Noch immer kein Lebenszeichen von Randy. Weihnachten lief ruhig ab. Meinen Eltern hatte ich noch nicht einmal ein frohes Fest gewünscht. Nur meinem Onkel und Eileen.

Und so verging die Zeit. Bis...

„Wenn du willst kann ich kurz übernehmen", sagt Randy und kommt in seinen Rollstuhl zu uns an den Esstisch, worauf jetzt viele Fotos wild durcheinander liegen. Die letzte halbe Stunde war Rachel kaum zu bremsen. Es soll ein Fotojournal zu unserem Film geben, wofür sie noch Originalaufnahmen braucht. Unsere Kartons stehen auf dem Tisch, die Bilder daneben ausgebreitet.
„Hey, geht es dir gut?"
„Ja, bitte entschuldige. Ich brauchte nur eine kurze Pause. Es geht mir gut. Ich schaffe das schon. Wir sind fast am Ende unserer Geschichte."
„Ja, das stimmt.'"
„Okay, wir sind bereit für das große Finale", meint der Kameramann.
„Wo waren wir vorhin?", fragt Randy
„Liam. Was passierte, nachdem sie den Lake Superior hinter sich gelassen hatten?", will Rachel wissen.
Randy greift nach einem Fotos, das ihn und Liam zeigt.
„Es wurde in Detroit gemacht. Das letzte Bild, bevor auch er mich verließ."
Randy erzählt uns was geschah:

47

Randy

Wir erreichten Detroit nach etwa zwei Wochen. Liam und ich entschieden uns, einige Tage dort zu bleiben. Detroit ist eine Stadt, die unbedingt besucht und erkundet werden musste. Sie stand auf meiner Liste ganz oben. Da die Stadt genau zwischen dem Eriesee und dem Lake St. Clair liegt, gab es eine Menge zu entdecken. Der Detroit River führte uns direkt dorthin. Das war gut, denn im Notfall konnten wir zurück nach Kanada.

Wir erreichten den stillgelegten Bahnhof, der schon langsam zerfiel, weil sich niemand dafür verantwortlich zeigte, das Gebäude instand zuhalten. Für einige Tage quartierten wir uns dort ein. Das alte Schienensystem war von Ratten bevölkert, aber wir hatten ein Dach über dem Kopf. Für Liam war all das eine echte Herausforderung. Lieber wäre er in einem noblen Hotel untergekommen, doch meinetwegen verzichtete er darauf, weil er meine Geschichte kannte. Der alte Bahnhof, erbaut in 1913, war noch immer ein sehr imposantes Gebäude, welches trotz allem viele Touristen anzog. Wir warteten die Nacht ab, ehe wir den alten Zaun durchbrachen.
„Wir sollten die untere Ebene nehmen. Da kommt sicher niemand hin. Es ist wärmer als im Zelt, und trocken ist es auch. Allemal besser als draußen", erklärte ich meinem Freund, der sich skeptisch umsah. Der Mond stand hoch und zeigte uns den Weg. Mit meinem Jagdmesser schaffte ich es das Schloss der schweren Kette, die die Absperrung zusammenhielt, zu knacken.

Wir passierten den Haupteingang der Michigan Central Station
Das Gebäude war schmutzig und ziemlich zerstört. Die Fenster
eingeworfen, die Wände besprüht. Überall lag Unrat und Müll
herum, was besagte Ratten erst recht anlockte. Hand in Hand
liefen wir zur Treppe, die zu den unteren Gleisen zu führen
schien. Es war so dunkel dort, dass wir keine Hand vor Augen
erkennen konnten. Ich spürte wie Liam sich verspannte,
obwohl er sich inzwischen schon längst an das Leben auf der
Straße gewöhnt hatte. Von Harry hatte ich noch eine alte
Taschenlampe, die ich an Bord gebraucht hatte, um dort im
dunklen Bauch des Schiffes etwas sehen zu können. Zum
Glück funktionierte sie noch und wir konnten den Schienen tief
unter der Erde folgen. Einige alte Wagons standen noch dort
herum und rosteten vor sich hin. Liam schaffte es, einen von
ihnen aufzubrechen. Der Wagon wurde für eine Woche unser
Zuhause.

Während unserer Zeit in Detroit schafften wir es sogar ein
Konzert von Alice Cooper zu besuchen, der in Detroit
beheimatet war. Seit langem fühlte ich mich wieder wohl in
meiner Haut. Mit Liam an meiner Seite war alles leichter.
„Das war einer der besten Tage meines Lebens", schwärmte
Liam noch immer, als wir den Konzertplatz verließen.
„Es werden sicher noch viele davon folgen", meinte ich und
schob Liam durch den Zaun zu unserem Wagon. Aus der Stadt
hatten wir einige Lebensmittel mitgehen lassen, die wir jetzt
vor uns ausbreiteten. Unsere Schlafsäcke machten den Wagon
schon fast gemütlich.
„Was wirst du tun, wenn wir Trenton erreicht haben?", fragte
Liam.
„Versuchen meine Unschuld zu beweisen und ein halbwegs
normales Leben zu führen."

Und nach Lauren suchen, fügte ich im Stillen hinzu.
„Denkst du wir werden das schaffen?"
„Das hoffe ich. Ich weiß jetzt, dass Regeln einen Sinn im
Leben haben, aber ich würde alles genauso wieder machen."
„Du bist unglaublich, aber genau deshalb fühle ich so wie ich
fühle. Auch wenn ich weiß..."
„Liam..."
„Es ist okay", sagte er nur und machte es sich in seinem
Schlafsack bequem. Die Nacht hatte ihren Höhepunkt erreicht
und wir wachten auf als wir Stimmen hörten.
„Liam, wach auf. Da kommt jemand."
Die Stimmen kamen näher. Dann bogen auch schon sechs
schräge Typen in unsere Richtung ab. Leise rafften wir unsere
Sachen zusammen und machten uns bereit zu fliehen. Einer der
Typen schob den Wagon neben uns auf.
„Lass uns verschwinden", wies ich meinen Freund an.
Gerade als wir den sicheren Wagon verlassen wollten, bauten
sich vier der Kerle davor auf. Die anderen beiden waren noch
im Wagon nebenan.
„Das ist unser Bezirk", meinte der erste von ihnen.
„Sagt wer?", schoss ich zurück.
„Das sage ich. Verpisst euch."
Liam griff nach meiner Hand. Für ihn war es die erste
gefährliche Situation und die Typen hatten natürlich sofort
kapiert, dass wir anders waren. Sie fackelten nicht lange und
schossen auf Liam zu.
„Hier ist kein Platz für Schwuchteln, kapiert?"
„Ich würde vorschlagen, du lässt deine dreckigen Finger von
ihm", schrie ich den Typen an.
Und dann ging alles ganz schnell. Die Kerle traten nach Liam,
während ich mein Jagdmesser zog. Natürlich war ich nicht
mehr so wendig und flink wie früher. Liam lag am Boden.

Seine Nase schwoll an und sein rechtes Augen wurde blau. Ich schlug mit meinen Krücken nach dem Anführer und traf ihn damit an der Halsschlagader, so dass er sofort zu Boden ging. Ein weiterer Angreifer stürzte sich auf mich, warf mich um, und trat mir in den Bauch. Mein Messer hatte ich noch und schaffte es damit seinen Oberschenkel zu treffen. Liam hatte sich aufgerappelt und sprang den Kerl von hinten an, riss ihn von mir herunter und rammte dessen Schädel mehrfach gegen die metallenen Wand des Wagons. Liam geriet völlig außer Kontrolle und schlug immer heftiger auf den Mann ein. Nie zuvor hatte ich Liam so wütend erlebt, denn er war einer der sanftesten Menschen, die mir je begegnet waren. Unermüdlich drosch er auf sein Opfer ein. So lange bis der Kerl regungslos liegen blieb. Noch vier Männer streiften um uns herum. „Das werdet ihr büßen, verdammte Schwuchteln", brüllte der, der uns am nächsten war. Ich rappelte mich auf, und versuchte mich Liam zu nähern. Der Mann schritt auf mich zu und drängte sich zwischen uns. Die anderen drei folgten ihm. Sie alle konzentrierten sich auf mich und vergaßen Liam, der sich jetzt seitlich anschlich und einen herumliegenden Metallbolzen aufhob. Diesen jagte er dem Kerl direkt ins Genick und durchbohrte seinen Hals. Röchelnd brach er zusammen. Eine wilde Prügelei mit den übrigen drei begann. Schreie und Hiebe klangen durch den alten Bahnhof. Und dann hörten wir Sirenen oberhalb näherkommen. Mit letzter Kraft trat Liam dem schwächsten der Männer in seine Männlichkeit, während ich meine Krücken wie Schlagstöcke umherwirbelte. Stimmen oberhalb der Treppe. Liam und ich tauschten stille Blicke und dann rannten wir. Die Rucksäcke schafften wir noch so gerade aufzusetzen. Liam half mir auf den Gleisen zu laufen, denn meine Gehhilfe nutzte mir dort nicht viel. Wir ließen die Bande hinter uns. Taschenlampen erhellten den Platz, wo einer der

Kerle gerade festgenommen wurde. Funkgeräte knackten und weitere Sirenen erklangen, als sich Rettungsdienste näherten, um unsere Opfer einzusammeln. Vier Typen hatten wir niedergestreckt. Einen hatten sie mitgenommen. Und einer war noch übrig, der sich an unsere Fersen geheftet hatte. Wir rannten so schnell es ging. Die Schienen waren kaum noch zu erkennen, je weiter wir in den dunklen Tunnel liefen. Das spärliche Licht von Harrys Lampe war kurz davor völlig zu erlöschen. Hinter uns donnerten die Schritte unseres Verfolgers. Wir drückten uns in einen Notausgang und löschten die Lampe. Die Schritte verstummten. Aber der Typ war noch da, denn wir hörten seinen Atem rasseln.

„Ich erwische euch, keine Sorge. Ihr habt meinem Bruder eine verdammte Metallstange in den Hals gerammt. Kommt raus, verdammte Schwuchteln."

Er brüllte immer wütender und wir trauten uns kaum noch zu atmen. Die Schritte entfernten sich in die entgegengesetzte Richtung. Der Typ verschwand aus unserem Sichtfeld. Leise schlichen wir weiter. Die Schienen bogen ab und die Strecke stieg an. Bald hatten wir die Oberfläche erreicht und befanden uns etwas außerhalb des Zentrums von Detroit.

48

Randy

Atemlos hielten wir an. Liams Gesicht war inzwischen völlig
zugeschwollen. Meine Rippen hatten sämtliche Farben des
Regenbogens.
„Großer Gott. Was war das denn? Was habe ich getan?"
Liam ließ sich erschöpft ins Gleisbett fallen. Seine Lippen
bluteten, genau wie seine Fäuste.
„Es tut mir leid. Ich hätte dich nicht dorthin bringen dürfen.
Aber das ist mein Leben. So war es schon immer ..."
„Lass uns verschwinden. Wir leben noch. Nur das zählt", japste
Liam und legte sich meinen Arm um die Schultern. Wir
schleppten uns zum nächsten Bahnsteig und dann
verschwanden wir im Dschungel der Fabriken, wo wir blieben
bis unsere Wunden verheilt waren. Dieser Angriff hätte uns
beide das Leben kosten können und mir wurde immer klarer,
dass ich Liams Leben in Gefahr brachte, wenn er bei mir blieb.
Und das wollte ich auf keinen Fall. Trotzdem wollte ich dass er
bei mir war, denn meine Gefühle für ihn waren inzwischen
stark angewachsen.

Es war kurz vor Weihnachten, als wir Detroit hinter uns ließen
und unseren Weg nach Ohio planten. Es blieben noch zwei
Staaten, die ich durchwandern musste, bis ich zurück in New
Jersey sein würde: Ohio und Pennsylvania. Und es galt die
Apalachen zu überqueren, da es der kürzeste Weg war.
Zunächst wanderten wir nach Süden. Immer am Fluss entlang.
Am heiligen Abend passierten wir die Grenze zu Ohio.

„Weißt du was heute für ein Tag ist?", grinste Liam und griff nach meiner Hand.

„Ja, aber es bedeutet mir nichts mehr."

Dann schwiegen wir und wanderten bis wir einen kleinen Ort, dessen Namen ich vergessen habe, erreichten.

„Ich möchte dir trotzdem etwas schenken. Egal was passiert. Es soll dich an unsere Freundschaft erinnern", sagte Liam und schleifte mich in einen kleinen Laden, der Modeschmuck verkaufte.

„Hey, was wird das", lachte ich und folgte ihm. Liam suchte eine Kette mit schwarzen Perlen an einem dünnen Lederband aus, die er mir umlegte. Ich kaufte die gleiche für ihn, nur mit grauen Perlen. Ich legte sie nie wieder ab.

Am Rand der Stadt fanden wir ein Feld, auf dem eine einsame Hütte stand. Der Winter war kalt und unser Zelt bot uns keinen Schutz davor. Schnee lag nicht, aber trotzdem konnten wir nicht draußen bleiben. Die alte Hütte diente als Unterschlupf für Tiere, die jedoch jetzt sicher in ihren Ställen standen. Wir blieben dort bis das neue Jahr begrüßt wurde. Aus der Ferne konnten wir das Feuerwerk über jener kleinen Stadt sehen und in diesem Moment wünschte ich mir nichts sehnlicher als meinen Eltern und Lauren noch einmal gegenüber treten zu können. Das jedoch sagte ich Liam nicht. Ich weiß, dass es nicht fair war, aber trotzdem habe ich nie aufgehört Lauren zu lieben.

Den Neujahrstag verbrachten wir in Toledo. Wir waren am Ufer des Sees entlang gelaufen. Immer weiter gen Süden. Die Strecke hatte knapp Hundert km betragen. Der Kerl schien uns nicht weiter gefolgt zu sein. Nun hatten wir unser Zelt direkt am Ufer aufgebaut. Die Sonne ging unter und es war richtig kalt geworden. Wir konnten also nicht lange dort bleiben.

„Wohin als nächstes?", wollte Liam wissen
„Cleveland."
„Okay", sagte er nur und kuschelte sich in seinen Schlafsack.
Eisiger Wind fegt über das Seeufer und rüttelte unser Zelt
durch. Unsere Wunden waren verheilt. Ich verdrängte den
Gedanken, dass wir evtl. diese Typen tödlich verletzt haben
könnten. Klar war, dass Liam es auf jeden Fall getan hatte.
Auch ihm wurde es jeden Tag bewusster, den wir unterwegs
waren. Er wurde immer ruhiger, verstörter und ich hörte ihn
leise weinen in den Nächten. Mein schlechtes Gewissen nagte
an mir. Nur wegen mir war er ja erst in diese Situation geraten.
Auch ihn hatte ich ins Verderben gezogen.

Toledo war auf jeden Fall eine aufregende Stadt, die ich mir
gerne näher angesehen hätte. Trotzdem blieben wir nicht dort.
Bis Cleveland waren es noch knapp zweihundert km, für die
wir drei Tage brauchten. Noch immer versuchten wir die
Nächte im Zelt zu verbringen, was schon fast unmöglich
wurde. Der Winter hatte uns fest im Griff. Kanada war nicht so
weit weg und schickte uns Stürme und Regen. Es blieb uns
nichts übrig, als uns nach einem festen Dach über dem Kopf
umzusehen. Was auch gelang, als Liam Fieber bekam und sich
die Seele aus dem Leib hustete. Er war es nicht gewohnt bei
Wind und Wetter draußen zu sein. Wir hatten das Zelt in
Vermilion aufgebaut, was sich auf halber Strecke zu Cleveland
befand. In der Nacht begann Liam zu husten. Sein Körper
glühte und ich hatte keine Ahnung was ich tun sollte. Ich
versuchte ihn zu kühlen, indem ich eiskaltes Wasser aus dem
See fischte und ihm mein nasses Shirt auf die Stirn legte. Er
fing an zu fantasieren, schrie und weinte. Sein ganzer Körper
schien zu rebellieren. Ich legte seinen Kopf auf meinen Schoß,
weinte mit ihm. Nach langer Zeit betete ich mal wieder und

hoffte, dass ich diesmal erhört würde. Wie viel musste ich denn noch ertragen?

„Verlass mich nicht auch noch", wimmerte ich, denn dieser junge Mann hatte seinen Platz in meinem Herzen gefunden, So seltsam es auch klingen mag. Liam klammerte sich an meine Arme, die ihn hielten. Draußen tobte der Sturm noch immer und fegte uns beinahe davon. Erst am Morgen fand man uns. Ein Spaziergänger, der mit seinem Hund unterwegs gewesen war. Liam und ich waren steif gefroren. Sein Atem ging schwer und er hustete noch immer. Der Hund hatte uns zuerst entdeckt und wimmerte so lange, bis der Besitzer vor unserem Zelt anhielt.

„Hallo? Ist da jemand? Brauchen sie Hilfe?"

Ich legte Liams Kopf auf meine zusammengedrückte Jacke, die ich ausgezogen hatte, um ihn warmzuhalten. Ich schleppte mich zum Zeltausgang und stand einem riesigen Hund gegenüber. Sein Besitzer lugte ins Zelt und reagierte sofort. Sein Haus war ganz in der Nähe und eine Stunde später befanden wir uns schon in einem Wagen, der Liam ins Krankenhaus brachte. Er hatte sich eine lebensgefährliche Lungenentzündung eingefangen. Schon wieder schwebte ein Mensch meinetwegen in Lebensgefahr. Ich verbrachte jede Minute an Liams Krankenbett, denn ich wollte nicht noch einen geliebten Menschen verlieren. Nach einer Woche war er wieder halbwegs auf den Beinen. Noch eine Woche später bestand er darauf entlassen zu werden. Auf eigene Verantwortung. Zum Glück hatte er genug Geld, die Behandlung zu bezahlen. Den Mann, der uns geholfen hatte, hatten wir leider nicht mehr getroffen, um uns zu bedanken. Wäre er nicht gewesen, wäre Liam in meinen Armen gestorben.

Wir machten uns auf den Weg nach Cleveland, wo wir aber nur

285

eine Nacht blieben. Allerdings nicht im Zelt. Wir konnten es nicht riskieren. Deshalb buchte Liam für uns ein Zimmer in einem renommierten Hotel, was sehr viel Überzeugungskraft und einen extra Batzen Geld gekostet hatte, da wir ja eine erbärmliche Erscheinung boten. Das Hotel befand sich direkt am Eriesee, der uns Motive für wunderschöne Fotos lieferte. Liam war wieder gesund und fest entschlossen, dieses Abenteuer fortzusetzen. Ich breitete meine alte Karte aus und markierte die nächsten Etappen. Zunächst mussten wir es bis nach Youngstown, dann nach Pittsburgh schaffen. Danach würden die Appalachen uns erwarten. Es wäre der Kürzeste, aber auch der beschwerlichste Weg nach Hause.

Wir schafften es Ohio zu durchwandern, wofür wir fast vier Wochen brauchten. In East Liverpool passierten wir die Grenze zu Pennsylavania. Unsere Wunden waren verheilt und langsam kamen wir wieder zu Kräften. Liam sorgte für mich so gut er konnte. Er half sogar dabei ein kleines Kalb auf die Welt zu bringen, als der Besitzer des Tieres uns auf seinem Grundstück erwischte und uns vor Aufregung beinahe erschossen hätte. Noch während er seine Flinte hob, hatte die Kuh damit angefangen ihr Kälbchen auf die Welt bringen zu wollen. Der Mann vergaß fast, dass wir dort waren. Es hatte Komplikationen gegeben und als Liam ihm einfach zur Seite stand, war aller Ärger vergessen. Wir blieben einige Tage bei Farmer Curt und das Kälbchen bekam den Namen Star, weil es einen sternförmigen Fleck auf dem Rücken hatte.

49

Randy

Drei Wochen später, es war schon März, sahen wir die grünen
Berge der Appalachen vor uns liegen. Es wurde schon etwas
wärmer und wir konnten wieder in unserem Zelt übernachten.
Wir hatten in Altbona für drei Tage Pause gemacht. Danach
war Harrisburg unser Ziel gewesen. Alles lief nach Plan und
wir hatten wieder Hoffnung. Der Weg stieg an und die Wildnis
rief erneut das Gefühl der Freiheit in mir hervor. Die Berge
zählten mit 2000 Meter Höhe zu den Mittelgebirgen, ohne
gefährliche Klippen und tödliche Abgründe. Davon hatte ich
echt genug und wollte nichts mehr riskieren. Einen Umweg
über Kanada zu machen kam nicht infrage. Wir arbeiteten uns
durch das dichte Waldgebiet, fern ab der Straßen. Noch immer
war uns die Sache in Detroit im Gedächtnis. Und wir hatten
echt Angst, dass dieser eine Kerl uns doch noch verfolgt hatte.
Was aber nicht der Fall war.

Wir brauchten zwei Tage, bis wir Reading erreichten. Reading
ist eine der ärmsten Kleinstädte der USA und deshalb stießen
wir in der Nähe von dort auf die Amish People, die mit
moderner Zivilisation nichts am Hut hatten. Wir standen auf
einem Gipfel, sahen das Tal vor uns. Primitive Karren mit
Ackergäulen davor gespannt, pflügten die weiten Felder.
Frauen mit seltsamen Hauben wuschen ihre Wäsche in einem
Bach. Wir waren uns ziemlich sicher, dass uns niemand dort
gefährlich werden würde. Einiges über das Volk der Amish
hatte ich in der Schule gelernt. Ich wusste, dass sie

friedliebende, fleißige Leute waren und überredete Liam ins Tal zu gehen. Und genau das wurde uns zum Verhängnis. Die Sonne ging schon fast unter, als wir am Feldrand ankamen. Ein Amish-Mann hielt seinen Karren vor uns an und beäugte uns skeptisch. Als er zu uns sprach, verstanden wir ihn nicht, denn sein Dialekt stammte irgendwo aus Europa. Er hatte gesehen wie erschöpft wir waren und meine Behinderung brachte ihn schließlich dazu uns mitzunehmen. Die Fahrt ins Zentrum des kleinen Dorfes war beschwerlich. Der alte Karren rumpelte über die unerschlossenen Feldwege. Dann hielt er vor einem kleinen Häuschen an, wo eine junge Frau den Mann schon erwartete. Auch sie starrte uns an, neigte ihren Kopf und verschwand wieder im Haus. Der Mann hieß Anton, die Frau Miriam. Anton deutete uns ihm ins Haus zu folgen. Im Haus war es herrlich warm und es duftete nach Speck. Miriam lächelte uns schüchtern an und wendete sich dann wieder ihrer Arbeit zu. Sie war einige Jahre jünger als ihr Mann. Falls es überhaupt ein Paar gewesen ist. Kinder gab es hier nicht. Wir versuchten ins Gespräch zu kommen, was nur schleppend gelang. Miriam servierte uns eine deftige Mahlzeit, die uns richtig satt machte. Ich sah wie sie heimlich Liam beäugte. Anton hatte es wohl auch bemerkt, sagte aber zunächst nichts. Nach dem Essen bot Anton uns an über Nacht zu bleiben und er wollte uns dem Dorfältesten vorstellen.
Wir bezogen jeder ein kleines Zimmer, das spartanisch eingerichtet war. Zunächst waren wir froh, dass wir in richtigen Betten schlafen konnten.
„Wir sollten eine Weile hier bleiben. Hier sind wir sicher", meinte Liam.
Und das taten wir dann auch. Wir halfen auf den Feldern, in den Ställen und schlugen Feuerholz. Es stellte sich heraus, dass Miriam Antons Schwester war und bald verheiratet werden

sollte. Dass Anton Liam für sie ausgesucht hatte, machte es nicht besser. Erstrecht nicht, als Miriam uns gemeinsam, Hand in Hand, aus Liams Zimmer kommen sah. Ihr war sofort klar, dass zwischen uns etwas passiert sein musste. Denn auch die Amish sind ja nicht dumm. Natürlich tat sie ihre Entdeckung kund und bald darauf stand Anton vor uns. Hinter ihm tauchte der Dorfälteste auf, dahinter sämtliche Männer der Gemeinde. Anton deutete uns sein Haus zu verlassen. Und zwar sofort. Seine auf uns gerichtete Flinte war überzeugend. Wir schnappten unsere Rucksäcke und rannten aus dem Haus. Hinter uns die wütenden Stimmen der Dorfbewohner. Die Frauen, auch Miriam, sahen beschämt zu Boden. Homosexualität passte nicht ins heile Weltbild der Amish. Wir rannten zum Feld, wo uns Anton aufgelesen hatte. Dort blieben wir atemlos stehen, keine Ahnung wohin wir gehen sollten. Der Wald erstreckte sich vor den Bergen, wohinter meine Heimat war. Anton hatte seinen Karren fertig gemacht und jagte hinter uns her. Uns blieb nur die Flucht nach vorne. Immer weiter in den Wald hinein. Immer höher ins Gebirge. So gut es ging, arbeiteten wir uns durch das dichte Gehölz. Der Karren konnte uns hierher nicht folgen. Anton jedoch schon. Schüsse knallten in den Himmel. Wir legten uns flach auf den Waldboden, regten uns nicht mehr.

„Heilige Scheiße. Ich dachten die hassen Gewalt", sagte Liam.

„Das tun sie auch. Normalerweise."

Wir lauschten Antons Schritten, die immer näher kamen. Dann war er an uns vorbei. Wir warteten noch eine Weile, dann richteten wir uns auf. Zu früh, denn Anton hatte uns gehört und nahm die Verfolgung erneut auf. Liam schob sich vor mich und erkundete den Weg. Als ein neuer Schuss fiel, rannten wir. Liam stolperte und schlitterte den Abhang hinab.

„Liam! Scheiße, Liam!!!"

Ich versuchte ihm zu folgen, doch dieser Abhang war so steil.
Ich sah meinen Freund auf dem Bauch hinab rutschen, die
Hände Halt suchend ausgestreckt. Anton schoss noch immer.
Ich sprang in ein dichtes Gebüsch, Liam schrie um Hilfe und
rutschte immer weiter in die Tiefe. Ich kroch ihm nach, so gut
ich konnte.

„Liam! Nein! Neeeiin!"

Antons Schüsse verstummten. Atemlos erreichte ich die Stelle,
an der ich lediglich Liams Hand an einem Ast hängen sah, der
über einem Abgrund herausragte.

„Greif meine Hand. Bitte, Liam..."

„Ich kann nicht."

„Wirf den Rucksack ab."

Meine Augen brannten. Ich streckte mich meinem Freund
entgegen. So gut ich konnte. Er kämpfte, versuchte das
schwere Gepäck loszuwerden. Ich schaffte es, sein Handgelenk
zu greifen. Liam klammerte sich panisch an mich. Dann
knackte der Ast. Seine Hand war feucht vor Angst. Der Ast
brach ab und meine Kraft schwand. Mein Freund stürzte
schreiend in die Tiefe und schlug in einem seltsam verformten
Winkel unten auf. Ich starrte auf meinen Freund hinab, der sich
nicht mehr regte. Um ihn herum floss Blut, dass aus seinem
Kopf austrat.

„Liam!!!"

Meine Augen sammelten Wasser. Wie betäubt lag ich da und
konnte nicht aufhören zu weinen. Ich weiß nicht mehr, wie
lange ich dort lag, bis ich mich aufsetzte. Es war ruhig
geworden. Anton war nicht mehr zu sehen. Ich atmete hektisch,
überlegte wie ich zu meinem Freund gelangen konnte, ohne
auch noch mit meinem Leben bezahlen zu müssen. Er starb
meinetwegen. Ich richtete mich auf und suchte einen Weg, der

mich zu Liam führen würde. Diesen gab es jedoch nicht. Ich verbrachte die ganze Nacht oberhalb des Abgrunds und begriff, dass ich ihn zurücklassen musste. Automatisch berührte ich die schwarze Perlenkette, die ich, seit Liam sie mir umgelegt hatte, nie mehr abgenommen hatte.

„Ich werde dich nie vergessen, mein Freund."

Und ich schaffte es erst jetzt ihm die drei Worte zu sagen, die er immer von mir wollte, und ich bis dahin nicht geschafft hatte auszusprechen:

„Ich liebe dich, Liam.

Randys Hand drückt das Foto beinahe krampfhaft zusammen. Er schließt seine Augen, ich rücke an ihn heran und befreie das Bild aus seiner verkrampften Hand. Schon wieder kommt Randy an seine Grenzen. Diese Reise hat ihn geprägt, ihn zerrissen. Behutsam nehme ich das Bild an mich.

„In deinem Herzen wird er immer bei dir sein", flüstere ich und drücke seine noch immer zitternde Hand. Rachel sagt nichts. Ich merke, dass unsere Geschichte auch ihr einiges abverlangt. Gönnen wir meinem Mann eine weitere Pause. Ich übernehme wieder.

50

Lauren

Wir hatten das neue Jahr ruhig begrüßt. Rylan steuerte seinem dritten Geburtstag entgegen. Inzwischen hatte er schon einige Freunde in seiner Krabbelgruppe gefunden. Noch immer hatten wir nichts mehr von Randy gehört. Aber Nathan tauchte noch einmal kurz bei mir auf und sagte mir, dass er jetzt eine eigene Kanzlei eröffnet hatte. Wir redeten lange miteinander. Trotzdem konnte ich mich seinem Vorschlag, für einen Neubeginn, nicht öffnen. Nathan hatte mir etwas bedeutet. Natürlich. Dennoch war ich nie ganz frei für ihn gewesen. Ich taumelte durch mein Leben, betäubt von Schmerz und Ungewissheit. Ich wollte für meinen Sohn da sein. Er hatte doch nur mich.

Wir feierten seinen dritten Geburtstag. Der 7. Februar, der auch Randys Geburtstag war. Er wäre 26 geworden. Es war ruhig. Nur wir vier. Meinen Eltern war das egal. Sie meldeten sich nicht bei uns. Allerdings hatte Eileen noch die Adresse von Randys Eltern im Kopf. Sie schickte ein kleines Päckchen für meinen Sohn, was mich sehr freute. Eileen hatte ihren Mann kennengelernt.´und stand kurz vor ihrer Hochzeit. Es war viel passiert seit ich nach Trenton gezogen war. Die Feier sollte Anfang März in Georgetown stattfinden, was für mich hieß, dass ich noch einmal in meine alte Heimat zurück musste. Und es hieß, ich musste mich mit meinen Eltern aussprechen, was mir sichtlich schwer fallen würde. Noch immer hatte ich ihnen nicht verzeihen, was sie über Randy und mich gedacht hatten, Vor allem über ihn. Trotzdem stieg ich Anfang März in den Flieger Richtung Georgetown. Mit meinem Bus wollte ich diesmal nicht fahren. Die letzte Tour steckte mir noch in den Knochen, obwohl diese schon so lange her war.

Meine Eltern nahmen mich bei sich auf. Wenn auch widerwillig. Alles war noch so wie ich es verlassen hatte. Rylan war ein fröhliches Kind und schaffte es meine Eltern ein wenig zu besänftigen. Meine Mutter begann den Jungen zu lieben. Unser Verhältnis besserte sich ein wenig.

Die Hochzeit meiner Freundin fand am 15. März statt. Ich lernte ihren Mann kennen, der sehr nett war. Die beiden ergänzten sich wunderbar und schon wieder zerriss mein Herz, weil ich gerne mit Randy genau dasselbe erlebt hätte. Rylan sah immer mehr aus wie eine kleine Version von ihm. Es war eine schöne Feier gewesen und es machte mich traurig, dass ausgerechnet ich auch noch den Brautstrauß gefangen hatte. Gleichzeitig war es aber auch ein Abschied von Eileen für sehr lange Zeit, denn sie eröffnete mir, dass sie dauerhaft in Kalifornien leben würde. Trotzdem blieben für Freunde.

Schon eine Woche später brachte ich das frischgebackene Ehepaar zum Flughafen. Ich selbst flog ein paar Tage später zurück nach Trenton und bald darauf passierte etwas, womit ich nie gerechnet hätte...

„Ich bin bereit für das Ende unserer Geschichte", sagt Randy und er kommt mir jetzt wieder gefasster vor.
„Sehr gern. Schön dass sie wieder da sind", meint Rachel.
„Mach mal. Ich werde inzwischen die Fotos sortieren", sage ich und nehme einen Stapel davon in die Hand. Der Kameramann positioniert das Gerät ein letztes Mal. Randy holt Luft und fährt sich nervös durchs Haar.
„Okay. Ich bin bereit", sagt er.

51

Randy

Ich hatte die ganze Nacht an jenem Abgrund verbracht und
gelitten wie ein verdammter Hund. Das Dorf der Amish lag
weit hinter mir und mein bester Freund tot in der Schlucht. Ich
wusste nichts über seine Familie. Nur, dass seine Eltern reiche
Industrielle gewesen waren. Liam hatte nicht viel über sie
gesprochen. Er hatte sich von allem lösen und auf eigenen
Beinen stehen wollen. Sein vorbestimmtes Leben wollte er
nicht. Schon gar nicht mit einer Frau an seiner Seite, für die er
nichts empfunden hätte. Also hatte ich null Ahnung, wo ich
seine Eltern finden sollte. Und ich wollte ganz sicher nicht
wieder zurück nach Minot um sie zu suchen, um womöglich
noch dumme Bemerkungen einzustecken, weil ich mit Liam
was laufen hatte. Ich hatte nur seinen Onkel kennen gelernt,
dem ich auf jeden Fall irgendwann erzählen wollte, was mit
seinem Neffen geschehen war. Doch nun fühlte ich mich noch
nicht imstande dazu. Ich rappelte mich auf, starrte die
aufgehende Sonne an und holte meine Landkarte hervor. Es
hätte nichts geändert, wenn ich noch länger Liams Leiche
angestarrt hätte. Es gab noch nicht einmal eine Möglichkeit,
ihn vernünftig zu begraben. Vielleicht fand ich ja den Mut,
jemandem den Unglücksort zu nennen und Liam bergen zu
lassen. Er wurde nie gefunden, wovon ich später erfuhr, als ich
es endlich geschafft hatte, Liams Onkel zu kontaktieren. Er
hatte sich sofort auf den Weg gemacht, aber Liam war nicht
mehr dort. Leider weiß ich nicht was mit ihm passiert ist. Was
mich noch immer sehr belastet, denn er hatte etwas Besseres

verdient, als tief in einer Schlucht liegend von wilden Tieren zerfleischt zu werden. Ich verließ die Schlucht und orientierte mich weiter östlich. Richtung Doylestown. In der Brezelstadt wollte ich nicht bleiben. Der Wunsch, endlich zu meiner Familie zurückzukehren wurde immer mächtiger und verdrängte meine Abenteuerlust komplett. Ich hasste das was ich getan hatte und noch immer tat. Meine dumme Idee hatte soviel Unheil angerichtet, dass ich befürchtete nie mehr glücklich zu werden. Ich wanderte weiter durch die Apalachen, schlief unter freiem Himmel, hauste in meinem Zelt und das Freiheitsgefühl war einfach weg. Ich fühlte nichts mehr. Nur noch Wut und Trauer. Ich mied Menschen, weil ich einfach nicht noch mehr Verluste hinnehmen konnte, und wollte, sofern sich mir jemals wieder jemand angenähert hätte. Ich wurde immer einsamer und dünner. Meine Kraft schwand immer mehr, je weiter ich diese Bergwelt durchlief.

Nach etwa zwei Wochen hatte ich die Grenze zu New Jersey erreicht. Meine Heimat lag in greifbarer Nähe. Es war fast Mai geworden als ich die Felder um meine Heimatstadt von weitem sah. Fast vier Jahre waren vergangen, seit ich aufgebrochen war. Ich sah die Wiese, wo ich damals Speedy gefunden hatte. Speedy und Earl, meine beiden geliebten Tiere, die ich ebenfalls auf dem Gewissen hatte. Ich sah die Wege, die ich mit meinem Hund durchwandert hatte. Earl, der treueste Hund, den man sich wünschen konnte. Ich drückte meine Tränen weg und näherte mich dem Ortsschild von Trenton. Zum Haus meiner Eltern musste ich einmal durch die Stadt, da es genau auf der anderen Seite lag. Die Werkstatt meines Vaters befand sich etwas außerhalb und ich hatte das Gefühl, dass meine Beine keinen einzigen Meter mehr schaffen würden. Und dann blieb ich am Wegesrand oberhalb des Feldes stehen, starrte das

Haus an, in dem ich geboren wurde. Es hatte sich nichts verändert, außer dass der Zaun um unser Grundstück jetzt viel mehr Land umzäunte. Noch immer war der Betrieb meines Vaters dort ansässig. Das Haus war unverändert. Der Wagen meiner Mutter stand in der Einfahrt. Alles war noch so wie früher. Es kam mir vor als wäre ich nur einige Tage fort gewesen. Die Mittagssonne stand hoch oben, der Frühling zeigte sich von seiner schönsten Seite und dann sah ich meinen Vater, meine Mutter neben ihm und ... einen kleinen Jungen mit schwarzen Haaren, der sich an meiner Mutter hoch hangeln wollte. Meine Eltern kuschelten mit einem Kleinkind. Ich verstand überhaupt nichts mehr. Mein Herz schlug mir bis zum Hals. Noch knapp dreißig Meter trennten mich von meinen Eltern. Ich griff nach meinen Krücken und war so entschlossen wie nie zuvor. Ich hörte den kleinen Jungen lachen. Im Garten stand ein hölzernes Schaukelpferd, das mein Vater bestimmt selbst gemacht hatte. Daneben ein riesiger Sandkasten, in dem Massen an Eimerchen und Schäufelchen lagen. Der Junge drückte sich an meine Mutter als sie ihn hochhob. Ich ging näher heran und mein Herz raste noch schneller.
Wer war dieses Kind?
Die Sonne brannte warm auf meinen Armen. Ich stand einfach nur da und starrte dieses Kind an. Dann hörte ich eine Stimme, die mir so vertraut war.
„Rylan, magst du Pudding?"
Diese Stimme gehörte zu Lauren. Langsam trat sie in den Garten und stellte vor meine Mutter und das Kind. Der Junge jauchzte und streckte Lauren seine kleinen Ärmchen entgegen. Ich sah wie meine Mutter das Kind an Lauren übergab, und gemeinsam mit meinem Vater zurück ins Haus ging. Meine Augen begannen zu brennen, mein Herz schmerzte noch mehr. Vergessen war alles, was hinter mir lag.

Ich beschleunigte meine Schritte, blieb auf der gegenüberliegenden Wegseite stehen. Ich regte mich nicht, beobachtete nur. Und dann passierte es:

Lauren hatte mich gesehen. Sie setzte das Kind auf die Wiese, ihren Blick auf mich gerichtet. Ihr Mund öffnete sich ganz leicht, ihre Lippen begannen zu zittern. Ich setzte meinen Rucksack ab, brachte meine Krücken in Position und spürte meine Augen brennen. Dann trat ich auf sie zu, noch immer hielt ich ihren Blick fest, der sich bis tief in mein Innerstes gebohrt hatte.

„Randy... Du lebst... Oh Gott...“

Laurens Stimme war ganz leise, beinahe ehrfürchtig. Und dann rannte sie auf mich zu, ich auf sie. So gut ich konnte, ging ich ihr entgegen.

„Wie ist das möglich? Du bist hier.“

Sie stand jetzt vor mir, ganz dicht. Ihre Augen glänzten vor Tränen. Dann nahm sie meinen Kopf und berührte meine Wangen. Ich ließ meine Krücken fallen krallte mich an den Zaun und umfasste ihren schlanken Körper. Dann küsste ich sie. Ich war so wahnsinnig. Meine Gefühle überschlugen sich. Freude, Trauer, Wut, Angst und jede Menge anderes Zeug. Wir konnten uns nicht voneinander lösen. Immer mehr Tränen brachen sich bahn und Lauren klebte an mir, so als hätte sie Angst gehabt, ich wäre weg, sobald sie mich losließe.

„Mom, wer ist der Mann?“, hörte ich eine kindliche Stimme.

Zaghaft löste sie sich von mir:

„Das ist dein Daddy.“

52

Randy

Vier Monate später

Ich hatte mich wieder zuhause eingelebt, meiner Familie alles erklärt. Lauren erzählte mir, was sie in jener langen Zeit erlebt hatte und warum sie jetzt bei meinen Eltern lebte. Warum sie mit ihren Eltern gebrochen hatte, und von Nathan. Sie umsorgten mich. Ich kam wieder zu Kräften, besuchte Ärzte und Therapeuten, die aus mir wieder einen Menschen zu machen versuchten. Mein Bein war zum Glück jetzt richtig verheilt und irgendwann würde ich auch ohne Krücken oder Rollstuhl wieder laufen können.

Mein Junge sah mir so ähnlich und noch immer konnte ich nicht glauben, dass er mein Sohn war. Meine Eltern setzten alles in Bewegung, dass mein Fall neu aufgerollt wurde. Erneut wurden Detektive eingeschaltet, die sämtliche Menschen, die maßgeblich an meiner Geschichte beteiligt waren, aufspüren sollten. Ich erfuhr, weshalb mein Vater das Grundstück neben dem meiner Eltern gekauft hatte. Und er fragte mich nach meinen Wünschen, wie das Haus, das dort gebaut werden sollte, aussehen sollte. Die Baupläne waren gemacht, das Haus sollte genauso aussehen, wie jenes, in welchem ich in Kanada gelebt hatte. Lauren schaffte es, ihren Exfreund, der ein angesehener, junger Anwalt war, dazu zu überreden, mich zu vertreten. Die Detektive fanden sämtliche Leute, die uns im

Laufe unseres Abenteuers begegnet waren. All das hatte einige Wochen in Anspruch genommen. Die Kerle, die an allem Schuld trugen, besannen sich schließlich dazu, die Wahrheit zu sagen. Der Drogentyp und die Menschenhändler saßen schon längst hinter schwedischen Gardinen. Meine asiatische Freunde waren auch in Sicherheit. Leider haben wir nie wieder etwas von ihnen gehört. Ich lernte Nathan besser kennen und ich war mir sicher, wenn ich nicht gewesen wäre, wäre Lauren mit ihm glücklich geworden.

Ich wurde freigesprochen und ein halbes Jahr später war ich bereit meine große Liebe zu heiraten. Und da sind wir nun. Unsere Geschichte ist erzählt.

„Das ist so wunderbar. Sie beide sind ein so schönes Paar. Ich habe solchen Respekt und werde alles dafür tun, dass ihre Geschichte echt bleibt", sagt Rachel und erhebt sich. Der Kameramann schaltet das Gerät ab. Rylan und seine Freundin verziehen sich auf sein Zimmer. Ich stelle mich hinter den Rollstuhl und mache mich bereit, diesen Tag zu entlassen. Es ist spät geworden, fast Mitternacht.
„Es war uns eine Ehre", sage ich.
„Wir freuen uns auf den Film" grinst Randy.
„Wunderbar. Aber ... darf ich Sie noch etwas fragen?"
„Natürlich."
„Haben sie je die mittleren Staaten der USA betreten?"
„Noch nicht, aber das kann ja noch werden", sagt Randy und begleitet das Reporterteam zur Tür.

Danksagung

Wir sind am Ende von Free angekommen. Fast zwei Jahre haben mich Lauren und Randy begleitet. Ich kann euch sagen, beim Schreiben habe ich eine Menge gelernt. Diese Geschichte hat viele Recherchen gefordert und ich hoffe, dass sich die Mühe gelohnt hat und ihr dieses Buch gerne gelesen habt. Danken möchte ich vor allem meinen Testlesern, meiner Familie und natürlich meinem Bloggerteam, das mich so toll unterstützt. Ihr seid toll. Ohne euch würde all das keinen Sinn machen. Wenn euch dieses Buch gefallen hat, schaut gerne mal in meine anderen Vorschläge, gleich im Anschluss an diese Danksagung. Inzwischen könnt ihr euren Favoriten unter neun Büchern aussuchen. Ich hoffe, da ist was dabei. Ansonsten kann ich euch versprechen, dass ich bereits die nächsten Geschichten in der Schublade habe. Freut euch auf Devlin, der des Teufels Sohn ist, und auf seinem Kreuzzug gegen die Menschen auf Mae trifft, die sein schwarzes Herz ganz schön durcheinander bringt. Die ganze Geschichte heißt: The Reversal Die Umkehrung der Welt, und wird im Frühjahr 2023 erscheinen. Des Weiteren steht der Blutkönig kurz vor der Vollendung, genauso wie The Painter, der Maler von Jareda, der mit seinem magischen Pinsel sein Reich vor dem Eiskönig rettet, falls ihm seine große Liebe begegnen sollte, die ihm dabei hilft, die Farben zurück nach Jareda zu bringen. Gute Chancen, die Richtige zu sein, hat seine Krankenschwester Destiny...
Bleibt dran, folgt mir auf Instagram @elkewollinski
Bis dann
Wir lesen uns   *Eure Elke*

Was geschah in Teil 1
Free

Die Welt gehört uns, solange du bei mir bist

Lauren wächst wohlbehütet bei ihren Eltrn auf dem Land auf. Sie hält nichts davon, ein braves Mädchen zu sein und reagiert wütend, als ihre Eltern anfangen, ihr Leben zu diktieren. Sie liebt nichts auf der Welt mehr als die Natur, Abenteuer und das Gefühl der Freiheit. Eines Tages trifft sie auf den jungen Aussteigen Randy, der alles verkörpert, wofür ihr Herz schlägt. Und außerdem ist er auch noch verdammt süß. Die beiden kommen sich näher und nach einer heißen Nacht mit ihm, ist es um Lauren geschehen. Ohne zu überlegen fasst sie einen weitreichenden Entschluss ...

Randy ist einundzwanzig Jahre alt und es leid, sich an Regeln zu halten. Deshalb steigt er aus dem System aus und macht nur noch war er will, denn nichts hasst er mehr, als sich an Regeln zu halten. Mit seinem Hund, einem zahmen Frettchen und seinem Zelt, macht er sich zu Fuß auf den Weg, die gesamten USA zu durchqueren. Als er dabei auf Lauren trifft, verändert sich sein Leben schlagartig. Die beiden setzen die Reise gemeinsam fort und verlieben sich heftig ineinander. Als beide überfallen werden, verteidigt Randy Lauren mit einem Messer und sticht einen Mann nieder. Der einst harmlose Trip verwandelt sich in eine Flucht vor der Polizei und der Rache der vermeintlichen Opfer. Und eines wird Randy so langsam klar: Eine Leben ohne Regeln kann nicht funktionieren ...

Leseprobe

Wenn Träume lügen
Gefunden

Jolene verliebt sich schon als 14 jährige Schülerin in den jungen Rocksänger Damon. Dieser befindet sich noch am Anfang einer glanzvollen Karriere. Nach fünf Jahren Fan-Da sein gelingt es Jolene, Kontakt zu Damon aufzunehmen. Tatsächlich erwidert er ihre Gefühle und die beiden werden ein Paar. Als Damons Karriere fortschreitet, merkt Jolene schnell, dass das Leben an seiner Seite nicht so einfach ist wie sie es sich vorgestellt hat. Damon liebt sein Leben auf der Bühne und ist deshalb ständig unterwegs. Jolene stellt ihr eigenes Leben völlig in den Hintergrund und folgt ihm rund um den Globus. Ihr Leben entwickelt sich zu einem Spießrutenlauf vor den Reportern, als die Beziehung der beiden an die Öffentlichkeit kommt. Jolene spürt, dass sie bei Damons Fans alles andere als beliebt ist und beinahe von ihnen gehasst wird. Das Leben des Paares wird immer komplizierter und ihre Liebe zueinander scheint nicht mehr auszureichen.

Als eines von Damons Konzerten im Krankenhaus endet, sieht Jolene die Gefahr und bittet ihn um das für ihn Unmögliche, nämlich bei ihr zuhause zu sein. Doch Damon denkt nicht daran. Die Beziehung droht zu zerbrechen. Sie flüchten aufs Land und hoffen auf Ruhe. Für kurze Zeit gelingt es auch. Als Damon eine Welttournee startet kommt Jolene nicht mit ihm. Dann passiert etwas, das beider Leben für immer verändern könnte...

Prolog

Ich sitze hier an meinem Tisch und blättere in Fotoalben aus vergangenen Tagen. Es war eine schöne Zeit, die ich nicht missen möchte. Erinnerungen an ein glanzvolles Leben. Draußen ist es noch so warm wie im Frühling, obwohl schon wieder fast September ist. Eigentlich bin ich zufrieden, auch wenn mein Leben etwas anders verlaufen sollte. Es war nicht immer einfach und es hat mich hart gemacht. Ich hatte Träume und Pläne. So wie fast jeder Mensch. Aber Träume täuschen mich nicht mehr. Weil die Realität anders ist. Ich habe es erlebt. Ein Traum muss keiner sein und dennoch ist es nicht das was man wollte, selbst wenn er in Erfüllung geht. Manchmal werden sie wahr und man glaubt, dass das die Wahrheit ist. Man macht sich selbst etwas vor, versucht sich einzureden dass alles super ist. Die bewundernden Blicke der Mitmenschen, wenn sie sehen wie glücklich man ist. Man hat es geschafft. Aber Bewunderung ist nicht alles. Es geht hier um einen Traum, wie mein Leben verlaufen sollte. Ein Leben, in dem die Liebe zu einem Menschen reicht um glücklich zu sein. Doch so ist es leider nicht. Die Liebe meines Lebens habe ich gefunden, die Erfüllung meines Traumes jedoch nicht. Weil man einen Menschen nicht ändern kann. Ich werde Damon lieben, so lange ich lebe, aber ich bin besser ohne ihn dran. Wir haben es versucht und es hat nicht funktioniert. Sein Leben passt nicht zu meinem Traum davon. Ich bin Jolene, einfach Jo. So nennen mich alle, seit mein Mann mir damals diesen Spitznamen gab. Ich will Ihnen meine Geschichte erzählen.

Mein Leben mit Damon.

1

Jo

Er hat sich in meinen Traum von einem schönen Leben in mein Herz geschlichen. Damon war damals 19 und am Anfang eines glanzvollen Lebens. Sie denken sicher hier geht es um einen Rosenkrieg. Nein, so ist es nicht. Ich liebe ihn noch immer. Aber meine Vernunft hat mich vertrieben. Ich habe aufgegeben. Meine Kraft ist alle. Er sagt dass er mich auch noch liebt. Ich glaube ihm. Aber es gibt da etwas das er noch mehr liebt, glaube ich. Sein Leben ist die Musik. Er hat mich nie verletzt oder betrogen. Im Gegenteil, er trug mich auf Händen. Und doch hat es nicht gereicht.
Wir haben Kontakt, ab und zu sehen wir uns sogar, wenn er in der Stadt ist, oder besser gesagt nicht gerade irgendwo auf der Welt ein großes Konzert gibt. Zuletzt haben wir uns vor zwei Jahren gesehen. Er ist Musiker. Das heißt, er ist Sänger in einer Rockband. Sie denken das geht nicht wegen des Alters. Doch. Mein Mann ist 51 und er wird nicht müde (und es gibt welche, die noch länger im Geschäft sind als er). Er liebt sein Leben. Und ich dachte dass ich das auch tue.
Wie gesagt, ich war 14 Jahre alt, als ich mir in den Kopf setzte, diesen Mann zu erobern.
Ich war ein normaler Teenager mit Tagträumen, Freunden, Hobbys und umsorgenden Eltern. Schule usw. Alles was das Leben eines jungen Menschen begleitet, auf dem Weg zum erwachsen werden.
Schon damals war Musik mein größtes Hobby. Und so ist es noch heute. Sie bringt mich auf andere Gedanken und ich kann

für eine Zeit lang meinen Problemen entfliehen.
So wie damals. Ich war traurig wegen eines Streits mit meiner
Freundin. Alles war schief gelaufen. Es war ein echt mieser
Tag: Verpennt, Klassenarbeit verhauen, ein Missverständnis
zwischen meiner besten Freundin Juli und mir. Ich kann nicht
mehr genau sagen worum es ging, aber damals hatte ich den
ersten handfesten Streit mit Juli. Wir waren nach der Schule
noch unterwegs und irgendwie waren wir diesmal nicht einer
Meinung wie sonst immer.
Wir stritten uns heftig und haben uns furchtbar angeschrien.
Wütend bin ich damals nach Hause gerannt und hatte Juli
einfach stehen lassen. Ich erinnere mich noch daran, dass ich
ohne ein Wort heulend an meiner Mutter vorbei gerannt bin.
Ich hatte mich in meinem Zimmer vergraben. Wollte keinen
sehen und ich machte mein Radio an.
Damals war die Welt noch einfach. 1983. Keine Handys, Mp3
Player oder Digitalfernsehen. Keine Wii oder Playstation. Alles
einfach. Ich besaß nur einen Kassettenrecorder und mein
Radio, mit dem ich Musik aufnehmen konnte. Und ich hatte
einen alten Plattenspieler.
Ich saß auf meinem Bett und dachte nach, der Musik im Radio
lauschend. Juli war wie meine Schwester und es tat mir leid,
was da passiert war. Dann wurde das Lied gespielt, das mein
Leben verändern sollte. Bis heute. Es hieß True Love. Ein
Rocksong. Mit Power, Gitarrenriffs (ich liebe den
unvergleichlichen Sound einer Gitarre) und trotzdem
gefühlvollem Text. Und einer kraftvollen, etwas rauen, aber
dennoch sehr emotionalen Stimme. Diese Stimme war so
einzigartig. Nie zuvor hatte mich eine Stimme so angezogen
wie diese. Ich saß da und war wie berauscht davon. Was war
das für ein Song? Neu. Noch nie gehört. Wer war diese
Stimme. Gerade noch schaffte ich es den Aufnahmeknopf an

meinem Rekorder zu drücken.

Ich wollte diesen Song, diese Stimme behalten, immer wieder hören. Eine neue Band am Musikhimmel.

Ich werde nie vergessen wie sich das Lied in mich einbrannte. Bis heute bedeutet mir dieses Lied viel. Es hat mein Leben verändert, mich zur Liebe meines Lebens gebracht. Und ich bin irgendwie auch dankbar dafür, dass ich damals so traurig war. Sonst hätte ich Damon vermutlich nie getroffen.

Ich hatte das halbe Lied auf meiner Kassette und hörte es wieder und wieder. Wem gehörte diese Stimme, die so unglaublich anziehend war? Das ging mir nicht mehr aus dem Kopf und ich begab mich auf die Suche das herauszufinden. Natürlich las ich Teenagerzeitschriften, wie fast alle jungen Leute es tun. Es war mir wichtig, ein Gesicht zu der Stimme zu finden. Total verrückt, ich weiß. Aber der Song und dieses Gefühl in der Stimme des Sängers ließen mich einfach nicht los.

Ich fand einige Zeit später heraus um wen es sich handelte.

Sein Name war Damon. Damon Mandora. Sänger einer neuen Rockband, die sich Mandoras Hell Fire nannte und aus fünf Jungs bestand. Mein Magazin zeigte Fotos von den Bandmitgliedern.

Und da war er. Damon.

Endlich hatte meine Traumstimme ein Gesicht. Ein unglaublich gut aussehender Typ mit wundervollen blauen Augen, lächelte mir vom Papier aus direkt in mein Herz. Ich starrte dieses Foto an, und da nahm der Traum langsam Gestalt an.

Ich wollte Damon kennen lernen. Ich weiß wie sich das anhört. Schwärmerei, die vergeht. Das machen viele junge Mädchen durch. Das ist normal und es dauert nicht lange bis man wieder einen anderen gut findet. Nicht bei mir. Ich wollte ihn. Ich bin nicht verrückt und auch nicht bedauernswert. Damals war ich

das auch nicht. Ja tatsächlich hatte ich mich am Anfang in seine Stimme verliebt und dann in ihn. Sie sagen sicher dass man mit 14 nicht entscheiden kann was Liebe ist und das würde sich verflüchtigen wenn man einen „normalen" Jungen aus der Nachbarschaft trifft. Einen aus Fleisch und Blut zum Anfassen, Kuscheln und Küssen.
Aber ich jagte lieber einer Stimme hinterher, denn ich war zum ersten Mal verliebt.

2

Jo

Also begann ich zu forschen, was ich über die Band Mandoras
Hell Fire wissen musste. Ich lebte für mein Ziel.
Dann gab es im TV plötzlich MTV. Videos und Musik rund um
die Uhr. Ich konnte Damon sehen. Wie er sich bewegte und ich
konnte seiner Superstimme lauschen. Er sah unglaublich gut
aus. Das tut er noch heute. Er ist sehr groß, blond, jetzt leicht
ergraut, und er hat die hellsten leuchtenden blauen Augen, die
mir je begegnet sind. Er ist knapp 1,90 groß, schlank und
sportlich. Die 80er waren eine verrückte Zeit. Alle trugen bunte
Klamotten und hatten wilde Frisuren. Damon hatte lange
Locken, weil Mandoras Hell Fire zu den so genannten
Hairbands gehörte. Er war ein richtiger Postertyp für jedes
Mädchenzimmer.
Ich fand heraus, dass Mandoras Hell Fire aus New York
kamen. Fünf Freunde, die sich irgendwann, irgendwo getroffen
hatten, die Musik liebten, ihre Instrumente live spielten, was
heute nicht mehr ersichtlich ist, weil die Technik alles kann.
Damon spielt E-Gitarre, Akustikgitarre, Bass und er beherrscht
die Drums.
Und was so gar nicht dazu passt, er spielt Klavier.
Fünf junge Männer, die im Jetzt lebten, und auch einen Traum
hatten. Ob das für sie so gelaufen ist, wie sie wollten, weiß ich
nicht. Mein Mann gab der Band ihren Namen. Damon
Mandora, Schöpfer der Mandoras Hell Fire. Er und sein bester
Freund John haben die Band gegründet. Für meinen Mann
bedeutete die Band alles. Ich glaube dass das noch immer so

ist. Wie könnte er sonst noch immer durch die Welt reisen und jeden Tag wo anders sein?

Ich verschwand in Damons Leben.

Jeden Tag in meinem Zimmer. Ich sammelte jeden Schnipsel aus irgendwelchen Zeitungen. Poster verzierten meine Wände und mein Tag begann mit dem Gedanken an ihn und bevor ich abends die Augen schloss, war er mein letzter Gedanke. Meine Welt drehte sich nur noch um ihn und Familie war genervt davon.

Ich erzählte meiner Freundin Ann von meinem Plan.

„Du bist verrückt. Wie willst du das anstellen?"

„Meine Güte, Ann! Sieh ihn dir doch an. Der ist so süß. Ich werde das schon schaffen."

„Jolene, sei doch nicht albern. Natürlich ist der süß. Aber das hat sicher schon eine andere längst bemerkt. Du bist doch erst 14 und er 19. Wie soll das gehen?"

„Ich will ihn. Basta."

„Dir ist nicht zu helfen. Aber ich wünsche dir dass es klappt."

Solche Gespräche fanden beinahe täglich statt. Niemand nahm mich für voll. Meinen Eltern ging ich auf die Nerven.

„Kümmere dich lieber um die Schule und um deine Zukunft."

Wenn sie gewusst hätten wie es kommt...

Ich fand heraus wo Mandoras Hell Fire bald ein Konzert hatten, und da wollte ich natürlich hin.

„Kommt nicht in Frage. Detroit, das ist viel zu weit und du bist erst 14, nein, keine Chance."

Und damit war meine Mutter schon durch mit dem Thema. Zu dem Konzert bin ich nie gekommen. Aber meine Sehnsucht nach Damon wuchs mit jedem Tag. Ich kann es nicht erklären. Da war ein Mensch der unheimlich gut aussah, eine Superstimme hatte und mich faszinierte. Wie er tickte oder wen er liebte wusste ich ja nicht.

Ob es eine Frau in seinem Leben gab konnte ich nicht in Erfahrung bringen, damals. Heute weiß ich, dass es keine gab. Keine Zeit für so was, hatte er mir mal gesagt. Und dass es stimmte, hat mir Nick irgendwann mal erzählt.

Damon war ein Saubermann. Er sah wild aus, war es aber nicht. Er wollte das ganz Große. Und er wollte dafür kämpfen, koste es was es wolle. (Und er hat es geschafft. Bis heute zählt die Band zu den erfolgreichsten im Rockmusikbereich). Und da hatte keine Frau Platz. Damals. Damon kümmerte sich um Auftritte. Um Geldsachen und Bürokram und so was (später stellte er Dick Charles an, den sie später noch besser kennen lernen werden). Am Anfang spielte die Band in kleinen Clubs in New York und irgendwann kam dann der Song der mich so in seinen Bann gezogen hatte.

Mittlerweile war ich ständig abgelenkt. Ich war zwar mitten im Leben aber auch im Schatten meiner selbst. Mit Ann konnte ich immer reden. Aber natürlich erträgt kein Mensch die tägliche Schwärmerei über einen Typen, der nicht real war. Nicht in meiner Welt. Damon war ein Phantom das durch Radio und TV geisterte. Ann versuchte mich auf andere Gedanken zu bringen. Wir unternahmen viel gemeinsam und wir hatten auch viel Spaß dabei. Eine Zeit lang gelang es mir sogar nicht von Damon zu reden oder seine Musik zu hören.

Es war schon fast ein halbes Jahr vergangen seit ich in meinem Zimmer gesessen hatte und das Lied aufgenommen hatte. Inzwischen war ich 15 geworden und meine Eltern hatten mir ein Bandshirt geschenkt. Vorne war ein Bild der Gruppe drauf und auf dem Rücken das Bandlogo: Eine schwarze Gitarre mit lodernden Flammen um den Bandnamen herum. Wahnsinn. Keine Ahnung wo meine Eltern das Ding aufgetrieben hatten, aber es war einfach genial. Damit hätte ich nie gerechnet.

Das Shirt trug ich ständig und ich wollte ihm immer noch nah sein. Mit Juli hatte ich mich wieder versöhnt, aber sie teilte meine Leidenschaft nicht.

Sie fand ihren Traummann in der Nachbarstadt. Er hieß Dale und sie war unglaublich verliebt in ihn.

Ich war neidisch auf sie. Sie konnte ihn sehen, mit ihm reden und ihm nah sein. Und ich stand noch immer im Nirgendwo, ratlos wie es weiter gehen sollte. Ich hielt an meinem Plan fest und recherchierte wie der Teufel, um immer auf dem neuesten Stand zu sein, wo Damon gerade war. Dann fand ich etwas heraus was mein Leben völlig auf den Kopf stellte. Die Band kam nach Texas. Nach Dallas und Houston. Und das Beste war – sie kamen sogar nach Austin. Der nächste Auftritt fand dort statt. 1984 in einem Club am Stadtrand. Ich brauchte dringend Geld. 45 Dollar. Mein Sparschwein war chronisch leer. Aber ich wollte da hin und ihn endlich mal in ECHT sehen. Kein Posterboy mit Dauerlächeln. Nein, einen echten Menschen mit einer coolen Stimme. Ich hatte vier Wochen Zeit eine Karte zu besorgen. Es gab genug Karten. Heute ist das schon schwieriger für kleine normale Fans an eine Karte zu kommen. Mein Mann füllt Stadien in der ganzen Welt und 45 Dollar reichen schon lange nicht mehr um ihn zu sehen. Mandoras Hell Fire ist ein Unternehmen. Aber damals war das noch nicht so. 200 Personen in einem Club, oder auch an 300. Klein und persönlich, unbedeutend gegen heute. Und ich wollte dabei sein und dafür sorgen, dass er mich sieht. Dass er weiß, dass es mich gibt. Ich sparte jeden Penny und versuchte nach allen Regeln der Kunst meine Eltern zu überreden, dass ich hingehen durfte. Klar war Austin nicht gerade um die Ecke, aber es war machbar.

„Mom, es würde mir echt viel bedeuten."

„Du bist noch zu jung um alleine so weit zu fahren. Dein Dad kann dich da nicht hinbringen und ich auch nicht. Vielleicht ein andermal."

„Mom!"

„Es reicht, Jolene."

Ich brach in Tränen aus und war dem Zusammenbruch nah. Ich wollte ihn endlich sehen. Sehnsucht nach einem Typen, der noch nicht einmal wusste dass ich auf Erden wandelte.

Dann kam meine Mutter zurück zu mir und sah mich an:

„Ist es dir denn wirklich so wichtig? Du siehst ja aus als hinge dein Leben davon ab."

Das tat es in der Tat.

„Bitte Mom. Nur dieses eine Mal. Ich passe schon auf mich auf."

„Na gut. Wenn es dir soviel bedeutet. Ich frage Don Weathers, den Sohn von Mrs.Weathers gegenüber. Du kennst Don doch, oder?"

„Klar."

Ich bekam wieder Hoffnung und mein Herz schlug schneller.

„Don ist fast 20 und er kann dich begleiten."

„Glaubst du dass er das tun würde?"

„Wir werden sehen. Und jetzt kümmere dich um deine Hausaufgaben."

Na toll. Aber egal. Ich hielt es für besser jetzt lieber den Mund zu halten. Meine Mutter sorgte sich um mich. Das konnte ich ja verstehen. Aber mein Plan war mir wichtiger als alles andere. Ich kannte Don. Und er war auch total zum anbeißen. Das sagte ich aber besser nicht meiner Mutter. Er war cool und ich witterte meine Chance. Kurz um er sagte zu und ich hatte das Geld für die Karte zusammen. Ich würde Damon endlich sehen. Das war das Größte für mich. Dennoch bekam ich langsam Zweifel. Damon konnte jede haben und ich war noch keine Frau für seine Liga. Aber ich war hoffnungslos verliebt.

Auch wenn sie jetzt schmunzeln und ein mitleidiges
„Oh die arme Kleine", denken. Ich glaube dass es fast allen
Teenagern so ergeht. Auf dem Weg in die Welt der
Erwachsenen Gefühle zu entdecken. Und manchmal will man
eben einen unerreichbaren Menschen. Nicht vielen ist es lange
ernst damit, mir aber schon. Ich weiß was sie denken.
Der Tag kam und Don holte mich bei meinen Eltern morgens
schon ab. Der Weg war weit und wir mussten einige Stunden
fahren. Zum Glück war Samstag. Schule und andere Plagen
sind mir erspart geblieben.
„Hi, Don. Danke, dass du mitkommst. Bist meine Rettung."
„Schon Okay. Muss nochmal raus bevor die Armee ruft, weißt
du? Was ist das denn für eine Band?"
„Die Beste der Welt."
Er grinste mich an:
„Wenn du das sagst. Dann komm. Ich bin gespannt in was du
mich da hinein manövrierst."
Ich eilte hinter Don her. Schnell saßen wir im Auto. Nur weg,
bevor meine Mutter es sich noch anders überlegen würde. Er
gab Gas als führe er meinen Fluchtwagen und die Fahrt wollte
einfach kein Ende nehmen. Ich wurde immer nervöser, was
Don zum schmunzeln brachte.
Endlich kamen wir am Veranstaltungsort an. Ich hatte das
Gefühl dass alle Autos in dieser beschissenen Stadt zum Club
wollten. Wir kamen überhaupt nicht voran. Und das ärgerte
mich. Ich spürte Dons Hand auf meinem Oberschenkel als wir
an der Ampel anhalten mussten. Er sah mich aufmunternd an:
„Das wird schon."
Er musste mich ja für ein totales Baby halten. Schöne Scheiße.
Um 21 Uhr begann das Konzert. Die Uhr rannte irgendwie. Ich
wollte unbedingt früh genug da sein, damit ich ganz vorne
stehen konnte. Damon ganz nahe sein. Gerne hätte ich Ann

dabei gehabt aber ich muss sagen, dass sie gar nicht auf Rock stand.

Um 19.30 Uhr standen wir in der Schlange am Eingang. Düstere Atmosphäre, Dunkelheit. Menschen in schwarzen Klamotten, gut drauf und freundlich.Don blieb immer in meiner Nähe. Meine Mutter hätte ihn vermutlich geköpft wenn er mich aus den Augen gelassen hätte. Ich sehe das heute genau so. Ich passe gut auf Alanah auf. Ich weiß nicht, ob ich ihr das erlauben würde. Damon war ja kaum zuhause als sie herangewachsen ist. Ich glaube meine Eltern waren cooler als ich es heute bin. Aber sie kannten das Geschäft ja auch nicht. Ich hingegen schon. Und Alanah ist anders als ich. Ich sage fast sie ist erwachsener als ich es war und ein Realist. Mit beiden Beinen im Leben. Das Schillerleben ihres Vaters beeindruckt sie nicht.

Sie hatte eine sorgenfreie Kindheit, ohne Geldsorgen oder so. Nur eines hatte ihr immer gefehlt. Ihr Vater. Vielleicht schaut sie deshalb nicht nach oben in die Welt der Stars und Sternchen. Ein freies Leben. Unvoreingenommen. Kein goldener Käfig wie Damon ihn hat.

Die Schlange schob sich voran. Mein Herz hämmerte und ich spürte Dons beruhigende Hand im Rücken als er mich sanft vorwärts schob. Endlich war ich da. Ich war im Saal, na ja es war ein Club. Nicht sehr groß, aber es hatte etwas dort zu sein. Ich wollte ganz nach vorne, egal wie. Don nahm meine Hand und zog mich nah an die Bühne. Ich war so aufgeregt. Nur wenige Meter trennten mich vom Geschehen. Ich sah mir die Bühne an. Die Instrumente und die riesigen Boxen. Es war damals mein erstes Konzert überhaupt. Mein Herz schlug mir bis zum Hals. Meine Hände waren schon ganz feucht vor Aufregung. Sie können das sicher verstehen. Don war einen Kopf größer als ich und eigentlich fand ich auch ihn schon

immer ziemlich süß. Doch gegen Damon kam niemand an.
„Ich bin hinter dir. Keine Sorge, ich passe auf dich auf."
Don schob mich vor sich und legte seine Arme um mich.
„Danke Don. Das bedeutet mir echt viel."
„Schon gut, ich werde es ertragen", sagte er und ich konnte
sein Lächeln quasi spüren.
Die Musik der Band war nicht ganz sein Geschmack aber ich
glaube, es machte ihm damals sogar Spaß. Noch heute
verstehen wir uns super wenn er mal bei seinen Eltern ist. Don
lebt zur Zeit in Afrika. Wir sind gute Freunde geblieben seit
damals. Auch wenn er fast 5 Jahre älter ist als ich.
 So wie Damon.

3

Es wurde dunkel im Saal, noch dunkler als ohnehin schon.
Mein Herz begann noch schneller zu rasen. Aufgeregt
klammerte ich mich an Don.
„Ist okay. Ich bin hier."
„Ich bin dir was schuldig."
„Später. Da, es tut sich was."
Wir sahen zur Bühne. Meine Hände waren schweißnass. Ich
drückte mich an Don und fühlte mich sicher. Es war gut dass er
dabei war. Alleine wäre ich sicher verloren gegangen. Es
rumpelte und donnerte auf der Bühne. Nebel stieg aus
sämtlichen Ritzen. Ich versuchte ganz nach vorne zu kommen.
Don blieb dicht hinter mir. Er ließ mich aber nicht los. Der
Club war gar nicht so klein wie ich zuerst angenommen hatte.
Die Menschen schubsten und drängelten. Ich fühlte mich auf
einmal nicht mehr so wohl. Viele hübsche Mädchen waren da.
Älter und reifer als ich. Warum sollte Damon mich sehen?
Gerade mich? Don schob mich weiter nach vorne. Ein Grollen
von Donner rollte durch die Boxen. Eine Lazershow setzte die
letzten Akzente. Dann wurde die Bühne schlagartig schwarz.
Schwarz wie die Nacht. Die Menschen riefen die Namen der
Bandmitglieder. Damon, Damon, Damon, John, John … Es gab
einen Knall und ein Lichtkegel wanderte über die Bühne bis er
am Schlagzeug hängen blieb. Jonathan tauchte auf. Beide Arme
hoch erhoben, Drumsticks in den Händen. Fetzenjeans und
weißes T-Shirt, Lederweste und schwarze Schuhe. Die
schwarzen Haare stachelig nach oben frisiert. Ein durchaus
attraktiver Typ. Aber entgegen seinem wilden äußeren
Erscheinungsbild ist er sehr ruhig. Damals fand ich ihn

unglaublich … na ja … cool? Oder … Egal. Ich wartete auf Damon. Ich war so aufgeregt. Der Lichtkegel wanderte zur linken Bühnenseite. Mir brach noch mehr der Schweiß aus und Don musste echt schmunzeln. Das nahm ich ihm aber nicht übel.Ich sehe es noch vor mir. Andy kam herein.

Die Gitarre über seinem Kopf hoch gestreckt und in Siegerpose. Andys blonder Schopf war im Gegensatz zu seinen Bandkollegen relativ kurz. Dafür war er der Einzige, der von Leder, Nieten und Stacheln umgeben war. Wild und sexy. Dann kam John, lässig in Lederhosen und Piratenhemd, wobei die oberen Knöpfe offen waren und einen Blick auf seinen Oberkörper freigaben, stellte er sich an sein Instrument. Johns dunkle Mähne war genau so chaotisch wie Damons. Lange Locken wallten über seine Schultern. Seine Augen fast schwarz. Volle geschwungene Lippen und relativ weiche Gesichtszüge. Um seinen Hals trug er einige Ketten mit wilden Anhängern, wie Totenköpfen, Tierzähnen oder Schwertern. Um seine Arme wanden sich dutzende Lederarmbänder, die man nur sah wenn beim Keyboard spielen die Hemdärmel nach oben rutschten. Ebenfalls ein sehr attraktiver Mann. So wie sie alle fünf. Zu John habe ich bis heute ein sehr gutes und enges Verhältnis.Von ihm erfahre ich fast mehr über Damon als von ihm selbst.

Die Halle tobte und die Menschen riefen immer wieder nach Damon. Ich reckte meinen Hals zur Bühnenseite. Damon war aber noch nicht zu sehen. Statt dessen sah ich einen schwarz-weißen, wilden Schopf. Nick. Lässig in schwarzen Jeans und einem Stones T-Shirt. Er ist der sportlichste, unkomplizierteste von allen. Nick rannte wie ein Blitz an seinen Platz hinter dem Mikro neben dem freien Platz in der Mitte der Bühne. Damon, Damon, Damon. Mein Herz drohte fast zu platzen. Der echte Damon. Ich würde ihn endlich sehen.

319

Und ich hoffte er würde es auch.

„Wann kommt Damon endlich?"

„Nun kippe bitte nicht um. Ich bin kein guter Ersthelfer", brüllte Don mir scherzhaft ins Ohr.

„Bestimmt nicht. Aber ich sterbe fast vor Aufregung."

„Ich bin ja da."

Don hielt mich noch immer fest um die Hüften umklammert. Jetzt kam auch Damon endlich dazu. Gemütlich schlenderte er am Bühnenrand entlang und lächelte das Publikum an.

„Hallo, Austin!"

Jubel. Er hob beide Hände und strahlte in die Menschenmenge.

„Hey Leute, schön euch zu sehen. Ihr seid die Besten."

Ich konnte mich nicht an ihm satt sehen. Er war so groß. Größer als ich gedacht hatte. Und so attraktiv. Seine lange blonde Wuschelmähne und überhaupt, (die hat er heute natürlich nicht mehr). Er trug eine löchrige Jeans, die genau an den richtigen Stellen Haut blitzen ließ. Darüber einen Nietengürtel, der lässig um die Hüften baumelte und seinen knackigen Hintern noch mehr betonte. Seinen Superoberkörper bedeckte ein weißes Shirt, das ebenfalls Risse und Löcher aufwies. Darüber eine schwarze offene Lederjacke, die eine Schulter bedeckte und die andere ließ Damon durch gekonntes zurechtrücken der Jacke cool heraus blitzen. Mir blieb mein Herz fast stehen. Jubel und hysterisches Geschrei erklang um mich herum.

„Leute, ich bin froh wieder hier zu sein. Ich hoffe wir werden heute Abend eine Menge Spaß haben. Wir haben euch einige coole neue Songs mitgebracht. Ich hoffe ihr mögt sie. Aber ich denke wir fangen mit *The Power of Hell Fire* an. Seid ihr bereit für einen geilen Abend?"

Die Menge begann zu johlen. Noch einmal fragte er nach:

„Ist das alles? Seid ihr bereit?"

Noch mehr Jubel.

„Super."

Er hob seinen Daumen in unsere Richtung. Dann drehte er sich zu den Drums um.

„Jonathan, let´s start the Party."

Die Menschen neben mir rasteten völlig aus. Ich spürte Wut in mir. Wut auf die anderen Mädchen. Sie alle wollten ihn. Wie sie ihn ansahen. Unglaublich welchen Hass ich damals empfand. Total überzogen. Don hatte echt zu tun, mich zurück zu halten. Damon sah uns alle an und erkundigte sich zwischendurch immer mal wieder ob wir auch gut drauf wären. Und das war ich ohne Zweifel. Er lächelte in den Raum. Diese unglaublich geraden weißen Zähne. Ich glaubte damals er hätte mich gesehen. Aber das hatte er nicht. Damon hatte es mir irgendwann mal erzählt. Er war erst viel später auf mich aufmerksam geworden, aber das erzähle ich ihnen dann zu gegebener Zeit.

Die ersten Töne eines der neuen Songs setzten ein. Jonathan schlug die Takte an. Nick und John begannen ebenfalls ihren Part. Dann Andy. Damon rückte sein Mikrofon zurecht und begann zu singen. Eine Ballade, rockig und doch leise. Diesen Song kannte ich noch nicht.

Feelings. Es war ein wunderschönes, romantisches Lied. Ganz anders als alles was sie bisher gebracht hatten. Der Text berührte mein Herz bis in die äußerste Ecke. Damon kam zum Bühnenrand. Ich verfing mich in seinen blauen Augen, unfähig mich zu bewegen. Bei manchen langsamen Passagen schloss Damon die Augen und ich konnte sehen wie unglaublich lang und dicht seine Wimpern waren. Er klammerte sich an das Mikrofon und holte alles aus seiner Stimme heraus. Das war einfach ...Wahnsinn. Meine Gefühle für ihn wuchsen immer mehr und ich kam mir schon irrsinnig vor. Wie sollte ich ihn auf mich aufmerksam machen? Don hatte mich zwar schon ganz nach vorne geschoben, aber ich war wie betäubt. Stellen sie sich vor sie sind in der Wüste und das Wasser steht 20 Meter entfernt auf einem Tisch und sie können sich nicht bewegen um es zu holen weil ihr Körper nicht gehorcht. Genau so habe ich mich gefühlt. Er war so nah und doch so unerreichbar. Song um Song lieferten die Jungs ihre Show ab. Ich kannte jede Zeile und bis auf die zwei oder drei neuen Lieder konnte ich alles mitsingen. Die Stimmung war unglaublich. Ich hätte die ganze Nacht zuhören können. Die Welt um mich herum war nicht mehr da.

Nach zwei Stunden war dann leider alles vorbei und Damon und seine Band verschwanden hinter der Bühne.

Er sollte zurückkommen. Ich hatte noch ein Anliegen. Aber er kam nicht. Ich fühlte mich so leer, stand noch einige Zeit regungslos da und starrte auf die Bühne. Der Club leerte sich und ich stand noch immer wie gelähmt herum. Don sagte mir dass es Zeit wäre heimzukehren.

Er nahm meine Hand und zog mich mit sich. Ich wollte nicht weg. Ich hoffte noch immer wenigstens ein Wort mit Damon wechseln zu können oder ein Autogramm, Foto, irgendwas. Es konnte noch nicht vorbei sein. Ich hatte mich doch so lange darauf gefreut. Aber es half nichts. Ich musste zurück. Zurück in die Wirklichkeit, in mein langweiliges Teenagerleben.

Wir kamen sehr spät an meinem Elternhaus an. Die ganze Fahrt über trauerte ich vor mich hin. Ich war so verliebt und so alleine. Immer wieder sah ich den vergangenen Abend vor meinem geistigen Auge ablaufen. Es war ein unsagbar schönes Erlebnis gewesen. Diesen Tag würde ich nie vergessen. Hab ich auch nicht. Natürlich nicht.

Die Sonne ging bald schon wieder auf als wir in unserer Straße ankamen. Don brachte mich noch bis vor die Tür Ich betrat mein Zimmer und sah Damon auf meinen Postern. Und dann kam alles in mir hoch als ich mein Bett erreichte. Ich heulte wie ein Kleinkind vor Sehnsucht nach Damon. Schlafen konnte ich nicht. Immer wieder sah ich den Ablauf des Konzerts vor mir. Wie süß er ausgesehen hatte wenn er beim singen seine Augen geschlossen hatte. Wie viel Energie in ihm steckte und seine einzigartige Stimme. Ich hatte ihn gesehen und ich würde nicht aufgeben. Egal wo und wann Mandoras Hell Fire auftreten würden, ich würde da sein. Irgendwann würde er mich schon sehen. Damon war alles worum sich mein Leben drehte.

Und es blieb eine ganze Weile so.

4

Das Jahr verging schnell und ich fand heraus dass Damon zu einem Videodreh nach Dallas kam. Für ein Musikvideo zur neuen Single. Ich wollte dabei sein. In der Zeitung stand wann und wo. Mittlerweile war ich schon 16. Aber erreicht hatte ich noch nichts. Mandoras Hell Fire stürmten bereits die Charts. Ich würde zu diesem Dreh gehen. Egal wie. Und er würde mich bemerken. Notfalls würde ich abhauen. Damon war 20, fast 21. Ich sollte mich beeilen bevor er jemand anderen heiratet. Es klingt furchtbar naiv in ihren Augen. Ich weiß das. Doch es war mir ernst. Und ich fuhr hin. Diesmal mit Ann. Meine Mutter hatte einen Aufstand gemacht. Aber mein Vater meinte, es könnte mich erwachsen machen, wenn ich einmal alles alleine regeln müsste. Don war zu dem Zeitpunkt schon lange bei der Armee. Also musste Ann mit. Und so setzten wir uns in den Zug. Wir wollten das ganze Wochenende vor Ort bleiben und fanden den Drehort heraus.Viele Fans waren da, leider. Es würde schwierig werden. Überwiegend weibliche Fans belagerten die Zäune rund um den Drehplatz.
„Oh Mann wie willst du da ran kommen? Vergiss ihn. Du lebst in einer Traumwelt. So etwas passiert nicht uns. Das geht nur im Film oder im Märchen. Jolene, sei doch vernünftig. Und vielleicht wird doch noch was aus dir und Don. Der ist doch echt süß."
„Nein, ja er ist süß. Und ich mag ihn. Aber ich will Damon. Sieh ihn dir doch an."
„Ach Jolene, das kannst du vergessen. Der ist doch sicher schon vergeben. Was erwartest du denn?"
Ann klang besorgt und auch genervt. Heute verstehe ich das. Aber damals konnte mich nichts und niemand davon

abbringen. Wir sahen wie Kamerateams ihre Ausrüstung aufbauten. Schienen wurden verlegt und Kabel herum getragen.
Wohnwagen standen herum und Visagisten, Regisseure und Tontechniker rannten hin und her. Es war ein Durcheinander von Stimmen und Menschen. Von Damon und den anderen keine Spur. Er musste doch irgendwo sein. Und dann kam er um die Ecke. Er stieg aus einem riesigen Wohnwagen. Lässig, lächelnd und gut gelaunt. Seinen Superkörper rockig verpackt und die Mähne wild um den Kopf.
Mein Herz schlug in Rekordgeschwindigkeit.
„Ist er nicht unglaublich süß? Der Kerl ist ein Traum."
Ich begann zu schwitzen und drohte fast umzukippen. Ann konnte mich gerade noch stützen. Eine Stimme rief die Bandmitglieder zusammen und erklärte was sie zu tun hatten. Jeder stellte sich auf seine Position und der Dreh begann. Es war unglaublich spannend und ich wünschte mir dass sie bald fertig waren. Ich wollte mich ihm nähern.Irgendwann musste es ja klappen dass er mich sieht. Nach zwei ewig langen Stunden wurde Pause gemacht. Damon und die anderen kamen an den Zaun um die Fans zu begrüßen.Ich drängelte ganz nach vorne. Ann dicht neben mir. Die Mädchen schoben unaufhörlich. Sie schrien und kreischten. Manche kletterten den Zaun hoch. Ich sah wie er ihre Hände leicht berührte. Bei manchen blieb er stehen. Sie waren ihm näher als ich. Aber ich wollte dass er mich auch endlich wahrnimmt. Also versuchte ich an die Stelle zu kommen wo er stand. Und ich schaffte es. Damon schrieb Autogramme. Ich hatte mein Album mitgebracht und meinen Fanschal. Jetzt stand ich genau vor ihm. Ich hielt ihm Stift und Schal entgegen und dann geschah es. Er sah mich an. Minutenlang.
Er war so anziehend. Und ich liebte seine blauen Augen und

die weißen Zähne, seine Muskeln und er war so groß und überhaupt alles an ihm war der Wahnsinn. Ich war wie versteinert. Er fragte mich nach meinem Namen um ihn als Widmung auf den Schal zu schreiben.
„Ich heiße Jolene", stammelte ich.
„Ah, okay, Jolene. Ist es in Ordnung wenn ich für Jo schreibe? Das klingt so nett."
„Klar, kein Problem, das ist super."
Ich platzte fast. Damon hatte mich gesehen und mit mir gesprochen. Er sah mich noch immer an, obwohl er schon mit den nächsten Autogrammen beschäftigt war. Ich hatte es geschafft. Er wusste dass es mich gab.
Die Stimme des Regisseurs beendete leider viel zu schnell die Autogrammstunde. Ich hoffte, dass er nochmal eine Drehpause machen würde und vielleicht konnte ich ja noch einmal mit Damon reden. Er sollte mich nicht wieder vergessen. Ich wollte, dass er sich an mich erinnerte. Ich hielt meinen Schal ganz fest und schaute dem Treiben auf dem Drehplatz zu. Dann wurde es dunkel und am Set gingen die Lichter aus. Wir begaben uns zu unserem Hotel. Am Ende des Zauns konnten wir einen Bus erkennen. Wir sahen wie Damon und seine Bandkollegen einstiegen. Zu gerne hätte ich gewusst wo sie abgestiegen waren. Das haben wir leider nicht herausgefunden. Aber am nächsten Tag waren wir wieder vor Ort. Ich überlegte mir wie ich es anstellen könnte, dass er mich noch einmal ansieht. Ann war echt genervt von mir. Heute bin ich ihr dankbar dass sie das ausgehalten hat.
Also machten wir uns auf den Weg. Am Abend mussten wir zurück. Ich wollte ihn aber noch einmal sehen. Wir kamen früh an und warteten ewig bis alle da waren. Ich hatte mich direkt vor dem Wohnwagenausgang platziert. Ich dachte wenn Damon da drin war und heraus kam, würde er mich sicher

sehen. Nur der Zaun trennte uns von der Band. Dann passierte
es. Damon kam heraus und sah direkt in meine Richtung.
„Hi, bist du nicht Jo? Das Mädchen mit dem hübschen Schal
von gestern, nicht wahr?"
Das war das schönste Erlebnis was mir bis dahin passiert war.

5

Damon

Damals:

„Jungs alles super gelaufen. Das Video ist im Kasten," brüllte Carther, der Produzent. Aber ich hörte ihm gar nicht mehr zu. Alle redeten wild durcheinander, umarmten sich und ließen die Kronkorken ihrer Bierflaschen ploppen. Aber ich war mit meinen Gedanken ganz wo anders. Da war dieses Mädchen, Jo. Da stand sie mit ihrer Freundin und dem Schal in der Hand. Jo. Sie war echt hübsch mit ihrer Stupsnase und den schwarzen langen Locken. Wo mochte sie her kommen? Wie alt sie wohl war, war mein ständiger Gedanke. Sie war so aufgeregt. Ihre Augen strahlten so hell. Ich nahm nichts mehr um mich herum wahr. Sie wollte ein Autogramm. Oh man, sie war so nervös. Die Stimmen meiner Kollegen entfernten sich immer weiter von mir. Jo.

Jetzt:

Ich sitze gerade in Melbourne in meinem Hotelzimmer. Mein Name ist Damon. Damon Mandora. Ja, DER Damon Mandora. Ich habe mir was zu Essen bestellt. Ich bin alleine. Die Jungs sind unterwegs. Unser Konzert ist vorbei. Und ich fühle mich irgendwie leer. Wir bleiben eine Weile hier. Termine,Termine. Irgendwie flatterte gerade ein Foto meiner Frau von früher, genau genommen eins von uns in einem Passbilderautomaten, wie wir uns Grimassen schnitten, uns küssten und eins wie sie in die Kamera schaut und mich direkt anlächelt, aus meiner Geldbörse. Ich suche meine Kreditkarte um das Essen zu bezahlen. Das Foto segelte direkt vor meine Füße. Das alles ist schon so lange her. Ich muss an Jo denken. Damals. Als sie da so hinter dem Zaun stand und mir in die Augen sah, so schüchtern. Damals, als alles begann. Sie bat mich um ein Autogramm. Und das schrieb ich ihr auf den Schal, den sie dabei hatte. Ich liebe sie, aber sie ist in Texas. Alanah, unsere Tochter, ist bei ihr. Sie ist schon 15 und ich habe es fast verpasst sie aufwachsen zu sehen. Ich gebe ihr alles, außer meiner Anwesenheit. Dafür hasse ich mich. Aber ich kann nicht anders. Die Musik ist meine Droge, die mich am Leben hält. Ich habe es versaut. Ich bin Sänger (mittlerweile über 50 und ich fühle mich gut, beinahe zu „jung", um aufzuhören), einer Band und wir reisen viel. Jo hat es versucht. Aber sie hatte keine Kraft mehr. Ich bin ein Idiot. Ich sehe das Foto an und denke wieder an den Tag des Drehs in Dallas.

Damals:

„Hey, Erde an Damon. Haaaalooo. Was sagst du dazu?"
„Was? Ich … oh keinen Plan. Wovon redet ihr gerade?"
„Oh Mann, was ist denn mit dir los. Woran denkst du gerade?
Bist ja gar nicht mehr da", hörte ich John sagen. John ist mein
bester Freund und ebenfalls Mitglied meiner Band. Er ist der
Keyboarder und mein engster Vertrauter. Er kennt mich in -,
und auswendig. Deshalb merkte er auch, dass da was vor sich
ging. Ich war nicht bei der Sache.
„Keine Ahnung was du gesehen hast, aber es ist dir in der
Drehpause begegnet, so viel ist klar. Seit der Pause bist du
schon weit weg."
„Schon gut, John. Es ist nichts. Bin nur müde."
„Klar, Bro. Ich werde es schon aus dir heraus prügeln. Ich bin
dein Freund, bin immer für dich da wenn du reden willst."
„Ich weiß John. Alles okay. Mach dir keinen Kopf."
„Wenn du das sagst. Wir wollen noch raus. Kommst du mit
oder willst du im Zimmer Trübsal blasen?"
„Ich werde mich aufs Ohr hauen. Morgen ist ein harter Tag.
Wir sehen uns."
„Klar.Hau rein Boss."
Los komm, lass uns feiern.", meinte Nick.
„Schon okay. Geht ruhig. Hab noch zu tun. Und dann geh ich
pennen."
Nick und die anderen machten sich davon und ich blieb im
Hotelzimmer. Ständig musste ich an sie denken. Wie kam ich
denn dazu? Ich kannte sie doch gar nicht. So ein Blödsinn.
Ob ich sie je wieder sehen würde?

6

Jo

Damals:

Noch Wochen danach dachte ich ständig daran, dass er mich
erkannt hatte. Leider habe ich es nicht noch einmal geschafft
mich mit ihm zu unterhalten. Egal. Er hatte mich gesehen. Sie
müssen doch zugeben das hätte sie auch umgehauen. Egal wen
sie verehren. Vielleicht haben sie ja einen Sohn, der seinen
Lieblingssportler einmal treffen will oder so.
Von da an verdiente ich mir etwas Geld mit Ferienjobs oder
Babysitting. So hatte ich Geld für Konzerte. Ich besuchte fast
jedes Konzert wo es mir irgendwie möglich war hinzukommen.
Ich hatte ein Ziel und dafür lohnte es sich zu schuften. Leider
tat sich zunächst einmal nichts.
Als ich 18 war flog ich zu einem Konzert nach Nashville.
Allein. Wie immer war ich zeitig da. Ich war alt genug allein zu
reisen. Mich hätte eh keiner davon abgehalten.
Also an diesem besagten Tag war ich wieder beim Konzert.
Ganz vorne. Logisch. Ich hatte meinen Seidenschal mit, wie
jedes Mal wenn ich zu Damon wollte. Damon betrat die Bühne.
Er sah wie immer fantastisch aus. Sein strahlendes Lächeln
erfüllte den ganzen Raum. Die Band war schon auf ihren
Plätzen und Damon begrüßte sein Publikum. Charmant wie
immer. Er sah sich um und dann hielt sein Blick bei mir an. Ich
hielt den Schal hoch und er kam näher heran. Für einen
Moment stand die Zeit still.

Leseprobe

Soulcatchers of Blackland

Verschiedene junge Leute wollen aus Verzweiflung ihrem
Leben ein Ende setzen. Eine von ihnen ist Becky, die seit
einem Unfall schlimme Narben hat und deshalb gemieden
wird. Fest entschlossen, ihren Plan umzusetzen, stellt sie sich
auf eine Flussbrücke. Bereit zum Sprung. In letzter Sekunde
taucht der geheimnisvolle Alex auf und verhindert das
Schlimmste. Er überzeugt Becky davon ihm zu folgen. An
einen Ort, der das Leben wieder lebenswert macht. Blackland.
Becky ahnt nicht, dass Alex ein gefallener Engel ist, der für
den Höllenfürsten Mephisto Seelen sammelt, und ihre ihm
schon längst versprochen ist. Doch Alex´ Wesen fasziniert
Becky so sehr, dass sie mit ihm geht. Als sie tief unter der Erde
Blackland erreichen, merkt sie sehr schnell, dass dort etwas
Böses vor sich geht. Nicht zuletzt weil Mephisto ganz und gar
nicht menschlich erscheint. Becky stellt Alex zur Rede und
erfährt, dass auch er, genau wie seine drei Freunde, und viele
andere, nicht freiwillig dort sind. Sie sind Diener und Sklaven
Mephistos und werden von ihm kontrolliert, bis in alle
Ewigkeit zu Seelenfängern verdammt. Als Mephisto Alex
betrügt und dessen große Liebe tötet, schwört Alex Rache.
Dabei bekommt er Hilfe von Becky und ihren Freunden. Alex
und Becky kommen sich näher und verlieben sich heftig
ineinander. Klar dass sie ihm helfen will zu entkommen. Ein
Kampf zwischen Himmel und Hölle ist unvermeidbar. Kann
Becky Alex retten oder bleibt sie ebenfalls für immer eine
Sklavin der Hölle?

1

Becky

Ich schaue in den Spiegel. Schon wieder. So wie jeden
verdammten Tag. Doch noch immer bin ich hässlich. Es hat
sich nichts geändert, seit jenem Tag des Unfalls. Noch immer
sind meine Oberschenkel mit fetten Narben übersät. Ich werde
für den Rest meines Lebens jeden Tag an diesen Unfall erinnert
werden. Draußen ist es warm. Sommer. Und ich möchte so
gerne wieder einen Minirock tragen. So wie früher. Ich bin erst
17, und mein Leben wäre vor zwei Jahren schon fast vorbei
gewesen. Der Tag als ich mit meinen Freunden zum
Schwimmen fuhr. Terence saß am Steuer. Wir alle hielten ihn
für vernünftig, weil er der Älteste von uns Fünf war. Doch das
war wohl ein Irrtum. Wir alle wollten zum See. Die Stimmung
war gut. Super. Es sollte so ein schöner Tag unter uns Freunden
werden. Wir waren schon immer gemeinsam unterwegs
gewesen. Unsere Clique: Claire, Aline, Troy, Terence und ich.
Terence ist Troys Bruder. Das heißt, er war es. Außer mir hat
keiner den grausamen Unfall überlebt. Terence hatte sich zu
einem Rennen verleiten lassen. Er hatte es verloren. Unser
Wagen krachte gegen einen dicken Baum. Alle starben noch
am Unfallort, außer mir. Aber meine Beine waren nur noch
Matsch. Mühsam wurden sie wieder zusammen geflickt. Und
jetzt sehe ich aus wie Frankenstein. Meine Beine sind zu
hässlich, als dass ich sie jemandem zeigen würde. Die Narben
sehen wie dicke Regenwürmer aus, die sich auf meinen Beinen
entlang wuseln. Ich starre sie an. Immer. Aber ich kann es nicht
ändern. Tränen ringen meine Wangen hinab. Eigentlich bin ich
nicht so übel. Mein Haar ist blond, glatt und reicht mir bis zum

Po. Dick bin ich nicht. Dumm auch nicht. Eigentlich könnte ich nicht klagen, wenn nur meine Beine noch immer so hübsch wären wie vorher. Als Cheerleaderin habe ich schon längst das Handtuch geworfen. Ich wäre eine Witzfigur für die ganze Truppe. Jeder würde mich anstarren. So wie im Sportunterricht. „Sieh´ dir Frankensteins Braut an", ist noch das Freundlichste, das ich fast täglich hören muss. Meine Freunde sind keine mehr, seit ich so aussehe. Ich sollte froh sein dass ich noch da bin, aber das bin ich nicht. Nichts ist mir geblieben. Außer meinen Eltern und dem Hund. Er mag mich noch immer. Ich bin ja auch noch immer der selbe Mensch. Nur in hässlich. Jeder Tag ist eine Qual für mich, wenn ich meine Beine zeigen muss. Sogar beim Arzt schäme ich mich in Grund und Boden dafür. Aber das bin jetzt Ich. Becky. Rebecka Turner aus Georgia.

„Becky, bist du fertig?", höre ich meine Mutter rufen und reißt mich damit aus meinen Gedanken.

„Ich komme", brülle ich und wende mich vom Spiegel ab. Es ist Zeit dem Übel wieder einmal ins Auge zu sehen. Die Schule wartet auf mich. Und mit ihr all meine Peiniger, die nur darauf warten mich zu beleidigen. So als sei ich eine Aussätzige mit einer ansteckenden Krankheit. Draußen sind fast 28 Grad und trotzdem zwänge ich meine Gruselbeine in eine lange Jeans. Die Uhr zeigt fast sieben und mir bleibt keine Zeit mehr zum Selbstmitleid. Es dauert ja nicht mehr lange. Dann ist die Schule für mich Geschichte. Nur noch vier Wochen. Dann ist alles vorbei. Zumindest mein Leidensweg dort. Ich reiße mich vom Spiegel los. Jetzt sehe ich halbwegs akzeptabel aus. Ich renne zur Treppe hinab und steige zu meiner Mutter ins Auto. Einen Führerschein habe ich nicht, weil ich zu viel Angst seit dem Unfall habe selbst zu fahren. Oder zu wissen, es zu müssen, wenn ich einen hätte. Vielleicht kann ich meine Angst ja eines Tages besiegen.

„Alles klar Schatz?", fragt meine Mutter und schaut mich an.

„Alles wie immer Mom. Ich will da nicht hin. Ich hasse sie alle..."

„Ach Becky. Freue dich doch dass du noch da bist. Das Leben ist doch trotzdem schön."

„Jetzt nicht mehr", ätze ich und glotze aus dem Fenster.

Nie wieder werde ich ein Schwimmbad betreten. Nie wieder werde ich mich jemandem nackt zeigen. Nie mehr. Also werde ich alleine sein. Welcher Junge will schon eine Freundin mit Beinen voller roter dicker Kratern drauf? Niemand. Das weiß ich. Meine Mutter sagt nichts mehr und fährt los. Die Schule ist ca. eine halbe Stunde von meinem Haus entfernt. Als wir dort anhalten sind sie schon alle dort. Alle, die meine Freunde waren. Alle, die jetzt nichts mehr mit mir zu tun haben wollen. Ich frage mich warum ich überhaupt mit solchen Leuten zu tun gehabt habe.

„Du schaffst das, Becky", sagt meine Mutter und drückt zärtlich meine Hand. Ich weiß, sie meint es nur gut. Aber trotzdem. Es ist die Hölle jeden verdammten Tag Beleidigungen und Hänseleien der anderen einzustecken.

„Ich weiß, Mom. Bis später", antworte ich und steige aus. Auf dem Hof stehen alle dicht zusammen. Sie reden miteinander. Über ihre Abenteuer am Wochenende. Über Sex und Kosmetik. So wie immer. So wie ich es früher auch getan habe. Doch jetzt verstummen sie als ich an ihnen vorbei gehe.

„Da ist ja Becky Frankenstein", höre ich Lisas Stimme. Lisa führt unsere Cheerleader an und sie ist die Hübscheste der ganzen Schule. Früher gehörte ich dazu. Jetzt nicht mehr. Ich versuche stolz und gleichgültig auszusehen, als ich an ihnen vorbei laufe. Ich spüre ihre Blicke in meinem Rücken und es tut so weh. Dabei habe ich mich nicht verändert. Aber Optik ist

hier alles was zählt. Das habe ich inzwischen begriffen. Ich erreiche die Tür zur Mensa. Auch hier entgehen mir die Blicke nicht. Ich höre sie tuscheln hinter vorgehaltener Hand: „Das ist doch die mit den hässlichen Beinen. Es war ein Unfall..."
Weit hinten in einer Ecke sehe ich Philip sitzen. Er starrt mich an. Philip ist noch nicht so lange hier an der Schule. Er weiß nicht was mir passiert ist. Und ich möchte auch nicht dass er es erfährt. Philip sitzt alleine dort. Ich schätze sie machen es ihm auch nicht leicht dazu zu gehören. Noch immer schaut er in meine Richtung. Er ist gar nicht so übel, aber ich werde nicht zu ihm gehen. Mein Weg führt mich weiter zur Auslage der Mensa. Es ist noch Zeit für einen Kaffee. Den hole ich mir dann auch. Zielstrebig steuere ich auf einen freien Tisch zu. Niemand sitzt hier und ich bin froh darüber. Dann läutet es zur Stunde und ich raffe meine Sachen zusammen. Als ich die Klasse erreiche sind erst wenige hier. Niemand nimmt Notiz von mir. Philip geht nicht in meine Klasse. Besser so, denn sonst wüsste er längst was mit mir nicht stimmt. Mrs. Swanson betritt den Raum. Hinter ihr der Rest der Höllenbrut. Neben mir sitzt niemand. Keiner redet mit mir. Aber da stehe ich drüber. Ich versuche es zumindest. Der Unterricht beginnt und ich versuche zu folgen. Dann verlangt die Lehrerin einen Aufsatz über unser schlimmstes Erlebnis und schon bin ich Thema der Stunde:
„Die Frankensteinbraut hat da sicher viel zu erzählen. Diese Geschichte reicht für uns alle", brüllt Maggie und alle stimmen ihr zu. In meinem Hals bildet sich ein fetter Kloß und ich kann es nicht mehr aufhalten. Meine Augen beginnen zu brennen. So sehr ich mich auch bemühe, ich fange an zu heulen. Nicht dass ich das will aber ich komme nicht gegen den Hass an, der mir hier entgegen schlägt.

„Ruhe bitte", versucht Mrs. Swanson die Situation zu entschärfen. Aber für mich ist es hier vorbei. Ich kann und will das alles nicht mehr ertragen. Deshalb springe ich schwungvoll von meinem Stuhl auf und verlasse fluchtartig die Klasse. Genug ist genug. Ich renne aus dem Gebäude. Weg von hier. Keine Ahnung wohin. Ich laufe einfach. Ich drehe mich nicht um. Heute habe ich das alles hier zum letzten mal gesehen. Ich werde es beenden. Jetzt. Sofort. Dieses Leben ist keines mehr. Niemand wird mich vermissen. Ich laufe Stadtauswärts zur Flussbrücke. Sie ist hoch und breit. Der Fluss schlängelt sich wild unter ihr hindurch. Sie ist hoch genug um bei einem Sprung hinab garantiert nicht zu überleben. Das Wasser wird meine Erlösung sein. Ich klettere über die Brüstung und starre den Fluss an. Mein ganzer Körper zittert. Noch immer heule ich wie irre. Bald ist es vorbei. Ich denke an meine Eltern. Daran wie sehr ich sie liebe. Sie sollen nicht um mich weinen. Sie werden wieder glücklich sein. Ich stelle meine Tasche ab und beuge meine geschundenen Beine. Fertig zum Sprung. Da höre ich eine Stimme:
„Hey. Was hast du vor?"
Kurz verlässt mich mein gerade gefundener Mut und ich drehe mich zu der Stimme um. Sie gehört einem jungen hübschen Typen. Er ist groß, schlank. Sein Haar ist schwarz, wild und schulterlang, seine Augen ganz dunkel. Fast auch schwarz, würde ich sagen. Er sieht aus als stamme er aus einer Metallband der 80er. Solche Männer tauchen hier eigentlich nie auf. Er könnte echt einem Plattencover aus der Sammlung meines Vaters entsprungen sein. Er sieht verdammt heiß aus. Der Typ kommt näher. Er trägt einen langen schwarzen Ledermantel und eine enge Lederjeans. Seine Füße stecken in klobigen Boots mit Nieten an Fußspitzen und den Fersen. Der Mantel weht offen um ihn herum und ich sehe dass er ein

weißes Shirt trägt, das seine Figur sehr vorteilhaft betont. Er kommt näher. Ich kann sein Aftershave schon riechen. „Wer bist du?", will ich wissen und halte mich am Geländer fest.

„Ich bin Alex. Und du?"

„Becky."

Ich drehe mich wieder von ihm weg als er noch näher kommt.

„Was soll das werden Becky?"

„Das geht dich nichts an."

„Doch schon. Es ist meine Pflicht Leben zu retten. Und du scheinst noch nicht so lange auf dieser Welt zu sein."

„Du schon oder was?"

„Kann man so sagen."

Er ist jetzt ganz nah bei mir. Noch einmal sehe ich ihn an. Sein Gesicht ist leicht gebräunt. Das Haar hängt ihm frech über seine Augen. Ja, sie sind tatsächlich schwarz. Noch nie zuvor habe ich eine solche Augenfarbe gesehen. Aber sie passt zu ihm.

„Was willst du?", frage ich und starre wieder aufs Wasser.

„Nun, es ist ein schöner Tag. Und das Wasser ist kalt. Willst du diesen wundervollen Tag in eiskaltem Wasser verbringen und darin sterben?"

„Ja, verdammt. Hau ab."

Ich wundere mich selbst über mich, aber es ist jetzt eh egal. Ich hole Luft und beuge meine Knie erneut zum Sprung. Ich kneife meine Augen zusammen, sammele allen Mut, den ich finden kann. Jetzt ist der Moment. Ich lasse das Geländer los. Doch Alex greift nach meinem Handgelenk und hält mich fest: „Das mache lieber nicht. Was kann so schlimm sein, dass du diese Welt verlassen willst."

Ich sehe ihn an. Dieser Typ ist eine Sünde wert, aber ich will es nicht versuchen. Ich sterbe jetzt, hier und heute. Denn es ist alleine meine Entscheidung. Mein beschissenes Leben. Da kann auch dieser heiße Typ nichts mehr daran ändern.

„Komm da runter Becky, bitte."

Seine Stimme ist dunkel, rau, männlich, und etwas in ihr zwingt mich dazu zurück über das Geländer zu ihm zu klettern. Sein Blick schüchtert mich ein, denn diese schwarzen Augen sind einzigartig.

„Und was nun?", frage ich als ich auf der anderen Geländerseite vor ihm stehe.

„Es gibt keinen Grund dafür, dass du in diese kalte Pfütze springen willst. Für alles gibt es eine Lösung."

„Für mich nicht. Lass mich alleine. Das hier geht nur mich etwas an. Mach´s gut Alex. Lass mich los."

„Nein."   „Nein? Warum?"

„Ich habe dir doch schon gesagt, dass es meine Pflicht ist, Leben zu retten."

„Dann nimm dir heute frei, verdammt nochmal."

„Nein."

Sein Griff wird fester. Und er sieht mich beinahe flehend an. Dieser Typ ist tatsächlich die pure Sünde, aber mein Entschluss steht fest. Dieser Fluss hier wird mich mit sich tragen. Bis in die Ewigkeit, wo ich meinen Frieden finde. Und davon wird auch Alex mich nicht abhalten.

„Ich sage es noch einmal. Es gibt für alles eine Lösung. Becky, bitte."

Seine Stimme hat etwas Beruhigendes an sich und zwingt mich dazu einen Augenblick zu überlegen.

„Und was schlägst du vor?", frage ich, als ich neben ihm stehe. Er hat mein Handgelenk noch immer fest umklammert.

„Ich kann dir helfen. Erzähle mir von dir. Ich höre dir zu."

„Du kennst mich doch gar nicht."

„Das können wir ja ändern", sagt er und zieht mich mit sich.

2

Zaine

„Steh´ auf man. Looser", höre ich Bart sagen, als ich auf der
Wiese liege. Das Spiel ist noch nicht vorbei. Sie haben mich
überrannt. Football ist mein Leben. Aber etwas in mir will
nicht weiter machen. Ich hechele ihn an. Meine Lunge ist so
klein. Ich bekomme kaum noch Luft. Keine Ahnung was mit
mir los ist. Schon seit Wochen habe ich auf einmal Probleme.
Ich habe das Gefühl zu ersticken. Einfach so kommt es über
mich. So wie jetzt eben. Ich hatte den Ball. Und dann kippte
ich einfach um. Die Mannschaft brüllte mich an. Ich habe es
nicht mehr geschafft Bart anzuspielen. Jetzt kniet er neben mir.
Seine Augen sagen nichts. Aber ich denke dass er sauer ist. Die
Zuschauer johlen. Sie wollen dass es weitergeht. Ich kann
nichts tun, ihm nicht antworten. Meine Luft reicht nicht aus
etwas zu tun.
„Zaine verdammt. Was ist los mit dir?"
Ich ringe nach Luft und bekomme Panik. Es kann jeden
Moment vorbei sein. Bart klopft mir auf die Schultern und setzt
mich auf. Meine Brust hebt und senkt sich. Noch immer
schnürt sich alles zu.
„Was ist hier los?", brüllt Mr. Cormick, der unser Trainer ist.
Das Spiel wird unterbrochen. Alle Kameraden stehen um mich
herum.
„Was hat er denn?", höre ich Clayton, unseren Kapitän. Noch
immer versagt alles an mir. Ich hechele wie ein Hund, aber
sagen kann ich nichts. Denn ich weiß es ja auch nicht. Ich
registriere wie der Trainer sein Handy zückt:
„Wir brauchen einen Arzt. Ein verdammter Arzt muss her.
Schnell."

Ich liege auf der Wiese. Meine Kollegen befreien mich von meiner Ausrüstung. Schwer liegt sie auf meiner Brust. Meine Lunge pfeift wie bei einem Achtzigjährigen nach einem Marathonlauf. Ich schließe die Augen, versuche ruhig zu werden. Es dauert ewig bis ich Getrampel höre, und eine Trage neben mir abgelassen wird.

„Wir nehmen ihn mit", sagt einer der Ärzte und stülpt mir eine komische Maske über das Gesicht. Die Maske erleichtert es mir Luft zu bekommen. Dann werde ich in den Rettungswagen geschoben. Ich höre noch wie Cormick meine Eltern anruft. Leider waren sie heute nicht hier beim Spiel, weil beide arbeiten mussten. Sonst sind sie immer da. Ich bin ein ganz passabler Spieler und habe gute Chancen in einen hochkarätigen Verein aufgenommen zu werden. Ich bin Zaine Blyd. Seit zwanzig Jahren wandele ich auf dieser Erde. Und seit der Hälfte meines Lebens spiele ich schon Football. Eines Tages werde ich damit mein Geld verdienen. So der Plan. Aber das heute war eine einzige Blamage. Wir erreichen das Krankenhaus. Sofort komme ich in die Notaufnahme. Noch immer hechele wie ein Sterbender in der Wüste. Ein Arzt betritt das Zimmer und setzt sich auf einen Stuhl neben meinem Bett. Kurz darauf treffen meine Eltern ein.

„Zaine. Um Himmels Willen. Was ist denn passiert?", fragt meine Mutter und greift nach meiner Hand. Mein Vater baut sich auf der anderen Seite neben meinem Bett auf. Er sieht besorgt aus. Das kann ich an den tiefen Falten auf seiner Stirn erkennen. Noch immer fühle ich mich schwach. Ich kann nicht antworten. Deshalb tut es der Arzt für mich:

„Ist das schon öfter vorgekommen?", will er von meinen Eltern wissen.

„Nicht dass ich wüsste. Was ist mit ihm?", fragt mein Vater. Meine Mutter drückt meine Hand noch fester und ich sehe wie sie versucht nicht zu flennen. Klar kam es schon öfter vor in letzter Zeit. Aber nie so schlimm wie jetzt. Ich habe meinen Eltern und auch sonst niemandem davon erzählt. Wozu auch? Wird sich schon wieder legen. Jeder wird einmal krank oder nicht?

„Ich schätze Ihr Sohn leidet unter einer sehr starken Form von Asthma."

Was? Nein, nein. Da irrt sich der Typ. Er MUSS sich irren. Asthma, eine alte Leute Krankheit. Ich? Niemals.

„Und was bedeutet das jetzt?", will meine Mutter wissen. Ihre Stimme beginnt zu zittern.

„Es bedeutet dass er in Zukunft von solchen halsbrecherischen Sportarten absieht und immer eine dieser kleinen Sprühflaschen hier bei sich trägt. Der Arzt holt eine kleine silberne Flasche aus der Kitteltasche und gibt sie meinem Vater. Ich kann noch immer nicht reden. Aber langsam kommt Leben in meinen Körper zurück.

„Er soll seinen Sport aufgeben, richtig?"

Diese Frage kam von meinem Vater.

„Es wäre das Beste. Ihr Sohn kann leben wie alle anderen auch. Aber solche Dinge strengen ihn zu sehr an. Asthma ist häufig verbreitet und man kann damit leben. Sie sollten nur darauf achten dass er immer eine dieser Flaschen dabei hat. Sie kann sein Leben retten."

Fantastisch. Ich bin ein Krüppel. Aus der Traum von der großen Karriere als professioneller Footballspieler.

„Wir werden ihn noch ein paar Tage hier behalten. Nur zur Sicherheit. Machen sie sich keine Sorgen. Bald geht es ihm wieder besser."

Damit erhebt sich der Arzt von seinem Stuhl und lässt uns alleine. Endlich habe ich genug Luft um auch etwas dazu zu sagen.

„Was soll das heißen?"
„Du hast den Doktor gehört. Es ist zu gefährlich, weiter
Football zu spielen. Du solltest dir vielleicht ein anderes Hobby
suchen."
„Mom. Niemals. Ich habe ein Stipendium."
„Zaine. Bitte sei doch vernünftig."
Ich lasse mich zurück ins Kissen fallen. Das ist der Schock
meines kurzen Lebens. Football ist alles was ich brauche. Es
gibt da sicher einen Weg.
„Wir lassen dich jetzt alleine. Ruh´ dich aus, ja?"
„Klar."
Meine Laune sinkt auf den Nullpunkt. Was soll ich denn jetzt
machen? Ich kann und will nichts anderes tun. Das müssen die
doch verstehen. Meine Eltern verlassen das Zimmer. Ich bin
alleine.Aber nur kurz. Dann kommen Bart und einige der Jungs
zu Besuch.
„Du machst ja einen Scheiß, Mann", sagt Bart und haut mir auf
die Schultern.
„Ernste Sache wie mir scheint. Was Junge?", will Cormick
wissen.
„Asthma Leute. Ich kann meine Karriere an den Nagel
hängen."
„Was? Bist du irre? Du bist unser bester Spieler, neben
Clayton. Das kannst du nicht machen. Wo stehen wir ohne dich
Zaine", brüllt Bart. Was soll ich sagen? Mir passt das alles auch
nicht. Überhaupt nicht.
„Nicht zu fassen. Unser bester Spieler fängt sich einen
Rentnervirus ein. Du musst dich zusammenreißen, Zaine. Es ist
mitten in der Saison.
„Ich kann es nicht ändern. Diese kleine Flasche hier
entscheidet ab sofort ob ich weiter lebe oder nicht."
Ich halte das Spray hoch und versuche nicht zu heulen wie ein

verdammtes Mädchen.

„Wir werden absteigen, verdammte Scheiße."

Bart ist kaum zu bremsen.

„Denkst du ich habe darum gebeten? Fakt ist, ich will noch nicht sterben. Wenn das jetzt mein Leben ist, dann... muss ich eben verdammt nochmal damit klarkommen. Und das solltet ihr auch."

„Du bist raus. Was sollen wir mit einem halben Invaliden? Sag es mir!"

Noch ehe ich antworten kann rauscht Bart davon. Cormick folgt ihm sofort. Dann die Anderen aus meiner Mannschaft, von denen ich angenommen hatte sie wären meine Freunde. Keinen scheint mein Zustand zu interessieren. Ich sinke zurück in mein Bett. Mein Leben ist bedeutungslos geworden. Mein Traum zerplatzt, und meine so genannten Freunde sind fort. Keiner ist geblieben. Die nächsten drei Tage verbringe ich noch hier. Niemand kommt vorbei. Für sie bin ich wahrscheinlich schon tot. Am vierten Tag werde ich endlich entlassen. Bisher hatte ich keinen weiteren Anfall. Vielleicht kann ich ja doch weiter machen. Ich glaube es aber nicht. Meine Eltern holen mich ab. Ich bin froh wieder zuhause zu sein. Diese Einsamkeit war nichts für mich. Ich erreiche mein Zimmer. Überall liegen Footballsachen herum. Ich nehme meinen signierten Ball in die Hand. Ein spöttisches Lächeln huscht über mein Gesicht. Dann werde ich wütend. Ich werfe den Ball direkt aus dem Fenster in Nachbars Garten. Ich lebe auf dem Land. Mitten in Virginia. Hier gibt es nichts für mich zu tun. Sehnsüchtig wandert mein Blick Richtung Footballfeld, das nicht weit von unserem Haus entfernt ist. Alle sind dort und bereiten sich auf das nächste wichtige Spiel vor. Alles hängt davon ab ob wir absteigen oder nicht. Und egal wie es kommt, ich werde nicht mehr Teil dieser Mannschaft sein. Trotzdem beschließe ich hin zu gehen. Ich

werde mich an den Rand stellen und ihnen zuschauen.
Auch wenn es schmerzt, werde ich es machen. Also begebe ich
mich auf den Weg dorthin. Mein Spray in der Tasche. Es ist ein
Witz was eine dämliche Krankheit aus jemandem machen
kann. Meine Güte, ich bin gerade erst zwanzig geworden. Mein
Leben hat doch noch nicht einmal richtig angefangen. Ich
erreiche das Spielfeld. Keiner scheint mich zu bemerken. Sie
sind noch immer gut. Aber ich spüre, dass meine Person im
Team fehlt. Und das macht mich unglaublich stolz. Als ich eine
Weile hier stehe kommt Steven auf mich zu. Er ist Cormicks
Sohn und schon immer war er neidisch auf mich gewesen, weil
ich besser war als er. Und jetzt ist seine Chance gekommen.
„Hey Looser. Wir schaffen das auch ohne dich. Hast du schon
einen Platz im Altenheim gefunden?"
„Arschloch."
Dieser Typ und sein dämliches Grinsen machen mich rasend.
Ich klettere über den Zaun und hebe meine Faust in seine
Richtung.„Was willst du, Krüppel?", lacht Steven und hüpft
mit geballten Fäusten um mich herum.
„Dir deine überhebliche Fresse polieren, Cormick Junior."
„Das lass mal. Dazu fehlt dir nicht nur die Luft, sondern auch
der Mumm. Ich bin jetzt dran. Du bist raus. Penner."
Meine Faust schnellt vor, trifft ihn aber nicht. Statt dessen
droht ein neuer Anfall. Meine Lunge droht zu bersten. Ich
greife mir an den Hals. In meiner Jacke ist das Spray. Doch die
Jacke hängt über dem Zaun. Steven geht einfach weiter. Ich
schnappe nach Luft. Röchele unverständliches Zeug. Doch ich
erreiche meine Jacke nicht. Ich falle auf meine Knie. Ich kann
den Zaun fassen und daran rappeln. Vielleicht fällt die Jacke
herunter. Da dreht Steven sich um. Nicht dass er mir helfen
würde. Oh nein. Er lacht sich fast schlapp, als ich mir noch
immer an den Hals greife. Meine Jacke purzelt auf den Boden.

Ich robbe zu ihr rüber. Der Reißverschluss der Brusttasche klemmt und ich rechne meine letzten Sekunden aus, wenn ich das Spray nicht erreiche. In letzter Sekunde kann ich es raus holen. Das war knapp. Dieser Typ hätte mich echt hier verrecken lassen. Und so was spielt in meiner Mannschaft. Ich kann nicht glauben, dass ich diese Leute zu meinen Freunden gezählt habe. Betrübt verlasse ich das Trainingsgelände. Was soll ich noch hier? Steven hat recht. Ich bin wirklich ein verdammter Krüppel. Die ganze Sache geht mir auf den Zeiger. Die Anfälle häufen sich. Mein Leben ist so überflüssig wie eine goldene Toilette. Mein Tag wird von einer kleinen Sprayflasche bestimmt. Sie entscheidet was ist oder nicht. Ohne dieses Ding kann ich das Haus nicht mehr verlassen. In jeder unpassenden Situation bekomme ich einen dieser blöden Anfälle. Im Unterricht, in der Wanne, im Kino und wer weiß wo noch sonst. Ich will den Scheiß hier nicht mehr. Meine Freunde kümmern sich einen Dreck um mich. Seit ich die Mannschaft verlassen musste ist der Kontakt komplett abgebrochen. Das ist nun schon sechs Wochen her. Noch immer versuche ich mich mit meinem neuem Leben zu arrangieren. Aber es klappt nicht. Meine Laune ist ganz unten. Mein Leben im Arsch. Keine Ahnung wie das alles hier weitergehen soll. Am besten ich verschwinde einfach. Es ist jetzt fast Abend. Auf dem Footballfeld ist niemand mehr. Ich werde hin gehen. Mich von meinem Traum verabschieden. Von allem hier verabschieden. Ich warte einfach bis ich verrecke. Mein Taschenmesser wird mir dabei helfen. Nur ein kleiner Schnitt an die richtige Stelle. Den Rest erledigt meine Freundin Asthma. Ja so werde ich es machen. Ich verlasse diese beschissene Welt als Krüppel mit aufgeschnittener Pulsader. Ich raffe meine Jacke und eine Flasche Wasser zusammen. Dann schleiche ich mich aus dem Haus. Meinen Eltern sage ich nicht wohin ich gehe. Sie werden

es noch früh genug erfahren. Ich erreiche das Footballfeld. Ruhig ist es hier. Herrlich. Niemand wird mich stören. Ich werde einfach hier einschlafen. Fertig. Ich hocke mich auf einen Sitz der oberen Ränge. Das Wasser ist kühl und rinnt erfrischend meine dürre Kehle hinab. Mein Messer habe ich dabei. Ich schiebe meine Jackenärmel hoch und sehe meinen Puls pumpen. Bald braucht er sich nicht mehr wegen mir anzustrengen. Ich werde frei sein. Niemand muss den Krüppel mehr ertragen. Ich klappe das Messer auf, schließe meine Augen, hole ein letztes mal tief Luft. So tief es meine beschissene Krankheit zulässt. Dann setze ich das Messer an. Tränen rinnen meine Wangen hinab. Eigentlich hatte ich noch so viel vor. Aber so ist es besser für alle. Ich spüre die kalte Klinge an meinem Handgelenk. Nur noch ein wenig Druck. Dann ist es bald vorbei. Noch immer heule ich leise vor mich hin. Mach schon feiger Krüppel, schreie ich mich innerlich selbst an. Dann vernehme ich Schritte. Sie sind ganz nah, aber ich will die Augen nicht öffnen. Ich will es einfach nur hinter mich bringen. Die Schritte kommen näher.
„Glaubst du das wäre die Lösung?", fragt mich die Person, deren Schritte das wohl waren.
„Was?"
Ich reiße meine Augen doch auf und sehe eine wunderschöne junge Frau neben mir stehen. Sie ist schlank, lange Beine stecken in einer kurzen Ledershorts. Sie trägt ein schwarzes Top und lange, hochhackige Stiefel, die über ihre Knie reichen. Ihr Haar ist flammrot und wild gelockt. Es reicht ihr bis an die schlanken Hüften. Ich habe sie hier noch nie gesehen.
„Klapp das Messer ein", sagt sie und tritt näher.
„Wer bist du und was suchst du hier?", will ich wissen.
„Ich bin Lexa. Und du?"
„Zaine."

Sie hockt sich vor mir hin. Ihr Duft ist betörend. Diese Frau ist perfekt. Wie eine aus einem Computerspiel. Ihre Lippen sind voll und rot. Aber ihre Augen... sind schwarz.
„Also Zaine. Was ist so schlimm, dass du mit einem Messer hier herum spielst?"
„Schätze das ist wohl meine Sache."
„Nicht wenn ich dabei zusehen soll."
„Wie meinst du das?"
„So wie ich es sage. Ich kann nicht gestatten, dass sich jemand vor meinen Augen umbringt. Also. Was ist passiert? Du kannst es mir erzählen. Es gibt für alles eine Lösung, denkst du nicht?"
„Nein. Eigentlich ist für mich alles klar. Besser du gehst deiner Wege. Du musst nicht zusehen und dich deshalb schlecht fühlen." „Nein."
„Was? Doch. Geh einfach."
„Ich sagte Nein. Du verstehst dieses Wort doch oder?"
„Verarsche mich nicht. Ich kann mit meinem scheiß Leben machen was ich will. Also geh bitte Lexa."
Sie setzt sich neben mich und ehe ich etwas machen kann reißt sie das Messer an sich.
„So. Nun reden wir. Wie ich schon sagte gibt es für alles eine Lösung. Ich habe alle Zeit der Welt. Aber ich denke nicht dass ich so lange hier mit dir sitzen will. Ich mache dir ein Angebot. Aber dazu musst du mit mir reden. Also?"

3

Lynn

„Sieh dir diese Pickelfresse an. Wenn ich so aussehen würde
dann hätte ich sicher gute Chancen in einer Geisterbahn einen
Job zu finden. Das ist eklig"
Ich versuche wie immer cool zu bleiben wenn ich einmal aus
dem Haus gehe. Das ist selten der Fall. Ich bleibe meistens
drinnen, weil solche Kommentare wie dieser eben an meiner
Substanz kratzen. Ich bin Lynn Takiri. Ich bin 17 Jahre alt und
lebe seit einem knappen Jahr hier in Kalifornien. In Los
Angeles um genau zu sein. Eigentlich komme ich aus Osaka.
Aber meine Eltern wollten unbedingt ins Land der
unbegrenzten Möglichkeiten. Sie beide sind relativ erfolgreiche
Designer und arbeiten beim Film. Sie entwerfen Kostüme für
Endzeitdramen oder Fantasyfilme. Sie haben Erfolg und es
geht ihnen gut. Mir nicht. Denn eines habe ich gelernt: In
L.A. bist du nichts wenn du nicht dem Schönheitsideal
entsprichst. Und das tue ich bei weitem nicht. Ich bin nicht
besonders groß. Nur 1.65. Dick bin ich auch nicht. In der
Schule komme ich gut mit. Meine Figur ist ganz okay. Busen
habe ich auch. Mein Po passt in die Norm, glaube ich. Aber
meine Haut ist ein einziges Kraterfeld. Dicke Akne zieht sich
über mein ganzes Gesicht. Sogar mein Rücken ist voll damit.
Es juckt furchtbar und manchmal lege ich mich einfach in die
Wanne mit eiskaltem Wasser damit es aufhört. Egal was ich
versuche, es geht nicht weg. Im Gegenteil. Ich glaube es wird
immer schlimmer. Selbst die hochgelobte Kosmetik des
Filmteams, wo meine Eltern arbeiten, kann mir nicht helfen.
Jetzt bin ich schon wieder einmal unterwegs. Zu meinem Arzt.

Dort renne ich dauernd hin. Mindestens einmal pro Woche.
Aber geändert hat sich noch immer nichts. Schon seit ich 12
war hat der ganze Mist begonnen. Man sagt es wäre die
Pubertät. Blödsinn. Niemand in meiner Klasse, sogar der
ganzen Schule, muss sich mit solch einem Mist herumschlagen.
Nur ich. Aber ich will es versuchen endlich ein normales Leben
zu führen. Deshalb halte ich alle Termine ein. Mein Arzt ist
nett. Geduldig, und er ekelt sich nicht vor mir. Er sagt ich solle
es einmal mit Kräuterpaste oder Tee versuchen. Er sagt, es
reinigt die Haut von innen. Ich soll nicht kratzen, was mir
verständlicherweise schwer fällt. Meinen Körper bedecke ich
so gut ich kann. Aber mein Gesicht schaut nun mal heraus.
Jeder kann mich sehen. Und alle machen es auch. Sie starren
mich an. Mitleidig, angeekelt. Keine Ahnung. Schlimm wird es
wenn meine Pusteln aufgehen und eitern. Dann werden die
Kommentare noch fieser.
„Die hat die Beulenpest. Vielleicht sollte sie sich öfter einmal
waschen."
All das macht mein Leben zur Hölle. Diese Menschen kennen
mich nicht. Aber Optik steht hier in L.A.ganz oben. Und da
werde ich nie sein. Ich laufe geduckt durch die Stadt. Meistens
ziehe ich Kleidung an, die eine Kapuze hat. So kann ich
wenigstens meine befallene Stirn bedecken. Der Arztbesuch hat
mir nicht viel gebracht. Natürlich werde ich alles versuchen
was sie mir raten. Ich möchte endlich ein normales Leben
führen. Ich wünsche mir einen Freund, der mich liebt. Eine
beste Freundin mit der ich all meine Geheimnisse teilen kann.
Doch nichts von alle dem wird jemals mein sein. Dafür bin ich
viel zu hässlich. Ich erreiche mein Haus. Heute bin ich alleine
hier. Meine Eltern arbeiten immer lange weil die Kostüme zum
neuen Film dringend fertig werden müssen. Es ist jetzt
Nachmittag. In der Schule war ich heute nicht wegen des

Arztbesuchs. Besser so, denn jeder Tag, den ich dort
verbringen muss, ist die reine Folter für mich. Alle gehen mir
aus dem Weg. Sie haben Angst ich könnte sie anstecken. Das
ist völliger Quatsch, aber was soll ich machen? In der Klasse
sitze ich ganz hinten, alleine. Sogar die Reihe vor mir ist leer.
In den Pausen sondere ich mich ab. Zum essen gehe ich immer
als Letzte. Ich möchte ja niemandem den Appetit verderben.
Jeder Tag ist gleich und es kotzt mich einfach an dass niemand
sich auch nur ein wenig Mühe gibt mich kennen zu lernen. Ich
bin eigentlich okay. Wenn ich anders aussehen würde gäbe es
sicher keine Probleme. Jetzt bin ich hier.Hier in meinem
sicheren Zimmer. Die Welt da draußen kann mir gestohlen
bleiben. Ich brauche sie nicht. Meine Welt ist hier. In meinem
Zimmer. Dort verbringe ich die meiste Zeit. Ich schaue fern.
Ich liebe Serien und ganz besonders die Diary Vampiere. Die
sind süß. Oh ja, da könnte ich schon schwach werden. Aber so
ein Typ will nicht wissen dass so etwas wie ich überhaupt eine
Lebensberechtigung hat. Und so grabe ich mich wie immer in
meinem Zimmer ein. Mein Bett ist meine Burg. Und hier bin
ich die Prinzessin. Schon wieder flimmert eine Folge über den
Schirm. Dieser Damon ist schon süß. Ich stopfe Chips und
Schokolade in mich hinein während ich die heißen
Schauspieler betrachte, bis ich nicht mehr kann. Vielleicht
gelingt es meinen Eltern ja einmal diese Leute zu überreden
mir ein Autogramm zu schreiben. Ich selber würde mir nie
eines holen. Plötzlich klingelt es an der Tür. Keine Ahnung wer
das ist und ich bin mir ziemlich sicher dass diese Person nicht
zu mir will. Ich klettere aus dem Bett und stiere aus dem
Fenster. Ich sehe einen Wagen dort stehen. Keine Ahnung wem
der gehört. Aber genau so einen hat Freya. Sie ist in meiner
Klasse und sie ist Diejenige, die alle anderen anstachelt auf
mich loszugehen. Meistens schaffe ich es aber ihr aus dem Weg

zu gehen. Nur letzte Woche nicht. Da habe ich aus Versehen ihren Rucksack umgerannt. Und all ihre Sachen lagen verstreut in der Klasse herum. Auch die Peinlichen, wie zum Beispiel Kondome, OB´s und Binden. Sogar einen Slip hatte sie darin. Natürlich hatte die Klasse über sie gelacht. Ich fand es cool dass sie so auch einmal einen abbekommen hatte. Sie hatte mich dann vor allen angeschrien dass ich ihr das noch büßen würde. Doch passiert war bis dato nichts. Vielleicht....

Es klingelt schon wieder. Mein Herz rast wie verrückt. Wenn es Freya ist werde ich ganz sicher nicht öffnen. Niemals.

„Hey. Pickelfresse. Bist du da? Zeit etwas zu klären findest du nicht?"

Ich drehe mich vom Fenster weg. Doch sie haben mich schon gesehen.

„Sie ist da oben", brüllt Tina, die Freyas beste Freundin ist. Noch ehe ich was machen kann donnert schon ein Stein durch mein Fenster. Er landet genau in meinem gerahmten Poster von den Salvatorbrüdern und das macht mich sauer. Und traurig.

„Komm raus, Schlampe", brüllt Freya. Einen Scheiß werde ich. Noch ein Stein landet in meinem Zimmer. Auf dem Bett bleibt er liegen. Ich beginne zu zittern. Ich kann auf keinen Fall mehr in die Schule. Wenn ich jetzt etwas sage wird es nur noch schlimmer.

„Ich erwische dich schon noch. Feige Pickelsau. Lass uns abhauen. Schade um meine kostbare Zeit. Und außerdem habe ich keine Lust mir die Beulenpest hier einzufangen. Die Bude ist doch sicher verseucht bis zum geht nicht mehr."

„Da hast du recht", pflichtet Tina ihr bei. Ich bleibe in geduckter Stellung unter meinem Fenster hocken. Ich höre den Motor starten.Vorsichtig luge ich über das Fensterbrett hinaus. Sie fahren los. Mein Herz donnert wie verrückt in meiner Brust herum. Keine Ahnung was ich jetzt machen soll. Ich kann und will diese Scheiße hier nicht mehr. Ich sammele die Scherben meines zerbrochenen Bildes auf. Die zerrissenen Gesichter meiner Helden starren mich an. Ach gäbe es diese beiden nur wirklich. Sie würden mir sicher helfen. Ach nein. Monster werden getötet. Auch in Mystic Falls. Da erst recht. Ich bin ein Monster. Jedenfalls sehe ich aus wie eins. Ich bin tot. Bald. Warum warten. Am besten erledige ich das sofort. Wozu warten bis Freya mir mein Leben noch mehr kaputt macht. Und nicht nur Freya. Der Rest der Welt wäre besser dran ohne mich. Wer will schon ein Monster in seiner Klasse oder gar seiner Nachbarschaft? Wozu weiter leiden? Wozu anderen Menschen noch mehr Freude an meiner Demütigung bieten. Wenn ich fort bin ist es besser. Wegen mir haben meine Eltern jetzt ein Loch in der Scheibe. Wegen mir belaufen sich die Arztkosten auf Unsummen. Es wird mir immer klarer. Ich muss diese Welt verlassen. Ich laufe ins Bad. Irgendwo dort müssen noch Schmerztabletten sein. Die hatte mein Vater bekommen nachdem er sich beim Sport zwei Rippen gebrochen hatte. Ich denke eine Hand voll davon sollte reichen mich ins Jenseits zu befördern. Schnell finde ich das Paket mit genügend Tabletten um einen Elefanten in den Himmel zu schicken. Ich nehme sie mit in mein Zimmer. Aus der Bar hole ich noch eine Flasche Tequila. Diese Mischung sollte es nicht allzu lange dauern lassen bis ich einschlafe und nicht mehr aufwache. All das lege ich auf mein Bett. Mein Poster lege ich neben mich. Leider komme ich nicht mehr zurück. So wie die beiden es dauernd tun. Es ist mir auch gleich. Es macht keinen Unterschied ob ich gehe oder bleibe. Ich kippe die Tabletten in meine Hand. Fünfzehn Stück. Die Tequilaflasche lauert mich an. Sei einmal in deinem verkorkstem Leben mutig. Immer wieder versuche ich mir selbst Mut zu machen. Scheiß drauf. Jetzt oder nie. Gerade als ich die Flasche öffnen will knallt draußen eine

Autotür. Ich lausche. Freya ist es sicher nicht. Meine Eltern auch nicht. Die fahren immer sofort in die Garage. Mist. Meine verdammte Neugier treibt mich erneut zum Fenster. Da steht schon wieder ein Wagen vor unserem Haus. Knallrot. Sportlich. Ein Typ steht davor und schaut zu mir hoch. Der Typ ist groß. Verdammt groß sogar. Er trägt schwarze Klamotten. Eine rockige Lederjacke und eine Armeehose. Sein Haar ist blond. Es ist oben länger als an den Seiten und hängt im sexy vor den Augen, die mir ziemlich dunkel erscheinen. Er hebt die Hand in meine Richtung und deutet mir herunter zu kommen. Soll ich das wirklich tun? Wie gesagt, ich bin neugierig und mache mich auf den Weg nach unten. Als ich unten ankomme und die Tür einen Spalt breit öffne, steht er schon davor und lächelt.

„Hey, alles okay?"

„Wer bist du denn und was willst du hier."

„Hab zufällig gesehen was hier vorhin los war. Dachte du könntest vielleicht Hilfe gebrauchen."

„Wer? Ich? Nein. Es geht mir gut."

„Und warum hast du eine ganze Flasche Tequila in der Hand?"

Mist. Die habe ich ja ganz vergessen. Schnell verstecke ich die Pulle hinter meinem Rücken.

„Alles okay. Danke trotzdem."

Ich will die Tür schon wieder schließen, als der Typ seinen Fuß dazwischen stellt. Jetzt kann ich ihn genauer betrachten. Meine Güte ist der Kerl attraktiv. Er lächelt noch immer. Seine Zähne sind schön gerade, seine Lippen voll und sein Kinn etwas kantig. Hinter dem blonden Haarschopf kann ich seine Augen jetzt gut erkennen. Sie sind tatsächlich schwarz. Donnerwetter. Hat diese Welt jemals solche Augen gesehen? Ich halte den Atem an als er weiter spricht:

„Das sieht mir aber nicht so aus. Du zitterst ja am ganzen

Körper."

„Liegt wohl an dir. Wer bist du überhaupt?"

„Ich bin Ryder. Und du?"

„Lynn."

„Okay, Lynn. Wie kann ich dir helfen?"

„Gar nicht. Bitte geh."

„Nein."

„Was soll das heißen?"

„Nein heißt nein. Ganz einfach."

„Was willst du von mir, Ryder?"

„Dein Leben in Ordnung bringen."

„Was? Warum?"

„Weil es mir scheint als läuft es nicht gerade gut bei dir. Stimmt doch oder?"

„Woher willst du das wissen?"

„Sagen wir mal, ich habe ein Gespür für so was."

„Du bist verrückt, oder?"

„Nein. Ich will dir nur helfen."

„Mir kann niemand helfen."

Ich reiße mir meine Kapuze vom Kopf und gehe einen Schritt auf ihn zu.

„Hier. Reicht das? Das bin ich. Und ich werde jetzt gehen. Eigentlich wäre ich schon längst weg. Und dann kommst du. Was soll das?"

„Es ist meine Pflicht Leben zu retten. Und sogar ein Besseres daraus zu machen."

„Das kann niemand."

„Doch. Ich schon. Komm mit mir und ich mache dir einen Vorschlag."

4

Ian

„Wir können den Verband jetzt entfernen. Du wirst sehen es ist wieder ein kleiner Fortschritt. Noch zwei oder drei Operationen, dann siehst du wieder aus wie neu."
„Wenn Sie das sagen. Ich glaube nicht mehr daran. Wie oft haben wir es schon versucht. Mein Gesicht wird für immer eine Fratze bleiben."
Resigniert schaue ich in den Spiegel als der Arzt den Verband von meiner zum 10. mal operierten Wange nimmt. Noch immer sieht es aus wie zusammengeflickt. Klar es ist schon besser als noch vor einem Jahr. Da geschah der Mist. Ich hatte mit Freunden gefeiert. Am Lagerfeuer. Es gab Alkohol und einige Tüten. Wie das so ist wenn man seinen Abschluss geschafft hat. Mein Studienplatz als Informatiker war schon sicher. Und dann haben wir Penner nicht aufgepasst. Wir haben herum gealbert. Das Feuer brannte. Wir hatten schon einiges Intus. Hinzu kam dass mein Freund Jack seinen 19.Geburtstag feiern wollte. Also wir wollten hinein feiern so zu sagen. Aus Spaß haben wir uns hin und her geschubst. Die Stimmung war gut und ausgelassen. Eigentlich so wie immer. Ich hatte zwei Wochen zuvor ebenfalls meinen 20.Geburtstag gefeiert. Jede Woche gab es einen Grund die Sau raus zulassen.
Auch an jenem Tag:
Cliff hatte Bier dabei. Angie Feuerwerkskörper. Viele andere aus meinem Jahrgang waren da. Es sollte die Feier des Jahres werden. Wurde es ja auch. Ich werde jeden verdammten Tag daran erinnert. Daran wie die Tüte mit den Feuerwerkskörpern

irgendwie ins Feuer geriet. Weil wir uns gerauft haben. Nur so.
Aus Spaß. Zunächst hatten wir es nicht bemerkt in unseren
vollen Köpfen. Doch dann begann es zu zischen. Angie schrie
mich an, dass ich zur Seite springen soll. Doch meine Reaktion
war gleich Null. Die Tüte ging hoch und das Feuer breitete sich
auf unserer Decke und überall um uns herum aus. Ich wollte
fliehen aber ich verheddterte mich in der brennenden Decke. So
verbrannte fast die gesamte linke Hälfte meines Gesichts und
die linke Schulter, Oberarm und Teile meines Brustkorbs. All
meine Freunde zogen sofort ihre Klamotten aus und warfen sie
über mich. Aber das Feuer hatte mich schon zum Monster
gemacht. Ich schrie vor Schmerz und dachte es wäre das Ende.
Irgendwie hatte es jemand geschafft einen Rettungswagen zu
rufen. Ich war fast ein Jahr im Krankenhaus. Unzählige
Operationen sollten aus mir wieder einen Menschen machen.
Bis jetzt ist davon aber noch nicht viel zu sehen. Meine
Freunde waren anfangs für mich da. Später jedoch nicht mehr
da ich kaum an ihren Aktivitäten teilnehmen konnte. Mein
ganzer Körper kam mir vor als gehöre er jemand anderem.
Immer mehr Leute ließen mich im Stich. So ist es noch heute.
Ab und zu höre ich von Angie. Sie gibt sich die Schuld an
allem aber das ist Blödsinn. Es war einfach ein Unfall. Und ich
muss damit leben. Leider ist das nicht so einfach wenn die
Menschen um einen herum nur böse Worte für einen übrig
haben. Kein Mädchen hatte sich seit dem je wieder auch nur
mit mir am Telefon unterhalten. Erst recht nicht getroffen.
Dabei war ich davor ein ziemlich beliebter Kerl. Langsam geht
mir die Kraft aus. Mut und Hoffnung habe ich schon lange
nicht mehr. Zwar habe ich inzwischen trotzdem mit meinem
Studium begonnen aber auch die Uni ist ein ständiger
Höllenritt für mich. Keiner traut sich an mich ran. Kein
Wunder, so wie ich jetzt aussehe. Meine linke Gesichtshälfte

sieht aus wie ein verdammter Flickenteppich. Meine Schulter sieht runzlig und uneben aus. Wie eine Kraterlandschaft eines fernen Planeten. Meine linke Brustwarze ist nur noch ein kleiner verkümmerter Punkt auf einem vernarbten hässlichen Körper. Das kann ich verstecken. Mein Gesicht aber nicht. Alle sagen dass ich froh sein soll das ganze überlebt zu haben. Aber ich sehe das anders. Das ist kein Leben mehr. Das da in dem verfickten Spiegel bin nicht ich. Ich werde nie mehr ich sein. Was soll noch kommen? Eine perfekte Familie? Eine wunderschöne Frau die mich liebt und vielleicht zwei oder drei Kinder auf diese beschissene Welt bringt? Mit Sicherheit nicht. Meinen Job kann ich auch von daheim aus machen. Niemand muss sich täglich mit meiner hässlichen Brandfresse auseinandersetzen. Dafür werde ich sorgen. Ich starre auf den Fremden im Spiegel. Ein Indianer weint nicht. Gut dass ich keiner bin,denn ich kann meine Tränen nicht aufhalten.

„Ian. Du darfst nicht aufgeben. Noch immer bist du hübsch."

„Mom. Ich sehe aus als hätte ich im Backofen gepennt."

Meine Mutter stellt sich hinter mich.

„Ach Ian. Gib dir Zeit."

„Wie viel denn noch? Ein Jahr? Zwei? Fünf oder Zehn?"

„Mr. Sandfort. Sie müssen Geduld haben. Eines Tages..."

„Nein. Das wird nie passieren. Ich werde immer wie ein Mitglied eines Horrorfilms aussehen. Das können sie nicht wieder hinkriegen."

Ich habe echt zu tun ihm diesen dummen Spiegel nicht aus den Händen zu schlagen.

„Wir sehen uns in einem halben Jahr. Bis dahin sieht die Welt schon wieder ganz anders aus."

Damit verlässt der Arzt mein Zimmer. Ich bin noch eine Weile Gast hier. Hier drinnen ist es okay. Weil alle ihr Paket zu tragen haben. Ich stelle fest dass es Leute gibt, die noch schlimmer

dran sind als ich. Manchmal macht es mir Mut. Mal nicht.
„Okay Ian. Ich muss auch los. Lass den Kopf nicht hängen. Es wird besser. Du darfst nicht aufgeben. Du bist doch noch so jung."
„Eben. Umso länger muss ich diesen Anblick ertragen bis ich alt sein werde. Mom. Ich will wieder ich sein."
„Ian."
Sie drückt mich an sich. So wie früher als ich noch klein war. Ich könnte meiner Mutter am liebsten ihre ganze Bluse voll rotzen. Es geht mir mies.
„Bis morgen mein Junge. Ich hab dich lieb. Vergiss das nicht."
„Ich dich auch, Mom."
Dann geht sie und ich bin alleine. Den Spiegel habe ich in die Schublade gelegt. Da kann er bleiben. Ich kann meinen erbärmlichen Anblick nicht mehr ertragen. Eine Weile sitze ich hier, stiere in die Glotze. All die perfekten Menschen dort kotzen mich an. Dann klopft es plötzlich an der Tür. Noch ehe ich reagieren kann, fliegt sie schon auf. Ein kleiner Junge platzt in mein Zimmer. Er sieht mich und fängt augenblicklich an zu weinen.
„Dad, da ist ein Monstermann im Zimmer. Will er mir wehtun?"
Der Vater des Jungen schaut hinein. Er starrt mich an. Ich spüre wie unangenehm ihm das alles ist. Sein geschockter Gesichtsausdruck sagt mir alles.
„Nein, Sam. Der Mann ist nur krank. Der ist sicher ganz lieb zu dir. Nun komm. Das ist wohl das falsche Zimmer."
Mit einem peinlichen Nicken in meine Richtung stapfen die beiden davon. Da sieht man es doch. Kinder und Betrunkene sagen immer die Wahrheit. Ich bin tatsächlich ein Monstermann in den unschuldigen Augen eines Kindes.

Ich bin jetzt wieder zuhause. Etwa eine Woche schon. Meine Narben sind schon etwas verheilt. Trotzdem. Schönheit ist anders. Ich gehe wieder zur Uni. Viele Neuankömmlinge sind da. Ich war so lange nicht hier. Ich schleiche auf dem Campus herum. Alleine. So wie immer seit dem Unglück. Meine Freunde sind alle wo anders. Viele sogar im Ausland. Ich laufe und laufe. Versuche an nichts zu denken. Kein hier und kein jetzt. Da vernehme ich eine Stimme ganz in der Nähe. „Hey, du. Unter welchen Trecker bist du denn gekommen?", lacht eine Stimme höhnisch neben mir.

„Der, vor den ich dich schubste, wenn du nicht deine dämlich Fresse hältst."

„Uuuhhh, Quasimodo ist mutig. Alle Achtung. Komm her. Wir klären das. Sofort."

Der Typ tänzelt vor mir her. Sein Grinsen ist so boshaft. Ich will meine Ruhe und deshalb gehe ich weiter. Doch er gibt nicht auf und schubst mich zur Seite. Dann drängt er mich an die Wand.

„Lass mal sehen wie schön du bist. Hey Chris, sieh dir das mal an."

Er winkt einen anderen Typen zu uns rüber.

„Walking Death hat neue Leute."

„Wo hast du den denn aufgegabelt? Krass alter."

Die beiden glotzen mich an. Böse. Hämisch.

„Haut doch einfach ab okay. Lasst mich in Ruhe."

„Hey, ein Beißer, der sich in die Hose macht. Ist ja mal was Neues. Ich mag ihn. Du nicht Kumpel?"

„Ist ein niedliches Kerlchen. Hab ihn hier noch nie gesehen."

„Ich auch nicht. Hey hast du Kohle oder so?"

„Nein", bringe ich hervor und wünsche mir die Erde würde sich auftun um mich zu verschlingen. Soll mein Leben jetzt so

sein? Da mache ich nicht mit. Ganz sicher nicht. Meine Gesicht
wird nie mehr so aussehen wie vorher. Da mache ich mir nichts
vor. Immer wieder werden Typen wie diese hier meinen Weg
kreuzen. Doch dazu fehlt mir einfach die Kraft. Ich raffe
meinen letzten Rest an Stolz zusammen und drücke die Kerle
zur Seite. Sie sollen mich nicht brechen. Nicht heute. Nicht
hier. Nicht jetzt. Nie.
„Wo will er denn hin?"
„Zum Set", höre ich Chris noch sagen. Dann brechen sie in
lautes Gelächter aus. Ich verschwinde um die Ecke. Hier ist
niemand. Alles ruhig. Ich muss eine Lösung finden. So will ich
nicht leben. In meinem Rucksack ist noch ein Gürtel. Ihn
brauche ich nicht mehr weil meine Hose jetzt auch so hält. Was
soll ich sagen. Ich gehe nicht mehr zum Sport. Und auch sonst
nirgends. Sofa, Bett, Klo, Bad, Uni und wieder von vorne. Ich
habe schon fünf Kilo zugenommen. Aus meinem einst so festen
Bauch ist eine kleine Rolle geworden. Der Gürtel kann sich
heute anders nützlich machen. Er wird mein Gewicht tragen.
Einen Baum werde ich schon finden. Der Campus ist voll
davon. Mit schnellen Schritten laufe ich über das Gelände. Die
Studenten haben sich in ihre Zimmer verzogen. Oder sie sind
unterwegs. Saufen, Billard, was man halt so macht. Ich war
schon lange nicht mehr draußen.
Am Ende der Parkanlage steht eine alte Eiche. Die wird mich
tragen. Ich werde niemandem etwas sagen. Sie würden bloß
versuchen mich zu retten.Wenn auch nur um ihr Gewissen zu
beruhigen. Ich glaube nicht dass hier irgend jemand etwas auf
mich gibt. Nicht mehr. Ist mir auch egal. Ich gebe auch nichts
mehr auf sie. Ich stelle meine Tasche ab, krame besagten Gürtel
heraus. Der Baum ist groß, die Äste stark. Es ist etwas mühsam
hinauf zu kommen. Zunächst muss ich auf die Campusmauer.
Von dort kann ich mich zum Baum hinüber hangeln. So der

Plan. Ich habe es geschafft. Ich stehe auf der Mauer. Von hier aus kann ich einen großen Teil des Geländes überblicken. Alles ist ruhig. Gut für mich. Niemand wird mich aufhalten. Ich teste die Stärke des Astes, der mir am nächsten ist. Er scheint stabil zu sein. Ich beginne zu zittern weil ich weiß das hier ist endgültig. Ich atme tief ein. Noch ein letztes mal die frische Luft des Parks in mich aufsaugen. Dann nehme ich den Gürtel. Langsam lege ich ihn um den Ast. Er hält. Ich weiß es weil ich noch einmal fest daran ziehe. Dann lege ich die entstandene Schlinge um meinen Hals. Er kratzt an meinem Kehlkopf. Nur einen Schritt weiter und meine Erlösung wird kommen. Vorsichtig gehe ich zum Rand der Mauer. Ich bin bereit. Das weiße Licht wird mich ins Himmelreich führen. Ich schließe die Augen.

„Hey. Was hast du vor?"

Erschrocken öffne ich die Augen wieder und trete einen Schritt zurück. Jetzt stehe ich wieder sicher auf dem Mauerrand. Ich drehe mich um und sehe eine junge Frau unten stehen. Sie schaut zu mir hoch. Sie habe ich hier noch nie gesehen. Solch eine Schönheit wäre mir sicher aufgefallen.

„Wer bist du denn?", frage ich.

„Xara. Und du?"

„Ian."

„Hallo Ian. Was wird das?"

„Nichts. Ein Abschied von dieser Welt. Das ist alles."

„Warum?"

„Sieh mich an. Dann weißt du es."

„Komm näher. Ich kann nichts sehen."

„Nein".

„Ach komm schon."

Keine Ahnung warum ich das mache, aber ich gehorche und neige mich zu ihr runter. Ich stelle fest dass sie außergewöhnlich schön ist. Ihr Haar ist hellbraun, lang und lockig. Im Mondlicht erkenne ich ihre Augen. Dunkel sind sie. Schwarz und glänzend. Sie ist schlank und sie versteht es ihren wunderschönen Körper effektvoll zur Schau zu stellen. Ihre langen Beine stecken in knackigen schwarzen Lederhosen. Der süße Busen steckt in einer ledernen Corsage, die vorne geschnürt ist. Ihre Stiefel haben himmelhohe Absätze und ihre Fingernägel sind leuchtend pink lackiert.

„Näher Ian", verlangt sie und ich setze mich auf die Mauer.

„Komm da runter."

„Warum?"

„Weil ich nicht möchte dass du Mist baust. Das Leben ist schön", sagt sie und ihr Lächeln ist unschlagbar.

„Für dich vielleicht. Du bist auch schön, Xara. Aber ich....ich bin ein Monster."

„Was ist passiert?"

„Ich möchte nicht drüber reden."

„Ich kann dir helfen das zu ändern."

„Davon hast du mich gerade abgehalten. Nicht klug von dir."

„Doch. Dazu bin ich da." „Wozu?"

„Leben zu retten. Sie schöner zu machen. Dir meine Hilfe anzubieten. Was sagst du?"

„Warum solltest du mir helfen wollen? Und wie soll das gehen? Wenn die Ärzte das nicht können... ich meine..."

„Vertrau mir, okay."

Sie reicht mir ihre Hand.

„Ich vertraue niemandem. Jetzt nicht mehr."

„Ich bin anders. Kannst du mir glauben. Es gibt einen Weg und ich zeige ihn dir."

5

Becky

„Wohin gehen wir?"
Ich sehe den Typen neben mir an. Alex. Keine Ahnung wer er
ist und woher er kommt.
„An einen Ort, der dir helfen wird."
„Wie meinst du das?"
„So wie ich gesagt habe. Dich erwartet ein besseres Leben. Ein
Ewiges sogar. Du wirst wieder schön sein. Vollkommen. So
wie du es dir wünschst."
Wir entfernen uns immer weiter von der Brücke. Ich gehe
langsam neben ihm her. Verstohlen betrachte ich sein perfektes
Profil und denke mir welch großes Glück er hat so schön zu
sein. Alex schaut mich freundlich an. Ich ermahne mich selbst
mich zusammenzureißen und finde meine Stimme wieder:
„Du kennst mich doch gar nicht. Woher willst du wissen wer
ich bin?"
Alex läuft unbeirrt weiter. Irgendwie kommt er mir etwas
nervös vor.
„Ich finde du solltest mir schon sagen was genau du mit mir
vor hast", bohre ich weiter. Alex schweigt noch immer.
„Du redest nicht viel, was?"
Dann bleiben wir kurz stehen. Alex lässt mich trotzdem nicht
los. Statt dessen stellt er sich mir gegenüber hin.
„Ich kenne dich besser als du denkst."
„Das kann nicht sein. Ich habe dich hier noch nie gesehen."
„Ich erkläre dir alles. Vertrau mir einfach. Ich denke dass du
meine Hilfe brauchst. Wir haben schon vielen Menschen wie
dir geholfen. Es ist meine Mission, weißt du?"
Keine Ahnung was er da faselt, aber ich denke mir was soll´s

und laufe weiter.

„Du wirst schon bald sehen was ich meine. All deine Sorgen werden verschwinden. Und deine Narben auch", redet er weiter und schaut gen Himmel. Gedankenverloren und noch immer nervös.

„Einfach so? Wie geht das? Und was muss ich dafür tun?"

„Das sage ich dir wenn wir dort sind. Viele Menschen wie du werden dort sein."

„Wo ist DORT?", will ich wissen.

„Wir machen eine kleine Reise. Nach Blackland. Von dort komme ich."

„Wo ist das? Noch niemals davon gehört."

„Überall. Es existiert unterhalb der Welt. Wenn der Mond ganz oben steht werden wir den Eingang finden."

Der Typ hat einen an der Waffel. War ja klar dass ich so einem begegne. Ich bin ein echter Glückspilz. Pah.

„Du bist seltsam."

„Nein. Es ist meine Heimat. Du wirst sie lieben. Wir besuchen die Black Church. Dort finden wir unseren Herrscher. Mit ihm werden wir reden müssen. Mit ihm machst du deine Geschäfte. Ich bin nur der Bote so zu sagen."

„Bist du der Einzige?"

„Nein. Wir sind zu viert. Xara, Lexa, Ryder und ich."

„Und was macht ihr so?"

„Wir helfen Menschen wie dir. Komm wir müssen uns eilen. Der Mond steht schon ziemlich hoch. Es dauert nicht mehr lange."

Mir war ja noch gar nicht aufgefallen, wie spät es schon geworden ist. Habe ich wirklich den ganzen Tag damit verbracht, mich an ein Brückengeländer zu klammern? Alex umfasst meine Hand noch fester und starrt den weißen Planeten an.

Zaine

„Okay. Worüber müssen wir reden?"
Ich schaue Lexa an. Ich kenne sie nicht, aber sie hat etwas an sich, das mich überzeugt ihr zu folgen.
„Über dich. Deine Zukunft. Ein besseres Leben. Ich dachte du wärst mit deinem jetzigen nicht so glücklich."
„Deshalb wollte ich dem ganzen ja ein Ende setzen."
„Das ist keine Lösung. Komm mit mir."
„Wohin?"
„An den Ort deiner Zukunft."
„Wo ist das?"
„Blackland"
„Kenne ich nicht."
„Nun ja, nicht jeder darf dorthin. Nur Auserwählte. Solche wie du."
„Warum sollte jemand einen Krüppel auswählen?"
„Um ihm zu helfen Dummerchen. Nun komm. Der Mond steht hoch. Wir müssen uns eilen. Meine Freunde warten dort auf uns."
„Freunde? Welche Freunde?"
„All jene, die in meinem Team spielen. Da wären Xara, Ryder, Alex und ich."
„Und was seit ihr für Typen?"
„Deine Rettung. Nun komm schon."
Lexa greift nach meiner Hand und zerrt mich vom Sitz. Sie ist schnell unterwegs. Wir laufen eine Weile und stellen uns auf ein freies Gelände. Der Mond ist voll und rund.
„Bald werden wir dort sein."
Mehr sagt sie mir nicht.

Lynn

„Ich kenne dich doch gar nicht. Warum sollte ich mit dir gehen?"

„Na weil ich der bin der dir helfen wird."

„Das sagtest du schon. Nur leider habe ich keine Ahnung wie du das anstellen willst."

„Ein wenig vertrauen musst du mir schon."

Ryder schaut mich an. Dieser Kerl ist einfach perfekt und ich frage mich ob das Ganze hier kein Irrtum ist.

„Also, was ist?", reißt er mich aus meinen Gedanken.

„Was soll´s. Ich habe ja nichts mehr zu verlieren. Dann sterbe ich eben morgen."

Ryder sagt nichts. Statt dessen greift er nach meiner Hand. Sein Blick gleitet in den Himmel. Inzwischen ist es schon ziemlich dunkel geworden.

„Wo gehen wir hin?", will ich wissen und glotze ihn an. Meine Güte. Bei ihm scheint die Natur an alles Perfekte gedacht zu haben. So ein Typ ist nicht real.

„Wir gehen nicht - wir fahren."

„Mit diesem roten Teil da?"

„Klar. Ich dachte Mädels stehen auf schnelle Wagen."

Irgendwie fühle ich mich geschmeichelt. Es scheint ihn nicht zu stören, dass ich kein normales MÄDEL bin.

„Okay. Aber ich kann nicht so lange fort bleiben."

Dazu sagt er nichts und schiebt mich vor sich her in Richtung Auto. Als ich drinnen sitze, frage ich noch einmal wohin uns unsere Reise führt:

„Nun sag schon - wo wollen wir hin?"

„Nach Blackland. Wir werden erwartet." Dann startet er den Wagen und ich habe keine Ahnung was das hier werden soll.

Ian

Wir laufen schon eine Weile. Der Campus liegt schon weit hinter uns. Noch immer weiß ich nicht was ich hier mache. Ich folge einer Frau, die nicht kenne. Und doch habe ich ein klein wenig Hoffnung, dass sie mir wirklich helfen kann. Wir erreichen einen Park. Davon gibt es hier in North Carolina einige. Überhaupt ist hier alles ziemlich grün. Mitten auf einer Wiese bleiben wir stehen. Xara hält noch immer meine Hand und starrt in den Himmel. Der Mond leuchtet hell und ich habe keine Ahnung was hier abgeht.

„Was machen wir hier?", frage ich und schaue ebenfalls nach oben.

„Hab Geduld, nur noch ein wenig."

„Bitte sag mir was du vor hast."

„Wir warten bis der Mond in der richtigen Position steht. Dann werden wir den Eingang nach Black Land finden. Meine Freunde erwarten uns auf der anderen Seite."

„Bist du irre oder so? Und welche Freunde meinst du überhaupt?"

„Zur ersten Frage – nein. Zur zweiten Frage: Meine Freunde sind Lexa, Ryder und Alex. Und alle haben die gleiche Aufgabe wie ich. Wir wollen Menschen wie dich wieder glücklich sehen. Und dafür müssen wir nach Blackland."

Mehr sagt sie nicht und starrt weiter den Mond an.

6

Becky

Wir haben die Brücke hinter uns gelassen. Da muss ich meinen
Plan wohl noch etwas aufschieben. Dieser Typ gibt ja doch
keine Ruhe. Na ja, so übel ist er nicht. Im Gegenteil. Alles an
ihm scheint perfekt zu sein. Unwirklich perfekt. Noch immer
umklammert er meine Hand. Mit schnellen Schritten entfernen
wir uns immer weiter vom Fluss. Er redet jetzt nicht mehr,
aber er scheint in Eile zu sein. Immer wieder sehe ich wie er
einen Blick zum Himmel wirft.
„Ist es noch weit?", frage ich um meine Nervosität zu
überspielen.
„Nein. Gleich dort drüben. Der Mond wird in einigen Minuten
in richtigen Position zur Sonne und zur Erde stehen. Dann
öffnet sich das Portal."
„Portal?"
Sofort bleibe ich stehen weil ich glaube der Kerl spinnt. Bin ich
noch ganz echt einfach mit ihm mit zu gehen?
„Bring mich sofort zurück", schreie ich ihn an. Er dreht sich zu
mir um, lässt meine Hand aber noch immer nicht los:
„Bist du sicher, dass du kein besseres Leben als dieses hier
willst?"
„Ich glaube dir nicht. Ich kenne dich nicht. Ich muss heim."
„Das wirst du. Bald. Ich verspreche es. Ich bitte dich nur dir
unseren Vorschlag anzuhören. Es ist deine Entscheidung. Auch
wenn ich deshalb Ärger bekomme...."
„Warum?"
„Dann muss ich wieder ganz von vorne anfangen. All meine
Mühe dich zu finden war umsonst. Und ich möchte mein

Leben so wie es ist behalten."
„Das verstehe ich nicht."
Wirklich nicht. Dieser Kerl hat einen Vogel. Bestimmt. Er ist
schön. Vollkommen. Aber normal ist er nicht. Noch ehe ich es
mir überlegen kann, zerrt er mich weiter in die Mitte der
Wiese. Sein Blick zeigt starr gen Himmel. Sein Griff wird
fester. Und plötzlich registriere ich wie der Mond heller wird.
Was zum Geier....
„Es ist soweit. Halte dich an mir fest", brüllt er und stiert
weiter den fast weißen Mond an. Ich beginne zu zittern, weil
ich absolut keinen Schimmer habe was das hier werden soll.
Dann sehe ich einen langen grellen Strahl vom Mond aus auf
die Erde zeigen. Und dort wo er auf den Boden auf trifft steigt
plötzlich Nebel hoch.

Zaine

Wir stehen jetzt auf der Wiese, das Footballfeld liegt südlich
von uns. Wir sind alleine hier. Noch immer hält Lexa meine
Hand. Sie fühlt sich gut an und ich werde sogar ein klein wenig
stolz eine solch perfekte Frau neben mir zu haben. Die
Kollegen aus meiner Mannschaft würden ihren Augen nicht
trauen wenn sie mich jetzt sehen würden. Lexa schaut den
Mond an. So als warte sie auf etwas.
„Was machen wir hier? Sind wir schon da? Ich sehe hier nichts
als Wiese. Willst du mich verarschen?"
„Geduld mein Lieber. Es dauert nicht mehr lange. Der Mond
zeigt uns den Weg."
„Du spinnst doch. Lass mich los. Ich frage mich welcher Teufel
mich geritten hat auf dich zu hören. Macht es dir Spaß mich
noch mehr zu demütigen? Davon habe ich wahrlich genug.
Ich muss los."
„Ich sagte doch dass wir das ändern. Aber du musst mir auch
eine Chance geben es dir zu beweisen."
Sie schaut mich eindringlich an. Ich denke sie glaubt wirklich
an den Mist den sie mir hier verzapft.
„Glaubst du ich wäre immer so gewesen wie jetzt?", fragt sie
mich.
„Was? Wie meinst du das?"
„So wie ich es sage. Früher stand ich auch auf der
Verliererseite. Bis Alex mich fand. Und jetzt schau mich an.
Alles hat sich geändert. Ich muss nicht mehr leiden. Aber nur
wenn du mir hilfst."
„Das verstehe ich nicht."
„Ich erkläre es dir. Später. Versprochen."
Dann sagt sie nichts mehr und ich versuche ihre Worte zu

begreifen. Keine Ahnung wie ich das verstehen soll.
Es dauert noch einige Minuten als ihr Griff um meine Hand
noch fester wird.
„Jetzt. Pass auf. Sieh hin."
Sie zeigt in den Himmel und da passiert es. Der Mond kommt
mir vor als hätte jemand dort oben noch einige hellere
Glühbirnen in ihn geschraubt. Das Licht das von ihm ausgeht
ist fast weiß. Und dann sehe ich einen langen Strahl vom Mond
aus auf die Erde treffen. Er sieht aus wie eine Straße. Der
Strahl wird länger, breiter und heller. Und dort wo er die Erde
trifft, beginnt es zu dampfen.

Lynn

Wir fahren schon eine Weile und bisher hat Ryder mir noch immer nichts genaues gesagt. Verstohlen schaue ich ihn von der Seite an und noch immer finde ich ihn unglaublich schön. Inzwischen ist es richtig dunkel geworden.Ich weiß nicht wo wir sind und nicht wohin wir wollen. Ryder schweigt aber ich spüre dass es nicht so läuft wie er es will. Immer wieder sehe ich wie er den Kopf aus dem Fenster streckt wenn wir an einer Ampel anhalten müssen.
„Warum starrst du dauernd in den Himmel?", frage ich.
„Wir haben nicht mehr viel Zeit."
„Zeit? Wozu?"
„Rechtzeitig dort zu sein. Der Mond ist bereit."
„Du bist irre. Nimmst du etwas oder so?"
Ruckartig schnellt sein Kopf in meine Richtung. Für einen Moment sieht er....geschockt, nein, beinahe beleidigt aus. Doch sofort fängt er sich wieder.
„Nein. Aber ich will nicht versagen, verstehst du?"
„Ehrlich gesagt nicht."
„Auch ich habe mich an Vorschriften zu halten."
„Wie meinst du das?"
„Es ist meine Pflicht zu helfen. So lange ich das tue ist mein Leben okay. Wenn nicht rutsche ich wieder Stück für Stück in mein altes Leben zurück. Und da möchte ich nicht wieder hin."
„Warum?"
„Weil...."
Ich kann mich noch gerade an meinem Haltegriff an der Türe festhalten als Ryder das Steuer steil umreißt und auf einen Feldweg abbiegt.
„Schnell, steig aus. Uns bleiben nur noch ein paar Minuten."

Hektisch rennt er zur Beifahrertür und hilft mir aus dem
Wagen. Sofort greift er nach meiner Hand und zerrt mich in die
Mitte des Feldes. Dort angekommen bleiben wir schlitternd
stehen. Ryders Griff ist fest, sein Blick stur gen Himmel
gerichtet. Ich schaue ebenfalls nach oben und sehe wie der
Mond heller wird. Heller als jede Halogenlampe jemals
scheinen könnte. Keine Ahnung was hier los ist. Langsam
bekomme ich Angst und versuche mich aus Ryders Griff zu
befreien. Leider habe ich gegen ihn keine Chance.
„Nicht los lassen", brüllt er als der Mond einen hellen Strahl
zur Erde schickt.

Ian

„Bist du bereit?", fragt Xara und umklammert meine Hand
noch fester.

„Bereit wofür?", will ich wissen und für einen Moment denke
ich doch über eine Flucht nach, denn das alles hier ergibt
irgendwie keinen Sinn.

„Für ein besseres Leben. Da, es geht los", sagt sie und ich
staune nicht schlecht als ich sehe was über uns passiert. Bisher
war der Mond für mich zwar da, aber ich habe ihm nie
besondere Beachtung geschenkt. Wozu auch? Doch jetzt hat er
meine ganze Aufmerksamkeit. Ich sehe wie er immer heller
und fast weiß wird. Ich denke daran als ich noch klein war und
meine Mutter mir vom Mann im Mond erzählt hat.Vielleicht ist
er ja da oben und macht das Licht an. Ich muss schmunzeln
und denke mir dass mein Verstand so langsam am Abgrund
steht.Vom Mond aus kommt ein langer weißer Strahl zu uns
herunter. Kleine silberne Partikel tanzen in ihm. Es kommt mir
vor als entstehe eine Straße, die uns mit dem Mond verbindet.
Sie wird breiter und länger. Dann kommt das Ende des Strahls
einige Meter vor uns auf dem Boden auf.

„Wir müssen näher ran", schreit Xara und zerrt mich hinter
sich her. Es erstaunt mich wie zielsicher sie auf ihren
Todesschuhen über die Wiese stakst ohne sich die Haxen zu
brechen. Die Straße scheint jetzt fertig zu sein,denn es
verändert sich nichts mehr an ihr. Doch, eine Kleinigkeit fällt
mir auf: Dort wo sie endet beginnt sich Dampf und Nebel zu
bilden. Es kommt mir vor als käme es aus dem Boden. Aus
dem Zentrum des Kreises, den der Nebel und das Licht bilden,
scheint eine Art Torbogen empor zu steigen. Die Erde beginnt
leicht zu vibrieren. Ein leichtes Zischen erklingt, während der
Bogen weiter nach oben kommt. Und dann wird alles schwarz.

Klapptext:

Wenn Träume lügen
Verloren

Damon und seine Band begeben sich auf große Welttournee.
Jolene begleitet ihn diesmal nicht, da sie ein Geheimnis hat,
von dem Damon nichts weiß. Sie erwartet ein Kind, welches
sie jedoch nach einem schweren Reitunfall wieder verliert. Der
Tod des Kindes bringt Damon vorzeitig zurück zu ihr. Über
zwei Jahre pflegt er seine Frau, die bei jenem Unfall sehr
schwer verletzt wurde. In dieser Zeit scheint er zu begreifen,
was es heißt, ein Beziehung zu führen. Damons Leben gerät
dabei völlig aus den Fugen und die Band droht zu zerbrechen.
Den Verlust des Kindes verarbeiten beide nur sehr schwer und
auch die Drogensucht des charismatischen Sängers macht
beider Leben noch komplizierter. Nur langsam kommt das Paar
wieder in ihr altes Leben zurück, und es gelingt Damon sogar,
seine Band zu einem erneuten Comeback zu überreden. Ihre
Karriere scheint wieder anzulaufen. Da erwartet Jolene wieder
ein Kind. Sie bringt eine gesunde Tochter zur Welt, die beiden
alles bedeutet. Dennoch will der Sänger sein Leben nicht
ändern, weshalb nun ständig Streit den Alltag des Paares
beherrscht. Als ein Reporter die Band und auch die Familie ein
ganzes Jahr begleitet, und versucht wird, aus dem Privatleben
des Sängers Profit zu schlagen, sieht Jolene die Gefahr. Aus
Angst um ihr Kind trifft sie die schwerste Entscheidung ihres
Lebens …

Klapptext:

Come into my world come into my heart

Als die 17 jährige Stella umziehen muss, lässt sie alles zurück. Auch ihren Freund Danny. Einsamkeit schleicht sich in Stellas Leben, weshalb sie sich in die Welt der Bücher flüchtet. Nicht einmal ihr neuer süßer Nachbar Dylan, kann sie davon abhalten. Als Stella eines Tages ein geheimnisvolles Buch findet, ändert sich ihr Leben schlagartig. Sie fühlt mit der Romanfigur Colin und würde ihm gerne helfen wollen, wenn es ihn den gäbe. Die Geschichte im Buch gleicht ihrer eigenen so sehr, dass Buch und Realität miteinander zu verschmelzen beginnen. Seltsame Dinge geschehen, das Buch verändert sich und schreibt sich weiter. Je weiter Stella liest, desto abstruser wird ihr Leben in der Realität. Als Colin dann tatsächlich vor ihr steht und sie um Hilfe bittet, merkt sie sehr schnell, dass ihr Buch nicht nur ein Buch ist, und dass Nachbar Dylan vermutlich der einzige ist, der ihr helfen kann...

Klapptext:

That damn Love to you

Sandy und Jason werden von Sandys Freundin Kayla
verkuppelt. Zunächst hält Sandy überhaupt nichts von Jason, da
er ihr sehr überheblich vorkommt. Trotzdem ist er genau ihr
Typ, denn Jason ist eine echte Augenweide, was er auch ganz
genau weiß. Im Laufe der Ferien lernt sie ihn besser kennen,
und lieben. Nach einem Jahr Fernbeziehung, die eher einer
Brieffreundschaft gleicht, entschließt sie sich zu ihm zu ziehen.
Und dann zeigt Jason sein wahres Gesicht. Er ist launisch,
herrisch, übertrieben eifersüchtig und manchmal auch
gewaltbereit. Als Jason Sandy betrügt, treibt er sie damit in die
Arme seines älteren Bruders Darren, der schon länger heimlich
in Sandy verliebt ist. Natürlich kann Jason Sandy nicht einfach
gehen lassen und kämpft um sie. Aus zweiten Chancen werden
immer mehr und bald merkt Sandy, dass Jason ihr gar nicht
guttut.
Wird sie ihn gehen lassen, oder ist ihre Liebe zu ihm
unzerstörbar …

Klapptext:

Son of Neptun

Die Meermänner Jacomos und Thoran sind Brüder. Während
Thoran der Thronfolger von Atlantis werden soll, möchte
Jacomos lieber ein Mensch werden. Immer öfter nähert er sich
ihnen um sie besser kennenzulernen. Als Bruder Thoran jedoch
von den Menschen verschleppt, und zu Versuchszwecken in
einem Forschungslabor landet, verbietet König Neptun den
Kontakt zu den Menschen. Die Königin jedoch will Jacomos
helfen und belegt ihn für ein Jahr mit einem Zauber, der ihn am
Tag zum Menschen werden lässt, und in der Nacht wieder zum
Meermann. Am Tag begibt er sich als Jace an Land um nach
seinem Bruder zu suchen. Und um die Menschen besser
einschätzen zu können. Jedoch gilt es eine Regel zu beachten:
Verliebe dich nie in einen von ihnen.
Und dann begegnet er Faye, die zu wissen scheint, wo Thoran
steckt. Bei der gemeinsamen Suche nach Thoran kommen die
beiden sich näher, und Jacomos ist nah dran, die einzige Regel
zu brechen, die sein ganzes Volk auslöschen könnte, wenn er
sie missachtet …

CPSIA information can be obtained
at www.ICGtesting.com
Printed in the USA
LVHW050200311222
736235LV00024B/496